W0086560

SCIENCE FICTION

Herausgegeben
von Wolfgang Jeschke

GREG BEAR

TANGENTEN

Erzählungen

Aus dem Amerikanischen übersetzt von
ANDREAS IRLE

Deutsche Erstausgabe

WILHELM HEYNE VERLAG
MÜNCHEN

HEYNE SCIENCE FICTION & FANTASY
Band 0605663

Titel der amerikanischen Ausgabe
TANGENTS
Deutsche Übersetzung von Andreas Irle und Peter Robert
Das Umschlagbild malte Frank Buchwald

Redaktion: Wolfgang Jeschke
Copyright © 1989 by Greg Bear
(Erstausgaben, Copyright- und Übersetzungsnachweise
jeweils am Ende jeder Story)
Erstausgabe 1989 by Warner Books, New York
Mit freundlicher Genehmigung des Autors
und Paul und Peter Fritz, Literarische Agentur, Zürich
(# 32106)
Copyright © 1990 & 1997 der deutschen Übersetzung
by Wilhelm Heyne Verlag GmbH & Co. KG, München
Printed in Germany 1997
Umschlaggestaltung: Atelier Ingrid Schütz, München
Technische Betreuung: M. Spinola
Satz: Schaber Satz- und Datentechnik, Wels
Druck und Bindung: Elsnerdruck, Berlin

ISBN 3-453-11951-7

INHALT

Dieses Buch ist für Erik –
er ist bei weitem wundervoller als alles,
was darin enthalten ist.

VORWORT

Was ist so faszinierend an der Science Fiction? Warum sind so viele von ihren Themen gefesselt, und warum denken einige Beharrliche immer noch von ihr als (im großen und ganzen) wertlosen Schund?

Die Antwort, denke ich, liegt in der grundsätzlichen amerikanischen Dichotomie. Amerika war schon immer ein Land, das fest in der Zukunft steht, nicht in der Vergangenheit. Bei meinem jüngsten Besuch in England fand ich Dutzende von wunderbaren Buchhandlungen übervoll mit Vergangenheit – Räume, voll von antiker Geschichte und hoher Literatur in solch monumentalen Mengen, daß es einen schier überwältigt. In einer gewöhnlichen amerikanischen Buchhandlung mag Geschichte einige wenige Bücherschränke füllen. Die hohe Literatur hat ihren Ehrenplatz, aber die Taschenbücher des gegenwärtigen Jahres dominieren. Die Vergangenheit wird nicht mißachtet, aber sie zeichnet sich weder so deutlich in uns ab noch ist sie tief in unser Blut übergegangen.

Amerika schwebt in einem andauernden *grand Jeté* in die Zukunft. Die Leute, die in der Zukunft leben, haben andere geistige Interessen als jene, die stets zurückblicken. Aber viele Amerikaner scheinen zu spüren, daß dies eine unnütze Art des Lebens und des Denkens ist. Sie sehnen sich nach den relativ unveränderlichen Freuden der Geschichte, nach bekannten und gut erzählten Geschichten, nach Nuancen statt nach groben Strichen. Sie sehnen sich nach einer Erforschung der Probleme der Vergangenheit, die zwar immer noch nicht gelöst sind, aber wenigstens den Anschein erwecken, lösbar zu sein.

Für viele ist die Zukunft weitaus schrecklicher als die Vergangenheit. Die Zukunft ist nicht nur angefüllt mit Problemen – die Probleme können nicht gelöst werden, weil ein Großteil davon noch gar nicht bekannt ist. Die Zukunft ist kein abgegriffenes ledergebundenes Buch, welches man vor einem behaglich flackernden Kamin liest. Die Weisheit der Vergangenheit lehrt uns, daß schlimme Dinge passieren und unsere neu erworbenen Fähigkeiten weisen darauf hin, daß die schlimmen Dinge noch schlimmer werden. Optimismus ist eine schwierig zu bewahrende Geisteshaltung, wenn man Geschichte liest.

Einige Amerikaner geben vor, daß sich nichts ändert oder daß das Beste bereits vorbei ist, und das, was vor uns liegt, am besten ignoriert wird, wenn auch nur aus Höflichkeit. Dieser Zustand ist anderswo nicht unbekannt. Aber in Amerika, unter den derart Geplagten, wird solches ernsthafter ausgesprochen. Mit so wenig Vergangenheit – lediglich einigen Jahrhunderten im Gegensatz zu Tausenden von Jahren – halten die Amerikaner an dem fest, was ist, und übertreffen in ihrem provinziellen Reaktionismus die Bürger jener Nationen, die Jahrtausende hinter sich haben.

Aber für die vielen, die die Zukunft umarmen, die fühlen – wie naiv auch immer – daß es Wunder und Größe geben mag, hat sich eine Literatur erhoben, einst jung und voller Energie, ungestüm und schlicht, kommerziell und darauf zugeschnitten, einem breiten, wenn auch kritischen Publikum zu gefallen.

Wir wohnen nun seit Jahrzehnten schon in einem Ghetto, das wir zum großen Teil selbst geschaffen haben. Aber die Mauern sind von außen verstärkt worden, durch eine schwindende, aber bis jetzt immer noch beeinflussende intellektuelle Elite, für die die Gestalt und die Themen der Vergangenheit alles sind, was zu erforschen ist. Die Science Fiction-Autoren haben lustig weitergeschrieben, haben sich ihren grundsätzlich kindlichen Charakter bewahrt, zeigten aber gleichzeitig die bemerkenswerte Fähigkeit, jene Menschen zu unterhalten, die die Zukunft machen.

Ingenieure. Wissenschaftler. Computerprogrammierer und Designer. Astronauten und die Männer und Frauen, die deren Raketen bauen. Filmregisseure. Träumer für die die Vergangenheit, wie interessant sie auch sein mag, eine Art Gefängnis ist, aus dem wir alle ausbrechen müssen.

Revolutionäre. Thomas Jefferson, Alexander Hamilton, Benjamin Franklin, Thomas Paine stellten sich eine Republik vor – und sie wurde Wirklichkeit. Jules Verne, H. G. Wells, Arthur C. Clarke, Robert Heinlein stellten sich ein Raumprogramm vor – und es wurde Wirklichkeit. Autoren stellen sich heute Hunderte von Zukünften im Jahr vor, Tausende in einer Dekade. Der größte Teil davon ist spielerischer Natur, um einen Abend mit nachdenklicher Unterhaltung zu verbringen. Und einige wenige sind mehr als das, sind ernsthafte Extrapolationen, die ernsthaft und nüchtern betrachtet werden müssen.

Science Fiction ist nun weit über die Ghettomauern hinaus gediehen. Sie hat Titel für Geschichtsbücher geliefert, Schlagworte für die Fernsehwerbung, Formen für die Architektur. Die Extreme der Wissenschaft und die in der Science Fiction vorgestellten Technologien befruchten sich gegenseitig. Sie hat die Weltliteratur belebt. Sie ist wahrhaft international und wird es von Jahr zu Jahr mehr.

Aber warum schreibe *ich* Science Fiction?

Aus Instinkt, glaube ich. Ich begann mit dem Schreiben, als ich acht war, als ich mir Geschichten ausdachte und sie Freunden erzählte. Nachdem ich eines von Ray Harryhausens Monstern von der Venus Schwefel habe fressen sehen und beinahe auch Rom. Dieses Monster bereitete mir Alpträume, und ich wußte, wo meine Zukunft lag. Ich hielt mich an verschiedene Autoren, begann mit Tom Swifts Abenteuerromanen, machte weiter mit Edgar Rice Burroughs, dann kamen Robert A. Heinlein und Arthur C. Clarke. Durch Clarke kam ich zu Olaf Stapledon, und durch Ray Bradbury zu Edgar Allan Poe und Thomas Wolfe und Nikos Kazantzakis, und durch James Blish zu James Joyce, und durch Robert Silverberg zu Joseph Conrad. Die Wurzeln breiteten sich an dem Pfad der Science Fiction festhaltend aus, bis ich in meinem Wachstum hinter die abzweigenden Pfade spähen konnte und die Wunder der Vergangenheit sah, die sich mit der Zukunft mischten.

Ich nehme an, dies alles hört sich ein wenig atemlos an, etwas naiv. So mag es auch sein. Ich gebe nicht willentlich meine Vergangenheit auf, denn in ihr sind Visionen der Zukunft, an denen ich festhalte, wie roh und unzulänglich sie auch sein mögen. Sie kommen von Menschen, die sich sorgen, von Menschen mit richtigen Einsichten. Ich will mich nicht von ihnen lossagen, nur um mit dem Etikett elitär zu sein, ins Abseits gestoßen zu werden.

Hier liegt also meine Herausforderung. Nun sind wir groß. Ausgewachsen. Beinahe reif. Messen Sie alles in der Science Fiction mit Ihrem klügsten, kritischsten geistigen Zollstock: Sie messen sich in Millimetern, Zentimetern und Metern an Autoren vorbei, die einen Großteil Ihrer Bedürfnisse und Erfordernisse zufriedenstellen können. Es sind großartige Bücher geschrieben worden.

Wir befinden uns inmitten einer literarischen Revolution. Dies jedoch ist keine Revolution im Sinne einer bösartigen geschichtlichen Tragödie. Es ist eine fröhliche Feier. Wir feiern, was wir fürchten genauso wie das, was wir uns wünschen. Science Fiction-Autoren und Autoren dieser alles einbeziehenden Kategorie Fantasy bieten starke Emotionen an. Furcht. Liebe. Veränderung, Besessenheit.

Ich ordne *Sense of Wonder* als starke Emotion ein. Das moderne wissenschaftliche Äquivalent der Epiphanie ist, was ich das ›intellektuelle Hoch‹ nenne, wenn eine Offenbarung so herrlich übermittelt wird, so geisteserweiternd, daß Erhöhung die einzig vernünftige Reaktion ist. Science Fiction trägt folglich das Gesicht einer modernen Religion – eine Kultreligion für den skeptischen, den entfesselten Denker.

Sie verfügt über Enthusiasmus. Alles dies gefiel mir, als ich noch sehr jung war und jetzt immer noch.

Die Geschichten dieses Buches reichen vom Beginn meiner Karriere bis zur Gegenwart und sind sehr vielfältig; genau, wie ich es mag. Obwohl meine größten Erfolge umfangreiche, ausgedehnte Science Fiction-Romane des mit ›hart‹ umschriebenen Typs gewesen sind, habe ich doch auch die Kurzgeschichten, die Fantasy und den magischen Realismus gern.

Die vielleicht berühmteste Geschichte dieser Sammlung ist *Musik des Blutes* von 1983. Die Idee dazu kam mir binnen zehn Minuten, als ich einen Artikel über Biochips im *New Scientist* las, theoretisch organische Computer, die so klein wie eine einzige Zelle sein können. Schon bevor die Geschichte ihre Preise gewann, erkannte ich, daß sie einer Erweiterung bedurfte, und arbeitete an einer Version in Romanlänge. Der Roman weicht erheblich von der Kurzgeschichte ab. Beide sind nachgedruckt und überall in der Welt übersetzt worden. Ich bleibe treuer Leser des *New Scientist*.

Die Hure mag ich sehr, vielleicht weil sie sich so grundlegend von meinen anderen Geschichten unterscheidet. Zwischen meinen Science Fiction-Romanen verspüre ich recht oft den Drang, ein anderes Territorium zu erforschen, etwas, das ich nie zuvor gemacht habe … In diesem Fall ein urbanes Märchen.

Totenfuhre, auch eine Fantasygeschichte, ist zu einer *Twilight-Zone*-Fernsehepisode umgearbeitet worden, von Alan Brennert brillant zum Drehbuch umgesetzt.

Weil Alan und ich gute Freunde sind, ergab sich eine seltene Gelegenheit. Einige Wochen lang rief mich Alan wegen Aktualisierungen seines Scripts an, benachrichtigte mich über Beschränkungen, mit denen er zurecht kommen mußte, und Änderungen, die für das Filmen notwendig wurden. (Interessanterweise zögerte CBS keinen Augenblick, das Thema über den Sender zu bringen). Mir war es möglich, einige Ratschläge einzubringen, und so kann man sagen, ohne das dadurch Alans Arbeit auch nur einen Deut schlechter wird, daß das Drehbuch eine Art Zusammenarbeit darstellt. Alan arbeitete einen Schluß aus, der, denke ich, besser ist als der des Originals. So habe ich in der Überarbeitung der Geschichte für diese Sammlung einige Änderungen vorgenommen. In dieser Weise hat Alan, ohne meine Rolle auch nur um einen Deut geringer erscheinen zu lassen, an dieser gedruckten Version mitgearbeitet.

Schwestern ist Hard Science Fiction mit einem stark sozialen Einschlag. Sie ist ebenfalls ein Auftakt von Themen und Ideen, die ich ausführlicher in meinem Roman *Queen of Angels* entwickelte. *Schwestern* erscheint in dieser Sammlung zum ersten Mal.

Tangenten war ursprünglich für ein Computermagazin vorgesehen. Dort entschied man dann aber, keine Unterhaltungsliteratur abzudrucken. Ich denke von ihr als Hommage an die mathematischen Phantasien, wie sie von Clifton Fadiman in den 50er Jahren gesammelt wurden, besonders in Martin Gardners *The No-Sided Professor*, was mich, als ich elf oder zwölf war, auf Möbiusschleifen brachte. Rudy Ruckers *Die vierte Dimension* gab mir weiteren Antrieb. Die Geschichte gewann weitere Preise, vielleicht, weil hinter der Mathematik eine zornige Parabel, basierend auf dem Leben des englischen Mathematikers Alan Turing, steckt ... Oder vielleicht, weil Science Fiction-Leser mathematische Phantasien schätzen.

Schrödingers Seuche ist eine Verspottung der Physik,

eine Art Insider-Joke. Tatsächlich ist die darin beschriebene Situation – oder wenigstens ihr Ergebnis – nicht möglich, so haben mich einige Physiker, denen ich traue, informiert. Aber herauszufinden, warum es nicht möglich ist, könnte den Leser in einen gediegenen Studentendiskurs in Quantenmechanik bringen. Zu meiner Freude zitierte der Wissenschafts- (und Science Fiction-) Autor John Gribbin die Geschichte als eine von denen, die ihn zu seinem Buch *In Search of Schrödinger's Cat* motivierten.

Webster und *Ein marsianischer Ricorso* wurden in der Frühzeit meiner Karriere veröffentlicht und haben, denke ich, immer noch ihren Charme.

Und was ist an der Science Fiction sonst noch so anziehend, besonders für junge Autoren?

Hier, verstrickt mit der Zukunft, geht es der Kurzgeschichte gut, und sie ist lebendig.

MUSIK DES BLUTES

Es gibt ein Prinzip in der Natur, auf das meiner Meinung nach noch niemand aufmerksam gemacht hat. In jeder Stunde werden ungeheure Mengen von Kleinstlebewesen – Bakterien, Mikroben, mikroskopisch kleine Tierchen – geboren und sterben; einzeln zählen sie nichts, wohl aber durch ihre schiere Masse und durch die Häufung ihrer minimalen Wirkungen. Sie haben keine intensive Wahrnehmungsfähigkeit. Sie leiden nicht sehr. Der Tod von hundert Milliarden hätte auch nicht annähernd dieselbe Bedeutung wie der Tod eines einzelnen Menschen.

Innerhalb der jeweiligen Größenordnung aller Geschöpfe, ob sie nun so klein wie Mikroben oder so groß wie Menschen sind, gibt es eine gleiche Menge von ›Elan‹, so wie die Zweige eines hohen Baumes zusammengenommen die gleiche Masse wie die Äste darunter und diese wiederum die gleiche Masse wie der Stamm haben.

So lautet zumindest das Prinzip. Ich glaube, Vergil Ulam war der erste, der es verletzt hat.

Es war zwei Jahre her, daß ich Vergil zuletzt gesehen hatte. Meine Erinnerung an ihn hatte kaum noch etwas mit dem sonnengebräunten, lächelnden, gut angezogenen Mann zu tun, der vor mir stand. Wir hatten uns am Vortag telefonisch zum Lunch verabredet und standen uns nun in der breiten Flügeltür der Cafeteria für die Angestellten im Mount Freedom Medical Center gegenüber.

»Vergil?« fragte ich. »Mein Gott, Vergil!«

»Freut mich, dich zu sehen, Edward.« Er schüttelte mir mit festem Druck die Hand. Er hatte zehn oder zwölf Kilo abgenommen, und was übriggeblieben war, wirkte straffer und besser proportioniert. Auf der Universität war Vergil der pummelige Intelligenzbolzen mit strubbeligen Haaren und vorstehenden Zähnen gewesen, der Türklinken unter Strom setzte, uns Punsch zu trinken gab, von dem unsere Pisse blau wurde, und es nie schaffte, sich mit einem anderen Mädchen als Eileen Termagent zu verabreden, die äußerlich viel mit ihm gemeinsam hatte.

»Du siehst phantastisch aus«, sagte ich. »Hast du den Sommer in Cabo San Lucas verbracht?«

Wir stellten uns in der Schlange an der Theke an und suchten unser Essen aus. »Die Bräune stammt von drei Monaten unter der Höhensonne«, erwiderte er, während er eine Tüte Schokolademilch nahm. »Meine Zähne sind korrigiert worden, kurz nachdem wir uns zuletzt gesehen haben. Den Rest erkläre ich dir auch noch, aber wir brauchen einen Platz, wo wir miteinander reden können, ohne daß jemand so genau zuhört.«

Ich steuerte ihn zur Raucherecke, wo sich drei unverbesserliche Qualmer an sechs Tischen verloren.

»Hör mal, ich mein's ernst«, sagte ich, als wir unsere Tabletts entluden. »Du hast dich verändert. Du siehst gut aus.«

»Ich hab mich stärker verändert, als du ahnst.« Sein ominöser Ton war filmreif, und er zog dabei theatralisch die Augenbrauen hoch. »Wie geht's Gail?«

Gail ginge es gut, erzählte ich ihm; sie arbeitete im Kindergarten. Wir hatten im letzten Jahr geheiratet. Sein Blick senkte sich auf sein Essen – eine Ananasscheibe und Hüttenkäse, ein Stück Bananencremekuchen – und ihm versagte beinahe die Stimme, als er fragte: »Fällt dir noch was auf?«

Ich kniff darauf konzentriert die Augen zusammen. »Nein.«

»Schau genauer hin.«

»Ich weiß nicht recht. Hm … ja, du trägst keine Brille mehr. Kontaktlinsen?«

»Nein. Ich brauch sie nicht mehr.«

»Und du bist flott angezogen. Wer kauft dir deine Sachen? Ich hoffe, sie hat genausoviel Sex wie Geschmack.«

»Candice hat – hatte nichts mit der Verbesserung meiner Klamotten zu tun«, sagte er. »Ich hab einfach einen besseren Job und mehr Geld zum Rauswerfen gekriegt. Und mein Geschmack, was Kleidung angeht, ist nun mal besser als mein Geschmack in bezug auf Essen.« Er setzte sein altes zerknirschtes Grinsen auf, aber am Schluß entgleise es ihm ganz merkwürdig. »Jedenfalls hat sie mich verlassen, und ich bin gefeuert worden. Jetzt lebe ich von meinen Ersparnissen.«

»Augenblick mal«, sagte ich. »Das ist ein bißchen zu viel auf einmal. Warum erzählst du mir nicht alles schön der Reihe nach? Du hast einen Job gekriegt. Wo?«

»Bei der Genetron Corporation«, sagte er. »Vor sechzehn Monaten.«

»Noch nie was von denen gehört.«

»Wirst du noch. Nächsten Monat geben sie Stammaktien aus. Die Dinger werden wie Raketen abgehen. Sie haben ihren Durchbruch mit MABs geschafft. Mit medizinisch …«

»Ich weiß, was MABs sind«, unterbrach ich ihn. »Zumindest in der Theorie. Medizinisch anwendbare Biochips.«

»Sie haben ein paar, die funktionieren.«

»Was?« Jetzt war ich an der Reihe, die Brauen hochzuziehen.

»Mikroskopisch kleine logische Schaltkreise. Man injiziert sie in den menschlichen Körper, und sie machen sich an der zugewiesenen Stelle ans Werk und bügeln Fehler aus. Mit Dr. Michael Bernards Zustimmung.«

Das war ziemlich beeindruckend. Bernard hatte einen makellosen Ruf. Nicht nur, daß man ihn zu den Größen der Gentechnik rechnete, er hatte auch mindestens einmal pro Jahr mit seiner Arbeit als Neurochirurg Schlagzeilen gemacht, bevor er in den Ruhestand ging, und war auf den Titelbildern von *Time*, *Mega* und *Rolling Stone* gewesen.

»Das ist eigentlich geheim – die Aktien, der Durchbruch, Bernard und alles.« Er sah sich um und senkte die Stimme. »Aber du kannst machen, was du willst, verdammt. Ich bin fertig mit den Scheißkerlen.«

Ich pfiff. »Da kann ich reich werden, was?«

»Wenn's das ist, was du willst. Oder du kannst eine Weile hier bei mir bleiben, bevor du zu deinem Broker rennst.«

»Natürlich.« Er hatte weder den Hüttenkäse noch den Kuchen angerührt, aber die Ananasscheibe gegessen und die Schokomilch getrunken. »Also, erzähl weiter.«

»Naja, während meines Medizinstudiums hatte ich mich auf Laborarbeit spezialisiert. Biochemische Forschung. Und ich hatte ja auch immer einen Hang zu Computern. So hab ich mich über die letzten beiden Jahre gerettet …«

»Indem du Software-Pakete an Westinghouse verkauft hast«, beendete ich den Satz für ihn.

»Schön, daß meine Freunde sich daran erinnern. Auf diese Weise bin ich mit Genetron in Kontakt gekommen, als sie gerade anfingen. Sie hatten das dicke Geld im Hintergrund, und was in ihren Labors stand, war in meinen Augen der Wunschtraum jedes Biochemikers. Sie stellten mich ein, und ich kam rasch vorwärts.

Nach vier Monaten arbeitete ich schon an meinen eigenen Projekten. Mir gelangen ein paar Durchbrüche«, er warf nonchalant die Hand in die Luft, »dann bewegte ich mich auf einmal in eine Richtung, die sie für verfrüht hielten. Ich blieb stur, und sie nahmen mir das Labor weg und übergaben es so einem schwachsinnigen Kriecher. Ich schaffte es, einen Teil des Experiments zu retten, bevor sie mich feuerten. Aber ich war nicht gerade vorsichtig ... oder vernünftig. Also geht es jetzt außerhalb des Labors weiter.«

Ich hatte Vergil immer für ehrgeizig und ein bißchen verrückt, aber nicht für sonderlich sensibel gehalten. Seine Beziehungen zu Autoritätsfiguren waren nie reibungslos gewesen. Die Wissenschaft war für ihn wie die Frau, an die man eigentlich nicht herankommt, die dann jedoch auf einmal mit offenen Armen vor einem steht, lange bevor man für die Liebe reif ist – und man hat Angst, daß man sich seine Chancen ein für allemal versaut, statt des großen Loses eine Niete zieht und das Ganze total vermasselt. Anscheinend hatte er genau das getan. »Außerhalb des Labors? Ich versteh dich nicht.«

»Ich möchte, daß du mich untersuchst, Edward. Und zwar gründlich. Vielleicht auf Krebs. Dann erkläre ich dir mehr.«

»Du willst eine Fünftausend-Dollar-Untersuchung?«

»Alles, was du machen kannst. Ultraschall, Kernspintomographie, Thermogramm, alles.«

»Ich weiß nicht, ob ich an die ganzen Apparate dafür herankomme. Das Kernspintomographiegerät haben wir erst seit ein oder zwei Monaten hier. Zum Teufel, du hättest dir keine teurere Methode aussuchen können ...«

»Dann Ultraschall. Das ist alles, was du brauchen wirst.«

»Vergil, ich bin Geburtshelfer, kein Glamourboy von einem Labortechniker. Geburtshelfer auf der Gynäkologischen, die Zielscheibe aller Witze. Wenn du dich in eine Frau verwandelst, kann ich dir vielleicht helfen.«

Er beugte sich vor, wobei er fast den Ellbogen in den Kuchen gestemmt hätte, schwenkte den Arm jedoch im letzten Moment weit nach außen und kam millimeterknapp daran vorbei. Der alte Vergil hätte mitten ins

Schwarze getroffen. »Wenn du mich genau untersuchst, wirst du ...« Seine Augen wurden schmal, und er schüttelte den Kopf. »Untersuch mich einfach.«

»Dann mach ich einen Termin beim Ultraschall fest. Wer wird bezahlen?«

»Ich bin beim Blue Shield.« Er lächelte und hielt eine medizinische Kreditkarte hoch. »Ich hab an den Personalakten bei Genetron rumgedoktert. Sie werden keine Arztrechnungen unter hunderttausend Dollar überprüfen, und sie werden auch keinen Verdacht schöpfen.«

Er wollte, daß es geheim blieb, also arrangierte ich alles. Ich füllte seine Formulare selbst aus. Solange alles ordnungsgemäß verbucht wurde, konnte die Untersuchung im großen und ganzen stattfinden, ohne daß es offiziell bekannt wurde. Ich berechnete nichts für meine Dienste. Immerhin hatte Vergil meine Pisse blau gefärbt. Wir waren Freunde.

Er kam am späten Abend. Ich war um diese Zeit normalerweise nicht mehr im Dienst, aber ich blieb da und erwartete ihn im dritten Stock des Frankensteinflügels, wie ihn die Schwestern nannten. Ich saß auf einem orangeroten Plastikstuhl. Er kam herein. Im fluoreszierenden Licht sah er olivbraun aus.

Er zog sich aus, und ich sorgte dafür, daß er sich richtig auf den Tisch legte. Als erstes bemerkte ich, daß seine Knöchel dick aussahen. Aber das Fleisch war nicht geschwollen. Ich tastete sie mehrmals ab. Sie schienen gesund zu sein, sahen jedoch seltsam aus. »Hm«, sagte ich.

Ich fuhr mit dem Scanner über ihn hin, suchte die Stellen heraus, die das große Gerät nur schwer erreichte, und programmierte die Daten ins Bildgebersystem. Dann schwenkte ich den Tisch herum und schob ihn in die emaillierte Öffnung des Ultraschall-Diagnosegeräts, das Summloch, wie es die Schwestern nannten.

Ich faßte die Daten aus dem Summloch mit denen der

Abtaster zusammen und rollte Vergil heraus. Dann schaltete ich ein Videogerät ein. Es dauerte eine Sekunde, bis sich das Bild aufgebaut hatte, dann floß es zu einem Muster zusammen, das Vergils Skelett zeigte.

Das Bild blieb drei Sekunden lang stehen, während mir das Kinn herunterfiel, dann wechselte es zu seinen thorakalen Organen, dann zu seiner Muskulatur und schließlich zu seinem Gefäßsystem und seiner Haut.

»Wie lange ist der Unfall her?« fragte ich und versuchte, das Beben aus meiner Stimme fernzuhalten.

»Das war kein Unfall«, sagte er. »Es war Absicht.«

»Du meine Güte, sie haben dich geschlagen, damit du den Mund hältst?«

»Du verstehst mich nicht, Edward. Schau dir die Bilder noch mal an. Ich bin nicht verletzt.«

»Sieh mal, diese Verdickung hier«, ich zeigte auf seine Knöchel, »und deine Rippen – dieses verrückte Zickzackmuster von Verwachsungen. Offenbar mehrmals gebrochen. Und ...«

»Schau dir mein Rückgrat an«, sagte er. Ich ließ das Bild auf dem Videoschirm rotieren.

Buckminster Fuller, dachte ich. Es war phantastisch. Ein Gitter aus dreieckigen Fortsätzen, alle auf eine Weise miteinander verwachsen, die ich auch nicht annähernd verfolgen und noch viel weniger verstehen konnte. Ich griff um ihn herum und versuchte, sein Rückgrat mit den Fingern zu ertasten. Er hob die Arme und blickte an die Decke.

»Ich kann's nicht finden«, sagte ich. »Da hinten ist alles ganz glatt.« Ich ließ ihn los und betrachtete seine Brust, dann tippte ich seine Rippen an. Sie waren in etwas Rauhes und Biegsames gehüllt. Je fester ich drückte, desto härter wurde es. Dann fiel mir noch eine Veränderung auf.

»He«, sagte ich. »Du hast ja gar keine Brustwarzen.« Da waren winzige Pigmentflecken, aber keine Spur von ausgeprägten Warzen.

»Siehst du?« Vergil schlüpfte in den weißen Kittel. »Ich werde völlig umgebaut.«

Wenn ich mir diese Stunden ins Gedächtnis rufe, dann bilde ich mir ein, gesagt zu haben: »Also erzähl mir davon.« Vielleicht ist es mein Glück, daß ich nicht mehr weiß, was ich wirklich gesagt habe.

Er erklärte es mir in seiner typischen weitschweifigen Art. Das Zuhören war wie der Versuch, durch einen Wald von erläuternden Zusätzen und Ausschmückungen an den Kern eines Zeitungsartikels heranzukommen.

Ich will es vereinfacht und kurzgefaßt darstellen.

Genetron hatte ihm die Aufgabe übertragen, Prototypen von Biochips herzustellen, winzigen Schaltkreisen aus Proteinmolekülen. Manche wurden an Siliziumchips von wenig mehr als einem Mikrometer Durchmesser gehängt und dann durch die Arterien von Ratten zu Stellen geschickt, die mit einem chemischen Schlüssel definiert waren. Dort sollten sie sich mit dem Gewebe der Ratten verbinden und versuchen, im Labor ausgelöste Krankheitsverläufe zu überwachen und sogar unter Kontrolle zu bringen.

»*Das* war schon was«, sagte er. »Wir holten den komplexesten Mikrochip zurück, indem wir die Ratte opferten, und sahen ihn uns anschließend an. Wir schlossen den Siliziumteil an ein Bildgebersystem an. Der Computer zeigte uns Balkendiagramme, dann ein Schaubild der chemischen Charakteristika von etwa elf Zentimetern eines Blutgefäßes ... dann setzte er alles zu einem Bild zusammen. Wir sausten durch elf Zentimeter Rattenarterie. Du hast noch nie so viele Wissenschaftler herumhüpfen, einander in den Armen liegen und eimerweise Wanzensaft trinken sehen.« Wanzensaft war Laboräthanol, gemischt mit Dr. Pepper.

Schließlich verzichtete man ganz auf die Siliziumelemente. An ihre Stelle traten Nukleoproteine. Es schien ihm zu widerstreben, das in allen Einzelheiten zu schildern, aber soweit ich es verstand, fanden sie Wege, große Moleküle – so groß wie die DNA und noch viel komplexer – in elektrochemische Computer zu verwandeln, wobei sie ribosomähnliche Strukturen als ›Verschlüssler‹ und ›Leser‹ und die RNA als ›Band‹ benutzten. Vergil konnte in seinen Nukleoproteinen den Reproduktionsprozeß der Trennung und Neuzusammensetzung nachahmen und dabei durch den Austausch von Nukleotiden an Schlüsselstellen Programmänderungen vornehmen. »Genetron wollte, daß ich auf die Konstruktion von Supergenen umstieg, weil das überall sonst die kommende Sache war. Die Erschaffung aller möglichen Kreaturen, manche aus unserer Phantasie. Aber ich hatte andere Vorstellungen.« Er spielte mit dem Finger an seinem Ohr herum und gab Theremin*-Laute von sich. »Die richtige Zeit für wahnsinnige Wissenschaftler, stimmt's?« Er lachte und wurde dann wieder ernst. »Ich injizierte meine besten Nukleoproteine in Bakterien, um die Duplizierung und das Entstehen neuer Verbindungen zu vereinfachen. Dann fing ich an, sie drinzulassen, damit die Chips mit den Zellen interagieren konnten. Sie waren heuristisch programmiert; sie brachten sich selbst mehr bei, als ich ihnen einprogrammiert hatte. Die Zellen fütterten die Computer mit chemisch codierten Informationen, die Computer verarbeiteten sie und trafen Entscheidungen, die Zellen wurden klug. Ich meine, zunächst mal so klug wie Planarien. Stell dir ein *E. coli*-Bakterium vor, das so klug wie ein Süßwasser-Plattwurm ist!«

Ich nickte. »Stell ich mir gerade vor.«

»Dann hab ich wirklich auf eigene Faust weitergemacht. Wir hatten die Ausrüstung und die Techniken,

---

* Theremin: Erstes rein elektronisches Instrument (um 1920), bei dem die Differenz zweier nicht wahrnehmbarer Sinustöne als Ton hörbar gemacht wurde. – *Anm. d. Übers.*

und ich kannte die Molekularsprache. Ich konnte wirklich dichte, richtig komplizierte Biochips herstellen, indem ich die Nukleoproteine neue Verbindungen eingehen und zu kleinen Gehirnen werden ließ. Ich stellte einige Forschungen an, wie weit ich theoretisch gehen konnte. Wenn ich bei Bakterien blieb, konnte ich einen Biochip mit der Rechenkapazität eines Spatzenhirns herstellen. Stell dir vor, wie angetörnt ich war! Dann sah ich einen Weg, die Komplexität um das Tausendfache zu steigern, indem ich etwas benutzte, was wir eigentlich als Ärgernis betrachteten: Die Quanteneffekte zwischen den festen Elementen des Schaltkreises. Die Dinger sind so klein, daß schon die geringste Veränderung einen Biochip unbrauchbar machen könnte. Aber ich entwickelte ein Programm, das das Tunneln von Elektronen* vorhersagte und es sich zunutze machte. Ich verstärkte die heuristischen Aspekte des Computers und benutzte die Quanteneffekte als eine Methode, die Komplexität zu steigern.«

»Da komm' ich nicht mehr mit«, sagte ich.

»Ich nutzte die Beliebigkeit aus. Die Schaltkreise konnten sich selbst reparieren, konnten ihre Speicher vergleichen und fehlerhafte Elemente ausbessern. Den ganzen Kram. Ich gab ihnen grundlegende Befehle: Gehet hin und mehret euch. Vervollkommnet euch. Bei Gott, du hättest einige der Kulturen eine Woche später sehen sollen! Es war erstaunlich. Sie entwickelten sich ganz von selbst, wie kleine Städte. Ich vernichtete sie alle. Ich glaube, eine der Petrischalen hätte noch Beine bekommen und wäre aus dem Inkubator heraus spaziert, wenn ich sie weiter ernährt hätte.«

---

* Je kleiner die Komponenten integrierter Schaltkreise werden, um so störender wirken sich die Quanteneffekte aus, bei denen subatomare Teilchen (z.B. Elektronen) Welleneigenschaften zeigen und durch unpassierbar scheinende Energiebarrieren dringen (›tunneln‹) können. – *Anm. d. Übers.*

»Du machst Witze.« Ich sah ihn an. »Du machst also keine Witze.«

»Mann, sie *wußten*, was es bedeutete, sich zu vervollkommnen! Sie kannten ihr Ziel, aber in ihren Bakterienkörpern und mit so wenig Ressourcen waren sie einfach zu beschränkt.«

»Wie klug waren sie?«

»Das konnte ich nicht mit Sicherheit sagen. Sie hatten Haufen von ein- bis zweihundert Zellen gebildet, und jeder Haufen verhielt sich wie eine autonome Einheit. Kann sein, daß jeder Haufen so klug wie ein Rhesusaffe war. Sie tauschten durch ihre Härchen Informationen aus, gaben Gedächtniselemente weiter und verglichen Merkmale. Sie waren offensichtlich anders organisiert als eine Affenherde. Das lag zum Beispiel schon daran, daß ihre Welt so viel einfacher war. Mit ihren Fähigkeiten waren sie die Herren der Petrischalen. Ich gab Phagen* zu ihnen hinein; die hatten keine Chance. Die Zellhaufen nützten jede vorhandene Möglichkeit, sich zu verändern und zu wachsen.«

»Wie ist das möglich?«

»Was?« Es schien ihn zu überraschen, daß ich nicht alles sofort für bare Münze nahm.

»So viel in so wenig hineinzustopfen. Ein Rhesusaffe ist keine simple kleine Rechenmaschine, Vergil.«

»Ich hab mich nicht klar ausgedrückt«, sagte er offenkundig irritiert. »Ich arbeitete mit Nukleoprotein-Computern. Sie ähneln der DNA, aber alle Informationen können sich gegenseitig beeinflussen. Weißt du, wie viele Nukleotidenpaare die DNA einer einzigen Bakterie enthält?«

Meine letzte Biochemievorlesung lag lange zurück. Ich schüttelte den Kopf.

»Ungefähr zwei Millionen. Rechne noch die modifizierten Ribosomstrukturen dazu – fünfzehntausend Stück,

---

* Viren, die Bakterien befallen. – *Anm. d. Übers.*

jede mit einem Molekulargewicht von etwa drei Millionen – und denk an die Kombinationen und Permutationen. Die RNA ist wie ein unendlich langes, verdrehtes Papierband geformt, umgeben von Ribosomen, die Instruktionen ausgeben und Proteinketten erzeugen ...«
Seine Augen glänzten und waren ein wenig feucht. »Außerdem sage ich ja nicht, daß jede Zelle eine klar abgegrenzte Einheit ist. Sie haben zusammengearbeitet.«

»Wie viele Bakterien waren in den Schalen, die du vernichtet hast?«

»Milliarden. Keine Ahnung.« Er grinste. »Du hast's kapiert, Edward. Ganze Planetenpopulationen von E. coli.«

»Aber da haben sie dich noch nicht gefeuert?«

»Nein. Zunächst mal wußten sie ja gar nicht, was da vorging. Ich baute weiterhin die Moleküle zusammen und machte sie immer größer und komplexer. Als die Aufnahmefähigkeit der Bakterien an ihre Grenzen stieß, nahm ich mein eigenes Blut, präparierte weiße Blutkörperchen heraus und injizierte ihnen die neuen Biochips. Ich beobachtete sie, setzte sie in Labyrinthe und stellte sie vor kleine chemische Probleme. Sie waren echte Kanonen. Auf dieser Ebene läuft die Zeit wesentlich schneller; die Informationswege sind viel kürzer, und die Umgebung ist viel einfacher. Dann vergaß ich, eine Datei in den Laborcomputer unter meinem Geheimcode abzuspeichern. Ein paar Manager haben sie gefunden und geahnt, was ich vorhatte. Die sind alle in Panik geraten. Sie dachten, wir würden wegen dem, was ich getan hatte, bald jeden gesellschaftlichen Wachhund im ganzen Land an den Hacken haben. Sie fingen an, meine Arbeit zu zerstören und meine Programme zu löschen. Sie befahlen mir, meine weißen Blutkörperchen zu sterilisieren. Herrgott!« Er zog den weißen Kittel aus und begann sich anzuziehen. »Mir blieben nur ein oder zwei Tage. Ich präparierte die komplexesten Zellen heraus ...«

»Wie komplex waren sie?«

»Sie bildeten Haufen von jeweils rund hundert Zellen, wie die Bakterien. Jeder Haufen war vielleicht so klug wie ein zehnjähriges Kind.« Er musterte einen Moment lang aufmerksam mein Gesicht. »Immer noch Zweifel? Soll ich dir vorrechnen, wie viele Nukleotidenpaare es in der Zelle eines Säugetiers gibt? Ich hab meine Computer maßgeschneidert, damit sie die Kapazität der weißen Blutkörperchen ausnutzen konnten. Zehn Milliarden Nukleotidenpaare, Edward. Zehn hoch Scheiß-Zehn. Und sie haben keinen riesigen Körper, um den sie sich kümmern müssen, was einen Großteil ihrer Denkzeit beansprucht.«

»Okay«, sagte ich. »Ich bin überzeugt. Was hast du gemacht?«

»Ich hab die Zellen wieder in einen Zylinder mit normalem Blut gegeben und es mir selbst injiziert.« Er knöpfte sich den Hemdkragen zu und lächelte mich dünn an. »Ich hatte ihnen so viel Energie einprogrammiert, wie ich konnte, und zwar auf einer so hohen Ebene wie möglich, indem ich nur Enzyme und solche Dinge benutzte. Danach waren sie auf sich selbst angewiesen.«

»Du hast sie darauf programmiert, hinzugehen und sich zu mehren, sich zu vervollkommnen?« wiederholte ich.

»Ich glaube, sie entwickelten ein paar charakteristische Eigenschaften, die die Biochips in ihren *E. coli*-Phasen angenommen hatten. Die weißen Blutkörperchen konnten sich mit nach außen gestülptem Gedächtnis untereinander verständigen. Sie haben fast mit Sicherheit Mittel und Wege gefunden, andere Zellarten in sich aufzunehmen und sie zu verändern, ohne sie zu töten.«

»Du bist verrückt.«

»Du siehst doch das Bild auf dem Schirm! Edward, ich bin seither nicht mehr krank gewesen. Früher war ich doch ständig erkältet. Ich hab mich nie besser gefühlt.«

»Sie sind in dir drin, finden irgendwas und ändern es.«

»Und inzwischen ist jeder Haufen so klug wie du oder ich.«

»Du bist ja völlig wahnsinnig.«

Er zuckte die Achseln. »Sie haben mich gefeuert. Sie dachten, ich würde mich dafür rächen, was sie mit meiner Arbeit gemacht hatten. Sie verboten mir, die Labors zu betreten, und ich hatte bis jetzt keine Chance festzustellen, was in mir vorgegangen ist. Seit drei Monaten.«

»Dann ...« Meine Gedanken rasten. »Dann hast du abgenommen, weil sie deinen Fettstoffwechsel verbessert haben. Deine Knochen sind stärker, dein Rückgrat ist völlig umgebaut worden ...«

»Keine Rückenschmerzen mehr, auch nicht, wenn ich auf meiner alten Matratze schlafe.«

»Dein Herz sieht anders aus.«

»Das mit dem Herz wußte ich nicht.« Er betrachtete das Videobild aus ein paar Zentimetern Entfernung. »Was das Fett angeht – darüber hab ich nachgedacht. Sie konnten meine braunen Zellen vermehren und den Stoffwechsel regeln. Ich bin in letzter Zeit nicht mehr so hungrig. Meine Eßgewohnheiten haben sich nicht so sehr verändert – ich mag immer noch den gleichen alten Fraß –, aber ich schaff's irgendwie, nur das zu essen, was ich brauche. Ich glaube nicht, daß sie schon wissen, was mein Gehirn ist. Sicher, sie haben den ganzen Drüsenkram im Griff, aber das *Gesamtbild* fehlt ihnen noch, wenn du verstehst, was ich meine. Sie wissen nicht, daß *ich* hier drin bin. Aber eins kann ich dir sagen, Mann, sie haben garantiert rausgekriegt, wozu meine Geschlechtsorgane da sind.«

Ich warf einen Blick auf das Bild und schaute wieder weg.

»Oh, die sehen ziemlich normal aus«, erklärte er und schob seinen Hodensack obszön vor. Er kicherte: »Aber was glaubst du denn, wie ich sonst so 'ne Klassefrau wie Candice an Land gezogen hätte? Sie war bloß auf eine heiße Nacht mit 'nem Techniker scharf. Ich sah damals ganz okay aus, nicht braun, aber gut in Form und gut in Schale. Sie hatte sich noch nie von 'nem Techniker 'ne Schraube reindrehen lassen. Kleiner Scherz am Rande. Aber meine kleinen Genies haben uns die halbe Nacht wachgehalten. Ich glaube, die haben jedesmal irgendwas verbessert. Ich fühlte mich, als ob ich gottverdammtes Fieber hätte.«

Sein Lächeln erlosch. »Aber dann fing eines Abends meine Haut an zu jucken. Da bekam ich's echt mit der Angst. Ich dachte, die Sache würde mir aus der Hand gleiten. Ich fragte mich, was sie tun würden, wenn sie die Schranke zwischen Blut und Gehirn überwinden und *mich* dort finden würden – wenn sie etwas über die wahre Funktion des Gehirns rausbekämen. Also startete ich einen Feldzug, um sie unter Kontrolle zu halten. Ich dachte, sie wollten in die Haut, weil es so einfach ist, Schaltsysteme auf einer Oberfläche zu betreiben. Viel einfacher, als zu versuchen, Kommunikationsketten in Muskeln, Organen und Blutgefäßen und drumherum aufrechtzuerhalten. Die Haut war viel direkter. Also kaufte ich mir eine Quarzlampe.« Er sah meine verwirrte Miene. »Im Labor spalteten wir das Protein in den Biochipzellen auf, indem wir sie ultraviolettem Licht aussetzten. Ich saß abwechselnd unter der Höhensonne und unter der Quarzlampe. Hält sie von meiner Haut fern, soweit ich's beurteilen kann, und ich werde hübsch braun.«

»Und du kriegst Hautkrebs«, warf ich ein.

»Darum werden sie sich wahrscheinlich kümmern. Wie Polizisten.«

»Okay. Ich hab dich untersucht, du hast mir eine Geschichte erzählt, die ich immer noch kaum glauben kann ... was soll ich jetzt machen?«

»Ich bin nicht so unbekümmert, wie ich tue, Edward. Ich mach mir Sorgen. Ich würde gern eine Möglichkeit finden, sie unter Kontrolle zu bekommen, bevor sie etwas über mein Gehirn rauskriegen. Ich meine, stell dir das vor, mittlerweile sind es Billionen, und jede ist klug. Sie kooperieren in gewissem Ausmaß. Ich bin wahrscheinlich das klügste Wesen auf dem Planeten, und sie haben noch nicht mal richtig angefangen, ihre Fähigkeiten zielbewußt einzusetzen. Ich will wirklich nicht, daß sie mich übernehmen.« Er ließ ein sehr unangenehmes Lachen hören. »Daß sie meine Seele stehlen, weißt du? Also überleg dir irgendeine Behandlung, um sie zu stoppen. Vielleicht können wir die kleinen Mistviecher aushungern. Denk einfach mal drüber nach!« Er schlüpfte in seine Jacke. »Ruf mich an.« Er gab mir einen Zettel mit seiner Adresse und seiner Telefonnummer. Dann ging er zur Tastatur und löschte das Bild auf dem Schirm sowie den Speicherinhalt über die Untersuchung. »Nur du«, sagte er. »Sonst vorläufig niemand. Und bitte ... beeil dich!«

Es war drei Uhr morgens, als Vergil den Untersuchungsraum verließ. Er hatte mir erlaubt, Blutproben zu nehmen, mir dann die Hand gegeben – seine war feucht und nervös – und mich gewarnt, ja nichts von den Proben in den Körper gelangen zu lassen.

Bevor ich nach Hause ging, führte ich eine Reihe von Tests mit dem Blut durch. Die Ergebnisse lagen am nächsten Tag vor.

Ich holte sie am Nachmittag während meiner Kaffeepause ab und vernichtete dann alle Proben. Dabei war ich wie ein Roboter. Ich brauchte fünf Tage und ebensoviele fast schlaflose Nächte, um das zu akzeptieren, was ich gesehen hatte. Sein Blut war durchaus normal, obwohl die Maschinen diagnostizierten, daß der Patient eine Infektion hatte. Ein hoher Leukozyten- und Histaminspiegel. Leukozyten sind die weißen Blutkörperchen. Am fünften Tag glaubte ich es.

Gail war vor mir zu Hause, aber ich war mit dem Essenmachen dran. Sie steckte eine der Kindergarten-Disketten in unseren Home Computer und zeigte mir Videokunstwerke, die ihre Kinder hervorgebracht hatten. Ich sah schweigend zu und blieb auch beim Essen stumm.

Ich hatte zwei Träume, die beide etwas damit zu tun hatten, daß ich es schließlich akzeptierte. Im ersten an jenem Abend – aus dem ich wild um mich schlagend erwachte – sah ich mit an, wie der Planet Krypton zerstört wurde, Supermans Heimatwelt. Milliarden übermenschlicher Genies rannten schreiend in Feuerwände hinein. Ich sah einen Zusammenhang zwischen dieser Zerstörung und der Tatsache, daß ich Vergils Blutprobe sterilisiert hatte.

Der zweite Traum war noch schlimmer. Ich träumte, daß New York City eine Frau vergewaltigte. Am Ende des Traums gebar sie kleine Embryostädte, allesamt in durchsichtige Beutel gehüllt und blutgetränkt von den heftigen Wehen.

Am Morgen des sechsten Tages rief ich ihn an. Er nahm beim vierten Klingeln ab. »Ich hab ein paar Ergebnisse«, sagte ich. »Nichts Definitives. Aber ich will mit dir reden. Persönlich.«

»Klar«, sagte er. »Ich bleibe momentan zu Hause.« Seine Stimme klang angestrengt; er hörte sich erschöpft an.

Vergils Apartment befand sich in einem schicken Hochhaus in der Nähe des Seeufers. Ich fuhr mit dem Aufzug nach oben, lauschte den kleinen Werbejingles und sah mir tanzende Hologramme an, die Produkte und leerstehende Apartments anpriesen und die Animateurin des Hauses zeigten, die über soziale Aktivitäten in der laufenden Woche redete.

Vergil machte die Tür auf und winkte mich herein. Er trug einen karierten Hausmantel mit langen Ärmeln und Hausschuhe. In einer Hand hielt er eine nicht angezündete Pfeife. Er spielte mit ihr herum, während er sich schweigend von mir entfernte und sich setzte.

»Du hast eine Infektion«, sagte ich.

»So?«

»Das ist alles, was mir die Blutanalysen zeigen. An die Elektronenmikroskope komm ich nicht ran.«

»Ich glaube nicht, daß es wirklich eine Infektion ist«, sagte er. »Schließlich sind es meine eigenen Zellen. Wahrscheinlich ist es was anderes ... ein Zeichen ihrer Anwesenheit, der Veränderung. Wir können nicht erwarten, daß wir alles verstehen, was da vorgeht.«

Ich zog meine Jacke aus. »Hör zu«, sagte ich, »du hast es geschafft, daß ich mir Sorgen mache.« Sein Gesichtsausdruck ließ mich innehalten: eine Art wilder Glückseligkeit. Er schaute blinzelnd zur Decke hinauf und schürzte die Lippen.

»Bist du stoned?« fragte ich.

Er schüttelte den Kopf und nickte dann einmal sehr – langsam. »Ich lausche«, sagte er.

»Worauf?«

»Ich weiß nicht. Nicht auf Geräusche ... jedenfalls nicht im strengen Sinn. Es ist sowas wie Musik. Das Herz, die ganzen Blutgefäße, die Reibung des Blutes in den Arterien und Venen. Aktivität. Musik im Blut.« Er sah mich traurig an. »Warum bist du nicht bei der Arbeit?«

»Ich hab heute frei. Gail arbeitet.«

»Kannst du hierbleiben?«

Ich zuckte die Achseln. »Glaub schon.« Es klang mißtrauisch. Ich sah mich in dem Apartment um und suchte nach Aschenbechern und Papierstapeln.

»Ich bin nicht stoned, Edward«, sagte er. »Kann sein, daß ich mich irre, aber ich glaube, daß irgendwas Großes passiert. Ich denke, sie finden gerade raus, wer ich bin.«

Ich setzte mich Vergil gegenüber hin und sah ihn aufmerksam an. Er schien es nicht zu bemerken. Er war mit etwas beschäftigt, das in seinem Innern geschah. Als ich um eine Tasse Kaffee bat, zeigte er zur Küche. Ich machte Wasser heiß und nahm ein Glas Instantkaffee aus dem Wandschrank. Mit der Tasse in der Hand ging ich zu meinem Sessel zurück. Er drehte den Kopf mit offenen Augen hin und her. »Du hast immer gewußt, was du sein wolltest, oder?« fragte er mich.

»Mehr oder weniger.«

»Ein Gynäkologe. Du hast immer das Richtige getan. Nie was Falsches. Bei mir war das anders. Ich hatte Ziele, aber keine Richtung. Wie eine Landkarte ohne Straßen, einfach nur Orte, wo man sein konnte. Mir war alles und jeder scheißegal, nur ich selber nicht. Sogar die Wissenschaft. Nur ein Mittel. Es wundert mich, daß ich so weit gekommen bin. Ich hab sogar meine Familie gehaßt.«

Er packte die Armlehnen seines Sessels.

»Stimmt was nicht?« fragte ich.

»Sie reden mit mir«, erwiderte er. Er schloß die Augen.

Eine Stunde lang sah es so aus, als ob er schliefe. Ich prüfte seinen Puls, der stark und ruhig war, fühlte ihm die Stirn – ein wenig kühl – und machte mir noch mehr Kaffee. Ich blätterte gerade ein Magazin durch, weil ich nicht recht wußte, was ich tun sollte, als er die Augen wieder aufschlug. »Schwer, sich ein genaues Bild davon zu machen, was Zeit für sie ist«, sagte er. »Sie haben vielleicht drei, vier Tage gebraucht, um die Sprache und menschliche Schlüsselbegriffe herauszubekommen. Jetzt sind sie gerade zugange. An mir. Jetzt, in diesem Augenblick.«

»Und wie ist das?«

Er behauptete, an seinen Neuronen hingen Tausende von Forschern. Er konnte keine Einzelheiten angeben. »Sie sind verdammt effizient, weißt du«, sagte er. »Sie haben mich noch nicht kaputtgemacht.«

»Wir sollten dich sofort ins Krankenhaus bringen.«

»Was, zum Teufel, könnten die da tun? Ist dir irgendwas eingefallen, wie man sie unter Kontrolle bringt? Ich meine, das sind meine eigenen Zellen.«

»Ich hab drüber nachgedacht. Wir könnten sie aushungern. Könnten rausfinden, was für metabolische Unterschiede ...«

»Ich weiß nicht recht, ob ich sie überhaupt loswerden will«, sagte Vergil. »Sie richten doch keinen Schaden an.«

»Woher willst du das wissen?«

Er schüttelte den Kopf und hob einen Finger. »Warte! Sie versuchen gerade rauszubekommen, was Raum ist. Das ist schwer für sie. Sie lösen Entfernungen in Konzentrationen von Chemikalien auf. Für sie ist Raum so etwas wie Geschmacksintensität.«

»Vergil ...«

»Hör zu! Denk nur, Edward!« Sein Tonfall war erregt, aber trotzdem gelassen. »Schau doch! In meinem Innern passiert etwas Großartiges. Sie sprechen durch die Flüssigkeit miteinander, über Membranen. Sie schneidern etwas – Viren? – als Träger von Daten zurecht, die in Nukleinsäureketten gespeichert sind. Ich glaube, sie sagen ›RNA‹. Das ergibt einen Sinn. Es ist eine Möglichkeit, die ich ihnen einprogrammiert habe. Aber sie fertigen auch plasmidähnliche Strukturen* an. Vielleicht ist es das, was deine Maschinen für das Anzeichen einer Infektion halten – ihr ganzes Geschwätz in meinem Blut, richtige Datenpakete. Geschmackseindrücke von anderen Individuen. Gleichrangigen. Übergeordneten. Untergeordneten.«

»Vergil, ich hör dir zu, aber ich finde trotzdem, du gehörst in ein Krankenhaus.«

»Das ist meine Show, Edward«, sagte er. »Ich bin ihr Universum. Sie staunen über die neue Größenord-

---

* Kleine, ringförmig geschlossene DNA-Stücke, die neben dem eigentlichen Chromosom in der Zelle existieren. – *Anm. d. Übers.*

nung.« Er war wieder eine Zeitlang still. Ich hockte mich neben seinen Sessel und zog den Ärmel seines Hausmantels hoch. Sein Arm war kreuz und quer von weißen Linien überzogen. Ich wollte gerade zum Telefon gehen und einen Krankenwagen kommen lassen, als er aufstand und sich streckte. »Ist dir eigentlich klar«, fragte er, »wie viele Körperzellen wir jedesmal töten, wenn wir uns bewegen?«

»Ich ruf einen Krankenwagen«, sagte ich.

»Nein, tust du nicht.« Sein Ton ließ mich innehalten. »Ich hab dir doch gesagt, daß ich nicht krank bin. Das ist meine Show. Weißt du, was sie im Krankenhaus mit mir anstellen würden? Es wäre so, als ob Höhlenmenschen versuchten, einen Computer auf dieselbe Weise zu reparieren wie eine Steinaxt. Es wäre eine Farce.«

»Was, zum Teufel, soll ich dann hier?« Langsam wurde ich wütend. »Ich kann nichts tun. Ich bin einer dieser Höhlenmenschen.«

»Du bist mein Freund«, sagte Vergil. Er richtete seinen Blick auf mich. Ich hatte den Eindruck, daß ich von mehr als nur von Vergil beobachtet wurde. »Ich möchte, daß du hierbleibst und mir Gesellschaft leistest.« Er lachte. »Wenn ich auch nicht gerade allein bin.«

Er lief zwei Stunden lang in dem Apartment herum, befingerte Dinge, schaute aus den Fenstern und machte sich langsam und methodisch etwas zu essen. »Weißt du, sie können tatsächlich ihre eigenen Gedanken fühlen«, sagte er gegen Mittag. »Ich meine, das Cytoplasma scheint einen eigenen Willen zu haben, eine Art aktives Unterbewußtsein im Gegensatz zum rationalen Denkvermögen, das sie erst vor kurzem erworben haben. Sie hören das chemische ›Geräusch‹ – oder was immer – der Moleküle, die sich in ihrem Innern anlagern und ablösen.«

Um zwei Uhr rief ich Gail an, um ihr zu sagen, daß ich später kommen würde. Mir war fast übel von der Anspannung, aber ich versuchte, meine Stimme ruhig klingen zu lassen. »Erinnerst du dich an Vergil Ulam? Ich unterhalte mich gerade mit ihm.«

»Alles in Ordnung?« fragte sie.

War es das? Eindeutig nicht. »Bestens«, beruhigte ich sie.

»Kultur!« rief Vergil und warf einen Blick aus der Küche zu mir herein. Ich sagte auf Wiedersehen und hängte ein. »Sie schwimmen immer in diesem Informationsbad. Tragen ihr Teil dazu bei. Es ist eine Gestaltsache oder irgend sowas in der Art. Die Hierarchie ist absolut. Den Zellen, die nicht richtig interagieren, schicken sie maßgeschneiderte Bakteriophagen hinterher, Viren, die auf Individuen oder Gruppen spezialisiert sind. Da gibt's kein Entrinnen. Man wird vom Virus durchbohrt, die Zelle bläht sich nach außen, explodiert und löst sich auf. Aber es ist nicht einfach nur eine Diktatur. Ich glaube, sie haben effektiv mehr Freiheit als in einer Demokratie. Ich meine, sie sind alle individuell so verschieden. Ergibt das einen Sinn? Sie unterscheiden sich auf andere Weise als wir.«

»Hör auf!« sagte ich und packte seine Schultern. »Vergil, du treibst mich an den Rand des Wahnsinns. Ich halt das nicht mehr lange aus. Ich versteh dich nicht, und ich weiß nicht, ob ich dir glaube …«

»Nicht mal jetzt?«

»Okay, mal angenommen, du gibst mir die … die richtige Interpretation. Und zwar ohne Umschweife. Die ganze Geschichte ist wahr. Hast du dir schon mal die Mühe gemacht, dir die ganzen Konsequenzen zu überlegen? Was das alles heißt und wohin es möglicherweise führt?«

Er ging in die Küche und ließ sich ein Glas Wasser einlaufen, kam dann zurück und blieb dicht vor mir stehen. Seine Miene hatte sich geändert; kindliche Begeisterung war nüchterner Besorgnis gewichen. »Darin war ich noch nie sehr gut.«

»Hast du keine Angst?«

»Doch, hatte ich. Jetzt weiß ich's nicht mehr so recht.«
Er fummelte am Gürtel seines Hausmantels herum.
»Hör mal, ich möchte nicht, daß du denkst, ich hätte
dich übergangen oder so. Aber ich hab mich gestern mit
Michael Bernard getroffen. Er hat mich in seiner Privat-
klinik durchgecheckt und Proben genommen. Er hat
mir gesagt, ich soll mit den Bestrahlungen aufhören.
Hat heute morgen angerufen, kurz vor dir. Er meint, es
sei alles klar. Und er hat mich gebeten, niemand was
davon zu sagen.« Er hielt inne und machte wieder ein
verträumtes Gesicht. »Städte aus Zellen«, fuhr er fort.
»Edward, sie stoßen Haarkapillaren durchs Gewebe,
geben Informationen weiter ...«

»Schluß jetzt!« rief ich. »Alles ist klar? Was denn?«

»Nach Bernards Worten hab ich ›stark vergrößerte
Makrophagen‹ im ganzen Körper. Und er hat diesel-
ben anatomischen Veränderungen festgestellt. Also ist
es nicht so, daß wir beide uns bloß was eingebildet
haben.«

»Und was hat er nun vor?«

»Weiß ich nicht. Ich denke, er wird wahrscheinlich
Genetron überreden, das Labor wieder aufzumachen.«

»Willst du das denn?«

»Es geht nicht nur darum, das Labor wiederzukrie-
gen. Ich will dir was zeigen. Was passiert ist, seit ich
mit den Bestrahlungen aufgehört habe. Ich verändere
mich immer noch.« Er öffnete seinen Hausmantel und
ließ ihn zu Boden gleiten. Seine Haut war am ganzen
Körper kreuz und quer von weißen Linien überzogen.
An seinem Rücken begannen die Linien Wülste zu bilden.

»Mein Gott«, sagte ich.

»Ich werd bald nur noch im Labor zu irgendwas gut
sein und mich draußen nicht mehr sehen lassen können.
Wie gesagt, im Krankenhaus wüßten sie gar nicht, was
sie tun sollten.«

»Du bist ... du kannst doch mit ihnen reden und

ihnen sagen, sie sollen's langsamer angehen lassen.« Ich merkte, wie lächerlich das klang.

»Ja, kann ich tatsächlich, aber sie hören nicht unbedingt drauf.«

»Ich dachte, du wärst ihr Gott oder sowas.«

»Diejenigen, die an meinen Neuronen hängen, sind nur kleine Rädchen. Die sind Forscher oder erfüllen zumindest die gleiche Funktion. Sie wissen, daß ich hier bin und was ich bin, aber das heißt nicht, daß sie die höheren Ebenen der Hierarchie auch davon überzeugt haben.«

»Die diskutieren miteinander?«

»Sowas ähnliches. Jedenfalls ist es nicht gar so schlimm. Wenn das Labor wieder aufgemacht wird, hab ich ein Zuhause, einen Platz zum Arbeiten.« Er warf einen flüchtigen Blick aus dem Fenster, als ob er nach jemand Ausschau hielte. »Ich hab nur noch sie, sonst nichts. Sie haben keine Angst, Edward. Ich hab mich noch nie jemandem so nahe gefühlt.« Wieder das verklärte Lächeln. »Ich bin für sie verantwortlich. Wie eine Mutter.«

»Du hast keine Möglichkeit, rauszufinden, was sie tun werden.«

Er schüttelte den Kopf.

»Nein, das ist mein Ernst. Du sagst, sie sind wie eine Zivilisation ...«

»Wie tausend Zivilisationen.«

»Ja, und es ist allgemein bekannt, daß Zivilisationen manchmal Mist bauen. Krieg, die Umwelt ...«

Ich griff nach jedem Strohhalm und versuchte, meine wachsende Panik unter Kontrolle zu halten. Ich war nicht fähig, mit der Ungeheuerlichkeit dessen, was da vorging, fertig zu werden. Und Vergil ebensowenig. Er war der letzte, den ich als verständig und klug bezeichnet hätte, wenn es um große Fragen ging.

»Aber ich bin der einzige, der in Gefahr ist.«

»Das weißt du nicht. Um Himmels willen, Vergil, schau dir an, was sie mit dir *machen!*«

»Mit mir, nur mit mir!« sagte er. »Mit sonst keinem.«

Ich schüttelte den Kopf und hob resignierend die Hände. »Okay. Bernard bringt sie also dazu, das Labor wieder aufzumachen, du ziehst ein und wirst zum Versuchskaninchen. Was dann?«

»Sie behandeln mich gut. Ich bin jetzt mehr als nur der gute alte Vergil Ulam. Ich bin eine gottverdammte Galaxis, eine Supermutter.«

»Ein Superwirt, meinst du.«

Er gab mir mit einem Achselzucken recht.

Ich konnte es nicht mehr ertragen. Ich verabschiedete mich mit ein paar fadenscheinigen Ausreden, setzte mich dann in die Eingangshalle des Apartmenthauses und versuchte mich zu beruhigen. Jemand mußte ihm Vernunft beibringen. Auf wen würde er hören? Er war zu Bernard gegangen …

Und es klang, als ob Bernard nicht nur überzeugt, sondern auch interessiert sei. Leute von Bernards Kaliber gaben sich nicht mit den Vergil Ulams dieser Welt ab, wenn sie sich nichts davon versprachen …

Ich hatte eine vage Ahnung und beschloß, darauf zu setzen. Ich ging zu einem öffentlichen Fernsprecher, steckte meine Kreditkarte hinein und rief bei Genetron an.

»Ich möchte, daß Sie Dr. Michael Bernard ausrufen lassen«, erklärte ich der Empfangsdame.

»Wer ist da, bitte?«

»Hier ist sein Auftragsdienst. Wir haben einen Notruf, und sein Piepser scheint nicht zu funktionieren.«

Ein paar nervöse Minuten später kam Bernard an den Apparat. »Wer, zum Teufel, ist da?« fragte er leise. »Ich habe keinen Auftragsdienst.«

»Mein Name ist Edward Milligan. Ich bin ein Freund von Vergil Ulam. Ich glaube, wir sollten mal über ein paar Probleme sprechen.«

Wir verabredeten uns für den nächsten Vormittag.

Ich ging nach Hause und versuchte mir Entschuldigungen auszudenken, um morgen nicht zur Schicht ins Krankenhaus zu müssen. Ich konnte mich nicht auf medizinische Dinge konzentrieren, konnte mich meinen Patientinnen auch nicht annähernd so intensiv widmen, wie sie es verdienten.

Ich hatte Schuldgefühle, war nervös, wütend und voller Angst.

So fand mich Gail. Ich setzte eine Maske der Gelassenheit auf, und wir machten zusammen das Abendbrot. Nach dem Essen sahen wir durch das Fenster zur Bucht zu, wie in der späten Dämmerung die Lichter der Stadt angingen, und hielten einander fest. Seltsame Winterstare pickten in den letzten hellen Minuten auf dem gelben Rasen herum und flogen dann in einem aufkommenden Wind davon, der die Fenster klappern ließ.

»Irgendwas stimmt doch nicht«, sagte Gail leise. »Willst du's mir erzählen oder einfach so tun, als ob alles normal wäre?«

»Liegt nur an mir«, erwiderte ich. »Ich bin nervös. Die Arbeit im Krankenhaus.«

»Herrje«, sagte sie und setzte sich auf. »Du wirst dich wegen dieser Mrs. Baker noch mal von mir scheiden lassen.« Mrs. Baker wog dreihundertsechzig Pfund und hatte erst im fünften Monat bemerkt, daß sie schwanger war.

»Nein«, sagte ich lustlos.

»Da bin ich aber enorm erleichtert«, sagte Gail und berührte leicht meine Stirn. »Du weißt doch, daß es mich wahnsinnig macht, wenn du so in dich gekehrt bist.«

»Naja, ich kann im Moment noch nicht drüber sprechen, also ...« Ich tätschelte ihre Hand.

»Sei nicht so abscheulich herablassend«, sagte sie und stand auf. »Ich geh und mach Tee. Willst du auch welchen?« Jetzt war sie eingeschnappt, und ich war verkrampft, weil ich es ihr nicht erzählt hatte.

Ich fragte mich, warum ich nicht einfach mit allem herausrückte. Ein alter Freund von mir verwandelt sich in eine Galaxis.

Statt dessen räumte ich den Tisch ab. In dieser Nacht konnte ich nicht schlafen. Ich saß mit dem Kissen an der Wand im Bett, schaute auf Gail hinunter und versuchte mir darüber klar zu werden, was meines Wissens real war und was nicht.

Ich bin Arzt, sagte ich mir. Ein technischer, wissenschaftlicher Beruf. Ich sollte gegen Sachen wie den Zukunftsschock immun sein.

Vergil Ulam verwandelte sich in eine Galaxis.

Wie es wohl wäre, mit einer Billion Chinesen gefüllt zu sein? Ich grinste im Dunkeln und hätte gleichzeitig beinahe geheult. Was Vergil in sich hatte, war unvorstellbar viel fremdartiger als Chinesen. Fremdartiger als alles, was ich – oder Vergil – ohne größere Probleme verstehen konnte. Vielleicht jemals verstehen konnte.

Aber ich wußte, was real war. Das Schlafzimmer. Die Lichter der Stadt, die schwach durch hauchdünne Vorhänge schienen. Die schlafende Gail. Sehr wichtig. Gail im Bett, schlafend.

Der Traum kam wieder. Diesmal kam die Stadt durchs Fenster herein und griff Gail an. Sie war ein riesiger Spanner mit stacheligem Haar und dem Glanz der Trunkenheit in den Augen, und sie knurrte etwas in einer Sprache, die ich nicht verstehen konnte, einer Sprache, die aus Autohupen, dem Gebrabbel von Menschenmassen und chaotischem Baulärm bestand. Ich versuchte sie abzuwehren, aber es gelang ihr, an Gail heranzukommen – und die Stadt verwandelte sich in eine Wolke aus Sternen, die auf das ganze Bett und alles andere herabregneten. Ich erwachte abrupt und blieb bis zum Anbruch der Dämmerung wach, zog mich mit Gail zusammen an, küßte sie und genoß die Wirklichkeit ihrer menschlichen, unversehrten Lippen.

Und ging zu meinem Treffen mit Bernard. Man hatte

ihm eine Suite in einem großen Krankenhaus in der Innenstadt vermietet; ich fuhr mit dem Fahrstuhl in den sechsten Stock und sah, was Ruhm und Reichtum bedeuten konnten.

Die Suite war geschmackvoll eingerichtet: feine Serigraphien an holzgetäfelten Wänden, Möbel aus Chrom und Glas, ein cremefarbener Teppich, chinesisches Messing und wermutfarbene Schränke und Tische.

Er bot mir eine Tasse Kaffee an, und ich nahm an. Er setzte sich in die Frühstücksecke, und ich nahm gegenüber von ihm Platz, wobei ich meine Tasse mit feuchten Händen umschloß. Er war gepflegt und trug einen grauen Anzug, hatte graue Haare und ein scharfes Profil. Er war Mitte Sechzig und hatte eine deutliche Ähnlichkeit mit Leonard Bernstein.

»Kommen wir zu unserem gemeinsamen Bekannten«, sagte er, »Mr. Ulam. Brillant. Und ich zögere nicht, zu sagen: couragiert.«

»Er ist mein Freund. Ich mache mir Sorgen um ihn.«

Bernard hob den Finger. »Couragiert – und ein verdammter Narr. Was mit ihm geschehen ist, hätte nie passieren dürfen. Mag sein, daß er dabei unter Druck gestanden hat, aber das ist keine Entschuldigung. Trotzdem, es ist nun mal passiert. Er hat mit Ihnen gesprochen, nehme ich an.«

Ich nickte. »Er will zu Genetron zurück.«

»Natürlich. Da sind ja seine ganzen Geräte. Und da wird wahrscheinlich auch sein Zuhause sein, während wir die Sache auswerten.«

»Auswerten – wie? Welchen Sinn hat das?« Ich dachte nicht sonderlich klar. Ich hatte leichte Kopfschmerzen.

»Ich kann mir viele Verwendungsmöglichkeiten für kleine, superdichte Computerelemente auf biologischer Basis vorstellen. Sie nicht? Genetron hat bereits Durchbrüche erzielt, aber das ist eine ganz tolle Sache.«

»Was schwebt Ihnen da vor?«

Bernard lächelte. »Ich darf eigentlich nicht darüber

sprechen. Es wird revolutionär sein. Wir müssen ihn ins Labor verlegen. Tierexperimente müssen durchgeführt werden. Wir werden natürlich ganz von vorn anfangen müssen. Vergils ... ähm ... Kolonien können nicht übertragen werden. Sie basieren auf seinen weißen Blutkörperchen. Deshalb müssen wir Kolonien züchten, die in anderen Tieren keine Immunreaktionen auslösen.«

»Wie zum Beispiel eine Infektion?« fragte ich.

»Da gibt es wohl gewisse Ähnlichkeiten. Aber Vergil hat keine Infektion.«

»Meine Tests zeigen das aber an.«

»Das sind wahrscheinlich die Datenteilchen, die in seinem Blut schwimmen, meinen Sie nicht?«

»Ich weiß es nicht.«

»Hören Sie, ich möchte, daß Sie ins Labor kommen, wenn sich Vergil dort eingelebt hat. Ihre fachmännische Meinung könnte uns von Nutzen sein.«

Uns. Er steckte mit Genetron unter einer Decke. Konnte er da objektiv sein? »Welchen Nutzen werden Sie denn daraus ziehen?«

»Ich war in meinem Beruf immer an der Spitze. Ich sehe keinen Grund, weshalb ich hier nicht helfen sollte. Mit meinem Wissen über Gehirn- und Nervenfunktionen und aufgrund meiner Forschungen im neurophysiologischen Bereich ...«

»Sie könnten Genetron helfen, eine Untersuchung durch die Regierung abzuwimmeln«, sagte ich.

»Das war reichlich unverblümt. Zu unverblümt, und außerdem unfair.«

»Vielleicht. Trotzdem, ja: Ich würde gern ins Labor kommen, wenn sich Vergil dort eingelebt hat. Wenn ich immer noch willkommen bin, trotz meiner Unverblümtheit und allem.« Er sah mich scharf an. Ich würde nicht in *seinem* Team spielen; einen Moment lang waren seine Gedanken fast unverhüllt sichtbar.

»Natürlich«, sagte Bernard und stand mit mir zusammen auf. Er streckte den Arm aus und schüttelte mir die

Hand. Seine Hand war feucht. Er war genauso nervös wie ich, auch wenn er es nicht offen zeigte.

Ich kehrte in meine Wohnung zurück und blieb dort bis zum Mittag. Ich las, versuchte meine Gedanken zu ordnen und eine Entscheidung zu treffen – was real war, was ich schützen mußte.

Jeder kann nur ein begrenztes Ausmaß an Veränderungen ertragen. Innovation ja, aber bei der Anwendung sollte man sich Zeit lassen und nichts forcieren. Jeder Mensch hat das Recht, derselbe zu bleiben, bis er es sich anders überlegt.

Der größte wissenschaftliche Fortschritt seit ...

Und Bernard würde ihn forcieren. Genetron würde ihn forcieren. Ich wurde mit dem Gedanken nicht fertig. »Neo-Luddit*«, sagte ich zu mir. Eine böse Anschuldigung.

Als ich Vergils Nummer auf dem Sicherheitstastenfeld des Gebäudes eingab, meldete er sich sofort. »Ja«, sagte er. Er klang jetzt heiter. »Komm rauf! Ich bin im Bad. Die Tür ist offen.«

Ich betrat sein Apartment und ging durch den Flur zum Bad. Vergil saß in der Wanne, bis zum Hals in rötlichem Wasser. Er lächelte mich unbestimmt an und planschte mit den Händen. »Sieht aus, als hätte ich mir die Pulsadern aufgeschnitten, nicht?« sagte er leise. »Keine Bange. Jetzt ist alles in Butter. Genetron stellt mich wieder ein. Bernard hat gerade angerufen.« Er zeigte zum Telefon und zur Gegensprechanlage im Bad.

Ich setzte mich auf die Toilette und bemerkte, daß die Höhensonne neben den Handtuchschränken stand. Die UV-Lampen lagen in einer Reihe am Rand der Platte, in die das Waschbecken eingelassen war. »Du

---

* Englische Textilarbeiter, die Anfang des 19. Jahrhunderts aus Angst vor der Arbeitslosigkeit die Maschinen stürmten; benannt nach einem der ersten Maschinenstürmer, Ned Lud. – *Anm. d. Übers.*

bist sicher, daß du das willst«, sagte ich mit hängenden Schultern.

»Ja, ich glaub schon«, sagte er. »Die können sich besser um mich kümmern. Ich wasch mich noch schnell und zieh heute abend rüber. Bernard holt mich mit seiner Limousine ab. Prima. Von jetzt an läuft alles prima.«

Die rötliche Farbe des Wassers sah nicht nach Seife aus. »Ist das ein Schaumbad?« fragte ich. Dann wurde mir schlagartig einiges klar, und ich fühlte mich noch ein bißchen elender. Was mir da in den Sinn gekommen war, war nur ein weiterer offenkundiger und unausweichlicher Irrsinn.

»Nein«, antwortete Vergil. Ich wußte es bereits.

»Nein«, wiederholte er, »es kommt aus meiner Haut. Sie erzählen mir nicht alles, aber ich glaube, sie schicken Kundschafter aus. Astronauten.« Er sah mich mit einer Miene an, in der nicht so sehr Besorgnis lag, sondern eher Neugier, wie ich es aufnehmen würde.

Bei der Bestätigung spannten sich meine Bauchmuskeln, als ob sie einen Schlag erwarteten. Ich hatte die Möglichkeit bis jetzt nie auch nur erwogen, vielleicht weil ich mich auf andere Aspekte konzentriert hatte. »Passiert das zum erstenmal?« fragte ich.

»Ja.« Er lachte. »Ich hätte gute Lust, die kleinen Biester im Abfluß runterzuspülen. Dann können sie rausfinden, wie's in der Welt wirklich zugeht.«

»Sie würden überall hingelangen«, sagte ich.

»Garantiert.«

»Wie ... wie geht's dir?«

»Ziemlich gut im Moment. Müssen Milliarden sein.« Er planschte noch mehr mit seinen Händen. »Was meinst du? Soll ich die kleinen Biester rauslassen?«

Rasch und fast ohne nachzudenken kniete ich mich neben die Wanne. Meine Finger tasteten nach dem Stromkabel der Höhensonne, und ich steckte sie ein. Er hatte Türklinken unter Strom gesetzt, meine Pisse blau gefärbt und tausend dumme Streiche ausgeheckt, und

46

er war nie erwachsen, nie reif genug geworden, um zu begreifen, daß er brillant genug war, um der Welt tatsächlich Schaden zuzufügen; er würde es nie lernen, vorsichtig zu sein.

Er griff nach dem Abflußstöpsel. »Weißt du, Edward, ich ...«

Er beendete den Satz nicht mehr. Ich hob die Höhensonne auf, warf sie in die Wanne und sprang vor dem aufschießenden Dampf und den sprühenden Funken zurück. Vergil schrie, schlug um sich und zuckte, und dann war alles reglos und still. Nur das leise, stetige Zischen war noch zu hören, und von seinen Haaren stieg Rauch auf.

Ich hob den Klodeckel hoch und übergab mich. Dann hielt ich mir die Nase zu und ging ins Wohnzimmer. Meine Beine gaben unter mir nach, und ich fiel abrupt auf die Couch.

Nach einer Stunde durchsuchte ich Vergils Küche und fand Bleichmittel, Ammoniak und eine Flasche Jack Daniel's. Ich ging ins Bad zurück und gab mir Mühe, Vergil nicht direkt anzuschauen. Ich goß erst den Schnaps, dann das Bleichmittel und dann das Ammoniak ins Wasser. Chlorblasen begannen aufzusteigen, und ich ging hinaus und machte die Tür hinter mir zu.

Das Telefon klingelte, als ich nach Hause kam. Ich nahm nicht ab. Es hätte das Krankenhaus sein können. Oder Bernard. Oder die Polizei. Ich konnte es direkt vor mir sehen, wie ich der Polizei alles erklären mußte. Genetron würde mauern; Bernard würde nicht zu erreichen sein.

Ich war erschöpft. All meine Muskeln waren verkrampft vor Anspannung oder wie immer man die Gefühle bezeichnen will, die einen befallen, wenn man ...

Völkermord begangen hat?

Das kam mir alles andere als real vor. Ich konnte nicht glauben, daß ich gerade hundert Billionen intelligenter Lebewesen ermordet hatte. Daß ich eine ganze Galaxis ausgelöscht hatte. Es war lächerlich. Aber ich lachte nicht.

Es fiel mir überhaupt nicht schwer zu glauben, daß ich gerade einen Menschen getötet hatte, einen Freund.

Der Rauch, die geschmolzenen Leuchtstoffröhren, das herabhängende, rauchende Kabel.

Vergil.

Ich hatte die Höhensonne zu Vergil in die Wanne geworfen.

Mir war übel. Träume, Städte, die Gail vergewaltigten (und was war mit seiner Freundin Candice?). Wasser, das mit diesen Geschöpfen durch den Abfluß rauschte. Galaxien, die auf uns alle herabregneten. Was für ein Horror! Dann wiederum: was für eine potentielle Schönheit – eine neue Art von Leben, Symbiose und Transformation.

Hatte ich genug getan, um sie alle umzubringen? Ich geriet einen Moment lang in Panik. Morgen, dachte ich, werde ich sein Apartment sterilisieren. Irgendwie. Ich verschwendete nicht einen Gedanken an Bernard.

Als Gail zur Tür hereinkam, lag ich schlafend auf der Couch. Ich wachte groggy auf, und sie blickte auf mich herunter.

»Alles in Ordnung mit dir?« fragte sie und hockte sich auf den Rand der Couch. Ich nickte.

»Was gibt's heut abend zu essen?« Mein Mund funktionierte nicht richtig. Die Worte waren ein Brei. Sie fühlte mir die Stirn.

»Du hast Fieber, Edward«, sagte sie. »Sehr hohes Fieber.«

Ich taumelte ins Bad und schaute in den Spiegel. Gail war dicht hinter mir. »Was ist?« fragte sie.

Unter meinem Kragen zogen sich Linien um den Hals. Weiße Linien, wie Autobahnen. Sie waren schon lange in mir drin. Tagelang.

»Feuchte Hände«, sagte ich. Es war so offensichtlich.

Ich glaube, wir wären beinahe gestorben. Zuerst kämpfte ich dagegen an, aber nach ein paar Minuten war ich schon zu schwach, um mich zu bewegen. Eine Stunde später war Gail genauso krank.

Ich lag schweißgebadet auf dem Teppich im Wohnzimmer. Gail lag mit kalkweißem Gesicht und geschlossenen Augen auf der Couch, wie eine Leiche im Einbalsamierungsraum. Eine Weile dachte ich, sie sei tot. So krank ich war, ich tobte innerlich vor Wut – ich verspürte Haß und ein ungeheures Schuldgefühl, weil ich so schwach war, weil ich so lange gebraucht hatte, um alle Möglichkeiten zu erfassen. Dann kümmerte es mich nicht mehr. Ich war zu schwach, um zu blinzeln, also schloß ich die Augen und wartete.

In meinen Armen und Beinen war ein Rhythmus. Mit jedem Pulsschlag wallte so etwas wie ein Klang in mir auf. Es hörte sich wie ein tausend Mann starkes Orchester an, in dem jedoch nicht alle dasselbe Stück spielten, sondern die Symphonien ganzer Spielzeiten zugleich. Musik des Blutes. Der Klang oder was immer wurde härter, aber koordinierter, Wellenzüge, die sich schließlich gegenseitig annullierten, bis Stille herrschte, und sich dann in harmonische Schwebungen trennten.

Die Schwebungen schienen mit mir, mit dem Klang meines Herzens zu verschmelzen.

Zuerst dämpften sie unsere Immunreaktionen. Der Krieg – und es war ein Krieg auf einer Stufe, wie es ihn auf der Erde noch nie gegeben hatte, mit Billionen von Kombattanten – dauerte schätzungsweise zwei Tage.

Als ich wieder soweit bei Kräften war, daß ich an den Wasserhahn in der Küche herankam, konnte ich fühlen, wie sie an meinem Gehirn arbeiteten, wie sie den Code zu knacken und den Gott im Protoplasma zu finden versuchten. Ich trank, bis mir schlecht war, dann trank ich in Maßen weiter und brachte Gail auch ein Glas. Sie nippte daran. Ihre Lippen waren aufgesprungen, ihre Augen blutunterlaufen und von gelblichem Schorf umringt. Ihre

Haut hatte ein bißchen Farbe. Ein paar Minuten später saßen wir matt in der Küche und aßen kraftlos.

»Was war *das* denn, zum Teufel?« fragte sie als erstes. Da ich nicht die Kraft hatte, es ihr zu erklären, schüttelte ich nur den Kopf. Ich schälte eine Orange und gab ihr die Hälfte ab. »Wir sollten einen Arzt holen«, sagte sie. Aber ich wußte, daß wir das nicht tun würden. Ich empfing bereits Botschaften; es ließ sich nicht länger leugnen, daß jedes Gefühl von Freiheit, das wir hatten, eine Illusion war.

Am Anfang waren die Botschaften simpel. Erinnerungen an Befehle manifestierten sich statt der Befehle selbst in meinem Kopf. Wir sollten die Wohnung nicht verlassen – ein Gedanke, der für die Herrschenden sehr abstrakt, aber trotzdem unerwünscht zu sein schien und keinen Kontakt mit anderen aufnehmen. Wir durften vorläufig bestimmte Nahrungsmittel essen und Leitungswasser trinken.

Als sich das Fieber bei uns beiden legte, kamen die Veränderungen schnell und drastisch. Gail und ich wurden fast gleichzeitig bewegungsunfähig. Sie saß am Tisch, ich kniete auf dem Boden. Ich konnte sie gerade noch so eben aus den Augenwinkeln sehen.

An ihrem Arm bildeten sich Wülste.

Sie hatten in Vergil gelernt; ihre Taktik in uns war ganz anders. Mich juckte es zwei Stunden lang überall – zwei Stunden in der Hölle –, bevor ihnen der Durchbruch gelang und sie mich fanden. Die Anstrengung von Generationen – nach ihrem Zeitmaßstab – zahlte sich aus, und sie kommunizierten reibungslos und direkt mit dieser riesigen, unbeholfenen Intelligenz, die einst ihr Universum beherrscht hatte.

Sie waren nicht grausam. Als ihnen klar wurde, was Unbehagen bedeutete und wie unerwünscht es war, arbeiteten sie daran, es zu lindern. Dabei überspannten sie den Bogen. Eine weitere Stunde schwamm ich in einem Meer der Glückseligkeit, ohne jeden Kontakt mit ihnen.

Als der nächste Morgen dämmerte, wurden wir freigegeben und durften uns wieder bewegen; vor allem, um ins Bad zu gehen. Es gab gewisse Abfallstoffe, mit denen sie nichts anfangen konnten. Ich entleerte diese – mein Urin war purpurrot –, und Gail tat es gleich nach mir. Wir sahen uns mit leerem Blick an. Dann brachte sie ein schwaches Lächeln zustande. »Reden sie mit dir?« fragte sie. Ich nickte. »Dann bin ich also nicht verrückt.«

In den nächsten zwölf Stunden schien die Kontrolle auf einigen Ebenen nachzulassen. Während dieser Zeit gelang es mir, den größten Teil dieses Manuskripts niederzuschreiben. Ich vermute, daß in meinem Innern ein weiterer Krieg stattfand. Gail konnte sich wie zuvor in Grenzen bewegen, aber mehr auch nicht.

Als die Kontrolle wieder umfassend wurde, bekamen wir den Befehl, einander zu umarmen. Wir zögerten nicht.

»Eddie ...« flüsterte sie. Mein Name war der letzte Laut, den ich je von draußen hörte.

Wir wuchsen im Stehen zusammen. Innerhalb von Stunden wurden unsere Füße größer und breiteten sich aus. Dann wuchsen Fortsätze zu den Fenstern, um Sonnenlicht aufzunehmen, und zur Küche, um Wasser aus dem Waschbecken zu entnehmen. Bald spannten sich Filamente in alle Ecken des Zimmers; sie kratzten Tünche und Putz von den Wänden und zerrten Stoff und Füllung aus den Möbeln.

Als der nächste Tag anbrach, war die Transformation vollzogen.

Ich habe kein klares Bild mehr davon, wie wir aussehen. Ich vermute, daß wir Zellen ähneln – großen, flachen und mit Härchen versehenen Zellen, die sich zielstrebig durch den größten Teil der Wohnung spannen. Wie im Kleinen, so auch im Großen.

Ich bin gebeten worden, mit der Aufzeichnung fortzufahren, aber das wird bald nicht mehr möglich sein.

Unsere Intelligenz fluktuiert täglich, während wir von den denkenden Wesen in unserem Innern absorbiert werden, und unsere Individualität verringert sich mit jedem Tag. Wir sind wahrhaftig riesige, unbeholfene Dinosaurier. Unsere Erinnerungen sind von Milliarden der Ihren übernommen und unsere Persönlichkeiten durch das transformierte Blut verbreitet worden.

Bald wird es keine Notwendigkeit für eine Zentralisierung mehr geben.

Ich bin informiert worden, daß die Rohrleitungen bereits befallen sind. Überall im Haus werden Menschen umgewandelt.

Innerhalb von Wochen nach der alten Zeitrechnung werden wir in großer Zahl die Seen, Flüsse und Meere erreichen.

Ich kann nicht einmal raten, was daraus entstehen wird. Jeder Quadratzentimeter des Planeten wird vor Gedanken brodeln. In ein paar Jahren, vielleicht auch viel eher, werden sie ihre eigene Individualität (soweit es sie gibt) überwinden.

Dann werden neue Geschöpfe kommen. Ihre Denkfähigkeit wird so immens sein, daß wir sie uns nicht einmal vorstellen können.

Mein ganzer Haß und all meine Angst sind jetzt verschwunden.

Mir – uns – bleibt zum Schluß nur eine einzige Frage.

Wie oft ist das schon anderswo passiert? Noch nie sind Besucher aus dem Raum zur Erde gekommen. Dazu bestand keine Notwendigkeit.

Sie hatten Universen in Sandkörnern gefunden.

Originaltitel: ›BLOOD MUSIC‹ • Copyright © 1983 by Greg Bear • Erstmals erschienen in ›ANALOG – SCIENCE FICTION/SCIENCE FACT‹, Juni 1983 • Copyright © 1990 der deutschen Übersetzung by Wilhelm Heyne Verlag, München • Aus dem Amerikanischen übersetzt von Peter Robert

DIE HURE

Oliver Jones unterschied sich von seinen Brüdern wie die Spreu vom Weizen. Er gönnte ihnen ihre blinde Wildheit. Er lieh ihnen Geld, bis er selbst keines mehr hatte und bedauerte es, aber nicht sehr. Seine Bedürfnisse waren nicht einfach, aber sie hingen nicht am Geld. Er arbeitete in Jobs für Jugendliche, ohne sich zu beklagen, wohl wissend, daß etwas Besseres auf ihn wartete. Manchmal schien es, als wäre er der einzige in der Familie, der fähig war, seiner Mama die Sorgen abzunehmen, nun, da Papa tot war, und sie, selbst mit ihren zwei Babys auf dem Schoß und seiner jüngeren Schwester Yolanda, die bei den Nachbarn schwätzte, einsam war.

Die Stadt war ihm ein Rätsel. Seine älteren Brüder Denver und Reggie glaubten, daß dies ein Ort war, der überwunden werden müßte, aber Oliver teilte ihre Anschauung nicht. Er wollte die Stadt zu einem Teil von sich machen, sie mit seinem Atem einsaugen, sie in Knochen und Hirn einverleiben. Wenn er zu der Musik der Stadt tanzen konnte, hätte er es geschafft, selbst wenn Denver und Reggie sagten, die Stadt wäre weit und grausam und endlos, daß ihre vier Viertel junge Männer verschlängen und sie als alte Leute wieder ausspeien würden. Sieh doch Papa an, sagten sie, er war dreiundvierzig und ging ins fünfte Viertel, Darkside, ein Sack müder Knochen. Sie sagten, nimm, was du kriegen kannst, solange du es kriegen kannst.

Das war nicht, was Oliver sah, obwohl er wußte, daß die Stadt grausam und hungrig war.

Seine Brüder und sogar Yolanda foppten ihn wegen seines Glaubens. Es war mehr als lediglich der Gang zur Kirche, der sie veranlaßte, ihn aufzuziehen, weil sie selbst auch zur Kirche gingen und neben Mama saßen. Reggie und Denver wußten, daß es vorteilhaft war, bei der Andacht gesehen zu werden. Es war nicht seine Musik, die sie lachen ließ, denn er konnte auf dem Klavier genauso hart und schnell spielen wie leise und weich. Sie alle tanzten gern, selbst Mama zuweilen. Es war seine Freundlichkeit. Es war sein Geschmack bei Mädchen, seine Ruhe und sein Fleiß und seine Ehrlichkeit.

Am letzten Schultag vor den Weihnachtsferien ging Oliver bei Schneefall nach Hause und hielt für eine Weile nachdenklich beim Grab seines Vaters auf dem alten St. John's Friedhof inne. Umgeben von schuppigen alten Schiefergrabsteinen und neueren aus weißem Marmor, abgenutzt von den Säuretränen der Stadt, dachte er, daß er nun als aufgewachsen betrachtet werden konnte, daß er nun die Familie unterstützen müsse. Er verließ den Friedhof in mürrischer Stimmung und ging zwischen hohen Wohnhäusern aus Back- und Sandstein entlang der schmutzigen, nassen schwarzen Straße. Sein Schatten verlor sich zwischen den größeren Schatten Sleepsides; seine Augen waren auf den Gehsteig gerichtet.

Denver und Reggie waren nicht in der Lage, gutes Geld beizubringen, Geld, das Mama akzeptieren würde. Yolanda war zu jung, und es war nicht wahrscheinlich, daß sie bald irgendeinen Job bekommen würde. Er blieb übrig, der einzige, der die Schule beenden würde. Er könnte mehr Klavierschüler annehmen, aber er müßte ausziehen, um dies zu tun. Wie sollte er etwas finden, das ihn nicht alles, was er verdiente, an Miete kosten würde? Sleepside war übervölkert.

Oliver hörte das Geräusch in der Wohnung, als er noch einen halben Block entfernt war. Er rannte die fünf dunklen, abfallbedeckten Treppenabsätze hinauf und zog den Schlüssel hervor, um die drei Schlösser der Tür zu öffnen. Er öffnete die Tür und stützte sich mit einer Hand an der Wand ab, so außer Atem, daß er nicht sprechen konnte.

Die Wohnung war in Aufruhr. Yolanda, dünn wie eine Stange, stand in der Küchentür, rang ihre großen Hände und jammerte. Die zwei Babys saßen mit raschelnden Windeln und ihren Fäusten im Mund in der Diele. Mrs. Diamond Freeland, die Witwe aus der Nachbarschaft, hastete in nutzlosem Bibbern hin und her. Irgend etwas stimmte nicht.

»Was ist los?« fragte er Yolanda mit dem ersten Atem, der ihm zur Verfügung stand. Sie stöhnte nur und schüttelte den Kopf. »Wo sind Reggie und Denver?« Sie schüttelte den Kopf weniger nachdrücklich, was hieß, daß sie nicht daheim waren. »Wo ist Mama?« Daraufhin wurde Yolanda hysterisch. Sie fiel zurück gegen die Wand, die Fäuste gegen den Mund gepreßt, Tränen in den Augen. »Ist was mit Mama passiert?«

»Deine Mama ist in die Oberstadt gegangen«, sagte Mrs. Diamond Freeland, die plattfüßig vor Oliver stand; ihr blumenbedrucktes Kleid dehnte sich über ihrem fülligen Leib. »Was willst du unternehmen? Du bist ihr Sohn.«

»Wohin in der Oberstadt?« fragte Oliver und versuchte, seine zitternde Stimme zu beherrschen. Er wollte jeden in der Wohnung schlagen. Er war ängstlich, und sie waren ihm überhaupt keine Hilfe.

»Sie i-ist ei-einkaufen gegangen!« jammerte Yolanda. »Sie hat heute ihren Scheck bekommen, und es ist Weihnachten, und sie ist fort, um den Babys neue Sachen und was zum Essen zu holen.«

Olivers Hände verkrampften sich. Mama hatte ihn gefragt, was er sich zu Weihnachten wünsche und er hatte gesagt: »Nichts, Mama. Wirklich nichts.« Sie hatte ihn gescholten, gesagt, daß alles gut sein würde, wenn der Scheck käme. Wozu wäre Weihnachten gut, wenn sie nicht kleine Besonderheiten für jedes ihrer Kinder finden könne? »In Ordnung«, hatte er gesagt. »Ich würde gern Notenblätter haben. So etwas hatte ich noch nie.«

»Sie muß an der falschen Haltestelle ausgestiegen sein«, sagte Mrs. Diamond Freeland, wobei sie Oliver aus den Winkeln ihrer großen Augen anstarrte. »Das ist alles, was ich mir vorstellen kann.«

»Was ist passiert?«

Yolanda zog einen Brief aus ihrer Bluse und gab ihn ihm. Auf einem phantasievollen purpurnen Papier mit einem feinen Blumendekor an den Rändern stand eine unterzeichnete, handgeschriebene Mitteilung in sehr hübscher goldener Füllfederhaltertinte. Er las sie sorgfältig. Dann las er sie noch einmal.

An die Joneses.

Ihre Mama ist in der Oberstadt in meiner Obhut. Sie hatte sich verirrt, und ich versuchte, ihr zu helfen, aber sie stahl etwas, das für mich sehr wertvoll ist, sie aber nicht haben soll. Sie sagt, Sie kämen sie abholen. Mit ›Sie‹ meint sie ihren jüngsten Sohn Oliver Jones, und wenn nicht ihn, dann Yolanda Jones, ihre älteste Tochter. Einer von beiden bleibt zum Austausch gegen Ihre Mama hier, der andere muß hierbleiben, um für mich zu arbeiten.

Miss Belle Parkhurst
969 33rd Street

»Wer ist sie, und warum hat sie Mama?« fragte Oliver.

»Ich gehe nicht!« schrie Yolanda.

»Sei still«, sagte Mrs. Diamond Freeland. »Sie ist diese Hure. Sie ist diese Oberstadt-Hure, die das größte Haus dort leitet.«

Oliver blickte ungläubig von Gesicht zu Gesicht.

»Eure Mama muß die falsche Haltestelle erwischt und sich verlaufen haben«, wiederholte Mrs. Diamond Freeland. »Nur so kann ich es mir vorstellen. Sie ging zum Hurenhaus und bekam Schwierigkeiten.«

»Ich gehe nicht!« sagte Yolanda. Sie vermied Olivers Blick. »Du weißt, was sie mich tun läßt.«

»Ja«, sagte Oliver leise. »Aber was läßt sie *mich* tun?«

Reggie und Denver, erfuhr er von Mrs. Diamonds Freeland, waren nach Hause gekommen, bevor die Nachricht in Empfang genommen wurde. Sie gingen gerade, als die Bote pfeifend im Flur ankam. Oliver seufzte. Seine Brüder waren beinahe nie daheim; sie dachten, sie könnten Mama hinters Licht führen, aber dem war nicht so. Mama wußte, wer kommen und nach ihr sehen würde, wenn sie in Schwierigkeiten steckte.

Reggie und Denver hielten sich für die heißesten Burschen in der Straße. Sie behaupteten, überall in Sleepside und Snowside Frauen zu haben. Oliver war beinahe zu schüchtern, um überhaupt eine Frau anzusprechen. Er war klein, schmächtig und beinahe hübsch, und für seine Größe beachtlich stark. Oliver war nie in seinem Leben einem ehrlichen und lohnenden Kampf ausgewichen, hatte aber auch nie einen angefangen.

Der Gedanke, zu Miss Belle Parkhursts Establishment zu gehen, ängstigte ihn, aber er erinnerte sich an das, was sein Vater ihm eine Woche vor seinem Tod gesagte hatte. »Oliver, wenn ich gegangen bin – das wird bald sein, du weißt es … Yolanda ist intelligent wie eine Schüssel Cornflakes und deine Brüder … nun, ich will nett sein und nur sagen, daß deine Mama dich brauchen wird. Du mußt dich als verläßlich erweisen, so daß du ihr eine Stütze bist.«

Damals waren die Babys noch nicht geboren.

»Welchen Zug hat sie genommen?«

»Den nach Snowside«, sagte Mrs. Diamond Freeland. »Aber sie muß in Sunside ausgestiegen sein. Das ist die Dreiunddreißig.«

»Es wird Nacht«, sagte Oliver.

Yolanda schnaufte und wischte sich die Augen. Davongekommen. »Du gehst?«

»Muß wohl«, sagte Oliver. »Es geht um Mama.«

Mrs. Diamond Freeland sagte: »Ich glaube, diese Hure hat etwas vor.«

Auf der Grenze zwischen Dämmerung und Dunkelheit, unterirdisch, wo es keinen Unterschied hätte machen sollen, leerte sich die Metro von Tagespassagieren und füllte sich mit denen der Nacht.

Manchmal fuhren die Tagleute in dichtgedrängten Gruppen mit der Nachtmetro, aber nicht, wenn sie es vermeiden konnten. Die Nachtmetro war dazu da, um die Verlorenen oder den menschlichen Abschaum zu transportieren. Jeder, der sich schämte oder Angst hatte, tagsüber herauszukommen, kam nachts heraus. Die Nachtmetro transportierte auch die Nuller – Leute, die einfach ihre Leben lebten. Starben sie, konnte sich niemand mehr an sie erinnern. Nachtmetro – besonders in späten Stunden – war keine empfehlenswerte Art zu reisen, aber für Oliver war es der schnellste Weg von Sleepside nach Sunside. Er mußte so früh wie möglich los, um zu Mama zu gelangen.

Oliver stieg die vier Absätze der Betontreppe hinab und knirschte angesichts der Gefahr, in der er sich befand, mit den Zähnen. Am Fuß der Stufen hielt er inne und lockerte seine vor Furcht verkrampften Rückenmuskeln und Nerven. »Es ist wegen Mama; wegen Mama. Niemand außer mir kann ihr helfen.« Er ließ die bronzene Katzenkopfmünze in das Drehkreuz fallen, klapperte hindurch und überquerte die verlassene Plattform. Lediglich zwei unbestimmbare Gestalten, die in schwere Umhänge gehüllt waren, obwohl es ein warmer Abend war, warteten auf der Bahnseite. Oliver behielt sie im Auge und ging auf dem schmutzigen, von Füßen abgewetzten Beton in Form einer Acht vor und zurück und spähte nervös auf die Nässe und den Ruß unter den Schienen hinab. Hinter ihm, auf der schmutzigen Fliesenwand der Station, hing das Goldmosaik einer Trompete und der Zahl Sieben. Die Trompete für Leute, die nicht lesen konnten, um anzuzeigen, daß sie aussteigen mußten. Alle Stationen in Sleepside hatten Musikinstrumente.

Die Nachtmetro wurde von einer anderen Mannschaft betrieben als die Tagmetro. Sein Zug kam an, sauber, glatt und silbern, ohne einen Tupfen Graffiti oder einen getrübten Flecken. Oliver erhaschte einen flüchtigen Blick auf den Fahrer unter dem SLEEPSIDE/CHASTE RIVER/SUNSIDE-46TH-Schild, das das Ziel angab. Der Fahrer trug oder besaß einen Stierkopf und hatte ein Paar langer schimmernder Scheren bei sich, die an seinem Sam-Browne-Gürtel befestigt waren. Oliver trat durch die geöffnete Tür und ergriff einen glatten Haltegriff, obwohl die Sitze zum größten Teil unbesetzt waren. Wenn man stand, konnte man schnell weglaufen.

Es waren vier Leute im Wagen: zwei Frauen – eine jung, nicht hübsch oder sehr lebendig aussehend; die andere war alt, hatte trübe Augen und eine mit Gänseblümchen bedruckte Plastikeinkaufstasche bei sich – und zwei Männer, beide blond und stämmig, gekleidet in Geschäftsanzüge mit glänzenden Ellbogen. Keiner sah den anderen an. Die Türen schlossen sich, und der Zug rollte an, beschleunigte, bis der Lärm seiner Räder auf den Schienen alle anderen Geräusche übertönte und beinahe auch alle Gedanken.

Es gab mehr tote Stationen als intakte und beleuchtete. Die Nachtmetro hatte nur wenig Stationen mit der Tagmetro gemein. Die meisten Stationen waren abgeschaltet, aber die einzigen Leute, die es dort noch gab, würden sich sowieso nicht im hellen Licht zeigen. Oliver versuchte nicht hinzusehen, seine Augen auf die wenigen gerichtet zu halten, die mit ihm im Wagen waren. Aber ab und zu konnte er sich nicht zurückhalten und spähte hinaus. Jenseits von X-Balken und Barrikaden huschten einzelne orangefarbene Lampen und zerbrochene Fliesenwände vorüber, Plattformen voll von Schmutz und Schatten.

Einige behaupteten, die Toten würden die Nachtmetro benutzen, und daß sie nach Mitternacht den ganzen Weg nach Darkside führe. Oliver wußte nicht, was er glauben sollte. Als der Zug zu seinem Haltepunkt hin langsamer wurde, zog er den Kragen seiner dunkelgrünen Nylonwindjacke hoch und rieb sich mit einem Finger die Nase. Reggie und Denver wären nicht einmal so weit gekommen. Sie schätzten ihre Haut viel zu sehr.

Nachdem er ausgestiegen war, bewegte der Zug sich nicht weiter. Für einen Moment stand er an der geöffneten Tür, dann ging er am vorderen Wagen vorbei auf die Treppe zu. Über die Schulter sah er den Fahrer, der im Vorderteil des Wagens in seiner kleinen Kabine in fluoreszierender Kälte stand. Die Augen des Stierkopfes lagen tief im Schatten. Oliver fühlte das sternengleiche Prickeln in den Höhlen des Beobachtenden mehr, als er es sah. Die linke Hand des Fahrers zog an den Schneiden der silbernen Schere.

»Was kümmert es dich, Mann?« fragte Oliver leise und verweilte einen Augenblick, um das versteckte Starren zu erwidern. »Mach weiter mit deiner Arbeit. Wir alle haben was zu tun.«

Die Nase des Stierkopfes deutete lediglich ein von Oliver abgewandtes Zucken an, und die Hand ließ die Schere los, um sich auf einen Schalter zu legen. Die Türen des Zuges schlossen sich. Die silbernen Seiten, Fenster und Lichter nahmen Geschwindigkeit auf, und der Zug legte sich quietschend in eine Kurve in die Dunkelheit. Oliver erklomm die zwei Treppenabsätze zur Sunside-Station.

Die sommerliche Nacht lag schwer und warm auf den üppigen Bäumen und dem Gras des ausgedehnten Parks. Oliver stand vor dem Eingang zur Metro und hörte den Grillen, Heuschrecken und Zikaden zu, die ihre im baum- und graslosen Sleepside ungehörten Lieder sangen. Überall um den Park herum erhoben sich Wände aus Marmor und Backstein mit dunklen Fen-

stern, graue Steinhotels und gefällige Apartmentgebäude mit Giebeldächern.

Oliver sah sich nach einer Orientierung um, einer
Karte oder etwas ähnlichem. Oberhalb der Nachtmetro
war es sogar möglich, gewöhnliche Leute anzutreffen
und sie zu fragen, wenn er es wagte. Er ging in Richtung
der Straße und dachte an Mama, daß sie so weit gekommen war, und an die Angst, die sie dabei gehabt haben
mußte. Er liebte Mama sehr. Manchmal schien es, als
wäre sie der einzig ordentliche Teil in seinem Leben, obwohl ihn junge Frauen im Laufe der Jahre mehr und
mehr ablenkten.

»Oliver Jones?«

Eine lange weiße Limousine wartete am Rinnstein.
Eine junge, schlanke Frau in violetter Chauffeurslivree
und einer flotten schwarz-silbernen Kappe auf ihrem
üppigen Haar nickte schüchtern, lächelte ihn an und
winkte ihm mit weißen Lederhandschuhen zu. »Sind Sie
Oliver Jones, der kommt, um seine Mama zu retten?«

Er ging langsam auf die weiße Limousine zu. Sie war
größer und schöner als alles, was er bisher gesehen
hatte. Lange, gerippte Chromrohre lugten schlangen-
gleich aus der Motorhaube hervor, reichten durch das
Schutzblech. Einzigartige goldene Frontscheinwerfer
und ein weißes Dach aus echtem Leder. »Mein Name ist
Oliver«, bestätigte er.

»Dann sind Sie mein Mann. Bitte, steigen Sie ein.« Sie
blinzelte und hielt die Tür auf.

Die Tür schloß sich und der Arm der Frau – der alles
war, was er durch die rauchigen Fensterscheiben von ihr
sehen konnte – verschwand. Die Fahrertür öffnete sich
nicht. Sie stieg nicht ein. Die Limousine fuhr von alleine
an. Oliver fiel in ein mit Wildleder und Samt überzoge-
nes Innere zurück. Ein elektrischer Flüssigkeitsspender
schimmerte silbern, golden und schwarz über einem
kaltweiß beleuchteten Paneel, auf dem ein einzelnes Kri-
stallglas mit Eiswürfeln stand. Ein Zapfhahn drehte sich

und wartete auf Anweisung. Als keine gegeben wurde, goß er gutriechenden Gin über das Eis und drehte sich zurück auf seinen Platz.

Oliver rührte das Glas nicht an.

Unter dem Flüssigkeitsspender schaltete sich automatisch ein Fernseher ein. Lust und Leidenschaft drang aus kleinen Lautsprechern. »Nein«, sagte er. »Nein!«

Der Fernseher ging aus.

Er rückte näher an die rauchige Scheibe und sah gedämpfte Straßenbeleuchtung und vorbeihuschende Taxischeinwerfer. Ein großes schwarzes Gebäude, geschmückt mit schwarzen Ornamenten und rot umrahmten Fenstern zeichnete sich nach einer Kurve ab; bis auf drei Fenster waren alle unbeleuchtet. Die Limousine bog ab und fuhr hinab in eine unterirdische Garage. Das Licht warf riesige goldene Katzenaugen, Reifen quietschten auf glänzendem Beton, die Limousine schlängelte sich wie im Slalom um Wände und Pfeiler und staubige andere Limousinen und hielt abrupt. Die Tür öffnete sich.

Oliver stieg aus. Die Chauffeurin stand neben der Tür und hielt sie, die Kappe gezogen, lächelnd auf. »Es war mir eine Freude«, sagte sie.

Das Auto parkte neben einer hohen hölzernen Tür, die von behauenem Stein umrahmt war. In dem unebenen Gestein der Wandblöcke waren, klar und deutlich, fossile Knochen und Zähne zu erkennen. Glitzernde Farne in dunklen Teichen umsäumten die Tür. Oliver hörte das Auto wegfahren und wandte sich um, sah aber nicht, ob die Chauffeurin diesmal fuhr oder nicht.

Er ging über eine Brücke aus Holzplanken und probierte die schwarze Türklinke. Die Tür schwang bereits bei der Berührung seiner Finger auf. Jenseits führte eine schmale Treppenflucht zum oberen Geschoß. Sie war mit rotem Teppich belegt und hatte ein mit geschnitzten Rosenbüschen verziertes Ahorngeländer.

Es roch nach Nelken und Minze und irgendwie nach

etwas, das Oliver mit dem Geruch von Hunden oder Pferden verband – eine muffige alte Hundedecke, die auf dem Boden lag. (Er hatte niemals einen Hund besessen und nie ein Pferd ohne einen Polizisten darauf gesehen; auch war er nicht so nahe herangekommen, um etwas zu riechen). Niemand war seit langer Zeit hier hindurchgegangen, dachte er. Aber jedermann wußte von Miss Belle Parkhurst und ihrem Aufenthaltsort. Und die Chauffeurin war jung gewesen. Er verzog die Nase; er mochte diesen Ort nicht.

Die dunkle Holztür am oberen Ende der Treppe öffnete sich leise. Niemand wartete dort – sie mochte sich von selbst geöffnet haben. Oliver versuchte etwas zu sagen, aber seine Kehle juckte, und er machte den Mund wieder zu. Er hustete in die Faust und zuckte krampfartig mit den Schultern. Dann, mit feuchten Augen und hitzig vor Zorn und Angst, bekam er seine Lippen auseinander und krächzte: »Ich bin Oliver Jones. Ich bin hier, um meine Mama abzuholen.«

Die Tür blieb leer. Er blickte zurück zur Parkgarage, die dunkel und ruhig war wie eine Höhle, dort gab es für ihn nichts mehr. Dann eilte er die Treppe hinauf, um es hinter sich zu bringen, trat durch die Tür in das berüchtigte Haus der Miss Belle Parkhurst.

Die Stadt dehnte sich bis zum entfernten Horizont. Sie war durch Straßen, Kanäle und ober- oder unterirdische Bahnschienen in Viertel unterteilt. Manchmal kannte man die Bezirke und wußte, daß man sie besser nicht durchquerte; aber manchmal wußte man es auch nicht. Die Stadt ist größer als das Leben eines jeden, und nicht zu verstehen, warum man ist, wo man ist und warum man dort bleiben muß, ist mehr wert als das Leben.

Die Stadt fördert Ignoranz, weil sie konsumieren muß.

Die vier Viertel der Stadt sind Snowside, Cokeside, wo sich die wenigen normalen Menschen aufhielten, Sleepside und Sunside. Sunside ist hell und reich und gefährlich, weil dort das Feudalvolk lebt. Das Feudalvolk duldet keine Eindringlinge. Selbst die Polizei begibt sich nicht ohne Begleitung nach Sunside. Im Zentrum der Stadt befindet sich die Oberstadt. An der Säule des Unbekannten Bürgermeisters in der Mitte der Oberstadt treffen die vier Viertel aufeinander. Außerhalb liegt die Unterstadt und die verstreuten Inseln der Vororte und niemand weiß, wo das alles endet.

Die Joneses leben in der Unterstadt von Sleepside. Selbst gegen Mittag ist das Licht dort nicht sehr hell, aber es brennt auch nicht so grell wie in Cokeside, wo es einem den Schädel versengen kann. In Sleepside kann man es aushalten. Es gibt viele gute Leute in Sleepside und Snowside, und, obwohl verworren, ist der allgemeine Lauf der Dinge nicht bösartig. Oliver wuchs dort auf, und es ist ihm in Fleisch und Blut übergegangen. Ohne Zweifel hatte der Nachtmetrofahrer seine Herkunft gerochen und wußte, hier war ein junger Mann, der die Grenze zur Oberstadt überquerte. Ohne Zweifel war Oliver noch am Leben, weil Miss Belle Parkhurst ihn schützte. Das hieß, Miss Parkhurst hatte Mama geschützt und sie vielleicht auch angelockt.

Der Weg durch die Halle war an beiden Seiten mit Reihen von Kerzen beleuchtet, die von goldenen Leuchtern, geformt wie Adlerklauen, gehalten wurden. Am Ende der Halle trat Oliver in einen breiten holzgetäfelten Raum, der hier und da Messingspucknäpfe mit üppigen grünen Farnen enthielt. Der Orientteppich offenbarte einen stilisierten orientalischen Garten in Cremefarbe, Schwarz und Rot. Fünf leere schwarze, samtgepolsterte Couchen standen dort – unbesetzt, erwartungsvoll, wie eine Reihe schmachtender Frauen inmitten der Farne. Entlang der Wände zeigten mit Leinen bezogene Stühle ihre hölzernen Armlehnen. Oliver blieb stehen und staunte über diesen für ihn ungewohnten Luxus. Er brauchte einige Zeit, um dies alles in sich aufzunehmen.

Miss Belle Parkhurst war offensichtlich eine sehr wohlhabende Frau und nicht bloß irgendeine Hure. Aus dem, was er bisher gesehen hatte, ließ sich schließen, daß sie nicht nur über Geld, sondern auch über Macht verfügte, Macht über Autos und vielleicht über Männer und Frauen. Vielleicht über Mama. »Mama?«

Ein großer dünner, weißhaariger Mann in einem cremefarbenem Anzug ging durch den Raum und beachtete Oliver nicht. Er sagte nichts. Oliver beobachtete, wie er sich auf einen leinenüberzogenen Stuhl setzte. Er brachte die Leinenbezüge nicht in Unordnung, sondern setzte sich durch sie hindurch, lehnte seinen Kopf nachdenklich zurück und hob eine Zigarettenspitze ohne Zigarette hoch. Er blies klare Luft aus, oder vielleicht überhaupt nichts, und lächelte dann direkt rechts von Oliver etwas an. Oliver wandte sich um. Sie waren allein. Als er sich wieder umsah, war der Mann im cremefarbenen Anzug verschwunden.

Olivers Arme prickelten. Er war in etwas hineingeraten, mit dem er nicht gerechnet hatte, und er hatte mit vielem gerechnet.

»Hierher«, sagte die tiefe Stimme einer Frau opernhaft, würdevoll, ungezwungen und freundlich zugleich. Er konnte sie nicht sehen, aber er blinzelte zum Eingang, und sie trat zwischen zwei Aushöhlungen in grünen Onyxsäulen hervor. Er bemerkte nicht sofort, daß sie ihn meinte; es mochte durchaus noch andere Gentlemen oder Mädchen geben, genauso dünn wie der Mann im cremefarbenen Anzug. Aber diese kleine, imposante Frau mit erhobenen Händen, bekleidet mit goldener und pfirsichfarbener Seide, die sich faltenlos an sie schmiegte, beobachtete aus ihren großen dunklen Augen nur ihn. Sie lächelte warmherzig, aber Oliver dachte, einen verborgenen Bruch in diesem Lächeln, ihrer Selbstsicherheit, zu entdecken. Von dem Augenblick an, als sich ihre Augen trafen, fühlte sie sich unbehaglich, obwohl sie sich vorher behaglich gefühlt haben mochte, lediglich daran *denkend,* ihn zu treffen. Sie hatte alle Dinge bis zu diesem Moment geplant gehabt.

Wenn er sie etwas aus der Ruhe brachte, erschreckte ihn diese Frau in positivem Sinne. Sie war schön und hatte eine glatte Haut, und er konnte süßen Rosenduft riechen und Kamelien und Magnolienblüten, die sie umgaben wie eine Schar lieber Freunde.

»Hierher«, wiederholte sie und machte eine Geste in Richtung der Tür.

»Ich komme wegen meiner Mama. Ich soll mich mit Miss Belle Parkhurst treffen.«

»Ich bin Belle Parkhurst. Sie sind Oliver Jones ... nicht wahr?«

Er nickte mit ernstem Gesicht und großen Augen. Er nickte erneut und schluckte.

»Ich habe Ihre Mama nach Hause geschickt. Ihr geht es gut.«

Er blickte zurück zum Weg durch die Halle. »Sie wird die Nachtmetro nehmen«, sagte er.

»Ich habe sie mit meinem Auto nach Hause geschickt. Ihr wird nichts geschehen.«

Oliver glaubte ihr. Es entstand ein langer Moment der Stille. Er wurde gewahr, daß er seine Hände vor seinem Schoß verdrehte und rang und hörte verlegen damit auf.

»Ihre Mama ist wohlauf. Sie brauchen sich ihretwegen nicht zu sorgen.«

»In Ordnung«, sagte er und zuckte die Achseln. »Sie wollten mich sprechen?«

»Ja«, sagte sie. »Und mehr.«

Seine Nasenflügel blähten sich, seine Augen ruckten nach rechts, sein Torso und dann auch seine Hüften und Beine verdrehten sich ebenfalls in diese Richtung, und er brach in einem karnickelartigen Lauf zur Halle aus. Die goldenen Adlerklauen auf beiden Seiten des Weges ließen ihre Kerzen fallen und griffen mit ihren Krallen nach ihm. Das große Haus schien plötzlich erwacht zu sein, und noch bevor eine Klaue seinen Kragen erwischte, wußte er, daß er keine Chance hatte.

An den Achseln seiner Jacke gepackt, hing er hilflos am Ende der Halle. In der entfernt liegenden Tür erschien verärgert die Hure. Ihre Finger versprühten kleine Tropfen von Feuer auf den Holzboden. Der Boden rauchte und knisterte.

»Ich habe Ihre Mama gehen lassen«, sagte Belle Parkhurst mit einer Stimme wie aus dem Grab, das Gesicht erschreckend und wundervoll glatt und sehr alt, sehr erfahren. »Das war mein Abkommen. Wenn Sie gehen und das Abkommen brechen, heißt das, daß ich mir Ihre Schwester hole; oder ich hole mir Ihre Mama zurück.«

Sie hob eine elegante, nachgezogene Augenbraue und neigte ihren Kopf fragend zur Seite. Er nickte, so gut er es vermochte, da sein Kinn gegen den Reißverschluß seiner Jacke gepreßt war.

»Gut. Essen wartet auf uns. Ich möchte mich Ihrer Gesellschaft erfreuen.«

Das Eßzimmer war klein, nicht größer als sein Schlafzimmer zu Hause. Es gab zwei Stühle und einen runden Tisch mit einer Decke aus weißem Leinen. Ein goldener Kandelaber in Form einer Adlerklaue warf ein warmes Licht über die Tischplatte. Miss Parkhurst ging Oliver voraus, ihr langes Kleid raschelte leise an ihren Fersen. Es raschelten noch andere Dinge im Raum; der Boden mochte dem Geräusch nach knöchelhoch mit windbewegten Blättern bedeckt sein, aber er war tadellos. Ein kostbarer runder, rot und cremefarbener Orientteppich lag mitten unter dem Tisch und darunter befand sich ein glatter alter Eichenboden. Oliver blickte von seinen Segeltuchschuhen auf. Miss Parkhurst wartete erwartungsvoll einen Schritt hinter ihrem Stuhl.

»Ihre Mama hat Ihnen keine Manieren beigebracht?« fragte sie leise.

Er näherte sich zögernd dem Tisch. Dort lagen nun leere Goldteller und Tischwäsche auf dem Leinen. Servietten schienen aus dünnem Nebel zu fallen und falteten sich selbst auf den Tellern. Oliver verweilte mit geblähten Nasenflügeln.

»Beachten Sie es gar nicht«, sagte Miss Parkhurst. »Ich lebe allein hier. Gute Hausangestellte sind nur schwer zu finden.«

Oliver trat hinter den Stuhl, hob ihn an seiner Ahornlehne an und schob ihn ihr zurecht. Sie setzte sich und er half ihr, näher zum Tisch rücken. Nicht einmal berührte er sie; er bekam eine Gänsehaut bei dem Gedanken daran.

»Das Essen hier ist sehr gut«, sagte Miss Parkhurst, als er ihr gegenüber Platz genommen hatte.

»Ich bin nicht hungrig«, sagte Oliver.

Sie lächelte ihn herzlich an. Es war ein machtvolles Instrument, ihr Lächeln. »Ich beiße nicht«, sagte sie. »Außer beim Essen. *Da* beiße ich zu.«

Oliver roch wundervolle Gewürze und süßen Weinessig. Eine Serviette war über seinem Schoß ausgebreitet worden und vor ihm stand ein Salat auf einem dünnen Porzellanteller. Er war sehr hungrig und ihm schmeckten Salate; frisches Gemüse bekam man in Sleepside nur selten zu Gesicht.

»So ist's recht«, sagte Miss Parkhurst besänftigend und lächelte, während er aß. Sie erhob ebenfalls ihre Gabel und spießte ein Blatt Salat mit Olivenöl auf und führte es an die Lippen.

Der Rest des Essens verlief in gleicher Weise, aber ohne weitere Unterhaltung. Sie beobachtete ihn freimütig und abschätzend, und er vermied es, ihr in die Augen zu sehen.

Miss Parkhurst führte ihn einen großen Korridor mit großen Fenstern in der Ostmauer entlang in sein Zimmer. Dämmerungsgraue und rosa Schatten spielten um ihre undeutlichen Silhouetten an der Westmauer. »Es ist der ruhigste Ort im ganzen Haus« sagte sie.

»Sie behalten mich hier«, sagte er. »Sie lassen mich nie mehr gehen?«

»Bitte erlauben Sie mir, etwas nachsichtig mit mir selbst zu sein. Ich bin nicht nur allein. Ich bin einsam. Hier können Sie alles haben, was Sie wollen ... fast alles ...«

Eine Tür am Ende des Korridors öffnete sich von allein. Dahinter brannte ein helles Feuer in einem kleinen Kamin und ein breites Bett mit zurückgeschlagener Decke erwartete ihn. Detailgetreue Wandgemälde von Wäldern und Feldern bedeckten die Wände; die Decke war tiefblau, durchzogen von Gold- und Silberflecken und juwelenartigen Sternen. Bücher füllten einen Schrank in der Ecke und in einer weiteren Ecke stand das schönste Ebenholzpiano, das er je gesehen hatte. Miss Parkhurst kam der Tür nicht zu nahe. Es gab keine Kerzen. Im Raum funktionierten alle Lampen elektrisch.

»Dies ist Ihr Zimmer. Ich werde nicht eintreten«, sagte sie. »Und ab heute abend kommen Sie niemals nach Einbruch der Dunkelheit heraus. Wie reden miteinander und sehen uns während des Tages, aber niemals des Nachts. Die Tür ist nicht abgeschlossen. Ich muß Ihnen vertrauen.«

»Ich kann jederzeit gehen, wenn ich will?«

Sie lächelte. Selbst jetzt wirkte ihr Lächeln nicht anders als rätselhaft; ihn schauderte. Sie war tödlich schön, die Art Frau, von denen seine Brüder träumten. Ihr Lächeln besagte, daß sie ihn lebendig verschlingen könnte, alles von ihm, was zählte. Oliver konnte sich die Reaktion seiner Mutter auf Miss Parkhurst vorstellen.

Er betrat das Zimmer und schloß zitternd die Tür. Es gab ein Dutzend Dinge, die er sagen wollte; verärgert, frustriert, flehend. Er lehnte sich gegen die Tür, schluckte alles hinunter, hielt seine Hand davon ab, den Türknopf aus Gold und Kristall zu ergreifen.

Hinter der Tür raschelte ihr Saum, als sie sich durch den Korridor zurückzog. Nach einem Moment stieß er sich von der Tür ab und ging zum Bücherschrank. Miss Parkhurst hätte niemals mit Olivers Schwester Yolanda vorliebgenommen; sie wollte junges Knabenfleisch, dachte er. So wie sie lächelte, wollte sie ihn von Kopf bis zu den Füßen brennen lassen.

Im Schrank waren Bücher, von denen er gehört, die er aber niemals in der Bibliothek Sleepsides gefunden hatte. Er wollte diese Bücher lesen. Die Bibliothekare sagten, daß nur die Leute von Sunside und den Vororten Lust hatten, zu lesen. Seine Finger verweilten am oberen Ende der Buchrücken und zupften sanft daran.

Er beschloß zu schlafen. Wenn sie ihn während des Tages quälen wollte, hatte er nicht viel Zeit. Sie könnte ein Spätaufsteher sein, dachte er; ein Nachtmensch.

Dann wurde ihm bewußt: was immer sie nachts tat, diese Nacht hatte sie es nicht getan. Diese Nacht war für ihn bestimmt gewesen.

Er erschauerte erneut, dachte an das Essen und die Servietten und die Adlerklauen. Spukte es auch in diesem Raum? Würden die Dinge ihn bewachen?

Oliver legte sich voll bekleidet aufs Bett. Seine Sinne waren umnebelt von Gedanken an lebendige Leintücher auf seiner bloßen Haut. Er war müde und schlief beinahe sofort ein.

Die Träume, die kamen, waren süß und erfreulich, und sie kam nicht darin vor. Es war wahrhaftig seine Zeit.

Als die Uhr aus Messing, Gold und Kristall auf dem Bücherschrank elf Uhr anzeigte, streckte Oliver die Beine aus, rieb sein Gesicht in den Kissen, beugte den Rücken und stand auf. Er roch Eier und Speck und Kaffee. Ein verdecktes Tablett wartete auf einem polierten Messingwagen. Eine Vase mit Rosen auf einer Ecke des Wagens erfüllte den Raum mit Wohlgeruch. Ein gefalteter Bogen aus feinem elfenbeinfarbenem Papier lehnte an der Vase. Oliver saß auf dem Rand des Betts und las die Nachricht, die wieder mit goldener Tinte geschrieben war.

Ich warte im Gymnastikraum auf Sie. Treffen Sie mich, nachdem Sie gegessen haben. Habe etwas, was ich Ihnen geben will.

Er hatte keine Ahnung, wo der Gymnastikraum war. Als er sein Frühstück beendet hatte, zog er einen Plüschumhang an, öffnete die schwere Tür zu seinem Zimmer – zugleich erleichtert und verwirrt, daß sie sich nicht von selbst öffnete – und blickte den Korridor hinab. Der Mittag nahte; Sunside-Zeit. Sie hatte ihm reichlich Zeit gegeben, um auszuruhen.

Schwarze Jeans und ein weißes Seidenhemd lagen auf dem Bett für ihn bereit; sie waren gerade in der Zeit entstanden, in der er durch die Halle geschaut hatte. Vorsichtig, nun jedoch weniger ängstlich, streifte er den Umhang wieder ab, zog die bereitgelegte Kleidung und Hirschledermokassins an, die am Fuß des Betts standen und stellte sich in den Eingang, wobei er sich so lässig wie möglich gegen den Türrahmen lehnte.

Ein seidenes Taschentuch hing einige Zentimeter vor ihm in der Luft. Es flatterte wie der Geist einer Taube, um seine Aufmerksamkeit zu erheischen. Dann trieb es langsam die Halle entlang. Er folgte.

Es schien, als ob sich das Haus endlos hinzöge, leer und prächtig. Jeder geöffnete Raum hatte seine eigene Ausstattung, angefüllt mit antiken Einrichtungsgegenständen, eingetopften Palmen, Plüschcouchen und Stühlen. Verschiedene Male dachte er, das Aufblitzen von Smokings und Zylinderhüten zu sehen, angespannte, begierige Gesichter in Foyers, Korridoren und auf Treppenfluchten, während er dem Taschentuch folgte. Das Haus roch nach Parfüm und Staub, Zigarrenrauch, verschüttetem Wein und altem Schweiß.

Er hatte drei Treppenfluchten genommen, bevor er in der hohen elfenbeinweißen Doppeltür des Gymnastikraums stand. Das Taschentuch verschwand mit einem Schnippen. Die Tür öffnete sich.

Miss Parkhurst stand auf der anderen Seite eines ausgedehnten schwarzgefliesten Tanzbodens vor einer Bühne mit Notenständern und Instrumenten. Oliver musterte das niedrige halbkreisförmige Podest mit verengten Augen. Würde sie von ihm verlangen, mit ihr zu tanzen, während all die Instrumente von selbst spielten?

»Guten Morgen«, sagte sie. Sie trug einen grünen Dress in der Farbe frischen feuchten Grases; es reichte vom Hals bis zu den Waden. Neben dem Dress trug sie weiße Halbstiefel und weiße Handschuhe, eine weiße Feder ringelte sich um ihr schwarzes Haar.

»Guten Morgen«, erwiderte er leise und höflich.

»Haben Sie gut geschlafen? Herzhaft gegessen?«

Oliver nickte, Angst und Schüchternheit kehrten zurück. Was wollte sie ihm nur geben? Sich selbst? Sein Gesicht wurde heiß.

»Es ist eine Schande, daß das Haus tagsüber leer ist«, sagte sie. *Und bei Nacht?* dachte er. »Ich könnte diesen Raum mit Übungsgeräten füllen«, fuhr sie fort. »Gewichtsbänke, vielleicht sogar eine Laufbahn außen herum.« Sie lächelte. Das Lächeln schien nun weniger grausam, sogar versonnen zu sein – jünger.

Er rieb eine Falte seines Hemdes zwischen zwei Fingern. »Ich habe das Essen genossen, und Ihr Haus ist wirklich schön, aber ich würde lieber nach Hause gehen«, sagte er.

Sie wandte sich halb um und entfernte sich langsam vom Podium. »Du könntest dieses Haus und all meinen Reichtum haben. Ich möchte, daß du es bekommst.«

»Warum? Ich habe nicht das Geringste für Sie getan.«

»Oder gegen mich«, sagte sie und blickte ihn geradeheraus an. »Sie wissen, wie ich an all dieses Geld gekommen bin?«

»Ja, Ma'am«, sagte er nach einer kurzen Weile. »Ich bin kein Narr.«

»Sie haben also von mir gehört. Daß ich eine Hure bin.«

»Ja, Ma'am. Mrs. Diamond Freeland sagt, daß Sie eine sind.«

»Und was ist eine Hure?«

»Sie lassen Männer für Geld an sich ran«, sagte Oliver und fühlte sich kühner, sein Gesicht war allerdings immer noch heiß.

Miss Parkhurst nickte. »Ich habe diese Dinge alle von ihnen«, sagte sie. »Meine Buchhaltung. Ich kenne jeden Namen, jedes Gesicht. Sie bleiben mir treu, auch wenn die Geschäfte nur schleppend laufen.«

»Jeden von ihnen?« fragte Oliver.

Miss Parkhursts mattes Lächeln war stolz, und schwermütig zugleich; ihre Augen starrten feucht in die Ferne. »Sie gaben mir all die Dinge, die ich hier habe.«

»Ich denke nicht, daß sie es wert sind«, sagte Oliver.

»Ich wäre tot, wäre ich keine Hure«, sagte Miss Parkhurst und richtete plötzlich ihre vor Ärger scharf blitzenden Augen auf ihn. »Ich wäre verhungert.« Sie entspannte ihre verkrampften Hände. »Wir haben eine Menge Zeit, um über mein Leben zu sprechen, also lassen wir es für jetzt gut sein. Ich habe etwas, das Sie brauchen, wenn Sie diesen Ort erben.«

»Ich möchte es nicht, Ma'am«, sagte Oliver.

»Wenn Sie es nicht nehmen, nimmt es jemand anders, der es nicht braucht und es viel weniger verdient. Ich möchte, daß Sie es bekommen. Bitte, seien Sie nur dieses eine Mal freundlich zu mir.«

»Warum ich?« fragte Oliver. Er wollte einfach nur raus. Dies alles widersprach völlig seinem geplanten Leben. Er fürchtete sich nun weniger vor Miss Parkhurst, obwohl sich ihm bei ihrem Ärger die Nackenhaare sträubten. Er spürte, daß er kühner sein könnte und vielleicht sogar verlangend. Es gab eine Schwäche in ihr: er war ihre Schwäche, aber er war zu erhaben darüber, daraus einen Vorteil zu ziehen, auch wenn er bedachte, wie verzweifelt seine Situation war.

»Sie sind freundlich«, sagte sie. »Fürsorglich. Und Sie hatten noch nie eine Frau.«

Olivers Gesicht wurde erneut heiß. »Bitte lassen Sie mich gehen«, sagte er ruhig und hoffte, daß es nicht klang als würde er betteln.

Miss Parkhurst kreuzte die Arme vor der Brust. »Ich kann nicht«, sagte sie.

Während Oliver seinen ersten Tag in Miss Parkhursts Haus verbrachte, kehrten in einem anderen Teil der Stadt, jenseits der Grenze von Sunside, Denver und Reggie Jones nach Hause zurück, um ihr Apartment von Düsternis bedeckt vorzufinden. Reggie, groß und schlaksig, mit langem Hals, kleinem Kopf und einer Hakennase, stand mit hängenden Schultern in der Diele. Vor Überraschung stand ihm der Mund offen. »Er ist einfach los und hat euch alle hier zurückgelassen?« fragte Reggie. Denver kam aus der Küche zurück, kleiner und stämmiger als sein Bruder, bekleidet mit einer schwarzen Venyljacke und einer Hose.

Yolandas Gesicht war vom stetigen Weinen aufgedunsen. Sie genoß nun die Tränen, die sie vergoß und hatte dabei einen Zwei-Stunden-Rhythmus angenommen, der ihre sorgenvolle Mama verwirrte. Sie hütete die zwei Babys in Mamas Schlafzimmer, schloß ein wackliges Gatter hinter ihnen und putzte dann ihre Hände an ihrer lappigen Bluse ab.

»Ihr habt es nicht *verstanden*«, sagte sie, ließ ihre Arme theatralisch fallen und blickte sie an. »Diese Hure hatte Mama, und Oliver hat sich gegen sie eingetauscht.«

»Diese Hure«, sagte Reggie, »ist eine reiche alte Hexe.«

»Reiche alte Hurenhexe«, sagte Denver selbstzufrieden.

»Diese Hure ergreift die Gelegenheit beim Schopf«, fuhr Reggie fort und sann nach. »Wie ich höre, lebt sie allein.«

»Darum hat sie Oliver geholt«, sagte Yolanda. Die Babys gurrten und schnieften hinter dem Gatter.

»Weshalb ihn und nicht einen von uns?« fragte Reggie.

Mama stieß die Babys sanft von sich, öffnete das Gatter und marschierte die Diele hinunter. Sie hatte ihren besten Wollrock an, eine bedruckte Bluse und war in ihren Übermantel gegen die sich zusammenziehende Dunkelheit und Kälte draußen gehüllt. »Wohin gehst du?« fragte Yolanda sie, als sie vorbeifegte.

»Zeit, mit der Polizei zu reden«, sagte sie und blickte Reggie finster an. Denver wich ins Schlafzimmer zurück und ging ihr aus dem Weg. Sein Bruder auch. Er schüttelte herablassend den Kopf und grinste: Mama schon wieder.

»Diese Schafsköpfe?« sagte Reggie. »Die haben in Sunside doch nichts zu sagen.«

Mama wandte sich an der Tür um und starrte sie an. »Wie werdet ihr eurem Bruder helfen? Er ist der beste von euch allen, wißt ihr. Ihr steht nur plattfüßig hier rum und haltet Maulaffen feil.«

»Mama ist aufgebracht«, informierte Denver seinen Bruder ernst.

»Wie sollte es anders sein«, sagte Reggie mitfühlend. »Sie wurde von dieser Hurenhexe gefangengehalten. Wir sollten losgehen und Oliver nach Hause holen. Wir könnten uns als Kunden ausgeben.«

»Sie hat keine Kunden mehr«, sagte Denver. »Sie ist zu alt. Sie ist abgenutzt.« Er schaute auf seinen Schoß und neigte den Kopf zur Seite, blickte nachdrücklicher. Sein Blick wurde zum gutmütigen Grinsen.

»Woher weißt du das?« fragte Reggie.

»Ich hab's gehört.«

Mama schnaubte und öffnete die Riegel und Schlösser an der Vordertür. Reggie ging ruhig hinter ihr her und hielt sie auf. »Polizei ist zu nichts nutze, Mama«, sagte er. »Wir gehen. Wir bringen Oliver zurück.«

Denvers Gesicht wurde beim Gedanken daran grimmig. »Wir müssen es planen«, sagte er. »Wir müssen vorsichtig sein.«

»Wir werden vorsichtig sein«, versicherte Reggie. »Um Mamas willen.«

Mama schnaubte erneut, als seine Hand ihr den Weg versperrte, dann ließ sie die Schultern sinken, und ihr Gesicht wirkte mit einem Mal ausgemergelt. Sie sah nun mehr und mehr wie eine alte Frau aus, obwohl sie erst in den späten Dreißigern war.

Yolanda trat zur Seite, um sie zum Wohnzimmer durchzulassen. »Arme Mama«, sagte sie mit Tränen in den Augen.

»Was hast du vor, für deinen Bruder zu tun?« fragte Reggie seine Schwester beißend, als er an ihr vorbeiging. »Gehen und mit ihm den Platz tauschen, in *ihrem* Haus arbeiten?« spöttelte er.

»Sie ist reich«, sagte Denver zu sich selbst und rieb sich das Kinn. »Wir könnten eine Menge Geld machen, wenn wir unseren Bruder retten.«

»Wir fangen sofort an, darüber zu beraten«, befahl Reggie und ließ sich auf den Stuhl fallen, der gewöhnlich von ihrem Vater benutzt worden war. Er lehnte den Kopf gegen den Überzug, den Mama gemacht hatte.

Mama, das Gesicht aschfahl, stand an der Couch und starrte auf das Familienporträt, das in einem billigen Holzrahmen an der Wand hing. »Er hat es für mich getan. Ich war so dumm dorthinzugehen, um mir helfen zu lassen. Hätte es wissen müssen«, murmelte sie und griff sich an die Handgelenke. Ihr Gesicht war aschfahl, ihre Knöchel schwankten unter ihr, sie drehte sich, die Hände ausgebreitet wie eine Tänzerin und brach auf der Couch zusammen.

Das Geschenk, das Ding, das Oliver brauchte, um Miss Parkhursts Haus zu erben, war ein goldenes Kästchen mit drei Knöpfen, in der Form eines Garagenöffners. Sie übergab es ihm nach dem Dinner im Eßzimmer.

Es war nett, mit Miss Parkhurst zu reden, etwas, das Oliver nicht erwartet hatte, das er aber hätte wissen müssen. Huren taten mehr, als nur bei den Männern liegen und sie zum Zurückkommen zu bewegen, um ihr Geld auszugeben. Das hätte offensichtlich sein sollen. Der Tag war nicht die Qual gewesen, die er erwartet hatte. Er hatte sogar aufgehört sie zu fragen, ob er gehen könne. Oliver dachte, es wäre am besten, den rechten Zeitpunkt abzuwarten, zu flüchten, wenn etwas sie ablenken würde. Bisher behandelte sie ihn nicht schlecht oder verlangte etwas von ihm, das er nicht geben wollte.

»Es wird bald dunkel«, sagte sie, als die Teller sich von selbst abräumten. Er gewöhnte sich langsam an diesen geisterhaften Service. »Ich muß bald gehen, und Sie müssen in ihr Zimmer. Nehmen Sie es mit und behalten Sie es dort.« Sie hob eine Tablettabdeckung und enthüllte eine weiße Seidentasche. Sie knüpfte die Tasche auf, holte das goldene Kästchen hervor und präsentierte es ihm schüchtern. »Es wurde mir vor langer Zeit gegeben. Ich brauche es jetzt nicht mehr. Aber wenn Sie diesen Ort betreiben wollen, müssen Sie es haben. Sie dürfen es nicht verlieren oder es jemand anderem geben.«

Zögernd näherte sich Olivers Hand dem Kästchen. Es schien sehr erstrebenswert zu sein, als wenn ihm etwas von Miss Parkhurst innewohnte: warm, machtvoll, ein wenig beängstigend. Es paßte perfekt in seine Hand und war seiner Haut vertraut, als hätte er es schon immer besessen.

Er preßte die Lippen zusammen und gab es ihr zurück. »Es tut mir leid«, sagte er. »Es ist nicht für mich.«

»Sie erinnern sich an das, was ich Ihnen sagte«, erwiderte sie. »Wenn Sie es nicht nehmen, dann jemand anders, und es würde niemandem damit gedient sein. Ich möchte, daß es gut verwendet wird, nun, da ich damit fertig bin.«

»Wer hat es Ihnen gegeben?« fragte Oliver.

»Ein Zuhälter, vor langer Zeit. Als ich noch ein Mädchen war.«

Olivers Augen verrieten kein Urteil und kein Abscheu. Sie atmete tief durch.

»Es hat Sie dazu gebracht …?« fragte Oliver.

»Nein. Ich war jung, aber bereits eine Hure. Ich hatte einen netten alten Zuhälter, wenigstens schien er alt zu sein, ich war nicht viel älter als ein Kind. Er starb, er wurde umgebracht, also kam dieser neue Zuhälter, und er war mächtig. Er besaß die Magie. Aber er konnte mich nicht bändigen. Also sagte er …«

Miss Parkhurst hob die Hände ans Gesicht. »Er schlitzte mich auf. Ich war schon fast tot. Er sagte: ›Du machst mir Schande, Hure. Du tust mir das an, bringst mich soweit daß ich die Kontrolle verlier. Du bist die einzige, die so etwas je geschafft hat. Deshalb verfluche ich dich. Du sollst die größte Hure sein, die es je gab.‹ Daraufhin gab er mir das Kästchen und richtete mein Gesicht und meinen Körper wieder her, so daß ich hübsch aussah. Dann verließ er mich, und ich hatte die Leitung inne. Seitdem bin ich hier, aber alle anderen Mädchen sind gegangen – es ist schon so lange her, einige sind gestorben, sind gegangen, oder ich habe ihnen gesagt, sie sollten gehen. Ich wollte dieses Haus schließen, aber ich konnte nicht alles auf einmal schließen.«

Oliver nickte bedächtig. Seine Augen waren weit geöffnet.

»Er gab mir auch das meiste von seiner Magie. Ich hatte keine Wahl. Etwas, das er mir nicht gab, war ein Ausweg. Außer …«

Diesmal zeigte ihr Gesicht einen flehentlichen Ausdruck.

Oliver hob eine Augenbraue.

»Was ich brauche, muß freiwillig gegeben werden. Nun nehmen Sie dies.« Sie stand auf und drückte ihm das Kästchen in die Hand. »Gebrauchen Sie es, um Ihre

Wege im Haus zu finden. Aber verlassen Sie nach Einbruch der Dunkelheit nicht ihr Zimmer.«

Sie verließ das Eßzimmer und ließ einen Duft von Moschus und Blumen und etwas Bittersüßem zurück. Oliver steckte das Kästchen in die Tasche und kehrte in sein Zimmer zurück. Er fand seinen Weg, ohne zu zögern, ohne nachzudenken. Er schloß die Tür und ging zum Bücherschrank, bekümmert, aufgebracht und frohlockend zugleich.

Sie hatte ihm ihr Geheimnis erzählt. Wenn er es wollte, konnte er nun verschwinden. Sie hatte ihm die Macht gegeben, dieses Haus zu verlassen.

Von seinem Glas Sherry nippend, das er auf dem Nachttisch neben dem Bett vorgefunden hatte, las er in einem Buch über das Leben von Komponisten und beschloß, bis zum nächsten Tag zu warten.

Nach einigen Stunden konnte ihn nichts mehr von Miss Parkhursts Verbot ablenken – nicht das Piano, die Bücher oder die Happen, die schon beinahe geliefert wurden, bevor er überhaupt an sie gedacht hatte, und auf einem Tablett erschienen, wenn er nicht hinsah. Oliver saß mit gefalteten Händen im Plüschsessel und blinzelte in die dunklen Ecken des Zimmers. Er dachte, er hätte Miss Parkhurst festgenagelt. Sie war eine alte Frau, ihres Lebens überdrüssig, eine alte Frau, die sich gut gehalten hatte, das war sicher, und sehr stark war ... Aber sie war freundlich zu ihm, umhegte ihn wie einen Gigolo. Dennoch konnte er nicht anders, als sie zu bewundern, und er konnte sich nicht helfen, aber er wollte nach Hause, in die Nähe von Mama, Yolanda und den Babys, seine Brüder aus Schwierigkeiten heraushalten – nicht daß sie seine Bemühungen würdigten.

Je länger er dasaß, desto ärgerlicher und neugieriger wurde er. Er war sicher, daß zu Hause etwas nicht in Ordnung war. Im Zimmer umherzugehen, beruhigte ihn nicht. Er untersuchte im Schein des Feuers immer wieder das Kästchen, die Augenbrauen verkniffen, und fragte sich, welche Macht es ihm verlieh. Sie hatte gesagt, er könne damit überall im Hause herumgehen und seinen Weg finden, genau wie er ohne ihre Hilfe sein Zimmer gefunden hatte.

Er stöhnte und schüttelte die Fäuste. »Sie kann mich nicht hierbehalten! *Sie kann nicht!*«

Um Mitternacht konnte er sich nicht länger beherrschen. Er stand vor der Tür. »Laß mich raus, verdammt noch mal!« schrie er, und die Tür öffnete sich mit einem traurigen Wispern. Er rannte den Korridor hinunter. Zerstreutes Mondlicht lag wie Staub auf dem Boden, Tränen schimmerten auf seinen Wangen.

Durch die Wohnzimmer, die langen Hallen der leeren Schlafzimmer – nun mit geschlossenen Türen und Andeutungen von Lauten dahinter –, durch die große, einsame Küche mit ihren Reihen polierter Töpfe und mächtigen Kohleherden, durch einen Hof, umgeben von den fünf Stockwerken des Hauses und nur offen zum goldbestirnten Nachthimmel, vorbei an einem Ziegelbrunnen, der von drei großen weißen Porzellanlöwen bewacht wurde, deren Ohren und leere Augen seinem Lauf folgten. Oliver suchte nach Miss Parkhurst, um ihr zu sagen, daß er weggehen mußte.

Für einen Augenblick schnappte er auf einer Galerie nach Luft. Er sah schwache Lichter unter den Türen und hörte noch mehr vielsagende Laute. Keine Zeit zum Verschnaufen, selbst mit klopfendem Herzen und brennenden Lungen. Wenn er zu lange an einem Ort verweilte, dachte er, würden die Geister real werden und ihn an ihren Lustbarkeiten teilhaben lassen. Dies war Miss Parkhursts Vergangenheit, ihr Alter und ihre Unzucht; es war mehr als er vertragen konnte. Wie konnte jemand ein solches Leben führen, selbst wenn er verflucht war?

Die Versuchung anzuhalten, zu lauschen, nachzugeben und sich dazuzugesellen, war beinahe stärker, als ihr zu widerstehen. Er verlor den Pfad dessen, was er tat, was sein letztendliches Ziel war, aus den Augen.

»Wo sind Sie?« rief er und stieß die Doppeltür zu einem Spielzimmer auf. Es war, bis auf weitere aufgeschreckte Geister, weitere von Miss Parkhursts Buchführung der Ewigkeit, verlassen. Fahle Gestalten erhoben sich vom Billardtisch, durchscheinende Brüste glühten in einem inneren Licht, fahle Liebhaber rollten sich langsam zur Seite, fette Bäuche ragten hervor – Geisteraugen schwarz und aufgeschreckt. »Miss Parkhurst!«

Oliver fegte durch Hunderte von Mädchen mit nicht mehr Substanz als Schleiern aus Regentropfen. Seine neue Kleidung wurde naß von ihren Tränen. *Sie* hatte diese Ewigkeit an jämmerlicher Lust geleitet. *Sie* hatte diese Ausschweifungen orchestriert, für das gesorgt, was er in sich spürte: die Stimmungen und tiefsten, unausgesprochenen Wünsche.

Dünnes altes Gelächter folgte ihm.

Er rutschte auf einer sauer riechenden Champagnerpfütze aus und landete abrupt vor einer hölzernen Tür zu einem Raum, den er noch nicht kannte. Der goldene Öffner sagte ihm nicht, was er jenseits dieser Tür finden würde.

»Öffnen!« rief er, wurde aber nicht erhört. Die Tür war nicht verschlossen, aber sie widerstand seinem Eintritt, als würde sie Tonnen wiegen. Er stieß mit beiden Händen, dann mit der Schulter gegen die Täfelung und stützte seine Segeltuchschuhe gegen den dicken Wollflor eines champagnergetränkten Läufers. Die Tür schwang mit einem eisernen Grollen nach innen auf und Oliver stolperte hinein, bewahrte sich in letzter Minute davor, gerade aufs Gesicht zu fallen. Mit gespreizten Beinen und auf beide Hände gestützt, blickte er vom Holzboden auf und sah, wo er war.

Der Raum war schmal, schien sich aber über Kilometer hinzuziehen. Auf einer Seite befanden sich schlichte Betten in einer endlosen Reihe, auf der anderen Seite befand sich eine endlose Reihe freistehender großer Spiegel. Ein alter Mann, der älteste, den er je gesehen hatte, erhob sich nackt und weiß wie Talkum vom Bett und murmelte vor sich hin. Neben ihm lag, rot und warm wie ein Haufen glühender Kohlen, Miss Parkhurst mit gespreizten Beinen. Der Dunst von Moschus und Schweiß hing über ihr. Sie hob Kopf und Schultern, die Augen auf Oliver fixiert und zog einen schwarzen Morgenrock über ihre Blöße. Durch die Düsterkeit im äußersten Ende des Raums waren weitere Männer, alte und junge, an ihren Betten stehend, zu erkennen. Sie rauchten Zigaretten oder Zigarren oder tranken Champagner oder Whisky. Alle schauten Oliver an. Einige grinsten wissend.

Miss Parkhursts Züge runzelten sich qualvoll wie ein alter Apfel, sie warf den Kopf zurück und schrie. Der alte Mann auf dem Bett packte schwerfällig einen Umhang und seine Kleidung.

Ihr Schrei hallte von der Decke und den Wänden wider und trieb Oliver durch die Tür, die Halle und die Treppenflucht hinab zurück in sein Zimmer. Der Luftzug seiner überstürzten Flucht fuhr ihm durch die tränendurchweichte Kleidung kalt bis in die Knochen. Irgendwie fand er den Weg durch die plötzliche Dunkelheit und Leere und schloß sich in seinem Zimmer ein, wo das Feuer immer noch warm und fröhlich gelb brannte. Hemmungslos zitternd zog Oliver die nassen Sachen aus und rief mit wimmernder Stimme nach seinen eigenen. Aber die unsichtbaren Diener brachten sie ihm nicht.

Er fiel aufs Bett, zog die Decke über sich und schloß die Augen. Er betete, daß sie ihm nicht nachkam, daß sie nicht in sein Zimmer kam, ihren Morgenmantel beiseite warf und ihren feurigen Körper offenbarte; er betete, daß ihr Geruch ihn nicht den Rest seines Lebens verfolgen würde.

Seine Zimmertür öffnete sich nicht. Draußen war alles still. Nach einiger Zeit, als die Dämmerung die Dächer, dann die Wände und schließlich die Straßen erreichte, schlief Oliver.

»Sie kamen letzte Nacht aus Ihrem Zimmer«, sagte Miss Parkhurst beim späten Frühstück. Oliver hörte für einen Moment mit dem Kauen auf, blickte sie mit blutunterlaufenen Augen an und zuckte die Achseln.

»Haben Sie gesehen, was Sie erwartet haben?«

Oliver antwortete nicht. Miss Parkhurst seufzte wie ein junges Mädchen.

»Es ist mein Leben. So habe ich lange Zeit gelebt.«

»Das geht mich nichts an«, sagte Oliver, teilte ein Brötchen in zwei Hälften und bestrich sie mit Butter.

»Widere ich sie an?«

Wieder keine Antwort. Miss Parkhurst erhob sich inmitten seines Schweigens und ging zur Tür des Eßzimmers. Sie blickte ihn über ihre Schulter hinweg mit feuchten Augen an. »Sie haben jetzt keine Furcht mehr vor mir«, sagte sie. »Sie denken, Sie wüßten, was ich bin.«

Oliver erkannte, daß sein Schweigen und seine mißachtende Haltung sie verletzte, und genoß für einen Moment diese Macht. Als sie im Eingang stehenblieb, blickte er mit einem absichtlich harten Ausdruck – zugleich sarkastisch und verärgert, von Reggie kopiert – auf und sah Tränen über ihre Wangen rinnen. Sie schien nun jünger denn je, nicht gefährlich, lediglich sehr bekümmert. Sein Ausdruck schwand. Sie wandte sich ab und schloß die Tür.

Oliver knallte das halbe Brötchen auf seinen Teller mit Eiern und stieß seinen Stuhl vom Tisch zurück. »Ich bin nicht einmal erwachsen!« schrie er gegen die Tür. »Ich bin noch kein Mann! Was wollen Sie von mir?« Er stand auf und trat den Stuhl weg, dann steckte er die Hände in die Taschen und wanderte in dem kleinen Raum umher. Er fühlte sich eingeschlossen, und sie hatte sogar gesagt, er könne jederzeit gehen, wenn er es wünsche.

Wohin gehen? Nach Hause?

Er starrte auf das Goldbesteck und die mit ausgezeichneten Speisen gefüllten Teller. Zuhause gab es das nicht. Zuhause war ein Ort, dachte er zuweilen, gegen den er kämpfen mußte, um von ihm loszukommen. Er konnte Mama nicht für immer vor dem Rest der Familie schützen, er konnte nicht den Rest seines Lebens der Brötchenverdiener für fünf Extramäuler sein ...

Und wenn er hierbliebe, wissend, was Miss Parkhurst jede Nacht tat? Könnte er jeden Morgen mit dem Wissen frühstücken, wie die Speisen verdient worden waren, genau wie alle seine Kleider, Bücher und das Piano? Er würde dann wahrhaftig ein Gigolo sein.

Sunside. Er war hier, vielleicht könnte er hier leben, Arbeit finden, von Sleepside weggehen.

Allein der Gedanke daran versetzte ihm einen Stich. Er setzte sich und vergrub sein Gesicht in den Händen, wischte sich mit den Fingerspitzen über die Augen, zog an seinen Lidern, um eine Fratze zu schneiden. Er beobachtete sich selbst in der goldenen Karaffe – die große Nase, die monströs getrübten Augen. Er mußte mit Mama reden. Selbst ein Gespräch mit Yolanda mochte helfen.

Aber Miss Parkhurst war nirgends zu finden. Oliver durchsuchte das Haus bis zum Einbruch der Dämmerung, dann aß er allein im kleinen Eßzimmer. Als sich die Dunkelheit durch die Hallen ausbreitete wie Tinte in Wasser, zog er sich in sein Zimmer zurück. Um die Nacht zu bannen und alles, was in ihr geschehen konnte, spielte Oliver laut auf dem Piano.

Als er schließlich zum Bett stolperte, sah er eine einzelne gelbe Rose auf dem Kissen liegen, zerbrechlich und süß. Er legte sie zur Lampe auf dem Nachttisch und zog die Decke über seinen noch angekleideten Körper.

In den frühen Morgenstunden träumte er, daß Miss Parkhurst aus der Villa geflohen wäre und ihn zurückgelassen hätte. Die Geister und alten Männer waren überall und fragten ihn, warum er so rechtschaffen sei. »Sie hatte niemals eine Mama wie Sie«, sagte ein altersschwacher Bursche in schwarzem Samtnachtkleid. »Sie hat Dinge erlebt, die Sie sich nicht vorstellen können. Nun werfen Sie sie einfach raus. Wohin wird sie gehen?«

Oliver erwachte gerade so lange, um sich an den Traum zu erinnern, dann fiel er in einen leichten, unruhigen Schlaf zurück.

Mrs. Diamond Freeland blickte Yolanda finster an, die die Hände rang und vor sich hin murmelte. »Damit kannst du deiner Mama nicht helfen«, sagte sie.

»Ich bin kein Arzt«, beschwerte sich Yolanda.

»Kein Arzt kann ihr helfen«, sagte Mrs. Freeland und spähte zu Mamas Schlafzimmertür.

Denver und Reggie lungerten unruhig im Wohnzimmer herum.

»Ihr zwei Lümmel geht nach eurem Bruder schauen?«

»Wir müssen nicht nach ihm schauen«, sagte Denver. »Wir wissen, wo er ist. Wir haben einen Plan, ihn zurückzuholen.«

»Und weshalb tut ihr dann nichts?« fragte Mrs. Freeland.

»Wenn die Zeit gekommen ist«, sagte Reggie entschieden.

»Eure Mama sehnt sich nach Oliver«, erklärte Mrs. Freeland ihnen nicht zum ersten Mal. »Es wühlt ihr Inneres auf, daran zu denken, daß er bei der Hexe ist und was sie ihm antun könnte.«

Reggie versuchte erfolglos, ein Grinsen zu verbergen.

»Was ist so lustig?« fragte Mrs. Freeland streng.

»Nichts. Vielleicht braucht unser kleiner Bruder etwas von dem, was sie bieten kann.«

Mrs. Freeland starrte sie an. »Yolanda«, sagte sie und verdrehte ihre Augen angewidert zur Decke. »Die Babys. Sind sie noch trocken?«

»Nein, Ma'am«, sagte Yolanda. Sie wich vor Mrs. Freelands scharfem Blick zurück. »Ich werde sie wickeln.«

»Danach bringe sie zu deiner Mama hinein.«

»Ja, Ma'am.«

Das Frühstück fand statt, als wäre nichts geschehen. Miss Parkhurst saß ihm gegenüber, aß und lächelte. Oliver versuchte, höflicher zu sein und den rechten Zeitpunkt zu finden, um einen Gefallen zu bitten. Als das Frühstück vorüber war, schien der rechte Augenblick gekommen.

»Ich möchte nachschauen, wie es Mama geht«, sagte er.

Miss Parkhurst dachte einen Moment lang nach. »Heute abend wird ein Fernseher in Ihrem Zimmer stehen«, sagte sie, faltete ihre Serviette und legte sie neben ihren Teller. »Sie können ihn dazu benutzen, nachzuschauen, wie es allen geht.«

Das war annehmbar. Bis dahin jedoch würde er den ganzen Tag mit Miss Parkhurst verbringen. Es war an der Zeit, entschied er, höflich zu sein. Dann konnte er seine Freiheit tatsächlich auf die Probe stellen.

»Sie sagen, ich kann gehen«, sagte Oliver und versuchte, freundlich zu klingen.

Miss Parkhurst nickte. »Jederzeit. Ich halte Sie nicht zurück.«

»Wenn ich gehe, kann ich zurückkommen?«

Sie lächelte ihr schwaches Lächeln. Da war wieder das junge Mädchen in diesem Lächeln und sie schien sehr verwundbar. »Das Kästchen bringt Sie zu jedem Ort in der Stadt.«

»Niemand kommt mir in die Quere?«

»Niemand belästigt jemanden unter meinem Schutz«, sagte Miss Parkhurst.

Oliver faltete die Hände unterm Kinn. »Sie sind sehr nett zu mir«, sagte er. »Selbst wenn ich Ihnen Ärger bereite, verletzen Sie mich nicht. Warum?«

»Sie sind meine letzte Chance«, sagte Miss Parkhurst und richtete ihre dunklen Augen auf ihn. »Ich lebe schon lange Zeit und niemand wie Sie ist mir bisher über den Weg gelaufen. Ich glaube nicht, daß noch jemand gekommen wäre. Wenigstens kann ich nicht so lange warten. Ich lebe schon so lange auf diese Weise, ich kenne keine andere, aber ich will das alles nicht mehr länger.«

»Mögen Sie es, eine Hure zu sein?«

Miss Parkhursts Züge verhärteten sich. »Es hat seine guten Seiten«, sagte sie steif.

Oliver nahm seinen Mut zusammen und sagte, was er dachte, blickte sie allerdings nicht an, während er es tat. »Sie genießen es, bei jedem Mann zu liegen, der das Geld dafür hat?«

»Es ist Arbeit. Ich bin gut dabei.«

»Auch häßliche Männer?«

»Häßliche Männer brauchen auch ihre Freude.«

»Schlechte Männer? Lassen Sie sich von ihnen anfassen, auch wenn sie andere Menschen verletzt oder getötet haben?«

»Welche Arbeiten haben Sie bisher geleistet?«

»Ich war Verkäufer in einem Lebensmittelladen. Habe Musik gelehrt.«

»Haben Sie im Laden schlechte Menschen bedient?«

»Wenn ich es tat«, sagte Oliver schnell, »wußte ich nichts davon.«

»Ich auch nicht«, sagte Miss Parkhurst. Dann, ruhiger: »Zum größten Teil wenigstens.«

»All diese Mädchen, die Sie zu Huren gemacht haben …«

»Sie müssen einige Dinge lernen«, unterbrach sie. »Es ist nicht die Arbeit, die so furchtbar ist. Es ist, was man sein muß, um sie zu tun. Die Art, wie die Leute von einem denken, wenn man sie tut. Sollte eine Hure, in einer guten Welt, wie ein Arzt sein oder ein Heiliger, würde sie nicht mehr als diese darauf achten, ihre Hände schmutzig zu machen. Sie schenkt Freude und Lächeln. Aber in der Stadt lassen es die Leute nicht zu, so zu handeln. Eine Hure genießt Respekt, aber nicht vor sich selbst. Sie verliert ihn, sobald jemand sie ansieht. Sie kann nach außen hin eine Million Dollar wert sein, aber innerlich weiß sie, was sie zu einer Hure macht. Das ist der Fluch. Jeder sucht seinen Vorteil, als wäre man Dreck. Sehr bald schon denkt man selbst, man wäre Dreck, und wer kümmert sich schon darum, was mit Dreck passiert? Bald läßt man den Dingen ihren Lauf, versucht nicht verletzt oder getötet zu werden, aber wen kümmert's?«

»Sie sind reich«, sagte Oliver.

»Ich kann nicht alles kaufen«, kommentierte Miss Parkhurst trocken.

»Sie besitzen Magie.«

»Ich besitze Magie, weil ich hier bin und hier bleibe. Ich muß eine Hure bleiben.«

»Warum können Sie nicht gehen?«

Sie seufzte, ihre Finger spielten nervös mit dem Saum der Tischdecke.

»Was hält Sie davon ab, einfach zu gehen?«

»Wenn Sie sich bereiterklären, diesen Ort zu betreiben«, sagte sie, und er dachte zunächst, sie wolle seiner Frage ausweichen, »müssen Sie alles darüber wissen. Alles über mich. Wir sind beinahe gleich, ich und dieser Ort. Eine Hure ist nicht mehr als das, was sie in der Börse hat, jeder Zuhälter weiß das. Wissen Sie, wie oft ich verheiratet war?«

Oliver schüttelte seinen Kopf.

»Siebzehn Mal. Manchmal haben sie mich verlassen, ein oder zweimal blieben sie. War nie sehr gut. Aber vielleicht habe ich es nicht besser verdient. Jene, die mich verließen – sie kamen zurück, als sie alt waren und wollten, daß ich sie vor Darkside rette. Ich konnte es nicht. Aber ich behielt sie ohnehin hier. Kommen Sie mit.«

Sie stand auf, und Oliver folgte ihr durch die Halle, die Treppe hinab, bis unterhalb der Garagenebene, tief im vollgestopften Kellergeschoß des Hauses. Die Luft war zeitlos, besaß die Kühle des Erdinneren und roch nach altem Stadtregen. Einige wenige klare Lichtkugeln warfen schwachgelbe, halbmondförmige Lichtflecken in die trübe Dunkelheit. Sie gingen auf Brettern über eine schlammige Pfütze. Miss Parkhurst hob ihren Rock an, um ihn nicht mit Schlamm zu beschmutzen. Oliver sah ihre schlanken Fesseln und schluckte, um die Verengung in seiner Kehle zu beseitigen.

Vor ihnen, in einer Reihe von moosbedeckten Betontrögen ausgelegt, waren fünfzehn schwarze Eisenzylinder, jeder zwei Meter lang und auf der Oberseite abgeflacht. Sie sahen aus wie große Luftminen. Der erste war in eine dunkle Ecke hineingezwängt. Miss Parkhurst stand an seinem Fußende und ließ ihre Hand seine rostige Oberfläche entlangstreifen.

»Zwei kamen nicht zurück. Vielleicht waren sie die besten von allen«, sagte sie. »Ich konnte kein Urteil fällen. Ich konnte es nicht wissen. Sie beurteilen Männer nach dem, was in ihnen ist und wenn sie innerlich leer sind, gehen sie dort verloren.«

Oliver trat näher an den letzten Zylinder heran und sah eine klare Glasscheibe, die am Kopfende montiert war. Zaudernd, aber fasziniert wischte er das Glas mit zwei Fingern ab und spähte hinein. Der Sarg war mit einer klaren Flüssigkeit gefüllt. Ein olivgrünes Gesicht blickte ihm entgegen; trübe blinde Augen und schlaffe Lippen. Die Flüssigkeit und der Tod hatten die runzligen Gesichtszüge geglättet, aber Oliver wußte, daß dieser Bursche alt war, sehr alt.

»Sie starben alle«, sagte sie. »Alle außer mir. Ich erhielt sie alle, jeden einzelnen, jeden Mann, kein Vergessen, kein Gehenlassen. Wir hatten stets dieses Band zwischen uns. Das ist der Fluch.«

Oliver zog sich vom Sarg zurück, hielt den Atem an, sein Herz klopfte vor Schreck. Was war schlimmer, dies oder die alten Männer in der Nacht? In die Dunkelheit am anderen Ende der Reihe von Flaschensärgen gehüllt, schien Miss Parkhurst für einen Augenblick in der gleichen feurigen Macht zu glühen, die er gespürt hatte, als er sie zum ersten Mal sah.

»Ich vermisse einige von ihnen«, sagte sie. Ihre Stimme so leise, an Kraft gerade soviel abnehmend, als ob sie in seinem Geist wäre. »Wir hatten schöne Zeiten miteinander.«

Oliver versuchte sich vorzustellen, was Miss Parkhurst in ihrem Leben schon durchgemacht hatte, die guten Zeiten und die schlechten. »Haben Sie Kinder?« fragte er, seine Stimme so dünn wie das Summen einer Fliege in einer Flasche. Er sprang zurück, als einer der Särge von seinen zittrigen Worten widerhallte.

Miss Parkhursts Schultern bebten. »Viele«, sagte sie knapp. »Alle tot, bevor sie geboren wurden.«

Zuerst war seine Betroffenheit normal, hervorgerufen durch seine sonntäglichen Kirchgänge. Dann kam der Gedanke an die ungeheure organische Verschwendung über ihn wie eine Lawine. All die Gefühle, das Sehnen und nichts kam dabei heraus, nur diese Eisenflaschen und die lebhaften Geister.

»Aber was ist schon das Kind einer Hure?« fragte Miss Parkhurst. »Besonders, wenn die Mutter eine Hure bleibt.«

»War Ihre Mutter ...?« Es schien nicht recht zu sein, dieses Wort auf jemandes Mutter anzuwenden.

»Sie war ... und ihre Mutter auch. Ich habe keinen Vater oder viele Väter.«

Oliver erinnerte sich an den alten Mann, der ihn im Traum gezüchtigt hatte. Noch bevor er seine Worte, die ihr Trost spenden und ihr ein Zeichen dafür sein sollten, daß er ihrer Situation nicht gleichgültig gegenüberstand, so recht gewählt hatte, sagte er: »Eine Hure zu sein, kann nicht immer nur schlecht sein.«

»Vielleicht nicht«, sagte sie. Miss Parkhurst war kaum als Fleck im Schatten auszumachen. Sie mochte durchaus zu Staub zerfallen, wenn er gerade nicht hinschaute.

»Sie sagten, eine Hure zu sein, bedeute, innerlich leer zu sein. Nicht jeder, der innerlich leer ist, ist eine Hure.«

»Oh?« erwiderte sie leichthin. Er war in eine für

ihn uncharakteristische Position gedrängt, aber Oliver wollte, egal ob er sich lächerlich machte oder nicht. Seine gemischten Gefühle verrieten ihn.

»Sie haben *gelebt*«, sagte er. »Sie besitzen Erinnerungen wie niemand anderes. Sie könnten Bücher darüber schreiben. Man könnte Filme über Sie machen.«

Ihr Lächeln war ein schwaches Leuchten im Schatten. »Ich hatte einige interessante Leute zu Besuch«, sagte sie. »Mächtige Männer. Ich hatte etwas, das sie brauchten. Manchmal öffneten sie sich und erzählten, wie schwer sie sich taten, keine kleinen Jungs mehr sein zu dürfen. Zuweilen, wenn wir uns entspannten, weinten sie sich an meiner Schulter aus, als wäre ich ihre Mama. Aber dann gehen sie fort und versuchen, mich zu vergessen. Wenn sie es nicht verdrängen würden, hätten sie wegen dem, was ich über sie weiß, Furcht vor mir. Nun, sie wissen, daß ich schwach werde«, sagte sie. »Von Büchern oder Filmen halte ich nichts. Ich würde nicht sagen, was ich weiß. Und nebenbei bemerkt, sind viele dieser Männer tot. Wenn sie es nicht sind, warten sie nur darauf, daß ich sterbe, so daß sie ruhig schlafen können.«

»Was meinen Sie mit ›schwach werden‹?«

»Ich habe noch zwei, vielleicht drei Tage: Dann sterbe ich als Hure. Meine Zeit ist vorüber. Der Fluch ist fast vollendet.«

Oliver schnappte nach Luft. Als er sie das erste Mal sah, schien sie so kraftvoll wie eine Diesellokomotive, als könne sie ewig leben.

»Und wenn ich übernehme?«

»Bekommen Sie das Haus, das Geld.«

»Wieviel Macht?«

Sie antwortete nicht.

»Sie können mir keine Macht geben, nicht wahr?«

»Nein«, schwach wie eine Brise, die von ihren Augenwimpern verursacht wurde.

»Das Kästchen wäre zu nichts nütze?«

»Nein.«

»Sie haben mich angelogen.«

»Ich lasse Ihnen alles, was übrig ist.«

»Das ist es nicht, warum Sie mich haben kommen lassen. Sie haben Mama genommen ...«

»Sie hat mich beraubt.«

»Meine Mama hat noch nie irgendwas gestohlen!« rief Oliver. Die Eisensärge summten.

»Sie nahm etwas, nachdem ich ihr meine Gastfreundschaft angeboten hatte.«

»Was könnte sie von Ihnen nehmen? Sie ist kein Dieb.«

»Sie nahm ein Notenblatt.«

Olivers Züge verzogen sich schmerzvoll. Er kehrte sich ab, die Hände zu Fäusten geballt. Sie hatten nahezu kein Geld für seine Musik. Seit sein Vater gestorben war, hatte er des öfteren seine Musik aufgeben müssen, weil er keine neuen Partituren hatte. »Warum haben Sie mich geholt?« krächzte er.

»Mir macht es nichts aus, zu sterben. Aber ich möchte nicht als Hure sterben.«

Oliver wandte sich um, diesmal verärgert wegen seiner Mama und auch sich selbst. Er näherte sich dem substanzlosen Schatten. Miss Parkhurst schimmerte wie ein Vorhang. »Was wollen Sie von mir?«

»Ich brauche jemanden, der mich liebt. Mich aus keinem besonderen Grund liebt.«

Für einen Augenblick sah er ein dürres Mädchen in einem roten Hemd mit großen Augen vor sich stehen. »Wie könnte Ihnen das helfen? Kann Sie das zu etwas anderem machen?«

»Nur Liebe«, sagte sie. »Nur das Vergessen von dem allen hier« – sie deutete auf die Särge – »und allem dort«, sie wies nach oben.

Olivers Körper entspannte sich; er atmete auf. »Ich kann Sie nicht lieben«, sagte er. »Ich weiß nicht einmal, was Liebe ist.« Stimmte das? Oben hatte sie sich in seinen Verstand gebrannt, und er *hatte* sie gewollt, obwohl es ihn aufbrachte, wenn er sich daran erinnerte. Was *konnte* er für sie empfinden? »Lassen Sie uns jetzt zurückgehen. Ich muß nach Mama schauen.«

Miss Parkhurst erschien aus dem Schatten und ging schweigend an ihm vorbei, nicht einmal ihr Rock raschelte. Sie signalisierte ihm mit dem Finger, ihr zu folgen.

Sie verließ ihn an der Tür zu seinem Zimmer und sagte: »Ich warte im großen Wohnzimmer.« Oliver sah einen kleinen Fernseher auf dem Nachttisch am Bett und eilte hin, um ihn einzuschalten. Der Bildschirm füllte sich mit Statik und unscharfen Bildern. Er sah Ausschnitte von Gesichtern, Farbflecken und Strukturen, die so schnell vorübergingen, daß er sie nicht identifizieren konnte. Die gesamte Stadt mochte gleichzeitig auf dem Schirm sein, aber er konnte nichts klar erkennen. Er drehte den Kanalknopf und erhielt noch mehr Statik. Dann sah er die Aufschrift über dem Kanal 13 auf der Kanalleiste: Zuhause – in kleinen goldenen Lettern. Er drehte den Knopf auf diese Position und der Schirm wurde scharf.

Mama lag im Bett, die Beine hochgelegt, das Haar unfrisiert. Sie sah nicht gut aus. Ihre Hand, die ausgestreckt auf dem Bett lag, zitterte. Ihr Atem ging schwer und rauh. Im Hintergrund hörte Oliver Yolanda, die mit den Babys beschäftigt war und schließlich frustriert ihre älteren Brüder anschrie.

Warum helft ihr mir nicht mit den Babys? verlangte seine Schwester mit ferner blecherner Stimme zu wissen.

Mama hat es dir gesagt, erwiderte Denver.

Hat sie nicht. Sie hat es uns allen gesagt. Ihr könntet mal helfen.

Reggie lachte. *Wir müssen Pläne machen.*

Oliver wandte sich vom Fernseher ab. Mama war krank und vielleicht würde sie sterben, egal was seine Brüder, seine Schwester und die Babys taten. Er konnte sich auch denken, warum sie krank war – aus Sorge wegen ihm. Er mußte zu ihr gehen und ihr sagen, daß es ihm gut ging. Ein Anruf wäre nicht genug.

Er zögerte jedoch erneut, das Haus und Miss Parkhurst zu verlassen. Etwas über ihre schwindende Magie hinaus wirkte hier. Er wollte ihr zuhören und mehr von diesem faszinierenden Horror erfahren. Er wollte sie wieder ansehen, ihre sanfte, alte Schönheit. In gewissen Sinne brauchte sie ihn genauso, wie Mama ihn brauchte. Miss Parkhurst brachte alles in ihm durcheinander, was gesetzmäßig und ordentlich war. Letztendlich mußte er aber bei dem Gedanken an die Rückkehr zu Mama zugeben, daß er das Durcheinander genossen hatte.

Er ergriff den goldenen Öffner und rannte von seinem Zimmer zum Wohnzimmer. Sie wartete dort auf ihn in einem roten Samtsessel, ihre Hände lagen auf zwei Löwen am Ende der Armlehnen. Die hölzernen Gesichter der Löwen grinsten unter ihrer Berührung. »Ich muß gehen«, sagte er. »Mama ist vor Sorge um mich krank.«

Sie nickte. »Ich halte Sie nicht auf«, sagte sie.

Er starrte sie an. »Ich wünschte, ich könnte Ihnen helfen«, sagte er.

Sie lächelte hoffnungsvoll, mitleiderregend. »Dann versprechen Sie zurückzukommen.«

Oliver schwankte. Wie lange würde Mama ihn brauchen? Was, wenn er sein Versprechen gab, zurückkehrte und Miss Parkhurst wäre bereits tot?

»Ich verspreche es.«

»Bleiben Sie nicht zu lange«, sagte sie.

»Werde ich nicht«, murmelte er.

Die Limousine wartete in der Garage auf ihn – weiß und schön, träge, schlank und schnell zugleich. Eine Chauffeurin wartete diesmal nicht auf ihn. Die Tür öffnete sich von selbst, und er stieg ein. Die Tür schloß sich hinter ihm, und er lehnte sich, das Kästchen in der Hand, steif in den Ledersitzen zurück. »Bring mich nach Hause«, sagte er. Die Glastrennwand und die Scheiben rundherum verdunkelten sich mit einem undurchsichtigen, rauchigen Gold. Er spürte das Gefühl einer gleitenden Bewegung. *Wie wäre es, stets solche Macht zu besitzen?*

Aber es war nicht an ihr, die Macht zu geben.

Oliver erreichte das Apartmentgebäude in einem Blizzard wirbelnden Schnees. Schnee lag auf der Straße und bedeckte den Gehsteig, er war etwa dreißig Zentimeter hoch. Sleepside steckte in tiefstem Winter. Oliver stieg aus der Limousine und betrat die Stufen. Die Kälte berührte ihn trotz seiner leichten Bekleidung kaum. Er war umgeben von Miss Parkhursts Magie.

Denver war gerade in der Küche und dabei, grüne Bohnen in einer Pfanne zu dünsten, als Oliver durch die Tür trat, wobei sich die Scharniere vor ihm von selbst öffneten. Oliver hielt im Eingang zur Küche inne. Denver starrte ihn an, das Gesicht schlaff, zu überrascht, um etwas zu sagen.

»Wo ist Mama?«

Yolanda hörte seine Stimme im Wohnzimmer und schrie.

Reggie traf ihn mit offenen Armen in der Diele und lächelte breit. »Gottverdammt, kleiner Bruder! Du bist weggekommen?«

»Wo ist Mama?«

»Sie ist in ihrem Zimmer. Sie fühlt sich nicht gut.«

»Sie ist krank«, sagte Oliver und drängte sich an seinem Bruder vorbei. Yolanda stand vor Mamas Tür, als wolle sie Oliver nicht eintreten lassen. Sie saugte an der Unterlippe und sah verängstigt aus.

»Laß mich vorbei, Yolanda«, sagte Oliver. Er richtete beinahe das Kästchen auf sie, zog es zurück, fürchtete, daß er damit was anrichten mochte.

»Du hast Mama krank gemacht«, quiekte Yolanda, aber sie trat beiseite. Oliver drängte sich durch die Tür in Mamas Zimmer. Sie saß aufrecht im Bett, ihr Gesicht

gezeichnet und eingefallen, aber ihre Augen tanzten vor
Freude. »Mein Junge!« Sie seufzte. »Mein guter Junge.«

Oliver setzte sich neben sie, und sie umarmten sich
heftig. »Bitte verlaß mich nicht noch einmal«, sagte
Mama; ihre Stimme wurde von seiner Schulter ge-
dämpft. Oliver stellte das Kästchen auf ihren kleinen
Nachttisch und weinte sich an ihrer Schulter aus.

Der Tag nach Olivers Rückkehr. Denver stand langbeinig
am Fenster, seine Hände steckten in durchgescheuerten
Hosentaschen. Er schaute mit müden Augen auf den
Schnee. »Es ist zu kalt, um irgendwohin zu gehen«, sann
er.

Reggie saß mit nachdenklichem Gesicht im Stuhl
ihres Vaters. »Ich habe gehört, was er zu Mama gesagt hat«, sagte er. »Diese Hure hat unseren kleinen
Bruder in einer Limousine hierher zurückgeschickt.
Einer großen weißen Limousine. Siehst du sie dort
draußen?«

Denver spähte hinunter auf die Straße. Eine weiße Limousine wartete am Rinnstein, nicht einmal von Schnee
bedeckt. Eine winzige weiße Locke erhob sich von ihrem
Auspuff. »Sie ist immer noch da«, sagte er.

»Hast du gesehen, was er hatte, als er hereinkam?«
fragte Reggie. Denver schüttelte seinen Kopf. »Ein goldenes Kästchen. *Sie* muß es ihm gegeben haben. Ich
wette, daß, wer auch immer dieses Ding besitzt, Miss
Belle Parkhurst besuchen kann. Wetten?«

Denver grinste und schüttelte erneut den Kopf.

»Es würde nicht allzu kalt sein, wenn wir die Limousine hätten, nicht wahr?« sagte Reggie.

Oliver brachte seiner Mama Hühnersuppe und eine halb
verfaulte, aber sorgfältig geschnittene Orange. Er schüttelte ihr Kissen für sie auf und hieß sie schweigen, bis sie
gegessen hatte. Sie lächelte matt und selig und ließ ihn
ihr behilflich sein. Als sie gegessen hatte, legte sie sich

zurück und schloß die Augen. Tränen sammelten sich und liefen ihr über die Wangen. »Ich hatte solche Angst um dich«, sagte sie. »Ich wußte nicht, was sie tun würde. Sie schien anfangs so nett. Ich sah sie nicht. Nur ihre Stimme, die mich über den Sicherheitssummer einlud, mich Platz nehmen hieß, um meine Füße ausruhen zu lassen. Ich wußte, wo ich war ... War es schlecht von mir, dort zu bleiben, obwohl ich es wußte?«

»Du warst müde, Mama«, sagte Oliver. »Übrigens, Miss Parkhurst ist gar nicht so übel.«

Mama blickte ihn zweifelnd an. »Ich sah ihr Piano. Da war ein Regal in der Nähe, mit den schönsten Notenblättern, die du je gesehen hast, sogar Bücher voll damit. Ich habe mir einige angesehen. Oh, Oliver, ich habe niemals in meinem Leben irgend etwas genommen ...« Sie weinte nun frei heraus, verbrauchte die wenige Kraft, die ihr das Essen gegeben hatte.

»Sorg dich nicht, Mama. Sie hat dich benutzt. Sie wollte, daß *ich* komme.« Als Nachgedanke fügte er, nicht sicher, warum er log, hinzu: »Oder Yolanda.«

Mama nahm es zur Kenntnis, während ihre Augen liebevoll sein Gesicht musterten. »Du willst zurück«, sagte sie, »nicht wahr?«

Oliver blickte auf die gefalteten Blätter unter ihrem Arm. »Ich habe es versprochen. Sie stirbt, wenn ich es nicht tue«, sagte er.

»Diese Frau ist eine Lügnerin«, stellte Mama nachdrücklich fest. »Wenn sie dich will, wird sie alles tun, um dich zu bekommen.«

»Ich glaube nicht, daß sie lügt, Mama.«

Sie blickte weg, ein ärgerliches Aufblitzen in den Augen. »Warum hast du es ihr versprochen?«

»Sie ist nicht so schlecht, Mama«, sagte er wieder. Er hatte angenommen, die Rückkehr nach Hause würde seinen Verstand klären, aber Miss Parkhursts Gesicht, ihre Bitte, haftete ihm an, als wäre sie nur ein Zimmer entfernt. Das Haus schien nur ein schwindender Traum zu sein, unwichtig; aber Belle Parkhurst blieb. »Sie braucht Hilfe. Sie will sich ändern.«

Mama plusterte ihre Backen auf und blies durch ihre Lippen. Sie hatte dies oft bei seinem Vater getan, aber noch nie bei ihm. »Sie wird immer eine Hure bleiben«, sagte sie.

Olivers Augen verengten sich. Er erkannte eine Boshaftigkeit und Verbitterung in Mama, die er vorher nicht bemerkt hatte. Nicht, daß die Boshaftigkeit ungerechtfertigt gewesen wäre – Miss Parkhurst hatte Mama grob behandelt. Dennoch …

Denver stand in der Tür. »Reggie und ich müssen mit Mama reden«, sagte er. »Über dich.« Er deutete mit dem Daumen über die Schulter. »Allein.« Reggie stand grinsend hinter seinem Bruder. Oliver nahm das Tablett mit dem Geschirr, drängte sich an ihnen vorbei und ging zur Küche.

In der Küche spülte er das Geschirr der letzten paar Tage ab und ließ das lauwarme Wasser über die Hände laufen, wobei er den Blick auf den matten Schimmer des Hahns richtete. Beinahe hatte er sein Gefühl für die Zeit verloren, als er das Zuschlagen der Vordertür hörte. Er hob den Kopf, trocknete den letzten Teller ab, stellte ihn weg und ging in Mamas Zimmer. Sie blickte ihn schuldbewußt an. Etwas war nicht in Ordnung. Er suchte mit den Augen das Zimmer ab, aber nichts hatte sich verändert. Nichts, was normalerweise da war …

Das Kästchen.

Seine Brüder hatten das Kästchen mitgenommen.

»Mama!« sagte er.

»Sie statten ihr einen Besuch ab«, sagte sie. Ihre Verbitterung war nun offenkundig. »Sie mögen es nicht, wenn ihre Mama mißhandelt wird.«

Es wurde dunkel, und der Schnee fiel in dicken Flocken. Er hatte gehofft, an diesem Abend zurückzukehren. Wenn Miss Parkhurst nicht gelogen hatte, würde sie nun sehr schwach sein und morgen vielleicht tot.

Seine Lungen schienen sich zusammenzuziehen, und es fiel ihm schwer, Luft zu holen.

»Ich muß gehen«, sagte er. »Sie könnte sie *umbringen,* Mama!« Aber das war es nicht, was ihn beunruhigte. Er zog seinen schweren Mantel und Vaters alte Gummistiefel mit den Schneesohlen an. Yolanda kam aus dem Zimmer, das sie sich mit den Babys teilte. Sie stellte keine Fragen und beobachtete mit trüben Augen, wie er sich gegen die Kälte ankleidete.

»Sie haben dieses Goldkästchen«, sagte sie, als er die letzte Metallklammer an den Stiefeln einschnappen ließ. »Ist wahrscheinlich eine Menge wert.«

Oliver zögerte in der Diele, ergriff dann Yolandas Schultern und schüttelte sie. »Du gibst auf Mama acht, hörst du?«

Sie klappte ihren Mund zu und riß sich los. Oliver war aus der Tür, bevor sie etwas sagen konnte.

Das letzte Licht des Tages erfüllte den Himmel mit einem tief pfirsichfarbenen Glanz, der mit einem kalten Grau durchsetzt war. Schnee fiel golden auf die Gebäude und schmutzigbraun in ihre Schatten. Der Wind wirbelte traurig um ihn herum und drang durch seinen Mantel, um ihm die Wärme zu stehlen. Für einen erschreckenden Augenblick war seine gesamte Entschlossenheit wie weggeblasen. Die Straßen waren verlassen. Er fragte sich, welche Nacht dies eigentlich war und erinnerte sich, daß es der 23. Dezember war. Aber es war zu kalt, als daß sich Kauflustige hinauswagten. *Wozu hinausgehen? Um zwei solche Idioten zu retten?* Nicht deshalb – obwohl es ausreichend gewesen wäre, da ihr Verlust Mama verletzt hätte; außerdem waren es seine Brüder. Nicht wegen seines Versprechens. Aus einem anderen Grund.

Er hatte Angst um Belle Parkhurst.

Er hielt seinen Mantelkragen zusammen und lehnte sich in den Wind. Er hatte keinen Hut aufgesetzt. Seine Stirn wurde kalt, und für einen Moment fühlte er sich ausgepumpt und erschöpft. Aber er schaffte es zum Eingang der Untergrundbahn und stolperte die Stufen hinab in das warme Herz der Stadt, wo stets 17 Grad herrschten.

Hinter dickem Glas und einer metallenen Bude verschanzt, saß die Münzverkäuferin mit müden, wissenden Augen. Sie ließ die Katzenkopfmünzen in die stählerne Ablage fallen. Oliver blickte ihr ins Gesicht und sah das der Hure. Diese Frau mittleren Alters würde ihre Beine nicht für Geld breit machen, hatte aber ihre Jugend und ihr Leben verkauft, um in dieser Höhle zu sitzen. Welche Leere war beklemmender?

»Seien Sie vorsichtig«, warnte sie ihn freimütig durch das Sprechgitter. »Die Nachtmetro ist jetzt jeden Moment fällig.«

Er warf eine Münze ins Drehkreuz und drängte sich hindurch. Dann stand er fröstelnd auf dem Bahnsteig und wartete auf den Sunside-Zug. Es schien ewig zu dauern, bis er kam. Als es dann soweit war, war er nicht besonders erleichtert. Die hohlen Augen des Fahrers blinkten grün, sein Stierkopf wandte sich, als der Zug am Bahnsteig zum Stehen kam. Die Türen öffneten sich mit einem öligen Ächzen, und Oliver stieg in die harte, kalte, unversöhnliche Helligkeit des Zuginneren ein.

Zunächst dachte Oliver, der Wagen wäre leer. Er setzte sich jedoch nicht. Das Haar in seinem Nacken und an seinen Armen sträubte sich. Seine Hand ergriff einen rostfreien Stahlgriff, lehnte sich der Beschleunigung des Zuges entgegen und atmete tief durch, wobei er sich beinahe verschluckte.

Er nahm die anderen Passagiere erst bewußt wahr, als sich ihre Silhouetten gegen das gedämpfte Licht von vorüberziehenden Geisterstationen abzeichnete. Sie saßen beinahe unsichtbar dort, bevölkerten den Wagen. Sie standen neben ihm, weniger greifbar als ein Atemzug. Sie beobachteten ihn eindringlich, hegten im Augenblick keine Feindseligkeit. Vielleicht waren sie sich bisher noch nicht bewußt, daß er lebte und sie nicht. Sie trugen keine offensichtlichen Anzeichen von Verwundungen, aber woran es lag, daß sie hier waren, sagten ihm seine Instinkte.

Dieser Zug beförderte Selbstmörder: Männer, Frauen, Teenager und sogar einige Kinder, zerbrechlich wie teures Kristall in einem Schaufenster. Vielleicht hatte der stierköpfige Fahrer sie eingesammelt, aussortiert und eingesperrt, als sie zufällig in seinen Zug stolperten. Vielleicht beherrschte er sie.

Oliver versuchte, in seinem Mantel zu versinken. Er fühlte sich schuldig, weil er lebendig und gesund war, eingebettet in starke Gefühle; sie waren so fadenscheinig, besaßen so wenig Halt in dieser Realität.

Er murmelte ein Gebet und hielt inne, als sich alle in seine Richtung wandten und ihn mißbilligend ansahen. Still betete er weiter, aber das schien seine Mitpassagiere nur noch mehr zu verwirren. Sie quiekten sich zu mit Stimmen, die nur ein Hund oder eine Fledermaus zu vernehmen mochte.

Die Stationen zogen vorüber. Mosaiksymbole und Namen blitzten in Lichtteichen vorbei. Als sich die Sunside-Station näherte und der Zug langsamer wurde, bewegte sich Oliver schnell zur Tür. Er trat auf den Bahnsteig, wandte sich um und stieß gegen die dunkle Uniform des stierköpfigen Fahrers. Die Luft um ihn herum stank nach Schmiere und Elektrizität und etwas süßlicherem, vielleicht Blut. Er war etwa einen halben Meter größer als Oliver. In einer ausgestreckten, ledernen Hand mit schwarzen Fingernägeln hielt er seine lange Silberschere mit weit auseinanderstehenden Spitzen - eine kurze Andeutung von Belle Parkhursts Position unter den alten Männern.

»Du bist am falschen Ort zur falschen Zeit«, warnte ihn der Fahrer mit einer Stimme, die tiefer war als das Geräusch des Zugmotors. »Hier unten kann ich dir den Lebensfaden abschneiden.« Er ließ die Schere zuschnappen.

»Ich gehe zu Miss Parkhurst«, sagte Oliver mit zitternder Stimme.

»Wohin?« fragte der Fahrer.

»Ich gehe jetzt«, sage Oliver und ging rückwärts. Der Fahrer folgte und beugte sich langsam über ihn. Die Schere öffnete sich flüsternd, richtete sich gegen seine Augen. Die Kristalltoten im Zug traten durch die geöffnete Tür und glitten an ihm vorbei. Klebrige Wellen der Kälte ließen die Luft erschaudern.

»Du bist ein kühner kleiner Bastard«, sagte der Fahrer. Seine Stimme brachte es fertig, unterhalb jeder menschlichen Wahrnehmung zu liegen und trotzdem vernehmbar zu sein.

Die weiße Fliesenwand vibrierte. »Alles, was ich tun muß, ist, dir deinen Lebensfaden vor deinen Augen abzuschneiden« – er ließ die Schere Zentimeter vor Olivers Nase zuschnappen –, »und du findest deinen Weg nach Hause nicht mehr.«

Der Fahrer drängte ihn gegen die kalte Barriere der Selbstmörder. Olivers Furcht konnte seine Neugierde nicht überwinden. War der Stierkopf echt oder befand sich ein Mann unter den Hörnern, der Haut und den Knochen? Die Augen in den tiefliegenden Augenhöhlen glühten jetzt eisblau. Die Schere schloß sich noch einmal vor Olivers Gesicht, noch näher, schnippte Haare von seiner Nase.

»Du gehörst mir«, flüsterte der Fahrer, und die Schere schloß sich um etwas Unnachgiebiges, Unsichtbares. Olivers Kopf explodierte vor Schmerz. Mit den Armen rudernd drängte er sich durch die Toten und zog den Fahrer an der Schere, die in etwas Unsichtbarem und Wichtigem festhakte, mit sich mit. Brüllend langte der Fahrer mit beiden Händen nach den Griffen der Schere. Oliver fühlte sich, als würde sein Kopf aufgeschlitzt. Mit aller Kraft trat er dem schwarzuniformierten Fahrer zwischen die Beine. Sein Fuß traf auf Fleisch und Knochen, so hart wie Fels und seine Todesangst verdoppelte sich.

Aber die Schere hing für einen Augenblick in der Luft vor Olivers Gesicht, und der Fahrer beugte sich langsam vornüber.

Oliver riß die Schere an sich, öffnete sie, befreite den Faden zwischen sich und seiner Vergangenheit, seinem Zuhause und drängte sich durch die Toten. Die Schere warf Reflexe über die verwunderten, wäßrigen Gesichter der Selbstmörder. Plötzlich, eine Chance erkennend zu entkommen, schwärmten sie über den Bahnsteig aus, einige auf die Treppe, einige zu beiden Seiten der Plattform. Oliver rannte durch sie hindurch, die Stufen hinauf und stand im warmen Abend auf dem Gehsteig Sunsides. Alles, was er im Stationseingang ausmachen konnte, war ein saurer Geruch von Öl und Blut und ein schwacher Kältehauch von den Händen der Toten, die in der milden Nacht verschwanden.

Eine schweigende Menge hatte sich am Vordereingang von Miss Parkhursts Haus versammelt. Sie warteten auf etwas, ihre schweißigen Gesichter leuchteten gierig.

Er sah die Limousine nicht. Seine Brüder mußten längst da sein; also waren sie schon drinnen.

Er rannte am braunen Sandsteingebäude entlang und suchte nach dem Eingang der unterirdischen Garage. Auf der Südseite fand er die Rampe und ging sie hinab, schlug die Hände gegen die geriefte Metalltür. Echos antworteten ihm. »Ich bin's!« rief er. »Lassen Sie mich ein!«

Ein Mann mittleren Alters betrachtete ihn gelassen vom oberhalb gelegenen Gehsteig aus. »Was wollen Sie denn da drin, junger Mann?« fragte er.

Oliver blickte über die Schulter. »Das geht Sie nichts an«, sagte er.

»Vielleicht doch, wenn Sie hineinwollen«, sagte der Mann. »Es gibt einen Weg in das Haus, den alle Männer nehmen können. Es lehnt niemals Gold ab.«

Oliver ließ einen Moment verdutzt von der Tür ab. Der Mann zuckte die Achseln und ging weiter.

Er hatte immer noch die Schere des Fahrers in der Hand. Sie war nicht aus Gold, sondern aus Silber, aber sie mußte etwas wert sein. »Lassen sie mich ein!« sagte er. Dann, den Einsatz erhöhend, grub er in seiner Tasche und brachte eine verbliebene Katzenkopfmünze zum Vorschein. »Ich bezahle auch!«

Die Tür öffnete sich ächzend. Die Garagenlichter waren ausgeschaltet, aber im milden gelben Schein des Straßenlichts sah er eine Adlerklaue, die knapp hinter dem Türrahmen aus einer Ziegelwand herausragte und eine goldene Tasse hielt. Die Münze in einer Hand, die Schere in der anderen, kniff Oliver die Augen zusammen. Jetzt Belles Haus zu bezahlen war keine ehrenvolle Tat; er ließ die Münze in die Tasse fallen, behielt aber die Schere und rannte in die Dunkelheit.

Ein schwacher Lichtschein zeichnete sich unter der Treppentür ab. Um die Tür herum schimmerten die Knochen uralter Stadtbewohner im kompakten Gestein, die Zähne und Knöchel so hell wie Leuchtkäfer. Oliver probierte die Tür; sie war verschlossen. Er steckte die Scherenspitze zwischen Tür und Rahmen und hebelte solange, bis das Schloß aufsprang.

Das ruhige Wohnzimmer wurde lediglich von einigen tropfenden Kerzen beleuchtet, die in herabhängenden Adlerklauen steckten. Die Luft war angefüllt mit den derben Gerüchen von seit langem erloschenen Zigarren und Zigaretten. Oliver hielt einen Moment lang inne, schloß die Augen und lauschte. Es gab ein Zimmer, das er in der Zeit seiner Anwesenheit in Belle Parkhursts Haus nicht gesehen hatte. Sie hatte ihm nicht einmal die Tür gezeigt, aber er wußte, das sie existieren mußte, und dort würde er sie finden, tot oder lebendig. Wo sich seine Brüder befanden, wußte er nicht; im Augenblick kümmerte ihn das auch nicht. Er bezweifelte, daß sie in einer tödlichen Gefahr schwebten. Belles Macht war so schwach, wie das Licht der vereinzelten Kerzen.

Oliver schlich die dunklen Korridore entlang und hielt

die schimmernde Schere als Warnung gegen alles vor sich, was ihn aufhalten könnte. Er erklomm zwei weitere Treppenabsätze bis zur dritten Etage, wo er einen teppichlosen Flur mit bloßen Wänden vorfand, den er bisher noch nicht gesehen hatte. Die trockenen Bodenbretter knarrten unter ihm. Die Luft war kühl und unbewegt. Er konnte eine Spur von Belles Rosenparfüm riechen. Am Ende des Flurs befand sich eine schlichte, getäfelte Tür mit einem angelaufenen Messingknauf.

Diese Tür war ebenfalls unverschlossen. Er nahm seinen Mut zusammen, atmete tief ein und öffnete sie.

Dies war Belles Zimmer, und sie befand sich tatsächlich darin. Sie hing in einem Gewebe schimmernder Fäden über ihrem schlichten Eisengestellbett. Er schreckte zurück, dachte einen Moment lang, sie sei eine Spinne, aber es wurde ihm augenblicklich klar, daß sie mehr die Beute einer Spinne war. Die Fäden reichten in alle Ecken des Raums. Sie waren transparent und hüllten sie eng ein. Für ihn hatten sie jedoch lediglich die Substanz von Luft.

Belle wandte den Kopf und sah ihn an. Sie war schwach, ihre Augen umwölkt, die Haut wie Papier. »Warum hat es so lange gedauert?« fragte sie.

Von der anderen Seite des Hauses her hörte er Reggies erfreutes Lachen.

Oliver trat vor. Die Schneiden der Schere rupften an den Fäden; er kam ungehindert durch. Sein Arm war durch den Gebrauch des silbernen Instruments angespannt. Dann erkannte er, was die Fäden waren; es waren die Fäden, die Belle an das Haus banden, sie mit all ihren Kunden verknüpfte. Belle hatte nicht nur einen Faden zu ihrer Vergangenheit, sondern tausende. An jeder Stelle, an der sie berührt worden war, hielt sie ein Strick. Dicke gewundene Stränge der Vergangenheit entsprangen ihrem Mund, ihren Brüsten und zwischen ihren Beinen; selbst die Zehen waren nicht frei davon.

Ohne nachzudenken, hob Oliver die Silberschere des

Fahrers und begann damit die Fäden abzuschneiden. Einen nach dem anderen oder in klebrigen Knäueln schnitt er sie durch. Mit jeder Begegnung der Schneiden verschwanden sie. Er fragte sich nicht, welches ihr erster Faden war, der, der sie mit ihrer Kindheit verband, den wenigen Jahren, bevor sie zur Hure wurde; es gab keine Zeit an solche Feinheiten zu vergeuden.

»Ihre Brüder sind in meinem Gewahrsam«, sagte sie. »Sie haben mein Gold und meine Juwelen gefunden. Ich habe mich hierher geschlichen.«

»Bleib ruhig«, sagte Oliver mit zusammengebissenen Zähnen. Die Stricke wurden, je näher er an ihren dünnen grauen Körper gelangte, zäher, fühlten sich mehr wie Drähte an. Seine Armmuskeln verknoteten sich, und kalter Schweiß durchweichte seine Kleider. Sie rutschte Zentimeter näher auf das Bett zu.

»Ich habe noch niemals einen Mann mit hierhergebracht«, sagte sie.

»Schsch.«

»Dies war mein Platz, der einzige Platz, den ich hatte.«

Nun waren statt Tausender nur noch Hunderte von Stricken übrig. Minutenlang arbeitete er weiter, beobachtete, wie sie immer bleicher wurde, beobachtete, wie sich ihre einstige Feuerofenhitze zu weniger als der einer einzelnen Kerze abschwächte. Ihre Augen verloren ihren fiebrigen Glanz. Für einen schrecklichen Moment dachte er, sie mit dem Abschneiden der Fäden in Wirklichkeit zu schwächen, aber er hackte und schnitt ungeachtet dessen weiter. Sie waren nun noch dichter, elastischer.

Weit entfernt im Haus lachten Denver und Reggie, und ein schweres klingendes Geräusch war zu vernehmen. Der Flur erbebte. Dutzende von Fäden waren noch vorhanden. Er hatte bereits eine Ewigkeit an ihnen gearbeitet und nun forderte jeder einzelne Faden sein konzentriertes Bemühen, all die Kraft, die ihm noch im Arm und in den Händen verblieben war. Er glaubte, er müsse ohnmächtig werden oder sich übergeben. Belles Augen hatte sich geschlossen. Ihr Atem war nicht mehr auszumachen.

Fünf Stricke verblieben. Er schnitt durch einen hindurch, dann durch einen weiteren. Als er die Schere an den dritten anlegte, erschien ein großer Mann auf der anderen Seite ihres Betts. Er war in blassem Grau gekleidet und trug einen breitrandigen grauen Hut. An seinen Fingern steckten goldene Ringe. Eine goldene Adlerklaue hielt seine weiße Seidenkravatte.

»Ich war ihr Freund«, sagte der Mann. »Sie kam zu mir und hat mich betrogen.«

Oliver hielt die Schere zurück, seine Augen schmerzten vor Zorn. »Wer sind Sie?« verlangte er zu wissen, krümmte sich vor Anstrengung. Er starrte zu dem grauen Mann hinauf.

»Dieser andere alte Mann, er hat kaum mit ihr gearbeitet. Ich ließ sie hier arbeiten, sie hat mich betrogen.«

»Sie sind ihr *Zuhälter!*« Oliver spuckte das Wort aus.

Der graue Mann grinste.

»Schneide diesen Faden durch, und sie wird zu Nichts.«

»Sie ist bereits nichts. Sie stirbt.«

»Sie hätte es sich mit mir nicht verderben sollen«, sagte der Zuhälter. »Ich war stark, hatte viele Verbindungen. Was willst du mit so einer alten ausgevögelten Hure, Junge?«

Oliver antwortete nicht. Er bemühte sich, den dritten Faden durchzuschneiden, aber dieser wand sich wie eine Schlange zwischen den Schneiden der Schere.

»Sie wäre auch ohne mich eine Hure geworden«, sagte der Zuhälter. »Vom Tage ihrer Geburt an war sie eine Hure.«

»Das ist eine Lüge«, sagte Oliver.

»Warum willst du zu ihr gelangen? Sie schenkt dir die Syphilis, und du willst ihr den Gnadenstoß geben?«

Oliver warf den Kopf zurück. Er blickte nicht hin, als

er die Schere mit aller verbliebener Kraft zusammen-
drückte und mit tödlichem Zorn den Druck noch einmal
verstärkte. Der dritte Faden wurde abgetrennt. Dabei
schwirrte eine Schneide durch den Raum und blieb mit
einem Aufspritzen von Putz in der Wand stecken. Der
graue Mann verschwand wie Zigarettendunst und hinterließ einen Geruch nach Zwiebeln und schalem Bier.

Belle hing nur noch an zwei Fäden. Die verbleibende
Schneide wie ein Messer schwingend, zerteilte er die
Fäden und fiel über ihren kühlen Körper. Es war, als
wäre sie tot.

»Miss Parkhurst«, sagte er. Er berührte ihr Gesicht,
das fast so weiß war wie die Bettücher. Ihre hohen Wangenknochen zeichneten sich deutlich unter ihrer wäch-
sernen Haut ab. Er küßte sie.

Weit entfernt gackerten fröhlich Denver und Reggie.

Das Haus wurde still. Alle Geister waren mit begliche-
nen Rechnungen geflohen, waren befreit.

Die einzige Kerze im Raum erlosch, und sie lagen allein im Dunkeln. Gegen seinen Willen fiel Oliver in
einen erschöpften Schlummer.

Kühle, nach Rosen duftende Finger berührten seine
Stirn. Er öffnete die Augen und sah ein Mädchen, kaum
älter als er selbst, in weißem Nachthemd über ihn gebeugt stehen. Ihre Augen waren sehr groß, und ihre Lippen waren zu einem Lächeln verzogen. »Wo sind wir?«
fragte sie. »Wie lange sind wir schon hier?«

Die Morgensonne füllte den kleinen dunstigen Raum
mit Wärme. Er blickte um das Bett herum, hielt Ausschau nach Belle. Dann wandte er sich wieder dem Mädchen zu. Sie ähnelte der Chauffeurin, die ihn in jener ersten Nacht zum Haus gebracht hatte. Sie war nur jünger,
ihr Gesicht milder und arglos.

»Du erinnerst dich nicht?« fragte er.

»Liebling«, sagte das Mädchen freundlich, die Hände
in die Hüften gestemmt, »ich erinnere mich an vieles

nicht. Außer, daß du mich geküßt hast. Willst du mich noch einmal küssen?«

Mama war von der seltsamen jungen Frau, die er mit nach Hause brachte, nicht angetan und wollte wissen, wo Reggie und Denver waren. Oliver brachte nicht übers Herz, es ihr zu sagen. Sie lagen, gebannt von der Magie des Zuhälters, so kalt wie Eis in einem Raum, angefüllt mit Hügeln von Katzenkopfmünzen für die Untergrundbahn. Sie hatten sich in Weiß gekleidet, mit breiten weißen Hüten; gekleidet wie Zuhälter. Aber das Haus war leer, von der habgierigen Menge aller Wertsachen beraubt.

Sie waren Zuhälter in einem Hurenhaus ohne Huren.

»Wo hast du das Mädchen gefunden? Sie verbirgt etwas, Oliver. Paß auf!«

Oliver ignorierte die Befürchtungen seiner Mutter.

Da seine Brüder, die sich Geld liehen und nicht mehr zurückzahlten, nicht mehr da waren, sparte er Geld und mietete bald ein preiswertes Studio in der sechsten Etage des gleichen Gebäudes. Das Mädchen kam zu ihm ins Bett. Auf seine Weise liebte er – und fürchtete sie, doch dies Tag für Tag weniger.

Sie spielte auf dem Piano beinahe so gut wie er, und sie planten, Unterricht zu geben. Sie hatten einen großen Koffer voller alter Notenblätter und Bücher aus dem Haus mitgebracht. Die Menge hatte ihnen wenigstens dies gelassen.

Nachdem sie umgezogen waren, besuchte sie Mama, und das Mädchen gewann sie schließlich für sich.

»Sie kocht nicht schlecht«, sagte Mama. »Du hattest eine ganz gute Hand.«

Yolanda schloß schnell und leicht Freundschaft mit ihr, und Oliver erkannte einen tieferen Kern in seiner jüngeren Schwester als zuvor.

Manchmal in der Nacht musterte er sie, während sie schlief, und fragte sich, ob es noch Geschichten und vielleicht auch Fähigkeiten gab, die hinter ihrem lieblichen, friedvollen Gesicht verborgen waren. Hatte sie alles vergessen?

Zur rechten Zeit heirateten sie.

Und lebten …

Nun, genug.

Sie lebten.

Originaltitel: ›SLEEPSIDE STORY‹ • Copyright © 1988 by Greg Bear • Erstmals erschienen bei Cheap Street Press in einer limitierten Ausgabe • Copyright © 1997 der deutschen Übersetzung by Wilhelm Heyne Verlag, München • Aus dem Amerikanischen übersetzt von Andreas Irle

WEBSTER

Trocken.

Es verweilte in der Luft, ein rauschendes und wisperndes Wort. Geier umwehten ihr Haar. Oder – sie fuhr mit ihrem Finger, der mit Haut wie rosa Pergament bedeckt war, an der Seite hoch – Dinosauriereier, Roy Chapman Andrews inmitten der Gobi, graues Filmflimmern, als faustgroße unausgebrütete Ovoide aus ihren Gräbern gehoben wurden.

Sie schlug das Wörterbuch um ihren Finger zu. Es umgriff sie mit festem, freundlichen Druck.

Miss Abigail Coates erfreute sich ihres Lebens nicht. Sie hatte keinen Anteil an dem langweiligen Schmerz der Leute in den Straßen. Sie fühlte sich vom Licht gefangen, wenn die Sonne auf Stadtmauern und Bürgersteige prallte und in ihr kleines Apartment eindrang. In diesem Kosmos gab ihr ihr Körper keine Freude, verursachte keine Überraschungen, spornte keine unkontrollierbaren Leidenschaften an.

Miss Coates war fünfzig und hatte, mein Gott, es war wie Stiche, wenn sie daran dachte, noch nie ein Kind geboren; sie hatte nicht mal einen Mann gehabt.

Einst hatte sie eine einsame Liebe zu einem fünf Jahre jüngeren Jungen empfunden. Er hätte die Stiche abstumpfen können; er hatte darum gebeten, eine Chance zu bekommen. *Aber nein. Ich mußte meine Liebe als Köder benutzen und die Gebühr jene zahlen lassen, die sie wollten.*

»Ich bin eine bemitleidenswerte Frau«, sagte sie und zog sich in ihrem kleinen Apartment aus ihrem Stuhl hoch und richtete sich auf. *Ich weine innerlich, dann lese ich die teure Bibel und das noch teurere Wörterbuch. Sie sagen, Weinen ist Sünde. Verzweiflung ist von meinen wenigen fürchterlichen Sünden die bei weitem geringste.*

Sie blickte sich in dem trockenen, bequemen Raum um und bedeckte die Augen gegen die Düsterkeit des Ortes, wo sie schlief, als ob sie von den Schatten geblendet würde. Der Ort war kein Schlafzimmer, weil man in einem *Schlafzimmer* mit einem Mann oder Männern schlief und sie niemanden hatte. Ihr Blick bewegte sich den Türrahmen hinauf, streifte eine Ecke, wo schwerfällige Möbelpacker vor zwanzig Jahren ihr Bett gegen das Holz gestoßen hatten; hinunter zu dem abgelaufenen Teppich, der ihr die Flächen ihrer Füße abgescheuert hatte wie rohe Leinwand. Zu dem Stuhl hinter ihr, der zur Mitte hin eine immer weniger ausgestopfte Sitzfläche hatte. Zu den Tapeten, die von jemand anderem ausgesucht worden waren und die entlang der Simse von einem lange zurückliegenden Regen stockfleckig waren. Schließlich blickte sie auf ihre Füße hinunter. Zehen wackelten in lockeren, ausgefransten Nylonstrümpfen; die Zehennägel dick und gut pediküt; alle Teile ihres Körpers sahen gepflegt aus – außer der Kern, die Seele.

Sie ging hinüber zu dem Platz, wo sie schlief und legte sich hin. Die Bettlaken liebkosten sie. Knitter und Falten in den Decken rieben ihre Schenkel, ihre Brüste. Das Kissen akzeptierte ihr pfefferfarbenes Haar und im Dunkeln wartete sie auf den Schlaf.

Der Morgen war besser. Der Nachmittag verging wie ein dumpfer Schmerz. In der Dämmerung weinte sie, als sie ihr karges, fades Essen aus Kartoffeln und Kalbfleisch zubereitete. Im Dunkeln saß sie mit den zwei Büchern auf ihrem Stuhl und starrte auf die Blumen an den Wänden.

Der Morgen war schön. Der Nachmittag heiß und stickig, und sie machte einen Spaziergang, trug eine

Sonnenbrille. An diesem schönen Samstag nachmittag beobachtete sie all die jungen Leute. *Sie hielten sich an den Händen und gingen in Parks und dort, auf dieser Bank ... Sie würde in Schwierigkeiten geraten, wenn sie so weitermachte. Oh, die schwache Chance, Schwierigkeiten zu bekommen.* Sie ging zurück zum Apartment und wartete; das glatte Schiebeschloß an der Tür versah treu seinen Dienst. Der Abend verging langsam in der Hitze. Um Mitternacht bauschte eine kühle Brise die sonnengebleichten Vorhänge vor dem Fenster. Dann ließ er sie flattern wie die Flügel eines Geistervogels. Sie las das Wörterbuch, suchte nach Trost und fand statt dessen Worte, an die sie nicht erinnert werden wollte; medizinische Worte, biologische Worte. Sie kamen von den Seiten ungebeten zu ihr und wollten sie nicht in Ruhe lassen. Sie hielt sie nicht für obszön; sie schienen wunderbar. Bei ihrem Klang zitterte sie sehnsüchtig. Wieder endete der Abend in Tränen.

Die letzten fünf Jahre hatte sie ihre Abende wie diesen verbracht, mit nur wenigen Variationen.

»Ich brauche einen Liebhaber«, sagte sie sich fest, als das gelbe Sonnenlicht des Morgens über das Bügelbrett und ihr Lieblingskleid – burgunderfarben im Schatten, orangefarben im grellen Schein – kroch. Aber man fand Liebhaber in Büros, und sie arbeitete nicht; in Zügen, und sie reiste nicht; in fernen Ländern, und sie verließ niemals die Stadt. »Ich brauche etwas gesunden Menschenverstand, etwas Selbstkontrolle, um mich zurückzuhalten, um nicht wie ein leichtsinniger Teenager zu denken.« Aber die Wahrheit war – ihr fehlte keineswegs Selbstkontrolle. Sie war ihre Haupttugend.

Ihr Name, Coates, stand nicht im Wörterbuch. Es gab Coati, Coatimundi, Co-Autor, Liebhaber eines ansehnlichen Autors. Sie würden collaborieren, coexistieren, zelebrieren. Zölibat. Sie schloß das Buch.

Miss Coates zog die Vorhänge vor dem Fenster zu und streifte langsam ihre Kleidung ab. Sie zog den Reißverschluß mit dem geübten, eleganten Schwung einer Häkelnadel am Rücken hinab, rieb sich das Kreuz mit trockenen Fingerspitzen, das Kinn hoch erhoben, die Augen zu Schlitzen verengt. Kühle Brisen kamen aus dem Dunkel hinter dem Fenster und der Hitze des Apartments, um über ihre Haut zu streichen. Schweiß perlte in der Kluft zwischen ihren Brüsten. Sie war stolz auf ihre Brüste; sie sanken nicht nennenswert herunter, als sie ihren BH auszog. Sie kauerte nieder, streckte die Hände hinter sich aus, um sich zu setzen, und legte sich auf den Boden. Die Arme auf dem rauhen Teppich gespreizt, preßte sie ihr Kinn auf das Schlüsselbein und spähte zu ihren Brüsten, die nun flach und jungenhaft auf ihren hervorstehenden Rippen lagen. Unverdorbene Güter. Sie bedeckte sie mit den Händen. Eine Art Kreuzigung mit geraden Beinen und aneinandergelegter Zehen.

Ihr Kopf lag nahe am Fenster. Sie blickte auf, um zu sehen, wie sich die Vorhänge atmend bewegten wie ihre Lungen. Der Mund geöffnet. Die Zunge rieb gegen die Rückseite ihrer Zähne. Sie bewegte die Hände zum Bauch und ließ sie auf der warmen Fläche liegen. *Ich bin gar nicht so übel. Kein Speck, wenig Falten. Meine Schenkel sind nicht dick, nicht mit Fett durchsetzt.*

Mehr nicht. Sie hob die Hände und rollte sich zur Seite, um sich auf einen Ellbogen zu stützen. Sie blickte zum Wörterbuch, artikulierte lautlos ein Wort: *Liebhaber.*

Das Wörterbuch und die Bibel standen klein und unverbindlich in Buckram und schwarzem Leder da.

»Hilf mir«, bat sie das Wörterbuch und schob die Bibel sanft zur Seite. »Buch aller Bücher, schweres Ding, das ich kaum heben kann, jeder Gedanke liegt in dir, alle menschlichen Möglichkeiten. Alles, was ich fühlen kann, kann durch die Worte, die in dir stehen, ausgedrückt werden. Leben existieren in dir, Leute und Orte, die ich nie gesehen habe, tote Dinge und ungeborene Wesen. Zufluchtsstätte von Geistern und dem Übernatürlichen,

Heim von Tyrannen und Heiligen. Sicherlich kannst du einen Mann für mich machen. Kleines Wort, geringe Arbeit. Du kannst mir sogar *sagen*, wie man einen Mann aus dir macht.« Sie konnte es beinahe sehen; ein Mann, der sich aus dem offenen Buch erhob, der sich wie ein mann-förmiger Vogelkäfig drehte, der mit Licht angefüllt war.

Der Vorhang bauschte sich.

»Kannst du es nicht?« fragte sie. Das Wörterbuch gab keine Antwort. Sie überkreuzte die Beine im Lotussitz neben dem Buch und wartete auf den Staub eines jeden Wortes, die mikroskopischen, homöopathischen Stücke von Tinte, jedes aufgeladen mit der Form eines Buchstabens, eines Wortes, um zwischen die Fasern des Papiers geschüttelt zu werden und mit allen anderen zu konferieren.

Trockene Magie. Die Worte rochen süß in der kühlen Mitternachtsbrise. *Tote Tintenstücke, aufgeladen mit Gedanken, erhoben sich.*

Veni.

Ihre Zunge schwoll mit der Trockenheit der Tinte an. Sie entfaltete sich und legte sich flach auf ihren Bauch, um den rauhen Teppich ihre Haut mit Kreuzworträtsellinien zu bedecken.

Miss Coates legte das Wörterbuch so hin, daß sie die offenen Seiten sehen konnte. Ihr Finger suchte die Seite ab und fand ein Wort. Sie keuchte. *Mann*, sagte es, so klar, als käme es aus der Nähe ihrer farblosen Nägel. Mann! Sie bewegte den Finger und saugte ihren Atem ein.

»Da ist ein Mann in dir!« sagte sie zu dem Buch und lachte. Es war ein Scherz, letzten Endes; soweit war sie nicht weggetreten. Grinsend rieb sie ihren Finger gegen die Innenseite ihrer Wange und preßte die Feuchtigkeit auf das Wort. »Hier«, sagte sie. »Einige meiner Zellen.« Oh, sie war clever, sie war brillant! »Klone sie.« Dann überlegte sie es sich anders und sagte: »Aber laß ihn nicht so aussehen wie ich. Ändere ihn mit deinen medizinischen Wörtern ab, Gesichtsoperation und Eugenik und Genotyp.« Die Seite verdunkelte sich dort, wo sie mit ihrer Fingerspitze gedrückt hatte. Die Tinte verlief nicht. Sie schloß das Buch und kehrte in den Lotussitz zurück. *Wie mein Stamm sich aus der Blüte meiner Beine und dem Sitz meines Schoßes, so, Mann, erhebe dich aus dem Buch der Bücher.*

Würde es donnern? Nur Stille. Das Wörterbuch erbebte und die Bibel sah im Schatten dunkel aus. Die gelbe Birne in der beschirmten Lampe summte schwach. Die Luft wurde drückend. *Zögere nicht*, sagte sie sich. *Verlier nicht das Vertrauen, laß die Blüte deiner Beine und den Sitz deines Schoßes nicht fallen. Etwas Blut? Oder Milch? Katalysatoren ... Oder, Gott behüte, etwas Lebendes, eine Fliege zwischen den Seiten, das Herz eines Vogels oder ...* – sie schauderte, ihr war beinahe schlecht vor Aufregung, vor einer Art Gläubigkeit – *die klare Saat eines toten Mannes.*

Das Buch. Es bewegte sich. Es *atmete.*

»Das war es«, wisperte sie ehrfürchtig. »Es weiß wie.«

Es saugte Wärme aus der Luft. Frost haftete an seiner braunen Bindung. Das Cover flog zurück. Nur ein plötzlicher Wind vom Fenster, der durch den Raum fegte. Die Seiten flatterten, aber zwei steckten zusammen, wanden sich, schwollen an ... teilten sich.

Aufgehen, eine Gestalt, Arme ausgebreitet, wirbelnd wie ein Eisläufer, Staub und Luft und Hitze in sich hineinsaugend, sich verdichtend und verbindend.

Ansehnlich! Mache ihn ansehnlich und markig und nett und so gepflegt wie mich, wenn nicht noch gepflegter. Mach ihn wie einen Vater, aber nicht wie meinen Vater, und wie einen Sohn und einen Liebhaber, besonders wie einen Liebhaber, mach ihn warm und gib ihm einen Atem, der meine Lippen schmelzen läßt und mein Haar weich werden läßt wie der Dunst im Dschungel. Konzentriere dich darauf – ja lang und stark und vollständig. Er sollte warme, trockene Tage mögen

und Spaziergänge an Seen, und Angeln, aber eigentlich mag
er es mehr, mir vorzulesen als zu angeln. Und er sollte kalte
Wintertage mögen und Eislaufen zusammen mit mir. Er
könnte ... – wenn du mir erlaubst das vorzuschlagen – er
könnte braune Haare mit einem roten Ton haben, und seine
Wangen könnten rauh sein von frischem, jungem Bart, den
ich beim Wachsen beobachten kann, und er sollte ...

Seine Augen! Sie blitzten, als er sich drehte, geschmol-
zene Leuchtfeuer noch immer unbestimmt. Seine Nase
wurde sichtbar, und sie stimmte zu. Sein Haar tanzte
und schimmerte dunkelbraun, mit einer Andeutung von
Rot. Arme, Finger, Beine wimmelten vor Worten. Ein
Ameisennest von ›Füßen‹ aus Trockentinte und zusam-
mengedrängt an seiner Basis, ein Wirrwarr von ›Fersen‹
und ›Knöcheln‹. Dann – wurden die Worte zu Fleisch
und Knochen.

Seine Brust war stark und breit und hatte dunkle
Warzen. Die Haare auf seinem Brustkorb waren dunkel
und seiden. Er drehte sich immer noch. Sie schrie auf,
starrte auf seinen Unterleib.

Kleidung? »Ja!« sagte sie. »Ich habe keine Kleidung
für Männer.«

Ein Anzug, ein rosa Hemd mit Manschettenknöpfen
und Perlenschmuck.

Seine Augen blinzelten, und sein Mund öffnete und
schloß sich. Sein Kopf sank, und ein Stöhnen flog heraus
wie ein wirbelndes Gewicht, das von einer Schnur losge-
lassen wird.

»Halt!« rief sie. »Halt, er ist vollendet!«

Der Mann stand mit schwankenden Knien auf dem
Wörterbuch und drohte umzukippen. Sie sprang vom
Boden auf, um ihn aufzufangen, aber er fiel von ihr weg
und brach auf dem Teppich neben dem Stuhl zusammen. Das Buch lag zu seinen Füßen, die oberen Seiten
waren geknickt und zerrissen.

Miss Coates stand über dem Mann, ihre Hände zitterten an ihren Brüsten. Er lag schwer atmend mit ge-

schlossenen Augen auf der Seite. Ihr aufmerksamer Blick wanderte von Punkt zu Punkt auf seinem Körper, ihre Unterlippe wurde von kleinen weißen Schneidezähnen gehalten. Nach einigen Minuten war es ihr möglich, ihren Blick von ihm abzuwenden. Sie schielte zum Wörterbuch, runzelte die Stirn und bückte sich, um durch die Seiten zu blättern. Alle Seiten waren leer.

»Ich bin nackt«, sagte sie sich und streckte ihre Hände aus, nutzte die Erkenntnis, um sich einen Anstoß zu geben. Sie ging zu dem Platz, an dem sie schlief, um einige Sachen anzuziehen. Sie fragte sich, wie sie ihn nennen sollte. Er hatte wahrscheinlich keinen Namen. Es erschien angemessen, ihn mit einen Namen zu benennen, selbst wenn sie ihn aus einem Wörterbuch aus Papier und Tinte hatte erstehen lassen.

»Webster«, sagte sie und nickte. »Ich werde ihn Webster nennen.«

Sie kehrte ins Wohnzimmer zurück und blickte ihn an. Es schien, als würde er friedlich ruhen. Wie könnte sie ihn zu einem bequemeren Platz befördern? Die Couch war zu schmal, um seinen unbeholfenen Körper zu halten; er war sehr groß, gut über einen Meter achtzig. Sie maß ihn mit dem Maßband aus ihrem Nähkasten. Ein Meter achtundachtzig Zentimeter. Seine Augen waren noch immer geschlossen; welche Farbe hatten sie? Sie kauerte sich mit errötetem Gesicht neben ihn und warnte sich davor, Dinge zu denken, die sie nicht denken durfte, nicht jetzt.

Sie hatte ihr bestes Kleid an. Es war glatt und burgunderfarben, und ihre blasse Haut hob sich vorteilhaft davon ab. Jedenfalls war es ein Uhr in der Nacht, und sie war erschöpft. »Für den Augenblick hast du es bequem genug«, sagte sie zu dem Mann, der sich nicht bewegte. »Ich lasse dich auf dem Boden liegen.«

Sie ging in ihr Schlafzimmer und entkleidete sich. So müde sie auch war, konnte sie doch ihre Augen nicht sofort schließen und in Schlummer fallen. Sie fühlte sich, als müßte sie vor Freude schreien und Tränen befeuchteten das Kissen und ihr pfefferfarbenes Haar.

Er atmete in der Dunkelheit. Träumen, verursachte er die Worte, die durch ihre schläfrigen Gedanken flogen? Oder war es einfach sein Atem, der das Haus mit dem Aroma von Druckerschwärze erfüllte?

Er bewegte sich in der Dunkelheit, hob einen Arm, ein Bein, sandte Atome von Worten hinauf in den Staub. Seine Augen öffneten und schlossen sich wieder. Dann sein Mund. Er stöhnte und war wieder still.

Abigail Coates Nackenhaare prickelten bei den ersten Strahlen des Morgens, und sie erwachte mit einem kleinen Schrei, nur wenig mehr als ein hohes Luftholen. Sie rollte sich vom Bauch auf den Rücken und zog Laken und Tagesdecke hoch.

Webster stand lächelnd in der Tür. Sie konnte ihn im Dämmerlicht kaum sehen. Ihre Augenlider waren vom Schlaf verklebt. »Guten Morgen, Regina«, sagte er.

Regina Abigail Coates. Alle hatten sie Abbie genannt, als es noch Freunde gab. Niemand hatte sie je Regina genannt.

»Regina«, wiederholte Webster. »Es ist ein Name, der einen an Königinnen und kanadische Münzen erinnert.«

»Guten Morgen«, sagte sie schwach. »Wie geht es dir? Wie ... fühlst du dich?«

Der Geist eines Lächelns. Er nickte langsam. »So gut man es erwarten kann.« Er kam in den Raum, hielt inne am Fuß ihres Bettes. »Ich bin recht gut angezogen. Zu gut angezogen. Es ist unbequem.« Ihr Herz war ein kleiner Kolben in ihrer Kehle, kaum geschmiert von dem Schleim, der drohte, sie zu ersticken.

Er kam zur Seite ihres Bettes. Ihrer Seite.

»Du hast mich herausgeholt. Warum?«

Sie starrte hinauf in seine intelligenten grünen Augen, die wie Wassertropfen waren, die aus dem Tiefen des Ozeangrabens aufstiegen. Seine Hand berührte ihre Schulter, verweilte auf dem Band ihres Nachthemds. Ein

Finger schlüpfte unter das Band, zog es ein Stück hoch. Sie fühlte den Druck des Stoffes unter ihren Brüsten.

»Warum?«

Sein Atem sprühte Worte über ihr Gesicht und ihre Haare. »Und warum … fühle ich mich so verpflichtet …«

Er zog die Blende herunter und schloß die Vorhänge, und sie hörte das Rascheln von Kleidung, die auf einen Stuhl fiel. In der Dunkelheit preßte sich ein Knie auf den Rand ihres Bettes. Ein Finger berührte ihren Hals und Lippen kamen herab, um ihren zu begegnen und sie zu teilen. Eine Zunge forschte.

Sie gab einen kleinen, quiekenden Schrei von sich.

Webster saß in dem überladenen Stuhl und beobachtete, wie sie rausging. Sie schloß die Tür und lehnte sich gegen die Wand, nicht wissend, was sie denken oder fühlen sollte. »Natürlich«, wisperte sie sich selbst zu, als wäre ihr kein Atem oder keine Kraft mehr geblieben. »Natürlich mag ein Mann, der aus Worten gemacht ist, die Sonne nicht.« Aber warum sollte das so offensichtlich sein? Er war ein Mann wie alle anderen, in allen Belangen, außer diesem …

Sie ging die Diele hinunter, an den Türen der Nachbarn vorbei, mit denen sie nur eine Grußbekanntschaft pflegte, und stieg die Stufen zum Erdgeschoß hinab. Die Straße war mit Autos gefüllt, die endlos an ihr vorüberfuhren. Imaginäre Falten in ihrem Kleid glättend, trat sie ins Sonnenlicht und stellte sich der Welt – die neue Regina Coates, Debütantin.

»Ich *weiß*, was ihr anderen Frauen alle denkt«, sagte sie triumphierend. »Ihr alle!« Sie blickte auf und bemerkte, vielleicht zum ersten Mal in zwanzig Jahren, den Himmel; sie sah Wolken, die über ein hellblaues Laken verstreut waren. *Atme tief durch.* Sie war nun Teil der Welt, der realen Welt.

Webster saß immer noch im Stuhl, als sie mit zwei Taschen Lebensmitteln zurückkehrte. Er las in der Bibel.

Ihr Gesicht wurde heiß, und sie stellte die Taschen ab und nahm ihm das Buch schnell aus den Händen. Sie konnte seinem fragenden Blick nicht begegnen, also legte sie es auf den Tisch außerhalb seiner Reichweite und sagte: »Du sollst das nicht lesen.«

»Warum nicht?« fragte er. Sie antwortete nicht, nahm die Taschen an den doppeltgefalteten Papierecken wieder auf, brachte sie, an jeder Hand eine, in die Küche und öffnete den alten Kühlschrank, um die leicht verderblichen Sachen einzuräumen.

»Als du gegangen warst«, sagte Webster, »fühlte ich mich, als würde ich mich auflösen.«

Sie blickte zu dem kleinen Spiegel über der Spüle auf. Ihre Schultern zuckten, und ein Schauder lief ihren Rücken hinunter. *Ich bin nun sehr weit gegangen.*

Sie bereitete eine Mahlzeit zu, aber er weigerte sich zu essen. Doch er saß ihr mit ruhigem Gesicht am kleinen Tisch gegenüber. Die Nachmittagszeitung kam an, und er hielt seine Hand mit einem bittenden Ausdruck auf. Sie gab sie ihm mit einem unsicheren Lächeln. Er rieb mit den Fingern über die Seiten, blätterte sie langsam um, eher wie um sie zu absorbieren als zu lesen. Sie aß ihr kleines zurechtgemachtes Sandwich und trank ihr Glas Grapefruitsaft aus. Sie blickte ihn heimlich von allen Seiten an, während sie die Küche aufräumte.

Was gab es, was man einem Mann zwischen dem Morgen und dem Abend sagen konnte? Sie hatte erwartet, daß ein Mann, der aus Worten gemacht war, voll der Konversation wäre, aber Webster hatte nur sehr wenig Erfahrung und so, während die Worte in ihm existierten, mußten sie noch gesammelt werden. Das vermutete sie wenigstens. Trotzdem, seine bloße Anwesenheit erfreute sie. Er hatte sie genauso real gemacht, wie sie ihn.

Er verweigerte das Abendessen, lehnte es sogar ab, danach ein Glas Wein mit ihr zu teilen (sie hatte nur ein Glas). »Ich denke, daß es an den ersten Tagen einige Unbeholfenheiten geben wird«, sagte sie. »Denkst du nicht?

Eine ruhige Zeit, wenn wir einfach nur zusammensitzen und mit dem anderen beisammen sind. So wie heute.«

Webster stand am Fenster, die Finger an den Lippen, und nickte. Er stimmte den meisten Dingen, die sie sagte, zu.

»Laß uns ins Bett gehen«, schlug sie vor.

Im Dunklen, als ihre Einsamkeit erneut durchbrochen wurde und ihre Stirn mit dem Schweiß der Anstrengung benetzt war, lag er neben ihr und …

Er bewegte sich.

Er atmete.

Aber er schlief nicht.

Regina lag mit dem Rücken zu ihm und starrte mit geweiteten Augen auf die Blumen der alten Tapete. Ein breites Trapezoid grellen Straßenlichts hielt einen kleinen Tisch mit einer Vase gefangen. Sie spürte zehn Jahre – nein, zwanzig! – von sich fallen, und sie konnte ihm jetzt nicht sagen, wie sie sich fühlte, wagte nicht, sich herumzudrehen und zu reden. Die Luft war angefüllt mit ihm. Voll der Worte, die nicht die ihren waren, unorganisiert, potentiell. Sie atmete mit einer Million willkürlicher Gedanken, tief oder oberflächlich, komplex oder simpel, eloquent oder obszön. Webster wurde zu einem Generator. Sich im Apartment aufhaltend reagierte seine Substanz mit sich selbst; weggesperrt vor der Erfahrung machte er sich seine eigenen Muster und Unterteilungen, so fein wie Rauch.

Selbst wenn er reglos lag, auf eine leichte Bewegung der Luft durch das Fenster wartend, um ihn abzukühlen, arbeitete es in ihm, und sein Atem erfüllte die Luft mit Potential.

Aber Regina war müde und herrlich erfüllt, und diese Befriedigung wenigstens gehörte ihr. Sie aalte sich darin und schlief ein.

Am Morgen lag sie allein im Bett. Sie schüttelte die Bettdecken ab und tapste ins Wohnzimmer, zog ihr faltiges Nachthemd aus und zitterte in der Morgenfrische. Er stand wieder am Fenster – nackt, und kümmerte sich nicht darum, ob Leute von der Straße aufschauten und ihn sahen.

Sie stand neben ihm und umschloß mit ihren Fingern behutsam seinen Oberarm, lehnte ihre Wange gegen seine Schulter. Eine Bewegung, die so natürlich geschah, daß sie sich selbst mit ihrer Anmut überraschte. »Was möchtest du?« fragte sie.

»Nein«, sagte er knapp. »Die Frage ist, was willst *du*?«

»Ich möchte Frühstück. Du mußt inzwischen hungrig sein.«

»Nein.«

»Ich möchte essen«, fuhr sie hartnäckig fort und ließ seinen Arm los. »Möchtest du etwas Milch?«

»Nein.«

»Ich möchte nicht, daß du krank wirst.«

»Ich werde nicht krank. Ich werde nicht hungrig. Du hast meine Frage nicht beantwortet.«

»Ich liebe dich«, sagte sie wenig anmutig.

»Du liebst mich nicht. Du brauchst mich.«

»Ist das nicht das gleiche?«

»Ganz und gar nicht.«

»Sollen wir heute ausgehen?« fragte sie leichthin und wich etwas zurück, als sie gewahr wurde, daß sie, mit leichter, fließender Stimme, die armselige Imitation einer Schauspielerin abgab.

»Ich kann nicht. Ich werde nicht krank. Ich werde nicht hungrig. Ich gehe nicht aus.«

»Du bist begriffsstutzig«, sagte sie bockig, mit Tränen in den Augen, und haßte diesen Ton. *Wie muß ich mich verhalten? Ist er mein oder bin ich sein?*

»Begriffsstutzig, scharfsinnig, gleichseitig, gleichschenk- lig, Vektor, Derivat, sequentiell, analytisch-integrativ, Mersauvin-Kräfte …« Er schüttelte den Kopf und grinste bekümmert. »Das ist die Zukunft der Mathematik für das nächste Jahrhundert.«

»Hast du heute Nacht darüber nachgedacht?« fragte

sie. Sie interessierte sich nicht für Mathematik; was konnte ein Mann, der aus Worten gemacht war, von Zahlen wissen?

»Die Worte mischen sich im Blut, mein Blut ist aus Worten gemacht ... Ich kann nicht aufhören zu denken, selbst heute Nacht nicht. Worte sind auch Zahlen. Zeichen, Maße und Relationen, Variablen und Grade.«

»Du bist Fleisch«, sagte sie. »Ich habe dir Substanz gegeben.«

»Du hast mir die Existenz gegeben, aber keine Substanz.«

Sie lachte rauh, fing sich und zwang sich, wieder ernst zu werden. Sie ergriff seine Hand und führte ihn zum Stuhl. Sie küßte ihn auf die Wange – eine keusche Geste in Anbetracht ihrer Nacktheit. Sie sagte, sie würde den ganzen Tag bei ihm bleiben, um ihm zu helfen, sich zu orientieren. »Aber morgen müssen wir dir einige neue Sachen kaufen.«

»Sachen«, sagte er sanft und lächelte, als wäre alles in Ordnung. Sie beugte den Kopf vor und lächelte zurück, ein Feuer breitete sich von ihrem Bauch aus, ergriff Beine und Arme. Mit einem leichten Schritt und einem Sprung tanzte sie mit schwingendem Haar auf dem Teppich. Webster beobachtete sie, immer noch lächelnd.

»Und bring doch ein weiteres Wörterbuch mit«, sagte er.

»Natürlich. Wir können *dieses* nicht mehr gebrauchen, oder? Noch mal das gleiche?«

»Das ist egal«, sagte er und schüttelte den Kopf.

Die Ungewißheit von Websters introvertierten Nachmittagsstunden wurde für Regina Coates zu einem stumpfen, zuckerüberzogenen Schmerz. Sie versuchte, ihre Ängste nicht zu beachten – daß er sie enttäuschend fand, unzureichend; daß er schwächer wurde, verblaßte – und argumentierte, daß sie, wenn sie seine *Herrin* war, ihn dazu bringen konnte, zu tun oder zu sein, was sie wünschte. Es sei denn, sie wußte nicht, was sie wollte.

Konnte das Verhalten eines Mannes gewünscht werden, oder mußte es einfach erfahren werden?

Des Nachts ergossen sich die Worte wieder in sie und sie lächelte im Dunkeln, lag neben der Wärme des Schattens, der nach ihr und Druckerschwärze roch, und fragte sich, ob sie vorsichtig sein mußten. Sie war eine spät Verblühende im biologischen Sinne, und es gab ein gewisses Risiko ...

Als sie daran dachte, mußte sie grinsen. Alles, was sie sich vorstellen konnte, war ein Arzt, der ein feuchtes, blutiges Wesen in seinen Händen hielt und sagte: »Miss Coates, Sie sind stolze Mutter eines 3,5 Kilo schweren ... Wörterbuchs.«

»Gekürzt?« fragte sie frech.

Sie ging umsichtig einkaufen, suchte die besten Kleidungsstücke, die sie sich leisten konnte, für ihn aus. Sie kaufte eine breite Vielfalt an Stilrichtungen, wobei sie tief in ihre Ersparnisse greifen mußte, um die Rechung zu bezahlen. Für sich selbst suchte sie ein neues Kleid aus, das ihre schlanke Taille vorteilhaft betonte und ihre dünnen Schenkel bedeckte. Sie sah mädchenhaft darin aus, sommerlich. Genau das wollte sie. Sie kaufte das Wörterbuch und stöberte in einem Geschenkeladen nach etwas anderem, das sie ihm mitbringen konnte. »Etwas Witziges und Interessantes für ihn zu tun.« Sie entschied sich für ein Scrabble-Spiel.

Webster freute sich über das Wörterbuch. Das Spiel betrachtete er zweifelnd, spielte es aber einige Male mit ihr. »Ein Appetitanreger«, nannte er es.

»Wirst du das Buch essen?« fragte sie halb im Spaß.

»Nein«, sagte er.

Sie fragte sich, warum sie sich nicht stritten. Sie fragte sich, warum sie sich nicht verhielten wie normale Paare, wobei sie ihre spöttische innere Stimme ignorierte, die schrie: *normal?*

Mein Gott, sagte sie sich nach zwei Wochen und starrte auf die harte Kante des kleinen Tisches in der Küche.

Männer aus Wörterbücher schaffen, sich zu lieben bis das Bett
feucht ist – in meinem Alter! Er riecht immer noch nach
Tinte, nicht nach Fleisch. Er schwitzt nicht und er weigert
sich, hinauszugehen. Niemand außer mir sieht ihn. Ich. Wer
bin ich, um zu entscheiden, ob er wirklich da ist?

Was würde aus Webster, wenn ich eine Pistole nähme und
ein Loch in seinen Bauch, direkt über dem Nabel, schösse? Ein
Mann mit einem Nabel, der nicht von einer Frau geboren
wurde, ist doch wirklich eine Scheußlichkeit.

Wenn er nur ein- oder zweimal mehr einfach und
ohne Gefühl zu ihr spräche, dachte sie, würde sie das
Experiment versuchen und sehen, was geschähe.

Sie kaufte eine kleine graue Pistole, heimlich wie eine
Maus, aber so ehrbar wie ein Bürger, zu seinem Schutz,
und versteckte sie in ihrer Schublade.

Ein paar Stunden später überlegte sie es sich anders,
schauderte vor Ekel, entfernte die Patronen und schleu-
derte sie durch das Hinterfenster des Apartments in
den brachliegenden Garten im schmalen Hof darunter.

Am letzten Tag, als sie einkaufen ging, hatte sie die
leere Pistole bei sich, so daß er sie nicht finden konnte –
obwohl er kein Interesse am Schnüffeln zeigte, was letzten Endes wenigstens ein Zeichen für Einfühlsamkeit gewesen wäre. Die Wölbung in ihrer Tasche machte sie
nervös.

Sie kehrte bis zur Abendessenszeit nicht zurück. *Das*
Apartment gehört nun nicht mehr mir. Er unterdrückt mich.
Sie trat ruhig durch die Vordertür, sah, daß das Wohnzimmer verlassen war und hörte ein leises Geräusch hinter der verschlossenen Schlafzimmertür. Licht fiel auf
den Boden.

»Webster?« Stille. Sie klopfte leicht an der Tür. »Bist
du bereit zu reden?«

Keine Antwort.

Er macht mich verrückt, wenn er sich so verhält. Wenn ich
ihm einen Schrecken einjage, damit er auf irgend eine Weise

auf mich reagiert. Sie nahm die Pistole heraus, fummelte daran herum und umfaßte den Griff. Sie fühlte sich in ihrer Hand beachtlich an.

Die Tür war verschlossen. Wütend, daß sie aus ihrem eigenen Schlafzimmer ausgesperrt sein sollte, nahm sie den Revolver mit in die Küche und fand eine Haarnadel in der Schublade, die sie schon einmal vor Monaten benutzt hatte, als ihre Tür versehentlich abgeschlossen gewesen war. Sie kniete vor dem Türknauf nieder und fummelte mit zusammengebissenen Zähnen und aufeinandergepreßten Lippen herum.

Mit einem kleinen Schrei stieß sie die Tür auf.

Webster saß mit überkreuzten Beinen auf dem Boden neben dem Bett. Vor ihm lag das geöffnete Wörterbuch. »Nicht jetzt«, sagte er und verfolgte mit dem Finger eine Reihe von Worten. »Wonach suchst du?« fragte sie und legte ihre Finger enger um die Pistole.

Sie trat näher, blickte hinunter und sah, daß er unter ›W‹ suchte.

»Ich weiß es nicht«, sagte er. Da fand er das Wort, wonach er suchte, langte mit dem Finger in den Mund, kratzte an der Innenseite seiner Wange, schmierte die Feuchtigkeit auf die Seite.

»Nein«, sagte sie. Dann: »Warum …?«

Tränen waren auf seinen Wangen. Der Mann der trockenen Tinte weinte. Irgendwie machte sie das wütend. »Ich bin nicht einmal ein menschliches Wesen«, sagte er. Sie haßte ihn, haßte seine Schwäche; sie hatte schwache Männer noch nie gemocht. Er änderte seine Lotusposition und ergriff das Wörterbuch mit beiden Händen. »Warum kannst du kein menschliches Wesen für dich finden?« fragte er und blickte zu ihr auf. »Ich bin nichts als ein Traum.«

Sie hielt die Pistole entschlossen an ihrer Seite. »Was tust du?«

»Bedürfnis«, sagte er. »Das ist alles, was ich bin. Dein Hunger und dein Bedürfnis. Weißt du, wozu ich gut bin,

127

was ich tun kann? Nein. Du würdest dich fürchten, wüßtest du es. Du hältst mich hier wie ein Bedarfsgut.«

»Ich wollte, daß du mit mir ausgehst«, sagte sie fest.

»Was hat die Welt dir angetan, daß du den Wunsch hattest, *mich* zu erschaffen?«

»Du bist dabei, ein Weib aus diesem Ding zu machen, nicht wahr?« fragte sie. »Nichts Lohnendes hat sich bisher für mich ereignet, das nicht im gleichen Moment wieder verlorenging …«

»Bedürfnis«, sagte er und hob die Hände über das Buch. »Du kannst nicht lieben, es sei denn, du hast das Bedürfnis, Miss Regina Abigail Coates. Du kannst nicht das Reale lieben. Das hier. Du mußt das Wesen, das du liebst, ändern, um dich zu erfreuen, und es verdammen, sollte es von dem widerhallen, was in ihm ist. In *dir*.«

»Du *Wesen*«, flüsterte sie mit hochgezogenen Lippen. Webster sah sie und den Lauf der Pistole an, die sie nun auf ihn richtete und lachte.

»Das brauchst du nicht«, sagte er. »Du brauchst nichts Reales, um einen Traum zu vernichten. Alles, was du brauchst, ist ein wenig Sonnenlicht.«

Sie senkte die Pistole, hob die Augenbrauen und lächelte mit zusammengebissenen Zähnen. Sie deutete mit dem Zeigefinger ihrer linken Hand, und ihr Gesicht entspannte sich. Teilnahmslos wisperte sie: »Peng«

Der Geruch von Druckerschwärze wurde für kurze Zeit intensiver und verschwand dann mit der warmen Brise, die durch das Apartment zog. Sie trat gegen das Wörterbuch, so daß es sich schloß.

Wie einsam es sein würde, im Dunkeln und nur mit ihrem eigenen Schweiß.

Originaltitel: ›WEBSTER‹ • Copyright © 1973 by Greg Bear • Erstmals erschienen in ›ALTERNITIES‹, hrsg. von David Gerrold • Copyright © 1997 der deutschen Übersetzung by Wilhelm Heyne Verlag, München • Aus dem Amerikanischen übersetzt von Andreas Irle

EIN MARSIANINSCHER RICORSO

Marsianische Nacht. Die Kälte, die Dunkelheit und die Sterne sind so intensiv, daß sie musizieren, wie ein schwaches Klingen von Eisxylophonen. Vielleicht ist es mein Lufttank, der kratzt; vielleicht meine Einbildung. Vielleicht ist es real.

Am Rande des Swift-Plateau stehend fürchtete ich, mich zu bewegen oder tief zu atmen, als ich in das Helmaufzeichnungsgerät wisperte, aus Furcht etwas Heiliges zu stören: Gottes scharfe Musterung des Edom-Kraters. Ich war rausgegangen, weg von dem Lander und meinen Crewkameraden, um meine Gedanken zu ordnen und darüber nachzudenken, was passiert war.

Die Marsianer kamen vor erst zwölf Stunden, wie eine Welle von ein Meter fünfzig großen Laborratten, rennend und hüpfend auf ihren dicken, kraftvollen Beinen heran. Für uns sah es so aus, als stürmten sie den Lander und beabsichtigten, ihn umzustürzen. Aber nun schien es, als wären wir einfach nur im Weg gewesen.

Wir saßen nicht einfach nur da und ließen sie uns überrennen. Wir verletzten oder töteten keinen von ihnen – Cobb schlug mit einer Rolle Folie auf sie ein, und ich benutzte den Schirm der beschädigten Direktantenne, um sie zu verscheuchen. Der erste Kontakt, und wir müssen ausgesehen haben wie Clowns in einer alten Stummfilmkomödie. Die Tragflächen des Seglers waren in der Nähe, so daß sie Gefahr liefen, ernsthaft beschädigt zu werden. Wir dichteten die Risse, die vor dem Anbruch der Nacht entstanden waren mit Folie und Stoff ab. Das sollte ausreichen, wenn der Polymer-Sylar-Klebstoff so gut war, wie angegeben.

Aber unser Glück auf dieser Expedition hielt, was es versprach. Während der Reparaturarbeiten am gestreckten Rahmen brach die Zange. Wir würden keinem weiteren Schwarm widerstehen können, selbst wenn sie nur neugierig waren.

Cobb und Link hatten bitteren Streit über Selbstverteidigung. Bisher habe ich es fertiggebracht, neutral zu bleiben, aber meine Sympathien liegen momentan bei Cobb. Dennoch, mein Wunsch, am Leben zu bleiben, würde mich nicht davon abhalten, mich schrecklich schuldig zu fühlen, *müßten* wir auch nur einige Marisianer töten.

Wir hatten in den letzten Tagen eine Reihe von Offenbarungen. Schiapaprelli hatte recht. Und Percival Lowell, der exzentrische Genius meines Heimatstaates – er war nicht ein solch fehlbarer Beobachter, wie wir alle es während des vergangenen Jahrhunderts angenommen hatten.

Ich habe noch eine Stunde, bevor ich zum Lander zurückkehren muß, um mich zu meinen schlafenden Kameraden zu gesellen. Solange kann ich hier in der Kälte bleiben. Die Einsamkeit könnte mich jedoch früher bedrücken. Ich weiß nicht, warum ich hier rausgekommen bin; vielleicht nur, um meinen Kopf klar zu bekommen. Wir befanden uns alle in einer solch gezwungenen, straff kontrollierten, o so gut getarnten Panik. Ich mußte wissen, was ich von der ganzen Situation zu halten hatte – ohne Unterstützung von meinen Kameraden.

Die Plateauwand und der Boden von Edom sind so öde. Mit Ausnahme der Abdrücke von Tausenden von Füßen um mich herum … Leer und leblos.

Morgen früh werden wir die eingedrückten Steuerbordschlittenrampen abstützen und einen automati-

schen Notfallauslöser für die RATO-Einheit an dem Segler aufbauen. Seine Tragflächen waren bereits teilweise
für eine Strukturinspektion ausgebreitet – vollendet, gerade bevor die Wintertruppen angriffen –, und wir hatten den Treibstofftransfer vom Lander zum Orbitbooster
abgeschlossen. Wenn der Segler uns über den dritten Jetstrom hinaus gebracht hatte, hofften wir durch vorsich-
tiges Manövrieren in gerade der richtigen Position zu
sein, um unsere kleine Kapsel zu starten. Ein paar Minuten feuern, und wir können an den Orbiter andocken,
wenn Willy uns aufsammeln will.

Wenn wir es nicht schaffen, werden diese Aufzeichnungen alles sein, was eines Tages erklären wird, warum
wir es nicht zurück geschafft haben. Ich werde die
Helmaufzeichnungen, angehäuft mit Flugtelemetrie und
anderen Daten in computerannotiertem Wirrwarr, in den
Lander-Telterm füttern und den Computer anweisen,
alles auf Hardcopy-Glasdisks abzuspeichern.

Der Staubsturm, der unsere Direktantenne sandge-
strahlt und mich zu diesem Notbehelf gezwungen hatte,
war vor zwei Tagen abgeflaut. Wir hatten unsere neueste
Entdeckung noch nicht der Missionskontrolle berichtet.
Immerhin ist das eine Angelegenheit von Minuten. Wir
wollen keine Fehler machen und die Leute auf der Erde
in Aufruhr bringen.

So ist die Situation mit der Kommunikation. Wir können nicht länger direkt mit der Erde kommunizieren.
Wir müssen mit dem Kapselradio vorlieb nehmen, bei
dem Willy einen Sender hereinbekommen muß, um ihn
zum Weitersenden zu verstärken, wann immer die Bedingungen gut genug sind. Im Augenblick sind die Bedingungen schrecklich. Der solare Sturm, der uns auf
unseren Ikarusfersen hinaus gefolgt war und uns tief in
Willys geräumigen Körper zwang, war immer noch
aktiv. Der Effekt auf die Marsatmosphäre war überaus
überraschend gewesen.

Es gibt einen weiteren Kommunikator am Rumpf des

Seglers, aber er ist von nur kurzer Reichweite und für nur wenig mehr als Telemetrie tauglich. Also haben wir sehr wirre Übertragungen, die ausgestrahlt werden, ziemlich klar zurückkommen und dann für ungefähr zwanzig Minuten einen kompletten Blackout haben, wenn Willy aus der Sichtlinie ist, hinter oder unter dem Mars.

Wir sind vielleicht imstande, Willy mit dem Vermessungslaser, der an Signalübertragungen adaptiert werden könnte, zu treffen. Im Augenblick sparen wir uns das noch für die wirklich wichtige Kommunikation auf – für den Zeitpunkt des Startes und die ungefähre Höhe, kalkuliert nach dem Treibstoff, den wir nach der Explosion der Transferleitung noch übrig haben ... war es drei Tage her? Als die Nacht kälter wurde, als die Ingenieure für möglich gehalten hatten und die Isolation der Spezialisten übertraf.

Ich gehe jetzt wieder rein. Es gibt zu viel hier draußen. Zu dunkel. Keine Monde zu sehen.

An der Tastatur. Unten für einen sinnvollen Monolog.

Missionskommander Linker, Erster Pilot Cobb und ich selbst, Missionsspezialist Mercer, haben neunzig Prozent der örtlichen Untersuchungsarbeiten vollendet und sie mit Willys detaillierter Kartierung verglichen. Was wir gefunden haben, ist faszinierend.

Einst gab es Linien auf dem Mars, Streifen wie Kanäle. Bis vor einem Jahrhundert hätte sie in einer klaren Nacht jedes gute Teleskop auf der Erde einem scharfäugigen Beobachter offenbart. Als die Dekaden vorüberzogen, war es nicht die steigende Fähigkeit von Astronomen und die Qualität der Instrumente, die diese Linien ausradierten, sondern das Ende des letzten Jahrhunderts des *Anno Fecundis*. Ist mein Latein richtig? Ich habe kein Wörterbuch, um nachzuschauen.

Mit dem Ende des Fruchtbaren Jahres, das einige tausend Jahrhunderte andauerte, kamen die ersten rauhen

Sandwinde und das Absinken der marsianischen Jetströme. Sie trieben Sand auf und scheuerten.

Die Strukturen müssen Märchenpalästen geähnelt haben, bevor sie weggefegt wurden. Einmal habe ich auf den Philippinen einen Marktplatz voller leerer Essigflaschen gesehen, die aus geschmolzenen Coca-Cola-Flaschen gemacht waren. Sie benutzten solch dünnes Glas, daß man es mit einem Tippen des Daumennagels an der richtigen Stelle zerbrechen konnte – aber sie konnten leicht hundert Liter Flüssigkeit halten. Diese Kolonien müssen ausgesehen haben wie Tausende von Traubenansammlungen aus dünnem Essigglasflaschen, dunkel wie Smaragde, auf Spinnwebstelzen plaziert und genährt von Wasser, das durch Leitungen so groß wie die römischen Aquädukte geleitet wurde. Wir untersuchten ein größeres Areal und fanden unter rotem Sand begrabene Fragmente über einen Streifen von beinahe fünfzig Kilometern Breite. Aus einem Kilometer Entfernung ist der Rand der Struktur noch zu erkennen, wenn man weiß, wo man hinschauen muß.

Keine der zwei vorherigen Expeditionen hat sie gefunden.

Sie gehören *uns*.

Link glaubt, diese Streifen erstreckten sich rund um den Planeten. Vor dem Sandsturm erwies Willys Infrarotkartierung genau dies. Wir konnten Ruinengürtel an beinahe allen Orten auffinden, die Lowell kartiert hat – selbst die Zentren, von denen einige seiner Nachfolger sagten, er hätte sie gesehen. Aquädukte umlaufen den Planeten wie die Rippen auf einem Basketball, treffen auf schwarze Teiche von Meeresgröße, die mit glasigen Membranen bedeckt sind. Die Teiche sind angefüllt mit einer dünnen purpurnen Flüssigkeit, eine Art Harz, das, in der Sonne aufgewärmt, Fotosynthese betreibt. Das Harz wurde unter Hochdruck durch Gewebe- und Glasrohre gepumpt und nährte die pflanzenartigen Kolonien, die in den Flaschen lebten.

Sie besaßen wahrscheinlich keine wie auch immer geartete Intelligenz. Aber ihre architektonischen Leistungen lassen unsere trotzdem armselig erscheinen.

Sandstürme und das rapide trocknende Klima der letzten Jahrhunderte reißen immer noch an den zerbrechlichen Gebäuden. Fünfundneunzig Prozent davon sind bereits zerfallen und der Rest ist zu beschädigt, um sicher untersucht werden zu können. Sie sind immer noch wunderbar. Auf dem Rand der Ebene der zerbrochenen Flaschen und zerschmetterten Masten stehend, die sich bis zum Horizont ausdehnt –, wir können nicht anders, als uns sehr jung und sehr klein zu fühlen.

Vor einer Woche entdeckten wir, daß sie tief im rotorangefarbenen Sand vergrabene Sporen hinterlassen haben, härter als Kokosnüsse und etwa in der Größe von Medizinbällen.

Vor sechs Tagen erfuhren wir, daß der Mars in allen seinen Jahreszeiten Nachwuchs hervorbringt. Als wir nach Eislinsen gruben, die Willy lokalisiert hatte, stießen wir auf ein Lager von ledrigen Eierschalen in Höhlen, die von einem lichtdurchlässigen organischen Zement überschwemmt worden waren. Wir hatten noch nicht die Zeit, gründliche Untersuchungen durchzuführen. Wir schafften es, einige Proben des Zements zu nehmen – dabei gewissenhaft vermeidend, die Eier zu stören –, und räumten die Stelle, bevor unsere Tanks vollständig geleert waren. Während wir die Proben herausschnitten, bemerkten wir, daß hexagonale Muster in die Wände gemeißelt waren, ob als strukturelle Hilfe oder Schmuck, können wir nicht sagen.

Gestern, das heißt, vor etwa sechsundzwanzig Stunden, sahen wir etwas, das, wie wir glauben, Brutlinge sein müssen: die Wintertruppen, fünf oder sechs von ihnen, die am Rande des Plateaus gingen, nicht mehr als weiße Flecken von unserer Position im Lander aus.

Wir fuhren mit dem Sandschlitten fünf Kilometer vom Landepunkt fort, um das Lager noch einmal zu untersuchen und um uns das anzusehen, was Willys Kartierung als letztes aufrecht stehendes Fragment eines Aquädukts in unserer Umgebung auswies. Wir fanden unser ursprüngliches Lager nicht. Eingefallene Höhlen, angefüllt mit lederhäutigen Eiern, zernarbten die Landschaft. Mehr als nur Sandstürme hatten den Ruinen zugesetzt. Die Brücken ruhten auf der Saat ihrer eigenen Zerstörung – ein Rudel Känguruhratten-Wintertruppen kroch über die Gebäude wie Ameisen auf einem Kadaver, brachen Stücke heraus, aßen oder tobten nur umher wie Sandfliegen.

Linker gab ihnen ihre Namen. Er schoß enthusiastisch Bilder. Als ausgebildeter Exobiologe war er vor purer Aufregung und Spekulation aufgelöst. Seine gegenwärtige Theorie ist, daß die Wintertruppen auf einem Zerstörungsgelage waren, das in ihren Genen programmiert ist. Wir zogen uns auf den Schlitten zurück, unsicher, ob wir ebenfalls überschwemmt werden könnten.

Linker brabbelte – entschuldigen Sie, erläuterte – den ganzen Weg zum Lander zurück. »Es ist, als wäre Giambattista Vico vom Friedhof auferstanden!« Wir hörten kaum hin. »Hinaus mit dem Alten, rein mit dem Neuen! Vicos geschichtlicher *Ricorso* veranschaulicht.«

Cobb und ich waren weitaus weniger begeistert. »Scheißkerle«, murrte er. »Wie lange wird es wohl dauern, bis sie uns finden?«

Darauf konnte ich nicht unmittelbar etwas erwidern. Wie in jeder Situation in meinem Leben, entschied ich mich, meinen Gefühlen zu vertrauen und den Ausgang der Dinge abzuwarten.

Cobb war präskriptiv. Unglücklicherweise erhoben sich unser Lander und der Segler über den Boden wie eine vereinzelte Scherbe einer Aquäduktbrücke. In diesem Stadium ihres jungen Lebens konnten die Wintertruppen nicht anders, als alles zu überschwemmen.

Vor einer Stunde trotzte ich den Störungen und unserer Verwirrung und gab eine Beschreibung unseres Fundes durch. Bisher haben wir keine Erwiderung auf unsere Anfrage nach Erstkontakt-Anweisungen erhalten. Die Wahrscheinlichkeit war so gering, daß niemand damit gerechnet hatte.

Die Nachricht war möglicherweise unverständlich gewesen.

Aber genug des Pessimismus. Wohin führt uns das alles? Was sollen wir davon halten?

Gentlemen, wir befinden uns auf dem Wendepunkt von Zyklen. Wir sind Zeugen vom Ende des grünen und rostfarbenen Mars der menschlichen Jugend, der übersät war von märchenhaften Brücken und gebändigten Seen und gelangen zu einer grimmigeren, praktischeren Welt, die sich für einen langen Winter rüstet.

Wir haben die weißen Marsianer nicht im Detail studiert und können daher nicht wissen, ob sie intelligent sind oder nicht. Sie mögen die neuen Herren des Mars sein. Wie sollen wir ihnen begegnen – passiv, wie Linker denkt, daß wir vorgehen sollten, oder wie Cobb glaubt: uns gegen Kreaturen verteidigen, die zur brüderlichen Ordnung der Denkenden gehören mögen?

Was kommt auf uns zu, wenn wir uns *nicht* verteidigen?

Laßt unsere Theologen und Exobiologen *darüber* spekulieren. Wären wir die ersten, die die Sünde eines interplanetaren Kains begehen würden? Oder sind es die Marsianer?

Es wird uns morgen neun oder zehn Stunden kosten, die Landerrampen abzustützen. Unser Segler steht mit halb eingezogenen Sylarflügeln knitternd und knatternd in dem sich erhebenden Wind, silbern gegen die niedrigen ockergelben Hügel des Swift-Plateaus.

Sonnenlicht trifft auf die Oberfläche des Plateaus. Rosafarbener Himmel im Osten; Märchenbrücken, Märchenlandschaft! Rosafarben und traumgleich. Eiskristallwolken verdecken einen verblassenden Vorhang von Polarlicht. Der Himmel darüber ist so schwarz wie Obsidian. Zwischen dem rosafarbenen Sonnenaufgang und dem Obsidian liegt ein Band Hämatit, ein dunkler Regenbogen wie Karneolglas, möglicherweise von Kristallpulver der Aquäduktbrücken, die in die Jetströme aufgestiegen waren, verursacht. Von unserem Aussichtspunkt auf dem Plateau aus können wir Staubteufel erkennen, die Edoms östlichen Rand überqueren und die verzerrten Hügel und Klüfte der Moab-Marduk-Kette, die sich wie die Säulen eines uralten Tempels erheben.

Nachdem ich das oben Stehende geschrieben habe, habe ich für ungefähr eine Stunde ein Nickerchen gehalten. Willy hat eine neue Karte übermittelt. Er hat Bauwerke in der Nähe des westlichen Randes vom Edom-Krater entdeckt – neuere Bauwerke, die vor einigen Tagen, als das Areal zuletzt abgesucht wurde, noch nicht da waren. Hexagonale Formationen – Mauern und etwas, das Straßen sein könnten. Von seiner Höhe aus mußten sie mit der Großen Mauer von China konkurrieren. Wie konnten solch monumentale Werke in lediglich ein paar Tagen errichtet werden? Waren sie bei vorherigen Überfliegungen übersehen worden? Unwahrscheinlich.

Da haben wir es. Die Kolonien, die die Aquäduktbrücken gebaut hatten, waren nicht die einzigen Architekten auf dem Mars. Die Wintertruppen demonstrieren ihre Fähigkeiten. Aber sind sie intelligent oder folgen sie instinktiven Erfordernissen? Oder *beides*?

Beide Männer schlafen nun wieder. Sie haben hart gearbeitet und sie schlafen fest. Das Telterm-Klicken weckt sie nicht auf. Ich kann nicht lange schlafen – nicht länger als eine Stunde am Stück, bevor ich verschwitzt aufwache. Mein Körper funktioniert wie unter Strom, und ich bin nicht bereit, einen Ausweg in Beruhigungsmitteln zu suchen. Also sitze ich hier und beobachte endlos.

Linker ist der größte von uns. Obwohl ich vor der Mission drei Jahre mit ihm zusammengearbeitet hatte und wir mehr als acht Monate in benachbarten Quartieren gewohnt hatten, kenne ich den Mann kaum. Er ist kein ruhiger Mensch und er ist stets willens, seiner Meinung Ausdruck zu verleihen, dennoch überrascht er mich. Er hat eine Art, seine Augenbrauen zu heben, wenn er zuhört, öffnet weit seine dunklen Augen und runzelt die Stirn – es erinnert mich an einen Hund, der die Ohren spitzt. Aber es müßte ein teuflisch intelligenter Hund sein. Vielleicht habe ich Linkers Tiefen nicht ausgelotet, weil ich damit über meinen Horizont hinausginge, wenn ich es versuchen würde. Er ist sicherlich mehr engagiert als Cobb oder ich. Er ist schon seit einundzwanzig Jahren bei der US-Navy, fünfzehn davon im Raum, spezialisiert auf planetarische Geographie und ein halbes Dutzend andere Disziplinen.

Cobb, auf der anderen Seite, kann wie ein offenes Buch gelesen werden. Er neigt zur Stattlichkeit, allerdings mehr im Aussehen als in der Masse; er wiegt nur etwas mehr als ich. Er ist kleiner und arbeitet mit einem stetigen Stirnrunzeln; es sieht aus, als bräuchte er das Doppelte seiner normalen Konzentration, um eine Aufgabe fertigzustellen. Ich tue ihm kein Unrecht, wenn ich das sage; er wird mit der Arbeit fertig und das gut, aber es verlangt ihm mehr ab, als es bei Linker der Fall wäre. Diese Extrabemühung nimmt manchmal die Schärfe aus seinen non-essentiellen Argumentationen. Mental ist er nicht leichtfüßig, besonders in einer Situation wie dieser. Beharrlichkeit und schnelle Reflexe brachten ihm die Position im Marslandungsprogramm; ich respektiere ihn deshalb nicht weniger, aber … Er tendiert zum Technischen, liebt Maschinen mehr als Menschen. Das habe ich oft gedacht und es angesichts meines mehr geisteswissenschaftlichen Hintergrunds wieder verworfen.

Linker und ich hatten ihn auf einer Außenfahrt einmal am Rande der Tränen. Wir unterhielten uns über fünf oder sechs Themen auf einmal, wechselten das Gebiet alle drei oder vier Minuten. Es war ein grausames Spiel und niemand von uns ist stolz darauf, aber ich, für meinen Teil, kann etwas der Schuld auf den Missionsplaner schieben. Drei ist eine zu geringe Anzahl von Männern für eine dreijährige Mission im Weltraum. Hölle. Hatte man damit gerechnet, daß der Weltraum uns alle zu Kindern macht? Ein zweischneidiges Schwert.

Ich habe (wie gewisse oben stehende Passagen andeuten) an die Bibel gedacht. Der Hintergrund meiner Kindheit war von Gefahr und moralischen Dilemmas geprägt – genau die Situation, in der ich mich nun befand. Die Karten des Mars mit ihren biblischen Namen haben zu meinem Denken beigetragen. Wir sind gerade einmal so weit von Eden weg, wie der Segler fliegen kann. Wir sitzen im fabelhaften Moab, über der Moab-Marduk-Kette – Marduk ist einer der Haupt-Baale im Alten Testament. Edom-Krater – Edom bedeutet Rot, ein angemessener Name für einen marsianischen Krater. Ich habe rote Haare. Nennen Sie mich Esau!

Mesogaea – Mittelerde. Alles kehrt wieder!

Wieder am Recorder. Die Zeit lastet schwer auf mir. Ich habe mich in die Ausrüstungsbucht zurückgezogen, um der Brummigkeit zwischen Linker und Cobb zu entgehen. Eigentlich war es schon durch und durch eine Auseinandersetzung. Linker, immer noch der Pazifist, drückte seinen Schrecken über den Mord an einer anderen Spezies aus. Seine Skrupel sind eigenartig selektiv – in den Neunzigern kämpfte er in Mexiko. Keiner von ihnen wurde durch Rangunterschiede gezügelt; dies könnte zu wirklich häßlichen Konfrontationen führen, es sei denn, die Gefahr bringt uns Klarheit und macht Brüder aus uns.

Drei Kameraden, gut und aufrecht, tolerant gegenüber anderen Meinungen.

O Gott, dort kommen sie schon wieder! Ich blicke aus der Luke der Ausrüstungsbucht, blicke nach Osten. Sie mußten fünf- oder sechstausend zählen und befanden sich aufgereiht wie Indianer auf einem entfernten Hügel.

Diese Menge greift an ... Cobb kann seinen Willen haben, and it won't matter, we'll still have had the Course. Wenn sie eine Sektion des Flügelsylars zerreißen, die größer ist als einer von uns die Hand ausstrecken kann, sind wir geschlagen.

Das war knapp. Cobb feuerte ein paar Salven mit dem Vermessungslaser über ihre Köpfe. Es war genug Staub von ihren Bewegungen und dem Wind aufgerührt worden, daß eine schöne Demonstration daraus wurde. Sie wichen langsam zurück und verschwanden dann hinter dem Hügel. Der Laser ist stark genug, um sie zu verbrennen, sollte sich die Notwendigkeit ergeben.

Linker hatte soviel gesagt wie, daß er lieber sterben wolle, als die Sünden Kains auszuweiten. Ich mache mir weniger Sorgen um diese Sünde als darum abzuheben. Wir müssen jetzt die Schlittenrampe abstützen. Linker ist nun draußen unter der Steuerbordluke und takelt die Schlingen, die eine Sektion der Gleitkörperebene halten, wenn die RATOs feuern.

Mehr Staub jetzt im Osten. Die Nacht nähert sich langsam. Nachdem die Sonne untergegangen ist, wird es zu kalt sein, um länger draußen zu bleiben. Wenn die Wintertruppen auf Wasser basieren – wie überleben sie dann die Nacht? Frostschutzmittel in ihrem Blut wie arktische Fische? Können sie ihre Aktivität bei Temperaturen von fünfzig bis hundert Grad unter Null beibehalten? Oder sind wir bis Sonnenaufgang außer Gefahr, die Marsianer warm unter ihren Decken und wir in unseren Rollbetten alpträumend.

Ich habe Linker geholfen, die Schlingen zu takeln. Wir haben alle an der Schlittenrampe gearbeitet. Cobb hat den Laser auf einen Kameradreifuß montiert – ein cleverer Kämpfer. Linker riet ihm, auf das durchgescheuerte Energiekabel zu achten. Cobb blickte ihn in einer Art traurigen Grolls an und wandte sich seiner Arbeit zu.

Außer einigem Gezänk und Persönlichkeitsspielchen auf dem Trip nach draußen, schafften wir es, den Respekt vor dem jeweils anderen bis zu den letzten paar Tagen aufrecht zu erhalten. Nun entgleitet es uns. Einmal hatte ich die Vorstellung, wir alle würden die Mission als ewige Freunde abschließen, die sich Jahre danach träfen, sich gegenseitig Bilder der Enkelkinder zeigen und über die Qualität junger Offiziere nach unserer Pensionierung klagen. Was für ein Traum.

Dampf stieg von dem Rauhreif, der sich über Nacht gesammelt hatte, auf. Er verschwand wie ein Tramp nach dem Essen.

Sollten wir nun den Wunsch haben, Willy eine Nachricht zu senden, müßten wir den Laser ausladen und ihn erneut montieren. Die Störungen häufen sich, und Willy sagt, unser Signal verschlechtere sich.

Weitere Eisfälle während der Nacht. Linker behält sie im Auge. Meine Schlaflosigkeit hat sich ihm mitgeteilt – ideal für längere Wachen. Eisfälle sind hier häufiger als auf der Erde – die Rückstände von Kometen und den Asteroiden kommen leichter durch die dünne Atmosphäre. Ein kleiner Brocken kam bis auf beinahe sechzig Meter an unseren Bereich heran und hinterließ einen eindrucksvollen weißen Krater.

Eine weitere Übertragungslücke. Willy hat eine Nachricht von der Kontrolle weitergeleitet. Sie haben es geschafft, unsere Anfrage nach Anweisungen für den Erstkontakt aufzuschnappen und zu rekonstruieren. Sie müssen gedacht haben, wir machen Scherze. Hier ist ein Teil der Übermittlung:

Wir glauben, Sie sind mit dem Auffinden von gigantischem Gemüse auf dem Mars nicht zufrieden. Hinsichtlich der Marsianer rät Dr. Wender ... (Störungen) ... einige klare Hinweise auf ihre Fähigkeit, große zylindrische Körper in den Weltraum zu feuern. Bewahrt uns vor dreifüßigen Maschinen. Zweite Meinung von Frank: Nicht alle grünen Marsianer

gehören zu den Thark. Er möchte Proben von Dejah Thoris –
könnt ihr vielleicht ein Ei organisieren?

Ich zog mir einen Druckanzug an und ging nach dieser Enttäuschung der Übermittlung spazieren. Linker zog sich nach mir an und folgte mir eine Weile. Ich bewaffnete mich mit einem Stück Aluminium von der geborgenen Rampe. Er hatte nichts bei sich.

Das Swift-Plateau ist etwa vierhundert Kilometer breit. An der nördlichen Grenze hatte sich einst ein Aquädukt etwa einen Kilometer hoch erhoben und sich über die Ebene erstreckt. Es bedeckte fünfzehn Kilometer Hochland, bevor es über den südlichen Rand in der Moab-Marduk-Kette verschwand. Unser Landungsbereich ist einen Kilometer vom nächsten Fragmentfeld entfernt. Linker folgte mir bis zum Rand des Feldes mit grünem und blauen Gras. Er schwieg und blickte sich besorgt um, als ob er erwartete, daß etwas zwischen uns und dem Lander aus dem Boden schießen würde.

Ich hatte ein Notizbuch in meinem Ranzen und hielt inne, um einige der Pfeiler, die die Wintertruppen noch nicht niedergerissen hatten, zu skizzieren. Keiner von ihnen war über vier Meter hoch.

»Ich fürchte mich vor ihnen«, sagte Linker über das Anzugradio. Ich hörte mit dem Skizzieren auf, um zu ihm hinüberzublicken.

»So?« fragte ich mit einem Anflug der Verwirrung nach. »Wir fürchten uns alle vor ihnen.«

»Ich fürchte mich nicht vor ihnen, weil sie mich verletzen könnten. Eher wegen dem, was sie bei mir zum Vorschein bringen könnten, wenn ich ihnen nur eine halbe Chance geben würde. Ich will sie nicht hassen.«

»Nicht einmal Cobb *haßt* sie«, sagte ich.

»O doch, das tut er«, sagte Linker und nickte in seinem unförmigen Helm mit dem Kopf. »Aber er fürchtet um sein Leben. Ich fürchte um meine Selbstachtung.«

Ich schüttelte meinen Helm, um anzudeuten, daß ich es nicht verstand.

»Weil ich sie nicht verstehen kann. Sie sind irrational. Sie scheinen uns nicht einmal zu *sehen*. Sie rennen um uns herum, erfüllen irgendeine Mission ... Sie kümmern sich nicht darum, ob wir leben oder sterben. Und doch muß ich sie respektieren – sie sind *Fremde*. Die ersten intelligenten Wesen, auf die wir bisher gestoßen sind.«

»Falls sie intelligent sind«, erinnerte ich ihn.

»Komm schon, Mercer, sie müssen es sein. Sie bauen.«

»So wie diese«, sagte ich und wedelte mit der behandschuhten Hand in Richtung des Feldes mit den zerschmetterten grünen Flaschen.

»Ich versuche mich deutlicher auszudrücken«, sagte er verärgert. »Als ich in Mexiko war, habe ich die Nationalisten nicht verstanden. Oder die Kommunisten. Beide Seiten waren gewillt, ihre eigenen Leute zu töten oder hungern zu lassen, um nur kleine Teilziele zu erreichen. Es war krank. Ich haßte selbst jene, die wir unterstützten.«

»Die Marsianer sind nicht menschlich«, sagte ich. »Wir können nicht erwarten, ihre Motive zu verstehen.«

»Dann ist es doppelt schlimm, siehst du es nicht? Ich möchte verstehen, wissen warum ...«

Plötzlich schaltete er sein Radio ab, hob die Hände frustriert in die Höhe, wandte sich um und stapfte zum Lander zurück.

Unsere automatische Unterbrechung klickte ein und Cobb sprach zu uns. »Das wär's, Freunde. Wir sind vollständig gestört. Ich komme nicht zu Willy durch. Wir müssen uns mit dem Laser durchschlagen.«

»Ich bin auf dem Weg zurück«, sagte Linker. »Ich helfe dir, beim Aufbau.«

Nach einigen Minuten war ich allein auf dem Ruinenfeld. Ich saß auf einem wetterzernarbten Felsen und nahm erneut mein Skizzenbuch heraus. Ich kartierte die Richtung, aus der wir gekommen waren, und die, aus der wir angegriffen worden waren, und verglich sie mit dem Ort, wo wir die Eier gefunden hatten. Wonach ich, mit solch lächerlich schwachen Anhaltspunkten, suchte, war ein klares Muster von Wanderung – von Brutplätzen in einer Linie mit dem Sonnenaufgang. Es ergab sich nichts.

Angewidert von meiner Verzweiflung, verlor ich mich in einem Nebel, der an Kummer grenzte, und schaute auf ... und sprang so schnell hoch, daß ich gut einen Meter weit in die Luft hüpfte und beim Herunterkommen meinen Knöchel verdrehte. Zwei weiße Marsianer starrten mich mit ihren großen leeren, grauen Augen an. Die Wimpern so lang und ausdrucksvoll wie die eines Kamels. Die Finger ihrer Hände – jeder hatte drei Arme, aber lediglich zwei Beine – zitterten wie Schnurrhaare, nicht nervös, sondern nach Information suchend. Wir waren zu sehr damit beschäftigt gewesen, uns gegen sie zu wehren, bevor wir von ihren Zügen Kenntnis nahmen. Nun, da wir nicht wußten, was wir tun sollten, hatte ich alle Zeit der Welt.

Drei lange Zehen mit Schwimmhäuten, ledern und tot aussehend wie Stöcke, mündeten in einen eigenartig zweigelenkigen Knöchel, den ich selbst jetzt noch nicht aufzeichnen könnte. Ihre Schenkel waren knotig vor Muskeln und bedeckt mit rot und weiß getupftem Fell. Sie konnten hüpfen oder rennen wie verängstigtes Wild – das wußte ich aus Erfahrung. Ihre Hüften waren von dickem Pelz bedeckt. Sie widerlegten einige Semester meines Biologieunterrichts, indem sie trilaterale Symmetrie zwischen Hüfte und Hals besaßen und bilaterale unterhalb der Hüfte. Drei Arme liefen in raffinierten dreieckigen Schultern zusammen, die zu einem kurzen Hals anstiegen, der seinerseits in mausähnliche Gesichter auslief. Ihre Ohren waren oben auf den Köpfen und konnten sich aufrichten wie entfaltete Direktantennen, oder sich anlegen, wenn rauhe Aktivität sie bedrohte.

Die Marsianer konnten schnell sein, wenn sie wollten, und ich hatte keine Vorstellung davon, was sie außer den Ruinen noch aßen – also machte ich keine falsche Bewegung.

144

Einer wieherte wie ein Pferd, seine Stimme war näselnd und entfernt in der dünnen Atmosphäre. Das Geräusch mußte eindrucksvoll laut gewesen sein, um meine Ohren trotz des Helms zu erreichen. Es blickte hinter sich, verdrehte den Kopf um hundertachtzig Grad, um zuzuschauen, wie sein Hinterarm ein Haarbüschel an seiner rechten Schulter kratzte. Das Rückenfell kräuselte sich dankbar. Papageienhaft drehte sich der Kopf gelassen zurück, um mich anzustarren.

Nach einer halben Stunde setzte ich mich wieder auf den Felsen. Ich sah den Lander und das geradlinige Glitzern der Flügel des Seglers, aber kein Anzeichen von Cobb oder Linker. Niemand suchte nach mir.

Mein Anzug wurde kälter. Langsam checkte ich meine Batterieanzeige und sah, daß sie nur noch wenig Ladung hatte. Vorsichtig, in klar erkennbaren Abschnitten, stand ich auf und wischte über meinen Druckanzug. Der Marsianer zu meiner Rechten zuckte zusammen, seine Finger zitterten, und ich blieb ängstlich in meiner Pose stehen. Mit einer flinken Bewegung zog es mit dem Hinterarm ein grünes, faseriges Stück eines Aquädukt-Trägers von seinem steifen Rumpffell und hielt es mir hin. Das Stück war etwa dreißig Zentimeter lang und an den Rändern abgebissen. Ich richtete mich auf, langte mit einer Hand zu und nahm das Geschenk entgegen.

Ohne weiteren Aufhebens drehte sich der Marsianer um und sauste über das Plateau, rannte und hüpfte gleichzeitig.

Mein Geschenk umklammernd kehrte ich zum Lander zurück. Meine Füße und Finger waren taub, als ich ankam.

Das Dreibein lag am Boden, die Füße ausgebreitet. Die Leiter war nirgends zu sehen. Ich durchlebte einen Moment der Panik, dachte, der Lander wäre angegriffen worden – aber da ich ihn immer im Blick gehabt hatte, war das nicht wahrscheinlich. Ich kletterte in die Primärschleuse des Landers.

Drinnen hielt Linker den Laser mit beiden Händen umklammert. Ein Finger war nervös um den ungesicherten und empfindlichen Scandium-Granat-Stab gekrümmt. Cobb saß auf der gegenüberliegenden Seite der Kabine, kaum zwei Meter von Linker entfernt und rauchte.

»Was, zur Hölle, geht hier vor?« fragte ich, pustete auf meine Finger und stampfte mit den Füßen auf.

»Hör zu, Thoreau«, sagte Cobb bitter, »während du draußen warst und mit der Natur kommuniziert hast, hat Gandhi hier entschieden, sicherzustellen, daß wir den lieblichen kleinen Wesen keinen Schaden zufügen können.«

Ich wandte mich Linker zu und betrachtete seinen unsicheren Finger und den Granat. »Was tust du?«

»Ich bin nicht sicher, Dan«, antwortete er ruhig mit leerem Gesicht. »Ich habe eine feste Überzeugung, das ist alles, was ich weiß. Ich darf nicht wanken. Ansonsten wäre ich genau wie du und Cobb.«

»Ich habe auch eine Überzeugung«, sagte Cobb. »Ich bin überzeugt, du spinnst.«

»Du denkst ernsthaft daran, den Granat zu zerbrechen?« fragte ich.

»Mir ist es verdammt ernst damit.«

»Wir können sie mit anderen Dingen abwehren, wenn wir es müssen«, argumentierte ich. »Die Prüfladungen, die Kernprobenpistole …«

»Setz Cobb keine weitere Ideen in den Kopf«, sagte Linker.

»Aber wir können nicht mehr mit Willy reden, wenn du den Granat zerbrichst.«

»Cobb hat zwei von den Wintertruppen gesehen. Er wollte gerade einen Schuß damit auf sie abgeben.« Linker hob den Laser, das Gesicht immer noch leer.

Ich blinzelte einige Sekunden lang, spürte, wie ich vor Ärger rot anlief. »Jesus, Cobb, ist das wahr?«

»Ich habe auf sie gezielt. Für den Fall, daß sie …«

»Wolltest du auf sie schießen?«

»Es war günstig. Sie hätten eine Vorhut sein können.«

»Das ist nicht sehr rational«, bemerkte ich.

»Ich bin auch nicht sicher, ob ich rational bin«, sagte Linker, der sich im klaren darüber war, wie zersplittert wir nun waren, die Traurigkeit, die, wie wir alle spürten, an die Oberfläche kam. Seine Augen waren hundegleich, suchten in meinem Gesicht nach Verständnis.

»Ich werde alles Notwendige tun, um sicherzustellen, daß wir alle überleben«, sagte Cobb. »Wenn das heißt, einige Marsianer umzubringen, dann werde ich das tun. Wenn das heißt, dem Missionskommandeur nicht zu gehorchen, dann werde ich das genauso tun.«

»Er weigerte sich, den Laser herunterzunehmen, selbst als ich ihm einen direkten Befehl gab. Das ist Meuterei.«

»Das bringt uns nicht weiter«, sagte Cobb.

»Ich würde mich nicht für deine geistige Gesundheit verbürgen«, sagte ich zu Linker. »Nicht, wenn du den Granat zerbrichst. Und ich würde mich auch nicht für Cobbs verbürgen. Auf möglicherweise intelligente Aliens zu zielen.« Ich erinnerte mich an den Stock. Verdammt, sie *waren* intelligent! Sie mußten es sein, auf einen Fremden zugehen und ihm ein Geschenk geben ... »Ich weiß nicht, was für ein theoretisches Erstkontakttraining wir hätten haben sollen, aber im Geiste, wenn nicht sogar dem Buchstaben nach, ist Linker näher am Ideal als du.

Wir sollten die Stütze an der Rampe testen und das Feld vor dem Segler einebnen. Wenn wir hier rauskommen, können wir auf dem gesamten Weg nach Hause über Philosophie streiten. Und um nach Hause zu kommen, *brauchen wir den Laser*.«

Linker nickte. »Wir müssen nur darin übereinstimmen, daß er für nichts anderes als die Kommunikation eingesetzt wird.«

Ich sah Cobb an, traf schließlich meine Entscheidung und fragte mich, ob ich auch verrückt war. »Ich denke, Linker hat recht.«

»Okay«, sagte Cobb mild. »Aber es wird eine Hölle von Streitigkeiten bei der Einsatzbesprechung geben.«

»Das ist eine Untertreibung«, sagte ich.

Diese Aufzeichnung, wenn sie es übersteht, wird wahrscheinlich für fünfzig oder sechzig Jahre – oder länger – in Verwaltungsakten aufbewahrt werden, um ›die Gefühle der Familien zu schützen‹. Aber wer kann dem Urteil der Leute widersprechen, die uns hier hochgeschickt haben? Ich nicht, der demütige Thoreau auf dem Mars, wie Cobb mich beschrieben hat.

Bis der Laser wieder im Lander montiert war, erwähnte ich das Geschenk gegenüber meinen Crewkameraden nicht. Ich legte ihn, während wir uns ausruhten und heiße Schokolade tranken, einfach auf den Tisch, eingewickelt in eine luftdichte, durchsichtige Probentasche. Linker war der erste, der es zur Hand nahm. Er blickte mich verwirrt an.

»Wir haben doch genug davon, oder?« fragte er.

»Darauf wurde gekaut«, ich deutete und langte hin, um mit dem Finger über die Oberfläche des Stocks zu fahren. Ich erzählte ihnen von den zwei Marsianern. Cobb sah danach entschieden unbehaglich aus.

»Haben sie in deiner Anwesenheit darauf gekaut?« fragte Linker.

»Nein.«

»Vielleicht haben sie dir Nahrung angeboten«, sagte Cobb. »Ein Friedensangebot?« Er machte einen bekümmerten Eindruck, so als ob seine Energie und sein Ärger abgelaufen wären und nichts als Bedauern zurückgelassen hätten.

»Es ist mehr als Nahrung«, sagte Linker. »Es ist wie Stockschreiben … Ogham. Die Iren und Briten benutzten vor Jahrhunderten etwas ähnliches. Kerben auf den Seiten eines Steins oder eines Stocks – eine Art Alphabet. Aber dies ist komplexer. Hier … da ist ein Oval …«

»Wenn es kein Zahnabdruck ist«, sagte ich.

»Ob es ein Zahnabdruck ist oder nicht, es ist kein

Zufall. Dort sind fünf lange Markierungen daneben und eine Markierung in ungefähr der halben Länge der anderen. Das ist in etwa übereinstimmend mit einem Demotischen Monat – fünf Tage und ein halber.« Mein Respekt vor Linker wuchs. Er hob eine Augenbraue, sah sich nach Bestätigung um und schickte sich an, mir den Stab auszuhändigen. Dann hielt er in der Bewegung inne und schwenkte ihn zu Cobb herum. Der Missionskommandeur reintegrierte ein verstimmtes Crewmitglied. Ein Tränenschleier stieg mir in die Augen.

»Ich glaube nicht, daß sie bisher einen hohen Stand der Technik erreicht haben«, sagte Linker.

Cobb schaute vom Geschenk auf und grinste. »Technik?«

»Sie haben die Mauern und Gebäude erbaut, die Willy gesehen hat. Ich denke, keiner von uns kann bestreiten, daß sie nicht die Absicht haben, ihre Umwelt zu verändern. Außer, wir machen Esel aus uns und sagen, ihre Arbeit ist nicht bedeutender als ein Biberdamm, ist es offensichtlich, daß sie schnell vorankommen. Sie mögen gekerbte Stäbe benutzen, um Informationen zu übertragen.«

»Also, was ist es?« fragte ich und deutete auf das Geschenk.

»Vielleicht ist es eine Vorladung«, sagte Linker.

Während ich das oben Stehende aufzeichnete, war Cobb hinausgegangen, um zu sehen, wie lange es dauern würde, den Weg für den Segelpfad freizuräumen. Das Feld war ausgesucht worden weil es dort nur wenige Felsen gab – aber alles, was größer war als eine Faust, konnte uns gefährlich herumwirbeln lassen. Die Schlitten waren aufgestellt worden. Ich hatte das Feststopfen der Stützen an der Rampe abgeschlossen.

Der Segler und die Kapsel sind durchgecheckt. In einer Stunde werden wir eine Nachricht an Willy lasern und unseren geschätzten Start und die Rendezvouszeit durchgeben.

Willy erzählt uns, daß der größte Teil von Mesogaea und Memnonia mit Mauern bedeckt sind. Nach seinen Teleskopbeobachtungen war Meridiani Sinus kreuz und quer mit Straßen oder Pfaden versehen worden. Die weißen Marsianer benutzen die sandgefüllten, schwarzen alten Harzreservoire für unbekannte Zwecke.

Der Edom-Krater ist ebenso dicht gepackt wie eine Stadt. All das in weniger als zwei Tagen. Dort müssen Millionen von Brutlingen am Werk sein.

Ich werde wieder unterbrechen und den Seglerstart überwachen.

Linker und Cobb sind tot.

Jesus, es tut weh, das zu schreiben.

Wir hatten gerade die RATO-Automatik-Timer getestet, als eine Horde Wintertruppen über das Plateau marschierte – ungefähr vier Kilometer breit, Seite an Seite. Ich bin mir sicher, sie waren nicht darauf aus, uns zu erwischen. Es war eine dieser Wanderungswellen, eine hirnverbrannte Massenbegutachtung der Geographie und zufälligerweise eine Einebnung aller Aquädukt-Brücken des letzten Zyklus.

Das gab uns unsere Chance. Wir gaben keine Erwiderung.

Linker hatte die Startbahn freigeräumt. Sie schnappten ihn einen halben Kilometer vor dem Lander. Ich glaube, sie trampelten ihn einfach zu Tode. Sie bewegten sich viel schneller als ein Mensch rennen kann. Ich stelle mir sein Gesicht vor, die Augenbrauen fragend erhoben, vielleicht hat er gar noch versucht, zu lächeln oder sie zu grüßen, die Hand zu heben ...

Ich kann das nicht aus meinem Kopf verbannen. Ich muß mich konzentrieren.

Cobb wußte genau, was zu tun ist. Ich glaube, er hat den Laser nicht fest montiert, hat einige Klammern locker gelassen, um ihn schnell abladen und herunterbringen zu können, so daß er binnen Minutenfrist für den Handgebrauch geeignet war. Er nahm ihn mit nach draußen. Er hatte nur den Helm auf und Sauerstoff bei sich – es sind ungefähr fünf oder sechs Grad draußen, Tageslicht – und schoß auf die Wintertruppen, gerade bevor sie den Segler erreichten. Es liegen eine Menge tote und sterbende oder geblendete Marsianer entlang der Startbahn.

Sie beachteten ihre Opfer nicht. Sie kümmerten sich nicht um uns, stoben nur umher und hindurch, berührten nichts, blieben von der Fläche, die er bestrich weg – dem Rand der Startbahn.

Sie können klettern wie Affen. Sie fielen über den Rand des Plateaus.

Sie berührten Cobb nicht. Die durchgescheuerte Leitung des Lasers tötete ihn, als er beim Hereinkommen auf sie trat.

Wo war ich? Im Segler, beaufsichtigte den Start. Ich konnte nichts hören. Als ich rauskam war alles vorüber.

Der Laser ist weg, aber wir haben bereits alle Daten an Willy gesendet. Ich habe die Rückmeldung. Das ist alles, was ich im Moment brauche. Der Segler und die Kapsel sind auf Leistung und startbereit.

Ich werde sie selbst starten. Ich kann das.

Wenn Willys Position richtig ist. Der Timer läuft. Alles geht automatisch.

Ich werde es in den Orbit schaffen.

Zwei Stunden. Weniger. Ich kann sie nicht reinbringen. Ich könnte, aber wozu? Es gibt keine Einrichtungen für tote Astronauten an Bord des Orbiters. Was weh tut, ist, ich habe einen größeren Spielraum ohne sie, mehr Treibstoff. Ich wollte es nicht so, ich habe nie daran gedacht, ich schwöre es bei Gott.

Die Flügel des Seglers knattern im Wind. Der Wind kommt, dünn aber schnell, aus einem perfekten Winkel etwa hundert Kilometer in der Stunde. Genug, um so zu empfinden, als wäre ich draußen.

Ich hoffe jetzt sehr, daß Linker und Cobb tot sind. Vielleicht ist es bald vorbei, und ich kann aufhören, dies zu schreiben, und diese Schmerzgefühle abstellen.

Warten. Gerade den rechten Augenblick für den Start. Timer, alles auf Automatik. Ich sitze hilflos und warte. Meine letzten Instruktionen: drei Knöpfe und eine Anweisung an die Remotes, die Flügel auf Abflugbreite auszufahren und die Spannung zu steigern. Als wären wir voll getakelt. Alles okay, nun konnte es losgehen. Warten auf die beste Bö und RATO-Feuer. Dann sprangen sie in die richtige Konfiguration, Libellenflügel für die höhere Atmosphäre.

Ich lernte die Anatomie der Marsianer kennen als ich den Weg von denen freiräumte, die Cobb durchgelassen hatte. Es sind immer noch einige draußen.

Einen tötete ich. Es war wegen der marsianischen Äquivalents von Schmerz. Ich schlug ihm mit einer Felshacke über den Kopf. Er starb genau wie wir.

Linker starb unschuldig.

Ich glaube, ich werde krank.

Jetzt geht es los. Die RATOs feuern.

Ich bin im ersten Jetstrom. Zweiter Flügelmodus – Vorder- und Achterfolien sind abgeworfen. Ich reite unmittelbar im schwarzen Wind. Ich kann Sterne sehen, den Mars – rot und braun und grau unter mir.

Dritter Flügelmodus. Alle Flügel abgeworfen. Im Fall, sagt mir mein Magen. Haupttriebwerke an der Kapsel feuern und ich bin durch den Seglerrahmen durch. Ich sehe den grellen Schein und spüre den Schlag, und die Flügel sind weit unten an Backbord, wirbeln wie ein Kinderspielzeug.

Im niedrigen, unsicheren Orbit.

Willy kommt.

Letzter Orbit vor Zuhause. Willy sieht schrecklich gut aus. Ich kletterte durch den Transfertunnel in ihn hinein

und fragte nach einem Longdrink aus miserablem Orbi-
terwasser. »He, Willy Ley«, sagte ich, »du bist das schönste Ding, das ich je gesehen habe.« Natürlich, alles, was
er getan hatte, war, auf mich acht zu geben. Keine Beschuldigungen.

Er ist der einzige Freund, den ich jetzt habe.

Ich sprach mit der Missionskontrolle. Das war nicht
einfach. Vor einer Stunde. Ich sitze vor dem Teleskop,
habe Willys Sensoren aus dem Weg gestoßen und stelle
meine eigenen Vermessungen und Mutmaßungen an.

Bisher haben die Wintertruppen – ich *nehme an*, sie
sind verantwortlich – Mare Tyrennhum, Hesperia und
Mare Cimmerium aufgeteilt und teilweise bebaut. Sie
haben in Aethiopis etwas getan, das ich nicht entschlüs-
seln oder richtig beschreiben kann. Nun bin ich sicher,
daß sie auf die alten Expeditionslander in Syrtis Major
und Minor gestoßen sind. Ich weiß nicht, was sie damit
machen werden. Vielleicht fügen sie sie ihrem Straßen-
baumaterial hinzu.

Vielleicht *verstehen* sie sie.

Ich weiß nicht, womit ich sie vergleichen soll, überhaupt keine Vorstellung. Sie bewegen sich zu schnell,
wachsen vielleicht entlang instinktiver Linien. Instinkt
für Zivilisation und Technik. Sie mögen nicht in der Art
intelligent sein, wie wir Intelligenz definieren, nicht als
Individuen jedenfalls. Aber sie *bewegen* sich.

Vielleicht beleben sie lediglich wieder, was ihnen ihre
Ahnen vor fünfzig oder hunderttausend Jahren hinterlassen haben, bevor der lange, warme, feuchte Frühling
des Mars sie in den Untergrund getrieben und die
Keime der Aquädukt-Brücken heraufgebracht hat.

Auf jeden Fall war ich für anderthalb Wochen im
Orbit. Sie kamen in der Zeit von der Wiege in den Himmel.

Ich habe ihre Ballone gesehen.

Und ich habe das entfernte Feuern ihrer Raketen gesehen, eisigblau und scharf wie Wasserstoffbrenner. Es

scheint, als würden sie testen. In einigen Tagen werden sie es geschafft haben.

Hütet euch, Kontrolle. Diese tapferen Burschen werden es weit bringen.

Originaltitel: ›A MARTIAN RICORSO‹ • Copyright © 1976 by Greg Bear • Erstmals erschienen in ›ANALOG – SCIENCE FICTION/SCIENCE FACT‹ • Copyright © 1997 der deutschen Übersetzung by Wilhelm Heyne Verlag, München • Aus dem Amerikanischen übersetzt von Andreas Irle

---

TOTENFUHRE

Auf der Straße zur Hölle gibt es keine Anhalter.

Ich bemerkte diesen Kerl bereits aus fünf Kilometern Entfernung. Er stand dort, wo die Straße gerade und eben ist und etwas durchquert, was wie eine Wüste aussieht, außer daß es diese kleinen leerstehenden Orte und Motels und Hütten gab. Ich war schon seit sechs Stunden unterwegs, und die Leute in den Viehwagen hinter mir waren die letzten drei davon – aus Resignation, nehme ich an – ruhig gewesen, so konnten sich meine Nerven etwas beruhigen. Ich beschloß, nachzusehen, was mit dem Mann los war. Vielleicht war er einer der Angestellten. Das wäre interessant, dachte ich mir.

Um die Wahrheit zu sagen: Seit sich das Wehklagen gelegt hatte, war mir recht langweilig geworden.

Der Kerl stand an der rechten Straßenseite und hielt den Daumen hoch. Ich schaltete die Gänge runter und die Druckluftbremsen zischten und quietschten, als ich sie mit meinem Fuß bediente.

Der Halbautomatik wurde langsamer, und aus dem großen Dieselmotor drang dieser tief von innen kommende Dinosaurieraufstoß, der einen erschaudern ließ. Als alles zum Stillstand gekommen war, lehnte ich mich quer durch die Kabine und öffnete die Tür.

»Wohin willst du?« fragte ich.

Er lachte und schüttelte den Kopf. Dann spuckte er über die Schulter. »Ich weiß nicht«, sagte er. »Hölle vielleicht.« Er war schmächtig, hatte langes, fettiges Haar, trug Bluejeans und eine Weste. Sein Strohhut war dreckig und voller Löcher, aber die Federn im Band waren hell und sahen neu aus; Fasan, wenn ich es beurteilen sollte. Eine Goldkette hing von der Weste in seine Tasche hinab. Er trug alte Boots mit aufgerichteten Zehen und Sohlen, die dünner waren als mein runderneuerter Reservereifen. Er sah ganz so aus wie ich, als ich per Anhalter aus Fresno fort war, arbeitslos und pleite, auf der Suche nach Arbeit.

»Kann ich dich dahin mitnehmen?« fragte ich.

»Klar.« Er kletterte herein, zog die Tür hinter sich zu, nahm ein Tuch und wischte sich die Stirn. Dann schneuzte er sich seine lange Nase und starrte mich mit blutunterlaufenen, schlaflosen Augen an. »Was transportierst du denn?« fragte er.

»Seelen«, sagte ich. »Eine ganze Scheißladung davon.«

»Welcher Art?« Er war jung, nicht älter als fünfundzwanzig. Er wollte gleichgültig klingen, aber ich konnte seine Nervosität heraushören.

»Gewöhnliche«, sagte ich. »Menschlich. Einige Hare Krishnas diesmal. Ich schau gar nicht mehr so genau hin.«

Ich brachte den Truck wieder auf den Weg und fragte mich, ob der Motor wirklich in so schlechter Verfassung war, wie er sich anhörte. Als unsere Geschwindigkeit hundertdreißig, hundertvierzig erreicht hatte – keine Smokies auf *dieser* Straße – fragte er: »Wie lange bist du schon auf Beutezug?«

»Zwei Jahre.«

»Gute Bezahlung?«

»Es reicht.«

»Benefize?«

»Union, wie jeder andere auch.«

»Ich habe davon gehört«, sagte er. »Auf dem kleinen Schuttabladeplatz drei Kilometer hinter uns.«

»Leben da Leute?« fragte ich. Ich hatte nicht gedacht, daß überhaupt irgend etwas an der Straße leben würde.

»Yeah. Richtig heruntergekommenes Volk. Sie sagen,

LKW-Fahrer-Bosse werden in Limousinen verfrachtet, wenn sie gestorben sind.«

»Ich denke, eigentlich ist es egal, wie man dahin kommt. Der Trip ist kurz, und ewig eine lange Zeit.«

»Dahinzukommen ist der ganze Spaß?« fragte er und versuchte ein Grinsen. Ich zeigte ihm ein flaches.

»Was machst du hier draußen?« fragte ich einige Minuten später. »Du bist nicht tot, oder?« Ich hatte noch nie von toten Leuten gehört, die frei herumliefen oder so vital aussahen wie er. Aber ich konnte mir auch niemand anderes auf der Straße vorstellen. Tote Leute – und Fahrer.

»Nein«, sagte er. Für eine Weile schwieg er. Dann, langsam, als wäre er verlegen: »Ich kam, um meine Frau zu suchen.«

»Yeah?« Mich überraschte nicht viel, aber dies war eine neue Wendung. »Du weiß doch, es gibt kein Zurück.«

»Ihr Name ist Sherill, ausgesprochen wie Sheriff, aber mit Doppel-L.«

»Hast du 'ne Zigarette?« fragte ich. Ich rauchte nicht, aber ich konnte sie später gebrauchen. Er gab mir seine drei letzten in einer knitterfreien Packung, nicht nur eine, sondern alle drei und sagte nichts.

»Habe nicht von ihr gehört«, sagte ich. »Aber gewöhnlich unterhalte ich mich auch nicht mit allen, die ich transportiere. Und es gibt viele Trucks, viele Fahrer.«

»Ich weiß« sagte er. »Aber ich habe von diesen Benefize gehört.«

Er hatte eine verrückte Art von traurigem Blick, wenn er mich ansah. Das machte mich ärgerlich. Ich spannte meine Kiefer und starrte nach vorn.

»Du weißt«, sagte er, »hinten in der Stadt erzählen sie sich verrückte Geschichten. Darüber, wie sie alte Züge aus China und Indien nutzen. Und in Rußland gibt es eine Trambahn. In Mexiko sind es alte Busse – entlang der Straße, immer in der Nacht …«

»Hör zu. Ich brauche all die Benefize nicht«, sagte ich. »Ich weiß, einige brauchen sie, aber ich nicht.«

»Klar, ich verstehe schon«, sagte er und nickte das übertriebene, gottverdammte Nicken der Jugend – sein Hals und die Schultern bewegten sich gemeinsam, alles in Ordnung, alles cool.

»Wie willst du sie finden?« fragte ich.

»Keine Ahnung. Die Straße absuchen, die Fahrer fragen.«

»Wie bist du reingekommen?«

Erst nach einer Weile antwortete er. »Ich komme her, wenn ich sterbe. Das ist mal sicher. Für Leute wie mich ist es nicht so schwer, schon vorher reinzukommen. Und ... mein Daddy war ein Fahrer. Er erzählte mir von der Route. Übrigens, ich heiße Bill.«

»John«, sagte ich.

»Schön, dich kennenzulernen.«

Wir sagten für eine Weile nichts mehr. Er starrte aus dem rechten Fenster, und ich beobachtete das Vorbeiziehen der Wüste und der fernen Hütten. Bald zeichneten sich die Berge vor uns ab – der Raum schien zusammengepreßt zu sein, besonders wenn man die Wüste hinter sich gelassen hatte – und ich beschleunigte für die Anfahrt. Von hinten war ein Geräusch zu hören.

»Was tust du, wenn die Arbeit vorbei ist?« fragte Bill.

»Heimgehen und schlafen.«

»Niemand weiß es?«

»Nur die Firma.«

»So war es auch mit Daddy, bis kurz vor dem Ende. Schau, ich will dich nicht verrückt machen oder so. Ich habe nur von den Vergünstigungen gehört, und ich dachte ...« Er schluckte, sein Adamsapfel hüpfte. »Dachte, du könntest helfen. Ich weiß nicht, wie ich Sherill jemals finden soll. Vielleicht im Annex ...«

»Niemand, der bei gesundem Verstand ist, geht freiwillig in die Höfe.« sagte ich. »Und du müßtest dir alle ansehen, die in den letzten vier Monaten gestorben sind. Die sind schon weiter drüben.«

Bill nahm es auf wie einen Schlag ins Gesicht, und ich bedauerte, es gesagt zu haben. »Sie ist erst seit einer Woche tot«, sagte er.

»Ah«, sagte ich.

»Meine Mom starb vor zwei Jahren, kurz vor Daddy.«

»Die Hochstraße«, sagte ich.

»Was?«

»Hoffe, die beiden kriegen die Hochstraße.«

»Mom vielleicht. Yeah. Sie bestimmt. Aber nicht Daddy. Das wußte er auch.« Bill räusperte sich und spuckte aus dem Fenster. »Sherill. Sie ist hier – aber sie gehört nicht hierher.«

Ich konnte mir nicht helfen, aber ich mußte grinsen.

»Nein, Mann, ich meine ich gehöre hierher, aber nicht sie. Sie war in dem Autowrack vor ein paar Wochen. Kriegte schlimm was ab. Zuerst machte ich Dopegeschäfte mit ihr, dann verliebte ich mich in sie, und zu der Zeit, als sie im Krankenhaus landete, hing sie an vier verschiedenen Sachen.«

Meine Arme verkrampften sich ums Lenkrad.

»Als ich auf Besuch war, versuchte ich ihr zu sagen, daß es nicht gut für sie ist, noch mehr Dope zu nehmen, aber sie bettelte mich an. Was konnte ich tun? Ich liebte sie.« Er blickte nun nicht mehr durchs Fenster. Er starrte auf seine abgetragenen Boots und nickte. »Sie bettelte mich an, Mann. Also beschaffte ich ihr den Stoff. Ich meine, sie nahm alles, wenn keiner hinschaute. Sie nahm alles auf *einmal*. Sie pumpten sie aus, aber ihr Inneres war schon weg. Ich hörte bis vor zwei Tagen nichts von ihrem Tod – es hat mich wirklich getroffen. Ich war der einzige, der sie liebte, und nicht mal mir haben sie es gesagt. Ich mußte erst zu ihrem Zimmer hinaufgehen und ihr Bett leer finden. Jesus. Ich hing im Büro von Daddies Firma herum. Jemand redete mit jemand anderem, und ich fand ihren Namen auf einer Liste. Die Tiefstraße.«

Ich hatte nicht gewußt, daß es so leicht herauszufinden war; aber ich war auch noch nie auf Doperterritorium gewesen. Dope kann viele Mundwerke zum Sprechen bringen.

»Ich nutze keine dieser Vergünstigungen«, sagte ich, nur um ihm klar zu machen, daß ich ihm nicht helfen konnte. »Die Leute dahinten haben auch ohne mich genug Schwierigkeiten. Ich denke, die Firma geht da zu weit.«

»Wette, die glauben, du fühlst dich einsam, brauchst Gesellschaft«, sagte Bill ruhig und blickte mich an. »Ich tue den Leuten dahinten nicht weh. Gebe ihnen vielleicht die Chance, die Dinge noch einmal zu überdenken. Gebe ihnen ein paar Stunden der Erleichterung, eine Unterbrechung des Einheitsbreis ...«

»Hör zu, ein paar Stunden sind nichts im Vergleich zur Ewigkeit. Ich bin nicht so sicher, daß ich mich nicht eines Tages zu ihnen geselle. Wenn das passiert, möchte ich, daß es glatt geht. Keiner soll mich vom Hänger ziehen und wieder aufladen.«

»Yeah«, sagte er. »Versteh schon, Mann. Ich weiß, wo das hinführt. Aber sie könnte jetzt gerade da sein und alles, was du tun müßtest, wäre ...«

»Schlimm genug, daß ich diesen Schlepper überhaupt fahren muß.« Ich wollte das Thema wechseln.

»Yeah. Wie kommst du eigentlich dazu?«

»Verschiedene Zufälle. Frisierte zusammen mit so einem alten Furz einen Triumph. Überfuhr fast ein paar Jogger auf einer Landstraße. Meine Prämien stiegen derart, daß ich die Zahlungen nicht mehr leisten konnte und schließlich haben sie mir den Truck abgenommen.«

»Du hättest ohne Versicherung weitermachen können.«

»Ich nicht«, sagte ich. »Auf jeden Fall gab es schlechtes Gerede. Keine Gesellschaft wollte mich anheuern. Ich ging zur Firma, um zu sehen, ob die helfen könnte. Sie sagten mir, ich wäre in einer Sackgasse, entweder aus dem Trucker-Gewerbe aussteigen oder ...« Ich zuckte die Achseln. »Das hier. Ich konnte das Trucking-Ding nicht sausen lassen. Es ist schwierig dort draußen, Arbeit zu kriegen. Viele Arbeitslose. Konnte mir nicht vorstellen, mich in einer großen Stadt durchzuschlagen.«

»Nein, Mann«, sagte Bill und wiederholte sein Ganzkörpernicken. Er lachte verständnisvoll auf.

»Sie gaben mir einen Vorschuß, genug für eine Anzahlung auf meinen Schlepper.« Der Truck mahlte etwas, hielt aber durch. Über die Berge hinweg, durch einen wirklich beeindruckenden Paß, der wie eine alte Einkerbung wirkte, und ein steinbedecktes Tal hinab lag die Stadt. Ich liefere meine Fracht ab, hol mir meine Quittung und bringe den Schlepper (mit Bill) zurück nach Baker. Parke ihn im Hof neben meiner Hütte, nachdem ich Bill an einem vernünftigen Ort abgesetzt habe.

Etwas schlafen.

Am nächsten Montag wieder anfangen, zwei Ladungen in der Woche.

»Ich denke nicht, daß es gut ist, weiterzufahren«, sagte Bill. »Ich stoppe einen anderen Schlepper, frage etwas herum.«

»Tja, ich würde mich besser fühlen, wenn du mit mir zurück, hier raus, fahren würdest. Willst du meinen Rat?« Schlechte Angewohnheit. »Geh nach Hause ...«

»Nein«, sagte Bill. »Dank dir jedenfalls. Ich kann nicht nach Hause. Nicht ohne Sherill. Sie gehört nicht hierher.« Er holte tief Luft. »Ich werde versuchen, einen Handel abzuschließen. Ich bleibe, sie geht zur Hochstraße. Das ist die Art, in der hier unten gespielt wird, nicht wahr?«

Ich sagte ihm nichts Gegenteiliges. Ich war mir nicht sicher, ob er nicht recht hatte. Er war so weit gekommen. Am Sattelpunkt des Passes fuhr ich den Schlepper zur Seite und ließ ihn aussteigen. Er winkte mir zu, ich winkte zurück und wir gingen unserer verschiedenen Wege.

Armer, schäbiger, dopender Hurensohn. Ich hatte mein Leben auf einige verschiedene Arten vermasselt – drei Frauen, Suff, drei Jahre in Tehachapi –, aber ich hatte nie mit Dope zu schaffen gehabt. Ich fühlte mich selbstgerecht – nur weil ich dem Kerl zugehört hatte. Um die Wahrheit zu sagen, war ich froh, ihn los zu sein.

Die Stadt sieht einem Landstrich mit vielen großen weißen Kathedralen ähnlich. Ihr Charakter war ganz entgegen ihrer Bestimmung. Hohe Mauern als Begrenzung, so weit das Auge reichte. Kein Horizont, aber ein Fluchtpunkt – die Mauer sah aus, wie eine endlose, auf der Seite liegende Autobahn. Als ich den Truck für die Abfahrt runterschaltete wurde der Lärm in den Anhängern wieder lästig. Ich nehme an, sie können, wie Schweine, die auf den Mann mit dem Messer zutreten, riechen, was auf sie zukommt.

Ich fuhr in den Entladungsterminal und bugsierte die Anhänger hoch zum Rückhaltepferch. Angestellte ließen die Gatter herunter und benutzten eine komische Art von Spornen, um sie anzutreiben. Diese Leute waren vergangene Sterbliche.

Angestellte kuppelten den ersten Anhänger ab, und ich bugsierte den zweiten hinein.

Ich sprang aus der Kabine, und ein Angestellter kam zu mir, ein großer Typ mit roten Augen und brandneuem Overall. »Gute Ladung diesmal?« fragte er. Sein Atem roch nach einem gerade vertilgten Kohl-, Bohnen- und Knoblauch-Essen.

Ich schüttelte den Kopf und hielt meine Zigarette zum Anzünden hoch. Er preßte seinen Fingernagel an ihre Spitze. Die Spitze flammte auf und brannte zu einer stetigen Glut herunter. Er schaute sie sich mit purer Freude an.

»Hör zu«, sagte ich. »Ist jemand namens Sherill hier durchgekommen?«

»Wer fragt?« murrte er, noch immer die Zigarette beäugend. Er begann langsam zu tänzeln.

»Reine Neugier. Habe gehört, ihr Jungs kennt alle Namen.«

»So?« Er hielt inne. Er mußte umhergehen, sonst würden seine Schuhe den Asphalt schmelzen lassen und steckenbleiben. Er kam zurück und blieb stehen, hob einen Fuß an, drehte ihn etwas, stellte ihn wieder ab und hob den anderen an.

»So«, sagte ich genauso sinnig.

»Wie Cherry mit einem L?«

»Nein. Sherill, wie Sheriff, aber mit zwei L.«

»Ein paar Cheryls. Keine Sherills«, sagte er. »Jetzt …«

Ich gab ihm die Zigarette. Sie liebten diese Sachen. »Danke«, sagte ich. Ich zog eine andere aus der Packung und gab sie ihm. Er steckte sie beide in den Mund und kaute, Wonne erfüllte sein narbiges Gesicht. Tabakrauch kam aus seiner Nase, und er schluckte. »Kinderleicht«, sagte er und ging weiter.

Die Straße zurück ist kürzer, als die hinein. Fragen Sie nicht, wie das sein kann. Ich hätte gedacht, es wäre gerade andersherum, aber die Barrieren sind es, die zählen, nicht die Entfernung. Vielleicht bekommen wir alle unsere Chancen, da der Weg zur Hölle lang ist. Sind wir aber einmal da, gibt es kein Zurück. Irgendwo muß ja auf das Budget geachtet werden.

Ich brachte die leeren Hänger zurück nach Baker. Habe Bill nicht gesehen. Acht Stunden später war ich im Bett, ein Bier in der Hand, Lohnscheck im Büro, meine Augen weit geöffnet.

Scheiße, dachte ich. Mein Gewissen war am Werk. Ich hätte schwören können, ich wäre darüber hinaus. Aber ich habe die Vergünstigungen ja gar nicht angenommen. Ich würde nicht ohne Versicherung fahren.

Ich war nicht wirklich für das Leben geeignet.

Es gab keine normalen Tage und Nächte auf der Straße zur Hölle. Egal wie lange man fährt, es ist immer der gleiche Zeitpunkt wenn man ankommt und wenn man sie verläßt, aber es ist nicht notwendigerweise von Trip zu Trip die gleiche Zeit.

Der nächste Trip war bei kühler Abenddämmerung und die Straße verlief nicht durch eine Wüste mit kleinen, leeren Orten. Statt dessen durchquerte sie ödes Flachland mit skelettartigen Bäumen, alle im gleichen einförmigen Grau, als wären sie aus Papier geschnitten. Als ich an die Seite fuhr, um ein Nickerchen zu halten – niemals mehr als zwei Stunden an einem Stück schlafend –, störten mich die Rufe der Verdammten in den Anhängern noch mehr als sonst. Sie sagten dumme Dinge wie:

»Sie könnten uns zurückbringen, Mister! Sie könnten das wirklich!«

»Könnte er?«

»Scheiße nein, du alter Saftsack.«

»Sie können uns rauslassen! Wir können Ihnen nichts anhaben!«

Wie wahr. Fahrer waren lebendig, und die Toten konnten den Lebendigen nichts anhaben. Aber ich hatte gehört, was passierte, wenn man sie herausließ. Es waren etwa neunzig von ihnen dort hinten, und bei jeder Ladung war stets eine, die dich wünschen ließ, deine Vergünstigungen zu nutzen.

Im engen Bett liegend kratzte ich mich und blickte auf den Sierra-Club-Kalender, der direkt unter dem Ventilator hing. Des Teufels Poststapel. Die Ladung wurde ruhiger, als die Stimmen eine nach der anderen verklangen. Es gab einen letzten Ruf – eine Obszönität – dann Stille.

Das war der Zeitpunkt, in dem ich entschied, sie herauszulassen und zu sehen, ob Sherill dabei war oder jemand sie kannte. Sie mischten sich im Annex und hatten ihre letzten sozialen Kontakte vor der Stadt. Jemand mochte es wissen. Dann, wenn ich Bill noch einmal sähe ...

Was? Was konnte ich tun, um ihm zu helfen? Er hatte

bei Sherill einen kapitalen Bock geschossen und sie ver-
korkst, aber sie hatte ihre Hand auch im Spiel gehabt,
und das war es, worum es in der Hölle ging. Arme,
dumme Hurensöhne.

Ich schwang mich aus der Kabine, steckte mein Hemd
in die Hose und zog meinen Strohhut über Kopf. »He!«
sagte ich, während ich an dem Anhänger entlangging.
Gesichter spähten durch die fünf Zentimeter großen
Lücken zwischen den weißen Latten heraus. »Ich werde
euch jetzt herauslassen. Nur für eine Weile. Ich brauche
eine Information.«

»Fragen Sie!« schrie jemand. »Fragen Sie nur, verdammt noch mal!«

»Ihr wißt, ihr könnt nicht wegrennen. Ihr könnt mir
nichts anhaben. Ihr seid alle tot. Verstanden?«

»Wir wissen es«, sagte eine andere Stimme, ruhiger.
»Vielleicht können wir helfen.«

»Ich werde die Gatter der Anhänger hintereinander
öffnen.« Ich ging zuerst zum hinteren Hänger, nahm
meine Schlüssel heraus und machte das Yale-Vorhänge-
schloß auf. Dann schwang ich die Gatter auf und ging
etwas zurück, als würde eine Art infizierter Wunde aus-
laufen.

Sie waren alle nackt, aber nicht schmutzig. Ich hatte
sie in den Höfen des Annex' und in der Stadt gesehen;
ich wußte, sie waren nicht wie Häftlinge in Konzentra-
tionslagern. Die Toten konnten nicht wirklich ungesund
sein. Jeder hatte nur eine Art Atmosphäre um sich, die
verriet, warum er in der Hölle war; nichts Spezifisches,
aber unterschwellig.

Wie die drei schwarzen Kerle im hinteren Hänger, die
als erstes ausstiegen. Warum sie zur Hölle gingen stand
in ihren Gesichtern geschrieben. Sie schämten sich nicht
im geringsten für das Leben, das sie geführt hatten. Sie
wollten weiterhin tun, was sie getan hatten, das sie hier-
hergeführt hatte – plündern, verletzen, insbesondere
mich verletzen.

»Dummer Esel, Saftsack«, sagte einer von ihnen, starrte mich unter dünnen, ausdrucksvollen Augenbrauen an. Er nickte und schwang seine Fäuste, versuchte von außen gegen die Latten zu schlagen, aber die Schläge versetzten sie kaum in Schwingung.

Eine alte Frau mit weißem, ordentlich gekämmten Haar stieg herunter. Ich konnte nicht sicher sein, was sie getan hatte, aber sie bereitete mir Unbehagen. Sie mochte durchaus die Schlimmste der ganzen Ladung sein. Und viele andere, junge, alte, meistens alte. Zum größten Teil ruhig.

Sie musterten mich, einige herausfordernd, die meisten verwirrt.

»Ich muß wissen, ob sich jemand namens Sherill unter euch befindet«, sagte ich, »die vielleicht einen Typ namens Bill kennt.«

»Das ist mein Name«, sagte eine Frau, die in der Menge verborgen war.

»Laßt mich sie sehen.« Ich wedelte mit der Hand. Die schwarzen Kerle kamen vor. Ein komischer Ausdruck kam in ihre Augen, und sie traten beiseite. Die anderen teilten sich und eine junge Frau trat heraus. »Wie buchstabierst du deinen Namen?« fragte ich.

Sie bekam einen panischen Ausdruck. Sie buchstabierte ihn, zaudernd, darauf hoffend, es zu schaffen. Ich fühlte mich bereits schrecklich. Sie war eine Cheryl.

»Nicht diejenige, nach der ich Ausschau halte«, sagte ich.

»Nicht so hastig«, sagte sie sanft. Sie versuchte nicht nachhaltig, verführerisch zu sein, aber sie hatte Erfolg. Sie war sehr hübsch, hatte mittelgroße Brüste, Hüften wie ein Teenager und keine großartigen, aber passable Beine. Ihr schwarzes Haar war kurz geschnitten und ihre Augen waren beinahe orientalisch. Ich schätzte, sie war Libanesin oder kam aus einem anderen Land im Mittleren Osten.

Ich versuchte, sie nicht zu beachten. »Ihr könnt euch

ein wenig die Beine vertreten«, sagte ich zu ihnen. »Ich lasse nun den ersten Anhänger raus.« Ich öffnete die Seitengatter des Hängers, und die Leute kletterten herunter. Sie rochen nicht, sahen nicht hungrig aus, sie sahen nur blaß aus. Ich fragte mich, ob die Qualen schon begonnen hatten, aber wenn dem so war, sagte ich mir, waren sie nicht körperlich.

Eine Sache, die ich in meinen zwei Jahren gelernt hatte, war, daß all die Scheiße aus den Sonntagsschulen und den Horrorfilmen über die Hölle total falsch war.

»Eine Frau namens Sherill«, wiederholte ich. Niemand trat vor. Dann spürte ich jemanden in meiner Nähe und drehte mich um. Es war diese Cheryl. Sie lächelte. »Ich würde gern für eine Weile vorne sitzen«, sagte sie.

»Das würden wir alle gern, Schwester«, sagte die weißhaarige alte Frau. Die schwarzen Kerle standen allein abseits und redeten in leisem Tonfall miteinander.

Ich schluckte, sah sie an. Andere Fahrer sagten, sie wären wirklich nicht körperlich – außer bei einer Aktivität. Das war die Vergünstigung. Und es wurde gesagt, die Heißesten landeten stets in der Hölle.

»Nein«, sagte ich. Ich bedeutete ihnen, auf den Anhänger zurückzuklettern. Weswegen auch immer sie auf der Tiefstraße war, es würde sich nicht auf ihre Leistung im Bett auswirken, das war offensichtlich.

Das Ganze war überhaupt eine dumme Idee gewesen. Sie stiegen ein, und ich wandte mich der Kabine zu, zündete eine Zigarette an, dachte darüber nach, was mich dazu veranlaßt hatte, es zu tun.

Ich schüttelte den Kopf und startete den Schlepper. An eine Totenfuhre zu denken, war nicht gut. »Gottverdammt«, sagte ich, »nicht gut«, sagte ich.

Cheryls Gesicht blieb mir vor Augen.

Cheryls Körper war mir noch länger vor Augen als ihr Gesicht.

Irgend etwas tauchte immer im Leben auf und lockte einen Menschen auf die Tiefstraße, nicht selbst zu fahren, sondern hinten mitzufahren. Wir alle haben unsere Schwächen. Ich fragte mich, welchen Grund Gott hatte, uns allen diesen kleinen Fehler zu geben, wie ein Sprung im Kristall, man drückt nur stark genug auf den Sprung und es zerbricht wie verrückt.

Wenigstens wußte ich nun eines. Mein Fehler war nicht Sex, nicht diese Art. Was mich am meisten an Cheryl bewegte, war Erstaunen. Sie war so hübsch, wie kam es, daß sie auf der Tiefstraße endete?

Was hatte eigentlich Bills Sherill getan?

Ich kehrte mit leeren Hängern zurück und fand mich diesmal außerhalb einer kleinen Stadt namens Shoshone wieder. Ich stellte meinen Truck auf dem Parkplatz des Cafés ab. Es war kalt, und ich ließ den Motor laufen. Es war etwa elf Uhr morgens, und das Café war halb gefüllt. Ich setzte mich an die Theke neben einen alten Mann mit vielleicht noch vier Zähnen im Mund, der sein französisches Toast mit ausgesprochen feierlicher Würde in Angriff nahm. Ich bestellte Eier, Bratkartoffeln mit Speck und Saft, aß schnell und ging zurück zu meinem Truck.

Bill stand neben der Kabine. Neben ihm stand eine ungeschlachte junge Frau mit einem Gesicht wie eine Bulldogge. Sie war in ein schmutziges Stück karierten Stoffes eingepackt, das sie irgendwo von einer Müllkippe geschnappt haben mochte. »He«, sagte Bill. »Erkennst du mich?«

»Klar.«

»Hab dich einparken sehen. Ich dachte, du würdest gern wissen … Das ist Sherill. Ich habe sie da herausgekriegt.« Die Frau starrte mich mit dem Ausdruck eines Klotzes an. »Alles bekloppt. Wie ein Versagen der Macht oder sowas. Wir sind nur die Straße entlanggegangen und niemand hat uns aufgehalten.«

Sherill mochte jede Menge Seltsamkeiten hinter ihrem enormen Anblick verstecken und vom gewöhnlichen Volk unbemerkt umherwandern. Aber ich hatte nicht die geringste Schwierigkeit, ihren größten Makel zu erkennen: sie war tot. Bill hatte sie aus der Hölle geholt. Ich blickte mich um, wollte mich vergewissern, daß ich in der Welt war. Ich war. Er log nicht. Etwas Ernstes hatte sich auf der Tiefstraße ereignet.

»Schwierigkeiten?« fragte ich.

»Viele.« Er grinste mich an. »Pan-dämon-ium.« Sein Grinsen wurde breiter.

»Das kann nicht passieren«, sagte ich. Sherill zitterte, hörte meine Stimme.

»Er ist ein *Fahrer*, Bill«, sagte sie. »Er ist einer von denen, die uns hinbringen. Wir sollten von hier abhauen.« Sie hatte diese seelen-gebrandmarkte Atmosphäre um sich und den Anblick eines Schweins, das gerade dem Schlachter entronnen war und ihm wieder gegenüberstand. Sie wich einige Schritte zurück. Völlerei, dachte ich. Völlerei und verborgene Wollust und eine wirklich häßliche Art, das Leben zu betrachten, das innere Auge brachte wegen ihrer massigen Gestalt alles aus der Form.

Bill hatte nicht viel mit ihrem Ende auf der Tiefstraße zu tun gehabt.

»Erzähl mir mehr«, sagte ich.

»Leute laufen da unten überall herum, verkriechen sich in diesen Orten, Teufel verfolgen sie …«

»Angestellte«, berichtigte ich.

»Yeah. Wie auch immer.«

Sherill zerrte an seinem Arm. »Wir müssen los, Bill.«

»Wir müssen los«, wiederholte er. »He, Mann, danke. Ich habe sie gefunden!« Er nickte sein Ganzkörpernicken und sie machten sich die Straße entlang davon, Sherills karierter Umhang schleifte im Schmutz.

Ich fuhr zurück nach Baker und fragte mich, ob die Schwierigkeiten der Grund dafür waren, daß ich die Umleitung durch Shoshone nehmen mußte. Ich parkte vor meinem kleinen Haus, setzte mich, während es dunkel wurde, drinnen mit einem Bier hin und checkte meinen Kalender für die Fuhre des nächsten Tages ab und fühlte mich sehr kalt. Ich kann ziemlich viel Übernatürliches vertragen, aber nun quollen die Dinge über, verwischten die klar gezogene Linie zwischen meiner Arbeit und der Welt. Am nächsten Tag war ich für den Annex eingeplant, um eine neue Ladung zu übernehmen.

Niemand rief diesen Abend an. Wenn es Schwierigkeiten auf der Tiefstraße gab, würde mich die Firma es wissen lassen, dachte ich.

Ich fuhr früh am Morgen zum Annex. Der Übergang von der Welt zur Tiefstraße war normal; ich folgte der Route und der Himmel veränderte sich von Blau zur Farbe von Lötzinn, und ich war auf der ersten Etappe zum Annex. Ich bugsierte den hinteren Anhänger rauf zum Hoftor und koppelte ihn ab. Dann plazierte ich den vorderen Anhänger an einer Rampe, während ich die Ohren spitzte, um interessante Unterhaltungen aufzuschnappen.

Die Angestellten, die im Annex arbeiteten, sahen menschlich aus. Ich nahm meinen Lieferschein von einem rotgesichtigen alten Typ mit Augen wie Billardbällen entgegen und blickte ihn an, als wüßte ich bereits alles, müßte aber auf den neuesten Stand gebracht werden. Er spuckte Raucherspeichel auf den Bürgersteig, erwiderte schräg meinen Blick und sagte nichts. Vielleicht war alles in Ordnung. Ich koppelte beide beladenen Hänger an und fuhr raus.

Ich hatte Sherill und Bill nicht einmal erwähnt. Wie in den meisten anderen Jobs, ist es ein guter Grundsatz, den Mund zu halten. Das, und sich niemals freiwillig melden.

Diesmal war es wieder die Wüste, nur sahen die Orte und die eingestürzten Häuser zerbombt aus, als wäre etwas großes durchgekommen und hätte alles mit einer Haubitze weggefegt.

Augen auf die Straße. Den Schlepper in Bewegung halten.

Nach vier Stunden erreichte ich eine Straßensperre. Niemand zu sehen, keine Angestellten, nur große, behauene Lavabarrikaden, die über alle Fahrspuren reichten. Hinter ihnen stieg gelber Rauch auf, der, so wies das ungeschriebene Gesetz der Fahrer an, ›Absolut keinen Eintritt‹ bedeutete.

Ich stieg aus. Die Ladung machte Lärm. Plötzlich haßte ich sie. Nichts Schönes darunter – nur nackte Höllenkunden, die riefen und schrien und Drohungen ausstießen, als wäre es nicht bereits um sie geschehen. Sie hatten ihre Chance gehabt und verschissen, und nun schissen sie immer noch die Welt voll.

Sie konnten doch wenigstens in Würde gehen und mir ihre Qualen ersparen.

Das war wahrscheinlich genau das, was die Lokführer der Züge nach Auschwitz auch gedacht hatten. Yeah, yeah, außer, daß ich der Kamerad war, der diese Lokführer zu ihren gerechten Höllen schleppen mochte.

Scheiße, ich konnte mich bei der ganzen Sache nicht für die eine oder andere Seite entscheiden. Ich konnte mich verrückt und schuldig fühlen – und ich konnte an Jesus glauben. Wahrscheinlich werde ich mich genauso beschweren, wenn meine Zeit gekommen ist. Jesus H. – ein menschlicher Christ des 20. Jahrhunderts.

Ich stand beim Truck und wartete auf Anweisungen oder einen Hinweis, was ich nun tun sollte. Die Ladung wurde nach einer Weile ruhiger, aber ich hörte Geräusche von der Straße, Schreie hauptsächlich – weit entfernt.

»Da ist nichts«, sagte ich mir und zündete mir eine von Bills Zigaretten an, obwohl ich gar nicht rauche und nahm einen tiefen Zug, »*nichts*, was diese Scheiße wert ist.« Ich gelobte, nach dieser Fuhre zu kündigen.

Ich hörte etwas hinter den Anhängern herankommen und schob mich näher an die Kabinentreppe. Hohe

Rauchsträhnen verbargen die Dinge zuerst, aber dann tauchte eine drei oder dreieinhalb Meter große, dunkle Gestalt daraus auf und blieb mit einer Hand an den oberen Latten des hinteren Anhängers stehen. Sie war mit nackten Leuten bedeckt, die überall an ihr herumkrochen, die sie bissen und kratzten und Obszönitäten riefen. Sie stieß kleine grunzende Geräusche aus, fiel auf die Knie, stand wieder auf und taumelte von der Straße. Einige der Leute, die daranhingen, sahen mich und riefen mich um Hilfe an.

»Hilf uns diesen Hurensohn niederzustrecken!«

»He, du! Wir haben ihn schon fast!«

»Er ist ein Fahrer …«

»Dann soll er uns am Arsch lecken.«

Ich hatte vorher noch nie einen solch gewaltigen Angestellten gesehen und auch keinen, in solch großen Schwierigkeiten. Die Ladung begann zu heulen wie Todesfeen. Ich schmiß meine Zigarette weg und lief hinter ihm her.

Arbeiter können es Ihnen sagen: Kameradschaft reicht selbst bis zu denjenigen im Job, die man nicht mag. Sind sie in Schwierigkeiten, ist es Teil des geheimnisvollen Nimbus', zu helfen. Nebenbei bemerkt, die ungeschriebenen Gesetze waren sehr deutlich, was solche Angelegenheiten betraf, und ich habe niemals wissentlich eine Jobregel gebrochen – nicht, seitdem ich meinen Schlepper zurück hatte – und sah nicht ein, weshalb ich jetzt damit anfangen sollte.

Ich rannte durch den Rauch und über große Lavagrate, bis ich den Angestellten zehn Meter vor mir ausmachte. Er hatte die nackten Leute abgeschüttelt und stand mit einem von ihnen in jeder Hand da. Seine Schultern rauchten und Schuppen standen in allen Winkeln hervor. Sie hatten ganze Arbeit an dem Bastard geleistet. Zehn oder zwölf der Toten rappelten sich von der Lava auf, ohne Kratzer, ohne Verbrennungen. Sie sahen mich.

Der Angestellte sah mich.

Alle kamen auf mich zu. Ich drehte mich um und lief auf den Truck zu, stolperte, fiel, verbrannte und zerschrammte mich überall. Meine Haare standen zu Berge. Leute griffen nach mir, baten mich, sie herauszuziehen – alte, junge, alle kriecherisch und schreiend wie geprügelte Hunde.

Dann schwang mich der Angestellte hoch und außer Reichweite. Seine Hand war kalt und hart wie eine Eisenzange aus einem Gefrierfach. Er grunzte und rannte auf meinen Truck zu, öffnete die Tür weit und warf mich grob ins Innere. Er machte mir mit riesigen, wilden Gebärden klar, daß ich besser wenden und zurückfahren sollte, daß es keine gute Idee war, zu warten und es keinen Weg hindurch gäbe.

Ich startete den Motor und wendete den Schlepper. Ich drehte meine Scheibe hoch und hoffte, die Toten waren nicht substantiell genug, um den Lack zu zerkratzen oder die Latten zu zerbrechen.

Alle Regeln waren nun außer Kraft gesetzt. Was war mit denen in meiner Ladung? Während ich all diese Dinge tat, war mein Verstand angefüllt mit Fragen: Wie konnten Seelen zurückschlagen? Gab es denn keine strikten Befehle in der Hölle, die solche Dinge unterbanden? Dies war angedeutet worden, als ich angeheuert hatte. Der sicherste Job überhaupt.

Ich fuhr die Straße zurück. Meine Ladung schrie, wie keine andere Ladung zuvor. Ich fürchtete, sie könnten rauskommen, aber sie schafften es nicht. Ich erreichte den Annex und sie waren ruhig, zu ruhig für mich, um trotz des Diesels etwas zu hören.

Die Höfe waren verlassen. Die langen, weiß gestrichenen Betonplattformen und die weißgewaschenen Holzlatten-Laderampen waren unbesetzt. Keine Seelen im Gatter.

Der Himmel war von einem unbestimmten Grau. Eine verschwommene gelbe Sonne schien schwach auf die eintönig weißen Angestelltenräume. Ich stoppte den Truck und schwang mich herunter, um nachzuschauen.

Es gab keinen Wind, nur Stille. Die Luft war frostig, ohne besonders kalt zu sein. Was ich am dringendsten wollte, war auszuladen und von hier abzuhauen, zurück nach Baker oder Barstow oder Shoshone zu fahren.

Ich hoffte, das war immer noch möglich. Vielleicht waren alle Ausgänge geschlossen worden. Vielleicht hatten die Aufseher sie geschlossen, um nicht noch mehr Seelen entkommen zu lassen.

Ich probierte die Gatterriegel und konnte sie öffnen. Ich tat es und kehrte zum Truck zurück, schwang den hinteren Anhänger herum bis er an der Rampe anstieß. Niemand gab einen Laut von sich. »Geht zurück«, sagte ich. »Geht zurück! Ihr verbringt hier noch mehr Zeit. Fragt mich nicht, warum.«

»Hallo, John«, sagte jemand hinter mir. Ich drehte mich um und sah einen älteren Mann ohne einen Fetzen Kleidung. Ich erkannte ihn zuerst nicht. Seine Augen gaben mir schließlich einen Anhaltspunkt.

»Mr. Martin?« Mein Geschichtslehrer an der Oberschule. Ich hatte ihn vielleicht zwanzig Jahre nicht mehr gesehen. Er sah nicht viel älter aus, aber bis dahin hatte ich ihn noch nie nackt gesehen. Er war tot, aber er war nicht wie die anderen. Er hatte nicht den Blick, der mir sagte, warum er hier war.

»Das ist nicht die Art von Job, den zu ergreifen ich von einem meiner Schüler erwartet hätte«, sagte Martin. Er lachte das sanfte Lachen, wofür er berühmt war, das Lachen, das schien, als nähme es alles im Klassenzimmer und rücke es in Perspektive.

»Ich hätte nicht erwartet, gerade Sie als ersten hier zu finden«, erwiderte ich.

»Die Katzen sind weg, John. Die Mäuse haben jetzt das Sagen. Ich versuche, von hier zu verschwinden.«

»Wie lange waren Sie hier?« fragte ich.

»Ich starb vor einem Monat, glaube ich«, sagte Martin. Er hatte noch nie ein Blatt vor dem Mund genommen.

»Sie können nicht weg«, sagte ich, tat meinen Job selbst gegenüber Mr. Martin. Ich fühlte, wie mir das Eis die Kehle heraufkroch.

»Mannschaftsspieler«, sagte Martin. »Immer noch der Mannschaftsspieler im Spinnerteam, selbst wenn die Mannschaft sich keinen Deut darum schert, was du tust.«

Ich wollte mich erklären, aber er ging in Richtung Annex und der Straße nach draußen davon. Über die Schulter zurückblickend sagte er: »Werde klug, John. Die Dinge sind nicht, wie sie scheinen. Waren sie nie.«

»Sehen Sie!« rief ich ihm nach. »Ich werde kündigen, ehrlich, aber ich bin für diese Ladung verantwortlich.« Ich glaubte zu sehen, wie er den Kopf schüttelte, als er um die Ecke des Annex ging.

Die Toten meiner Ladung hatten einige der Rampenlatten gelockert und sprangen vom hinteren Anhänger herunter. Die im vorderen Hänger schrien und schrien weiter und schüttelten den gesamten Schlepper.

Verantwortung, Scheiße, dachte ich. Als die Toten Mr. Martin folgten, koppelte ich beide Anhänger ab. Dann stieg ich in die Kabine und fuhr fort vom Annex auf die hereinführende Straße. »Ich werde kündigen«, sagte ich. »So sicher wie nur was – ich werde kündigen.«

Die Straße nach draußen schien schrecklich lang. Ich sah erstaunlicherweise keinen der Toten, aber vielleicht waren sie schon verlegt worden. Ich nahm eine Route, die ich vorher noch nie befahren hatte, und hatte keine Ahnung, ob sie mich dahin führen würde, wohin ich wollte. Aber ich befuhr sie für zwei Stunden und steuerte den Truck geradewegs ins Flachland.

Die Luft wurde grauer, als würde jemand den Kontrast an einem Fernseher verstellen. Ich stellte das Fernlicht an, aber es half nichts. Ich zitterte in meiner Kabine und sagte mir, niemand verdiente dies. Niemand verdient es, in die Hölle zu kommen, ganz egal, was man getan hatte. Ich fürchtete mich. Es wurde kälter.

Nach drei Stunden sah ich den Annex und die Höfe wieder vor mir. Die Straße machte einen Bogen zurück. Ich fluchte und bremste den Schlepper auf Schneckentempo ab. Die Verladebuchten waren in Brand gesteckt worden. Tote gingen umher – ohne Vorstellung, was sie tun oder wohin sie gehen sollten. Ich beschleunigte und fuhr über die hinweg, die sich auf der Straße befanden. Die Stoßstange des Trucks traf sie, aber ich spürte nichts davon, als wären sie gar nicht da. Ich sah im Rückspiegel, wie sie aufstanden, nachdem sie niedergestreckt worden waren. Gerade niedergestreckt. Dann war ich an den Verladebuchten vorüber und daran gab es diesmal keinen Zweifel.

Ich fuhr geradewegs auf die Hölle zu.

Der Endladungsterminal brannte ebenfalls. Aber die Stadt dahinter war hell und weiß und unberührt. Zum ersten Mal fuhr ich am Terminal vorbei und nahm die Straße zur Stadt.

Es hieß entweder das, oder auf dem Flachland mit allem verrückten bleiben. Drinnen, dachte ich mir, hatten sie vielleicht alles unter Kontrolle.

Der Truck röhrte durch die Tore, zwischen zwei weißen Säulen, zwanzig oder fünfundzwanzig Meter dick und so groß wie das Washington Monument, hindurch. Ich sah niemanden, weder Angestellte noch Tote. Dann war ich durch die Säulen – und es kam wie ein Schock.

Da war keine Stadt, keine Mauern, nur die Straße, die sich in alle Richtungen durch die Landschaft wand, sogar dahinter.

Die Landschaft war durchsetzt mit kleinen und großen Gruppen von Schuppen und Häusern. Alles war dicht gedrängt, Leute arbeiteten auf einem Hügel, Leute saßen auf ihren Verandas, gingen über die Straße, drehten sich, um mich anzustarren als der Schlepper durchfuhr. Keine Angestellten – keine Monster. Keine Flammen. Keine blutigen Seen oder Flüsse.

Das mußte der äußere Teil sein, dachte ich. Tiefer drinnen würde es schlimmer werden.

Ich fuhr weiter. Der Hund in mir sagte, ich solle mich nach einer Autorität umschauen, einige Fragen stellen und rausfahren. Aber der Affe meinte, ich solle mich nur ein wenig umsehen und herausfinden, was vorging, was so in der Hölle los ist.

Eine weitere Stunde Fahrt durch diese ruhige, bevölkerte Landschaft, und der Truck hatte keinen Treibstoff mehr. Ich rollte an die Seite und stieg sehr nervös aus.

Wieder zündete ich mir eine Zigarette an und lehnte mich, etwas zittrig, gegen den Kotflügel. Aber das Zittern hörte bald auf und wurde durch eine eiserne Ruhe ersetzt.

Die Landschaft war wie zuvor bevölkert, aber niemand sah gequält aus. Kein Schreien, keine immerwährende Agonie. Bäume, Sträucher, Grashügel und abertausende kleine Häuser.

Die Bewohner brauchten etwa zehn Minuten, um herüber zu kommen und mich zu mustern. Zwei Männer kamen zu meinem Truck und nickten höflich. Beide waren mittleren Alters und wirkten gesund. Sie sahen nicht tot aus. Ich nickte zurück.

»Wir haben gewettet, ob Sie einer der Fahrer sind oder nicht«, sagte der erste, ein schwarzhaariger Typ. Er trug ein einfaches, handgewebtes Hemd und eine Hose. »Ich denke, Sie sind einer. Ist es so?«

»Ich bin einer.«

»Dann haben Sie sich verirrt.«

Ich stimmte zu. »Vielleicht können Sie mir sagen, wo ich bin?«

»Hölle«, sagte der zweite Mann, der einige Jahre jünger war und nur Shorts anhatte. Die Art, wie er es sagte, war als sagte man, man käme aus Los Angeles oder Long Beach. Nichts Großartiges, nichts Dramatisches.

»Wir haben Gerüchte gehört, es hätte Probleme draußen gegeben«, sagte eine Frau, die sich zu uns gesellt
hatte. Sie war etwa sechzig und dünn. Sie sah aus, als
müsse sie hampelig und nervös sein, aber sie gab sich
seelenruhig.

»Es gibt so eine Art Streik«, sagte ich. »Ich weiß nicht,
worum es sich handelt, aber ich suche einen Angestellten, um ihn danach zu fragen.«

»Gewöhnlich kommen sie nicht so weit herein«, sagte
der erste Mann. »Wir haben die Dinge hier in der Hand.
Oder vielmehr, uns sagt keiner, was wir machen sollen.«

»Sie sind lebendig?« fragte die Frau mit einem seltsamen Hunger in ihrer Stimme. Andere gesellten sich zu
uns, im Nu eine ganze Menge. Sie versuchten nicht,
mich zu berühren. Sie standen auf ihrem Platz, starrten
und redeten.

»Sehen Sie«, sagte ein alter schwarzer Mann. »Haben
Sie jemals über den Ancient Mariner gelesen?«

Ich sagte, ich hätte, in der Schule.

»Mußte jedem erzählen, was er getan hatte«, sagte der
schwarze Mann. Die Frau neben ihm nickte nachdenklich. »Wir sind alles Ancient Mariners hier. Aber es gibt
niemanden, dem wir es erzählen könnten. Würden Sie es
wissen wollen?« Die Art, wie er fragte, war mitleiderregend. »Uns tut es leid. Wir wollen nur, daß jeder weiß,
wie leid es uns tut.«

»Ich kann Sie nicht mit zurück nehmen«, sagte ich.
»Ich weiß nicht mal, wie ich selbst zurück komme.«

»Wir können nicht zurück,« sagte die Frau. »Das ist
kein Ort für uns.«

Es kamen mehr Leute, und ich wurde wieder nervös.
Ich stand auf meinem Platz, versuchte ruhig zu erscheinen, und die Toten versammelten um mich herum, erwartungsvoll.

»Ich habe nie an irgendwen anderes gedacht, als mich
selbst«, sagte jemand. Ein anderer unterbrach ihn mit:

»Mann, ich habe mein ganzes Leben verschissen, ich habe alles und jeden gehaßt. Ich war ausgebrannt ...«

»Ich dachte, ich wär der Größte, könnte mir über jeden ein Urteil erlauben ...«

»Ich war die dümmste gottverdammte Frau, die sie je gesehen haben. Ich war eine Sau, ein Schwein. Ich warf Kinder und ließ sie ohne Erziehung verwildern. Ich war dumm und grausam. Ich gewöhnte mich daran, Wesen zu verletzen ...«

»Hab mich nie um jemanden geschert. Niemand hat sich je um mich gekümmert. Ich wurde inmitten einer Stadt zurückgelassen, um zu verrotten – und ich war nicht gut genug, um nicht zu verrotten.«

»Alles, was ich nach meinem zwölften Lebensjahr tat, war eine Lüge ...«

»Hören Sie zu, Mister, weil es schmerzt, es schmerzt so sehr ...«

Ich lehnte mich gegen meinen Truck. Sie scharten sich nun wie organisiert um mich, nicht wie irgendein Mob. Ich hatte den verrückten Gedanken, daß sie sich besser verhielten als irgendwelche Leute auf der Erde, aber dies waren die Verdammten.

Ich hörte oder sah niemand Berühmtes. Ein Expolizist erzählte mir über das, was er den Leuten im Gefängnis angetan hatte. Ein Jesusfreak sagte mir, daß Jesus mit dem Herzen zu erkennen nicht genug war. »Weil ich es eigentlich geschafft haben müßte, Mann, ich müßte es sonst geschafft haben.«

»Es kam eine Zeit, in der ich unter der Last von allem zusammenbrach, ich ruinierte mich regelrecht. Trampelte auf mir selbst herum und traf die falschen Entscheidungen ...«

Sie erklärten sich mir, und ich begann zu weinen. Ihre Gesichter waren so klar und so rein, jetzt waren sie hier, erklärten sich, und außer vielleicht einigen besonderen Fällen – wie dem Typen, der nach dem Zweiten Weltkrieg in russischen Lagern Ukrainer umgebracht hatte –

179

hörten sie sich nicht schlimmer an als die verrückten Hurensöhne, die ich zu meinen Freunden zählte, die ihr Leben in Trucks und Bars und Puffs verbrachten.

Sie waren alle neu. Ich bekam den Eindruck, daß die Verdammten älter wurden, je tiefer man in die Hölle kam, was Sinn machte; die Hölle wurde größer, wenn die Schwünge der Verdammten größer wurden, mit mehr Raum in den äußeren Bezirken.

»Wir verschwendeten es«, sagte jemand. »Wissen Sie, was meine größte Sünde war? Ich war trübsinnig. Trübsinnig und grausam. Ich sah niemals Schönheit. Ich sah nur Dreck. Ich liebte den Dreck, und die Sauberkeit entging mir.«

Bald schon flossen meine Tränen ungehemmt. Ich kniete neben dem Truck nieder, verbarg meinen Kopf, aber es kamen immer mehr und erklärten sich. Hunderte mußten schon vorbeigekommen sein, ruhig redend und gestikulierend.

Dann hörte es auf. Jemand war gekommen und hatte ihnen gesagt, daß sie umkehren sollten, daß es zuviel für mich sei. Ich nahm mein Gesicht aus den Händen und ein scheinbar junger Mann stand da und blickte auf mich herab. »Sind Sie in Ordnung?« fragte er.

Ich nickte, aber mein Inneres war wie zerbrochenes Glas. In jeder Erklärung hatte ich mich selbst gesehen und mit jeder Sündengeschichte, hatte ich in mir ein Echo gespürt.

»Eines Tages werde ich hier sein. Irgend jemand wird mich in einem Viehtransporter zur Hölle fahren«, murmelte ich. Der junge Mann half mir auf die Füße und bahnte uns einen Weg um den Truck herum.

»Yeah, aber nicht jetzt«, sagte er. »Sie gehören jetzt noch nicht hierher.« Er öffnete die Tür zu meiner Kabine, und ich kletterte hinein.

»Ich habe keinen Treibstoff mehr«, sagte ich.

Er lächelte dieses bekümmerte Lächeln, das sie alle hatten, und stand auf dem Trittbrett und sagte nahe an

meinem Ohr: »Sie werden auf jeden Fall bald hier rauskommen. Einer der Angestellten ist beauftragt, zu Ihnen
zu kommen.« Er schien bei weitem kultivierter zu sein,
als die anderen. Ich blickte ihn vielleicht ein wenig
eigenartig an, als wäre eine Erklärung angebracht.

»Yeah, ich kenne all das«, sagte er. »Ich war einst Fahrer wie Sie. Dann wurde ich befördert. Was machen die
alle dort draußen?« Er gestikulierte in Richtung der
Straße. »Sie bringen die Dinge richtig durcheinander,
nicht wahr?«

»Ich weiß nicht«, sagte ich und wischte mir Augen
und Wangen mit dem Ärmel ab.

»Kehren Sie um und erzählen Sie ihnen von der Re-
volte in den äußeren Bezirken. Es ist, wie ich es erwartet
habe. Sagen Sie ihnen, Charlie sei hier und daß ich sie
warne. Die Nachricht geht herum. Unzufriedenheit
macht sich breit.«

»Die Nachricht?«

»Darüber, wer verantwortlich ist. Sag ihnen nur, Charlie weiß es, und ich warne sie. Ich weiß etwas anderes
und, Sie sollten niemandem etwas darüber sagen ...«
Dann wisperte er mir eine unglaubliche Tatsache ins
Ohr, etwas, das mich tiefer erschütterte als alles, was ich
bisher durchgemacht hatte.

Ich schloß die Augen. Ein Schatten glitt über uns hinweg. Der junge Mann und alle anderen schienen zurück-
zuweichen. Ich fühlte mehr, als daß ich sah, als mein
Truck wie ein Spielzeug aufgehoben wurde.

Dann, nehme ich an, habe ich eine Weile geschlafen.

Auf dem Parkplatz des Truck-Stopps in Bakersfield
schreckte ich in der Kabine aus dem Schlaf hoch, zog
meine Kappe aus dem Gesicht und schaute mich um. Es
war Mittagszeit. Die Firma hatte ein Büro in Bakersfield.
Ich sah mich prüfend um und stellte fest, daß der Truck
vollgetankt war, also startete ich und fuhr zum Büro.

Ich klopfte an die Tür des Büros. Ich trat ein und erkannte sofort den fetten alten Kerl, der mir den Job ge-

geben hatte. Ich war müde und roch schlecht, aber ich wollte das alles jetzt hinter mich bringen.

Er erkannte mich, wußte aber meinen Namen nicht mehr. Ich sagte ihn ihm. »Ich kann nicht mehr fahren«, sagte ich. Das Zittern war wieder da. »Ich bin nicht dafür geschaffen. Ich fühle mich nicht wohl dabei, sie zu fahren, wenn ich weiß, daß ich selbst da landen werde, selbst, wenn das nicht der Fall sein sollte.«

»Okay«, sagte er langsam und sorgfältig, maß mich mit einem wissenden Blick. »Aber dann bist du draußen. Du wirst pleite sein. Keine Fahrten mehr, keine Arbeit bei uns, keine Arbeit mehr bei irgendeiner Firma, die wir unterstützen. Es wird einsam sein.«

»Diese Art Einsamkeit habe ich jeden Tag«, sagte ich.

»Okay.« Das war's dann. Ich ging auf die Tür zu und blieb mit der Hand auf der Klinke stehen.

»Eins noch«, sagte ich. »Ich habe Charlie getroffen. Er sagte mir, ich solle Ihnen sagen, daß eine Nachricht herumgehe, wer verantwortlich ist, und daß es deshalb so viele Schwierigkeiten in den äußeren Bezirken gibt.«

Die wissenden Augen des alten Kerls wurden glasig. »Du bist der Typ, der in die Stadt gekommen ist?«

Ich nickte.

Er stand recht schnell von seinem Platz auf, Hängebacken bebten, und sein Bauch hüpfte einen albernen Tanz unter seinem Arbeitsoverall. Er schnippte mit den Fingern. »Gehen Sie nicht. Warten Sie noch eine Minute. Draußen im Büro.«

Ich wartete und hörte, wie er ins Telefon sprach. Er kam lächelnd heraus und legte mir eine Hand auf die Schulter. »Hören Sie zu, John, ich bin nicht sicher, ob wir Sie gehen lassen sollten. Ich habe nicht gewußt, daß Sie es waren, der hineingekommen ist. Es heißt, Sie sind geblieben und haben versucht, zu helfen, als alle anderen weggerannt sind. Die Firma weiß das zu schätzen. Sie sind schon lange bei uns, ein zuverlässiger Fahrer, vielleicht sollten wir Ihnen einen Anreiz geben, zu bleiben. Ich schicke Sie nach Vegas, um mit einem Boss der Firma zu reden ...«

Durch die Art, wie er es sagte, wußte ich, daß es keine große Wahl gab und ich besser nichts dagegen sagen sollte. Man arbeitet schon lange genug bei der Firma und weiß, wann man den Mund zu halten hat und weitermachen muß.

Sie steckten mich in ein Motel, ließen mich essen und am späten Vormittag war ich auf dem Weg nach Vegas. Dort kam ich um zwei Uhr nachmittags an. Ich saß in einem schwarzen Firmenwagen mit einem schweigsamen Fahrer und einer Klimaanlage und einigen *Newsweeks*, die mir Gesellschaft leisteten.

Die Limousine setzte mich ab vor einem viergeschossigen Bürogebäude aus Glas und Stuck, mit vielen Scheidungsanwälten, einem Zahnarzt und einigen Gesellschaften mit unbekannten Namen. Weiße Kunststoffbuchstaben auf einem gerippten Filzhintergrund in einem Glaskasten. Es stand kein Name bei der Büronummer, zu der ich gehen sollte, aber jedenfalls ging ich hoch und klopfte.

Ich wußte nicht, was mich erwartete. Ein Bezirksleiter öffnete die Tür und stellte mir einige Fragen, und ich sagte, was ich bereits zuvor schon gesagt hatte. Ich war hartnäckig. Er sah besorgt aus. »Sehen Sie«, sagte er. »Es wäre nicht gut für Sie, jetzt zu kündigen.«

Ich fragte ihn, was er damit meine, aber er sah nur unglücklich aus und sagte, er würde mich zu jemand Höherstehenden schicken.

Das war in Denver, näher, mein Gott, zu Dir. Derselbe schwarze Wagen brachte mich an einem hellen Samstagmorgen frühzeitig dorthin. Ich stand vor einem sehr großen Firmengebäude ohne Schild an der Front und einer Bank im Erdgeschoß. Ich ging an der Bank vorbei und hoch zum obersten Stock.

Eine sehr hübsche Sekretärin stieß auf mich, aber ihre Haare lagen zu dicht an ihrem Kopf an, und sie hatte ein grimmiges, rechteckiges Kinn. Sie mochte mich nicht. Doch sie ließ mich ins nächste Büro hinein.

Ich hätte schwören können, daß ich den Typ schon mal gesehen hatte, aber vielleicht war es nur eine vorübergehende Ähnlichkeit. Er trug eine schmale Krawatte und einen geschmackvollen, wenn auch konservativen, grauen Anzug. Sein Hemd war pastellblau und es lag eine große Rembrandt-Bibel neben einem alabasterfarbenen Federhalter auf der Glasplatte seines Schreibtisches. Er schüttelte mir die Hand mit festem Griff und setzte sich auf die Kante seines Schreibtisches.

»Als erstes lassen Sie mich Ihnen zu Ihrer Tapferkeit gratulieren. Wir haben einige Berichte von dem … äh … Gebiet bekommen. Und wir haben nichts als nur Gutes über Sie gehört.« Er lächelte wie der Typ im Fernsehen, der die Zuschauer stets bat, zu helfen. Dann wurde sein Gesicht offen und ernst. Ich glaube aufrichtig, daß er aufrichtig war; er war auch im Umgang mit nicht allzu hellen Leuten trainiert. »Wie ich höre, haben Sie mir etwas zu berichten. Von Charles Frick.«

»Er sagte, sein Name wäre Charlie.« Ich erzählte ihm die Geschichte. »Was ich gerne wissen möchte, ist, was er damit gemeint hat, wer die Verantwortung hätte?«

»Charlie war bis zum letzten Jahr in der Organisation. Er kam bei einem Autounfall ums Leben. Ich war betroffen als ich hörte, daß er auf der Tiefstraße gelandet ist.« Er sah nicht betroffen aus. »Vielleicht bin ich betroffen, aber nicht überrascht. Um die Wahrheit zu sagen, er war so etwas wie ein Unruhestifter.« Er lächelte wieder breit, seine Augen wurden groß, und es war ein wenig zu viel Lebhaftigkeit in seinem Gesicht. Er hatte eine dieser MacArthur-Drahtgestellbrillen auf, zu groß für seine Augen.

»Was meinte er?«

»John, ich bin stolz auf alle unsere Fahrer. Sie wissen gar nicht, wie stolz wir auf die ganzen Leute sind, die dort unten die dreckige Arbeit machen.«

»Was hat Charlie gemeint?«

»Die Abtreibungshelfer und Pornographen, die Strichmädchen und Straßenräuber und Mörder, Atheisten und Heiden und Idolanbeter. Sicherlich ist es befriedigend, das Land sauberzuhalten. Eine Art gigantisches Reinigungskommando. Das einfache, gute Volk. Nun wissen wir, daß das Fahren vielleicht der härteste Job bei der Firma ist und das nicht jedermann für unbegrenzte Zeit auf der Tiefstraße bleiben kann. Trotzdem möchten wir, daß Sie weitermachen. Aus der Befriedigung in einem harten Job. Nein, wenn Sie aufsteigen wollen – und Sie haben es sicherlich jetzt verdient –, haben wir für Sie einen Platz hier. Einen Platz, an dem Sie es bequem haben werden ...«

»Ich habe bereits gesagt, daß ich raus will. Sie benehmen sich, als wäre ich heißer Stoff, dabei bin ich nur Scheiße. Sie wissen das, ich weiß das. Was geht hier eigentlich vor?«

Sein Gesicht verhärtete sich. »Hier oben ist es auch nicht einfach, Freundchen.« Das ›Freundchen‹ reizte mich. Ich lachte und stand vom Stuhl auf. Ich war bereits in genügend Büros gewesen und dieses bereitete mir Übelkeit. Als ich aufstand, hielt er seine Hände hoch, schürzte seine Lippen und nickte. »Es tut mir leid. Es gibt doch bestimmt einen Anreiz, einen Grund, hier zu arbeiten. Wenn Sie so überzeugt davon sind, auf dem Weg zur Tiefstraße zu sein, können Sie es hier abarbeiten, wissen Sie?«

»Wie können Sie so etwas sagen?«

Breites Lächeln. »Charlie hat Ihnen etwas gesagt. Er hat Ihnen etwas darüber gesagt, wer hier das Sagen hat.«

Nun konnte ich etwas schrecklich Falsches riechen, wie das mit dem Boss. Ich murmelte: »Er sagte, deswegen gibt es dort Schwierigkeiten.«

»Das passiert schon mal ab und zu. Wir schlagen es auf die nette Art nieder. Ich sage Ihnen, wo wir wirklich gute Leute brauchen, Leute mit Mitgefühl. Wir brauchen Sie bei der Hilfe zur Auswahl.«

»Auswahl?«

»Sie denken doch nicht wirklich, daß der Boss die ganze Auswahl direkt trifft?«

Ich wußte nicht, was ich denken oder sagen sollte.

»Hören Sie zu. Der Boss ... lassen Sie es mich Ihnen erzählen. Vor langer Zeit entschied der Boss, eine neue Art von Arbeiter zu erschaffen, einen mit mehr Fähigkeiten zur Entscheidungsfreudigkeit. Einige Leiter waren anderer Meinung, besonders als der Boss sagte, die Arbeiter würden für eine lange, lange Zeit im Einsatz sein ... das sie unzerstörbar sein würden. Eine Art nuklearer Treibstoff, wissen Sie. Menschliche Seelen. Die Aufgezehrten bildeten sich nach einer Weile neu, die, die sich als schlecht herausstellten, erwiesen sich als chronisch arbeitsunfähig. Sie paßten sich nicht in das Schema ein oder tanzten aus der Reihe. Konnten nicht mit ihren Arbeitskameraden mitkommen. Sie kennen den Typ. Was tut man mit ihnen? Sie können sie nicht einfach fortschicken ... sie sind unzerstörbar, und das ist kein Spaß, also ...«

»Chronisch arbeitsunfähig?«

»Sie sind ein Mann der Firma. Denken Sie daran, wie es sein muß, aus der Arbeit heraus zu sein ... *für immer*. Verdammt. Niemand will Sie anheuern.«

Ich kannte das Gefühl, auf beide Arten, die er meinte und die Art, wie es mir bereits widerfahren war.

»Der Boss spürt, daß das Projekt halb erfolgreich ist, also verwarf Er es nicht vollständig. Aber Er wollte nicht mit allen Vor- und Nachteilen behelligt werden, der Buchhaltung sozusagen.«

»*Sie* haben das Sagen«, sagte ich, und mein Blut kühlte sich ab.

Und ich wußte, wo ich ihn zuvor schon gesehen hatte.

Im Fernsehen.

Gottes rechte Hand.

Und menschlich. Fleisch und Blut.

Wir führten die Hölle.

Er nickte. »Nun, das erzählen wir natürlich nicht gerne herum.«

»Sie haben die Verantwortung, und Sie lassen die Fahrer ihre Vergünstigungen von den Ladungen nehmen, Sie lassen ...« Ich hielt inne. Mein Instinkt sagte mir, ich würde bald auf einer teppichbelegten Spur sein, auf der ich nicht mehr wenden könnte.

»Ich sage Ihnen die Wahrheit, John. Ich hatte hier für lediglich ein Jahr das Sagen, und mein Vorgänger hat die Dinge aus der Hand gleiten lassen. Er war kein religiöser Mann, John, und er dachte, dies wäre ein Job wie jeder andere, wo man dann und wann Kompromisse schließen könnte. Ich weiß, daß es nicht so ist. Es gibt hier keinen Kompromiß, und wir werden diese Ungerechtigkeiten und Fehlentscheidungen sehr bald wieder in Ordnung bringen. Sie werden uns dabei helfen, hoffe ich. Sie mögen durchaus mehr über die Probleme wissen als wir.«

»Wie haben Sie sich ... wie haben Sie sich für einen solchen Job wie diesen qualifiziert?« fragte ich. »Und wer hat ihn Ihnen angeboten?«

»Nicht der Boss, wenn Sie darauf hinauswollen, John. Es ist eine Art Tradition. Sie könnten von mir gehört haben. Ich war der, wenn es um all dieses Gerede über Erfahrungen nach dem Tod ging und jeder helles Licht und Schönheit sah. Ich war der, der sich fragte, warum niemand die andere Seite sah. Ich fand Leute, die beinahe gestorben waren und die Hölle gesehen hatte, und ich brachte sie zur Umkehr. Das Management der Firma kam zu der Ansicht, ein Typ mit meinen Fähigkeiten könnte hier gute Arbeit leisten. Also bin ich hier. Und ich kann Ihnen sagen, es ist nicht einfach. Manchmal wünschte ich, wir hätten etwas mehr Unterstützung vom Boss, ein wenig mehr Anleitung, aber wir haben sie nicht und jemand muß sich darum kümmern. Jemand muß den Stall ausmisten, John.« Wieder das Lächeln.

Ich setzte meine Maske auf. »Natürlich«, sagte ich.

Ich hoffte, ein stetiges Ansteigen der Frömmigkeit würde der Musterung durch seine scharfen Augen entgehen.

»Und Sie können erkennen, wie Sie dies alles für die Firma noch wertvoller macht.«

Mir dämmerte es langsam.

»Wir würden es hassen, Sie jetzt zu verlieren, John. Nicht wenn es sicher ist, so sicher, für uns zu arbeiten. Ich meine, hier erfahren wir die wirklichen Vor- und Nachteile des Heils.«

Ich ließ ihn auf mich einreden, bis er auf die Uhr schaute. Die ganze Zeit nickte ich und dachte nach und versuchte, an den besten Trick zu denken. Dann entspannte ich mich und vollführte eine Kehrtwendung. Ich machte einige Zugeständnisse bis sein Unbehagen zu groß wurde – ich hielt ihn von einem wichtigen Treffen ab –, und machte eine abschließende Bemerkung.

»Ich würde mich hier oben nicht wohl fühlen«, sagte ich. »Ich bin mein ganzes Leben lang gefahren. Das will ich nur weitermachen, arbeiten, wo ich am besten hinpasse.«

»Ihren gegenwärtigen Job behalten?« sagte er und tippte mit seinem Schuh an die Seite seines Schreibtisches.

»Herrgott, ja«, sagte ich, so dankbar wie nur möglich.

Dann bat ich ihn um ein Autogramm. Er lächelte sehr breit und gab es mir, Gottes rechte Hand, der zusammen mit Präsidenten gebetet hatte.

Das nächste Mal draußen dachte ich an die unglaubliche Sache, die Charlie Frick mir gesagt hatte. Auf halbem Weg zur Hölle, auf dem Teil der Strecke, den er einst befahren hatte, fuhr ich den Truck auf den Seitenstreifen und ging zurück, die Hände in den Taschen und schielte in die Gesichter. Junge und Alte. Meistens Alte oder Teenager oder Twens. Einige waren eindeutig schlechte Neue … Aber diesmal blickte ich genauer hin, versuchte zu unterscheiden. Und ich sah einige, die eindeutig nicht hierher gehörten.

Die Toten hingen an den Latten, steckten die Arme hindurch, flehten. Ich ignorierte es, so gut ich konnte. »Du«, sagte ich und deutete auf einen blassen, dünnen Typ mit einem teilnahmslosen Ausdruck. »Warum bist du hier?«

Sie würden mich nicht anlügen. Das hatte ich in der Stadt erfahren. Die Toten lügen nicht.

»Ich habe Leute umgebracht«, sagte der Mann in einem hohen Wispern. »Ich habe Kinder getötet.«

Das bestätigte meine Theorie. Ich hatte *gewußt*, daß etwas mit ihm nicht in Ordnung war. Ich deutete auf eine plumpe weißhaarige alte Frau, die jedes der Anzeichen vermissen ließ. »Du. Warum kommst du in die Hölle?«

Sie schüttelte ihren Kopf. »Ich weiß es nicht«, sagte sie. »Weil ich schlecht bin, vermute ich.«

»Was hast du Schlechtes getan?«

»Ich weiß nicht!« sagte sie und warf die Hände in die Luft. »Ich weiß es wirklich nicht. Ich war Bibliothekarin. Als alle diese schrecklichen Leute versuchten, Bücher aus meiner Bibliothek zu nehmen, habe ich mich gewehrt. Ich habe versucht, mit ihnen zu diskutieren … Sie wollten Salinger und Twain und Baum mitnehmen …«

Ich suchte einen anderen jungen Mann heraus. »Was ist mit dir?«

»Ich hätte es nie für möglich gehalten«, sagte er. »Auch hatte ich nicht gedacht, daß Gott mich hassen würde.«

»Was hast du getan?« Diese *Leute mußten sich nicht erklären.*

»Ich habe Gott geliebt. Ich liebte Jesus. Aber, mein Gott, ich konnte nicht anders. Ich bin schwul. Ich hatte keine Wahl. Gott würde mich nicht hierher schicken, nur weil ich schwul bin, oder?«

Ich sprach mit noch einigen anderen, bis ich sicher war, daß ich alle in dieser Ladung herausgefunden hatte. »Du, du, du und du, raus«, sagte ich und hielt das Tor auf. Ich schloß es hinter ihnen wieder und führte sie vom Truck weg. Dann erzählte ich ihnen, was Charles Frick mir erzählt hatte, was er auf der Straße und in den großen Büros erfahren hatte.

»Niemand ist wirklich sicher, wohin es führt«, sagte ich. »Aber es geht nicht zur Hölle, und es geht nicht zurück zur Erde.«

»Wohin dann?« fragte die alte Frau wehleidig. Die Hoffnung in ihren Augen brachte mich fast zum Weinen, weil ich nicht sicher war.

»Vielleicht ist es die Hochstraße«, sagte ich. »Wenigstens ist es eine Chance. Geht ein Stück nach dort drüben, über den Hügel, ich denke, dort gibt es eine Art Spur. Sie ist nicht leicht zu finden, aber wenn ihr sorgfältig Ausschau haltet, ist sie da. Folgt ihr.«

Der schwule junge Mann nahm meine Hand. Ich dachte, ich müsse zurückweichen, weil ich Homos noch nie gemocht habe. Aber er hielt sie fest und sagte: »Dank dir. Du mußt ein großes Risiko auf dich genommen haben.«

»Ja. Dank dir«, sagte die Bibliothekarin. »Warum tust du das?«

Ich hatte gehofft, sie würden nicht fragen. »Als ich ein Kind war, erzählte mir eine der Lehrerinnen in der Sonntagsschule über Jesus, der drei Tage vor seiner Auferstehung hinab zur Hölle ging. Sie sagte mir, Jesus ging in die Hölle, um diejenigen herauszuholen, die nicht dorthin gehörten. Ich bin gewiß nicht Jesus, ich bin nicht einmal Christ, aber das ist es, was ich tue. Sie nannte es ›Grauenhafte Hölle‹.« Ich schüttelte den Kopf. »Egal. Nur so«, sagte ich. Ich beobachtete, wie sie über das flache graue Land gingen und dann den Hügel umrundeten. Dann ging ich zurück in meinen Truck und brachte den Rest zum Annex. Niemand bemerkte es. Ich vermute, die Aufzeichnungen sind für die Angestellten nicht so wichtig.

Keiner von den Leuten, die ich freigelassen hatte, kam jemals zurück.

Ich blieb auf der Straße. Ich sprach hie und da mit den Leuten, war vorsichtig. Wenn es so aussieht, als würden die Dinge riskant werden, bringe ich meinen Schlepper zurück zur Stadt. Und dann bin ich nicht sicher, was ich tun werde.

Ich will nicht jeden freilassen. Aber ich möchte wissen, wer auf der Tiefstraße endet, der es eigentlich nicht sollte. Leute, die bei Gottes rechter Hand nicht gut gelitten waren.

Meine Botschaft ist einfach.

Die Verrückten führten die Anstalt. Wir hatten die Hölle korrumpiert.

Wenn ich erwischt werde, fahre ich geradewegs dorthin. Und wenn Sie dies lesen, sind Sie aller Wahrscheinlichkeit nach auch dort.

Bis dahin leiste ich meinen Anteil. Wie ist es mit Ihnen?

Originaltitel: ›DEAD RUN‹ • Copyright © 1985 by Greg Bear • Erstmals erschienen in ›OMNI‹ • Copyright © 1997 der deutschen Übersetzung by Wilhelm Heyne Verlag, München • Aus dem Amerikanischen übersetzt von Andreas Irle

SCHRÖDINGERS SEUCHE

Memo zwischen den Abteilungen –
Werner Dietrich an Carl Kranz

Carl: Ich weiß nicht, was wir wegen des Lambert-Tagebuchs unternehmen sollen. Wir wissen so wenig über diese ganze Angelegenheit – aber ich habe keinen Zweifel daran, daß wir es lieber der Polizei übergeben sollten. Unglaublich, wie diese Eintragungen sind; sie beziehen sich unmittelbar auf die Morde und Selbstmorde und haben sogar etwas mit der Zerstörung des Labors zu tun. Sie lediglich im Büro zu lesen, reicht nicht aus: Ich brauche Kopien von dem Tagebuch. Und wie lange ist es schon im System, bevor du es bemerkt hast?

Kranz an Dietrich

Werner: Es muß kurz vor den Geschehnissen ins System gekommen sein, einen Monat wenigstens. Kopien der entsprechenden Eintragungen liegen bei. Der Rest, denke ich, ist irrelevant und privat. Ich würde das Tagebuch gern zu Richards Nachlaß zurückbringen. Die Polizei hat ihn wahrscheinlich. Und – nun, ich habe weitere Gründe, es für uns zu behalten. Jedenfalls für den Augenblick. Studiere die Unterlagen sorgfältig. Du, als Physiker, kannst mir dann sagen, wenn irgend etwas in ihnen nicht glaubhaft ist. Wenn nicht, sollte man sich mehr Gedanken über das Problem machen.

P. S. Ich überprüfe nun die Verluste von Bernards Laboratorium. Vieles streng Geheime hier drüben. Es ist sicher, daß Bernard an einem Regierungs-CBW-Vertrag arbeitete, offensichtlich zum Hohn der Universitätsrichtlinien. – Wie hat Goa Zugang zu dem Material erlangt? Straffe Sicherheit hier drüben.

Anlage: fünf Seiten.

Das Tagebuch

15. April 1981
Heute ergab sich eine schwierige Frage. Marty berief ein informelles Treffen der Hydroxyl-Radikale zum Mittagessen ein – bei ihm. Anwesende des physikalischen Kontingents: Martin Goa selbst, Frederik Newman und das neue Mitglied Kaye (ausspr.: *Kei*) Parkes; die Biologen Oscar Bernard und meine Wenigkeit; und der Soziologe Thomas Fauch. Wir trafen uns vor dem Gesellschaftsraum, und Marty nahm uns zum physikalischen Nebengebäude mit, um uns eine kurze Einführung in ein Experiment zu geben. Nichts Spektakuläres. Danach zurück zum Gesellschaftsraum zum Essen. Warum er so unsere Zeit verschwendete, ist mir ein Rätsel. Nennen wir es Intuition, aber irgend etwas geht vor. Bernard ist aus einem oder mehreren Gründen etwas aufgebracht.

14. Mai 1981
Die Radikale wurden heute wieder zu Mittag zusammengerufen. Der absurdeste Shit, den ich je in meinem Leben gehört habe. Es ist wieder Marty. Dieses Detail ist wichtig.

»Gentlemen«, sagte Marty in seinem eigenen Raum, nachdem wir gegessen hatten. »Ich habe gerade ein wichtiges Experiment unschädlich gemacht. Und ich habe meine Position an der Universität aufgegeben. Ich muß meine Unterlagen und Materialien spätestens in einem Monat vom Campus entfernt haben.«

Betroffenes Schweigen.

»Ich habe meine Gründe. Ich will etwas ein für alle Mal nachweisen.«

»Was soll das?« fragte Frederik und schaute gereizt drein. Niemand von uns billigt Theatralik.

»Ich stecke das Geld der Menschheit dorthin, wo unser Mund ist. Unseren wahrhaft kollektiven wissenschaftlichen Mund. Frederik, du kannst mir helfen, es zu erklären. Ihr wißt alle, welch guter Physiker Frederik ist. Besser für den Zuschuß, besser in den Feinheiten. Er ist viel besser, als ich es bin. Frederik, was ist die allgemein anerkannteste Theorie in der heutigen Physik?«

»Spezielle Relativität«, sagte Frederik ohne zu zögern.

»Und danach?«

»Quantenelektrodynamik.«

»Würdest du uns Schrödingers Katze erklären?«

Frederik blickte rund um den Tisch, offensichtlich etwas in die Enge getrieben. Dann zuckte er die Achseln. »Das letzte Stadium eines Quantenereignisses – einem Ereignis in mikrokosmischer Größenordnung – scheint durch eine Beobachtung definiert zu sein. Das heißt, das Ereignis ist unbestimmt, solange es nicht gemessen wird. Dann nimmt es eine von verschiedenen möglichen Zuständen an. Schrödinger schlug eine Verbindung von Quantenereignissen mit Ereignissen im Makrokosmos vor. Er regte an, eine Katze in einen abgeschlossenen Kasten zu stecken, sowie eine Vorrichtung, die den Zerfall eines einzigen radioaktiven Kerns anzeigen sollte. Sagen wir mal so: der Kern hat innerhalb einer willkürlichen Zeitspanne eine Chance fünfzig zu fünfzig zum Zerfall. Wenn er zerfällt, löst er die Vorrichtung aus, die einen Hammer auf eine Phiole mit Cyan fallen läßt. Das Gas wird im Kasten freigesetzt und tötet die Katze. Ohne den Kasten zu öffnen, kann der Wissenschaftler, der das Experiment durchführt, nicht wissen, ob der Kern zerfallen ist oder nicht. Da der endgültige Zustand des Kerns ohne eine vorherige Messung nicht bestimmt werden kann – und die Messung ist in diesem Fall das Öffnen des Kastens, um zu sehen, ob die Katze tot ist – legte Schrödinger nahe, daß die Katze selbst sich in einem unbestimmten Zustand befinde, weder lebendig noch tot, sondern irgendwo dazwischen. Ihr Schicksal ist ungewiß, bis ein geeigneter Beobachter den Kasten öffnet.«

»Und kannst du einige der Folgerungen dieses Gedankenexperiments erklären?« Marty sah selbst ein wenig wie eine Katze aus – eine, die einen Kanarienvogel gefressen hat.

»Nun«, fuhr Frederik fort, »wenn wir die Katze als geeigneten Beobachter ausschließen, scheint es, als gäbe es keinen Weg um den Schluß herum, daß die Katze weder lebendig noch tot ist, bis der Kasten geöffnet wird.«

»Warum nicht?« fragte Fauch, der Soziologe. »Ich meine, es scheint offensichtlich, daß nur ein Zustand möglich ist.«

»Ah«, sagte Frederik, der sich für das Thema erwärmte, »aber wir haben ein Quantenereignis mit dem Makrokosmos verbunden, und Quantenereignisse sind heikel. Wir haben eine große Anzahl an experimentellen Beweisen, die zeigen, daß Quantenzustände nicht definitiv sind, bis sie beobachtet werden, daß sie tatsächlich fluktuieren, interagieren, so als ob zwei oder mehr Universen – jedes ein potentielles Ergebnis enthaltend – ineinander verschlungen sind, bis der Physiker den Kollaps in den endgültigen Zustand durch die Beobachtung hervorruft: Messung.«

»Verleiht das dem Bewußtsein nicht gottähnliche Bedeutung?« fragte Fauch.

»Ja«, sagte Frederik. »Moderne Physik ist schwer auf dem Power-Trip.«

»Das ist doch alles nur theoretisch, nicht wahr?« fragte ich ein wenig gelangweilt.

»Nicht ganz«, sagte Frederik. »Experimentell nachgewiesen.«

»Würde nicht genausogut eine Maschine – oder eine

Katze – als Messung dienen?« fragte Oscar, mein Biologen-Kollege.

»Das hängt davon ab, wie bewußt du eine Katze als Wesen betrachtest. Eine Maschine – nein, weil ihr Zustand nicht gewiß wäre, bis ein Physiker ihre Aufzeichnungen überprüft hätte.«

»Gewöhnlich«, sagte Parkes, dessen jugendliches Interesse geweckt war, »setzten wir Wigners Freund anstelle der Katze ein. Wigner war ein Physiker, der vorschlug, einen Menschen in den Kasten zu stecken. Wigners Freund wäre vermutlich bewußt genug, um zu wissen, ob er lebendig oder tot ist und würde den Fall des Hammers und das Zerbrechen der Phiole richtig interpretieren, das darauf hinweist, daß der Kern tatsächlich zerfallen ist.«

»Wunderbar«, sagte Goa. »Und diese nette kleine Fabel spiegelt die Haltung derer wider, die mit einer der allgemein anerkanntesten Theorien der modernen Physik arbeiten.«

»Nun, sie sind sorgfältig ausgearbeitet«, sagte Frederik.

»Allerdings, und ich möchte eine weitere hinzufügen. Was ich euch sagen will, wird wahrscheinlich als Scherz ausgelegt werden. Es ist aber keiner. Ich spaße nicht. Ich arbeite jetzt schon seit zwanzig Jahren auf dem Gebiet der Quantenmechanik und bin stets ungewiß gewesen – verzeiht das Wortspiel –, ob ich die Grundsätze der Disziplin, die mir meinen Unterhalt einbringt, akzeptieren kann. Das Dilemma hat mir große Sorgen bereitet. Es hat mich mehr als bloß besorgt gemacht – es bereitete mir schlaflose Nächte, nervöse Erschöpfungszustände und brachte mich soweit, zum Psychiater zu gehen. Nichts von dem, was Frederik ›sorgfältige Ausarbeitungen‹ nennt, konnte mich trösten. So habe ich meinen Einfluß bemüht – und meine Kontakte – und mir einen Vorteil ergaunert. Ich habe mit einem Experiment begonnen. Da ich mit einer Katze oder mit Wigners Freund nicht zufrieden war, habe ich euch alle in das Experiment mit einbezogen, mich selbst eingeschlossen. Letztendlich werden viele andere Leute – bewußte Beobachter – mehr mit einbezogen sein.«

Oscar lächelte, versuchte sein Lachen zurückzuhalten. »Ich glaube, du bist verrückt geworden, Martin.«

»Bin ich das? Bin ich das wirklich, mein *lieber* Oscar? Wenn ich von intellektuellen Erwägungen verrückt gemacht wurde, warum nicht du von ethischen?«

»Was?« fragte Oscar stirnrunzelnd.

»Du bist, glaube ich, gerade bei dem Versuch eine Phiole mit dem Etikett DERVM-74 auszumachen.«

»Wie hast du …?«

»Weil ich die Phiole gestohlen habe, während ich mich in deinem Labor umsah. Und ich schrieb einige deiner Notizen ab. Nun. Du bist unter Freunden, Oscar. Erzähl uns von DERVM-74. Erzähl es ihnen – oder ich werde es tun.«

Oscar sah einige Sekunden lang wie ein Fisch auf dem Trockenen aus. »Es ist eingestuft«, sagte er. »Ich weigere mich.«

»DERVM-74«, sagte Marty, »steht für Dangerous Experimental RhinoVirus, Mutation 74. Oscar hat eine kleine vertragliche Nebenbeschäftigung für die Regierung. Dies ist eine seiner Spielereien. Erzähl uns über die Sache, Oscar.«

»Du hast die Phiole?«

»Nicht mehr«, sagte Marty.

»Du Idiot! Das Virus ist tödlich. Ich war gerade dabei, es zu vernichten, als die Kultur verschwand. Niemand kann damit etwas anfangen!«

»Wie funktioniert es, Oscar?«

»Es hat eine langdauernde Vermehrungsperiode – etwa 330 Tage. Viel zu länge für militärische Zwecke. Nach dieser Zeit ist es zu neunundachtzig Prozent tödlich. Es breitet sich durch einfachen Kontakt aus, durch das Atmen der Luft um ein kontaminiertes Objekt herum.« Oscar stand auf. »Ich muß das melden, Martin.«

»Setz dich.« Marty zog ein zerbrochenes Glasrohr aus seiner Tasche, ein versengtes Etikett war noch darauf angebracht. Er reichte es Oscar, der bleich wurde. »Hier ist mein Beweis. Du bist viel zu spät dran, um das Experiment zu stoppen.«

»Ist das alles wahr?« fragte Parkes.

»Das ist die Phiole«, sagte Oscar.

»Was, zur *Hölle*, hast du getan?« fragte ich laut.

Die anderen Radikale waren so still wie kalter Agar-Agar.

»Ich habe eine Vorrichtung geschaffen, die ein Quantenereignis mißt – in diesem Fall ein Teilchen radioaktives Americum. Für eine kurze Periode setzte ich ein Instrument, das einem Geigerzähler ähnlich ist, den möglichen Effekten des Zerfalls aus. In dieser Zeit standen die Chancen genau fünfzig zu fünfzig, daß ein Kern in Teilchen zerfallen und den Geigerzähler auslösen würde. Würde der Geigerzähler ausgelöst, käme das Virus, welches in dieser Phiole enthalten war, in einem dicht versiegelten Bereich frei. Unmittelbar danach betrat ich den Bereich und eine Stunde später führte ich euch durch denselben Bereich. Dann wurde die Vorrichtung zerstört und alles im Zimmer sterilisiert, einschließlich der Phiole. Wenn das Virus nicht ausgetreten ist, wurde es zusammen mit dem Experimentalgerät vernichtet. Wenn es entwichen ist, haben wir es uns alle zugezogen.«

»Ist es entwichen?« fragte Fauch.

»Ich weiß es nicht. Es ist unmöglich, das zu sagen – bis jetzt.«

»Oscar«, sagte ich, »es ist einen Monat her, seit Marty all dies getan hat. Wir sind allesamt einflußreiche Leute – geben Vorträge, besuchen Tagungen, reisen eine Menge. Wieviele Menschen sind dem Virus potentiell ausgesetzt gewesen?«

»Es ist sehr ansteckend«, sagte Oscar. »Einfacher Kontakt reicht bereits für die Weitergabe von einem Überträger zum anderen aus.«

Fauch holte einen Taschenrechner hervor. »Wenn wir annehmen, daß fünf Menschen pro Tag ausgesetzt sind und sie weitere fünf Personen infizieren ... Jesus Christus. Jeder auf der Erde könnte bereits infiziert sein.«

»Warum hast du das getan, Marty?« fragte Frederik.

»Wenn die Menschheit mit nichts Besserem als einer solch unbefriedigenden Theorie herauskommen kann, um das Universum zu erklären, dann sollten wir gewillt sein, nach unserem Glauben an diese Theorie zu leben oder zu sterben.«

»Ich verstehe dich nicht«, sagte Frederik.

»Du weißt es genausogut wie ich. Oscar, gibt es irgendeinen Weg, um eine Kontamination mit dem Virus festzustellen?«

»Keinen. Marty, das Virus war ein Versehen – für jedermann unnütz. Selbst meine Notizen sollten vernichtet werden.«

»Für mich waren sie nicht unnütz. Aber das ist jetzt ohnehin unwichtig. Frederik, was ich sagen will, ist dies: nach der Theorie ist bisher noch nichts entschieden. Der Kern mag oder er mag nicht zerfallen sein – es ist noch nicht entschieden. Wir könnten eine bessere Chance als fünfzig zu fünfzig haben – wenn wir wirklich an die Theorie glauben.«

Parkes stand auf und blickte aus dem Fenster. »Du hättest gründlicher vorgehen sollen, Marty. Du hättest diese Dinge vollständiger recherchieren sollen.«

»Warum?«

»Weil ich hypochondrisch bin, du Bastard. Ich mache schwere Zeiten durch, bis ich herausgefunden habe, ob ich krank bin oder gesund.«

»Was hat das mit alldem zu tun?« fragte Oscar.

Frederik lehnte sich vor. »Das Quantenereignis steht bisher noch nicht fest. Was Marty andeutet, ist, daß die Messung, die es in den einen oder den anderen Zustand schnippen läßt, unsere Krankheit oder unsere Gesundheit ist, von jetzt an bis in ungefähr dreihundert Tagen.«

Ich nahm die Kette der Begründungen auf. »Parkes ist ein Hypochonder. Wenn er glaubt, krank zu sein, läßt dies das Ereignis zur Gewißheit werden. Es würde den Zerfall festlegen ...« Mein Kopf fing an zu schmerzen. »Selbst nachdem das Teilchen zerstört wurde und alle anderen Aufzeichnungen auch?«

»Wenn er wirklich glaubt, krank zu sein«, sagte Marty. »Oder wenn irgend jemand von uns das wirklich glaubt. Oder wenn wir tatsächlich krank werden. Ich bin nicht sicher, daß es in diesem Fall einen wirklichen Unterschied gibt.«

»Also setzt du die gesamte Welt aufs Spiel ...« begann Fauch und fing an zu lachen. »Das ist ein teuflischer Scherz, Martin. Du kannst jetzt damit aufhören.«

»Er scherzt nicht«, sagte Oscar und hielt die Phiole hoch. »Das ist meine Handschrift auf dem Etikett.«

»Ist es nicht ein wundervolles Experiment?« fragte Marty. »Es bestimmt so viele Dinge. Es sagt uns, ob unsere Theorie der Quantenereignisse richtig ist. Es gibt uns Auskunft über die Rolle des Bewußtseins hinsichtlich der Festlegung des Universums und, in Parkes Fall ...«

»Schluß damit!« rief Oscar. An diesem Punkt mußten wir den Biologen zurückhalten, sonst hätte er den lachend zurücktänzelnden Marty angegriffen.

17. Mai 1981
Heute versammelten wir uns alle – außer Marty. Frederik und Parkes präsentierten dokumentierte Beweise, um die Gültigkeit der Quantentheorie zu stützen und, verdreht genug, die Gültigkeit von Martys Experiment ebenfalls. Der Beweis war beeindruckend, aber ich bin nicht überzeugt. Dennoch war es eine Marathonsitzung, und wir wußten nun mehr über die seltsame Welt der Quantenphysik, als wir wissen wollten.

Die Physiker – und Fauch und Oscar, der dieser Tage sehr ruhig ist – sind restlos überzeugt, daß Martys Kern in einem unbestimmten Zustand ist – oder war – und das alle Kausalzusammenhänge, die zur potentiellen Freisetzung der Rhinovirusmutation führen, ebenfalls im Zustand des Oszillierens sind. Ob die menschliche Rasse leben oder sterben wird, ist bisher noch nicht entschieden.

Und Parkes ist gleichermaßen davon überzeugt, daß er, sobald die Vermehrungsperiode vorüber ist, Symptome bekommt und spüren wird – wie irrational auch immer –, daß er sich die Krankheit zugezogen hat. Wir können ihn nicht davon abbringen.

In einer Hinsicht waren wir sehr dumm. Wir ließen Oscar die Symptome der Krankheit beschreiben – die ersten Anzeichen. Wenn wir die Dinge gewissenhafter durchdacht hätten, hätten wir diese Information zurückgehalten, wenigstens vor Parkes. Aber da Oscar wußte, wenn er überzeugt wurde, daß er die Krankheit hatte, würde dies ausreichen, um den Zustand festzulegen, glaubte Frederik. – Oder würde er nicht? – Wir wissen bisher nicht, wieviele von uns überzeugt werden müssen. Würde Marty allein ausreichen? Ist ein Konsens notwendig? Genügt eine Zweidrittelmehrheit?

Das alles schien – scheint – mir grotesk. Die Physik ist mir schon immer suspekt vorgekommen, und nun weiß ich, warum.

Dann machte Frederik einen schrecklichen Vorschlag.

23. Mai 1981
Frederik machte den Vorschlag noch einmal beim heutigen Treffen.

Die anderen zogen den Vorschlag ernsthaft in Betracht. Als ich erkannte, wie ernst sie es meinten, versuchte ich, Einwände zu erheben, drang aber nicht durch. Ich bin restlos davon überzeugt, daß wir nichts tun können, daß, wenn der Kern zerfällt, wir dem Untergang geweiht sind. In dreihundert Tagen werden die ersten Anzeichen zu erkennen sein – Rückenschmerzen, Kopfschmerzen, Schweißhände, stechende Schmerzen hinter den Augen. Erscheinen sie nicht, sind wir aus dem Schneider. Selbst Frederik erkannte die lächerliche Natur seines Vorschlags, aber er fügte hinzu: »Die Symptome unterscheiden sich nicht großartig von denen einer Grippe, wißt ihr. Und wenn nur einer von uns überzeugt wird ...«

Andeuten, daß das Schnippen des Zustandes wegen der menschlichen Schwäche mit an Sicherheit grenzender Wahrscheinlichkeit in der Freisetzung des Virus resultieren würde. Resultierte.

Sein Vorschlag – ich schreibe dies mit großen Schwierigkeiten – ist, daß wir alle Selbstmord begehen sollten. Alle sechs. Da wir die einzigen sind, die von dem Experiment wissen, sind wir die einzigen, glaubt er, die den Zustand festlegen können, die die Dinge gewiß werden lassen können.

Parkes, sagt er, ist besonders gefährlich, aber wir sind alle potentielle Hypochonder. Mit dem Druck von beinahe zehn Monaten des Wartens zwischen jetzt und dem potentiellen Auftauchen von Symptomen sind wir alle dem Zusammenbruch nahe.

30. Mai 1981

Ich habe mich geweigert, mit ihnen zu gehen. Jeder hat sich äußerst ruhig verhalten, hielt sich von den anderen fern. Aber ich vermute, daß Parkes und Frederik etwas vorhaben. Oscar ist mürrisch – er ist nahe daran, Selbstmord zu begehen, aber er ist zu feige, um es alleine durchzuführen. Fauch ... Ich kann ihn nicht erreichen.

Ah, Christus. Frederik rief an. Er sagte, ich kann mich nicht heraushalten. Sie haben Marty umgebracht und das Laborgebäude zerstört, um alle Spuren des Experiments auszumerzen, damit niemand erfährt, daß es jemals stattgefunden hatte. Die Gruppe kommt nun zu meinem Apartment herüber. Ich habe gerade noch Zeit, um dies in den Universitätsbriefkasten zu werfen. Was kann ich tun? – Rennen?

Sie sind zu nahe.

Dietrich an Kranz

Carl: Ich habe das Tagebuch gelesen, obwohl ich nicht sicher bin, es verstanden zu haben. Was hast du über Bernard herausgefunden?

Kranz an Dietrich

Werner: Oscar Bernard arbeitete zur Zeit des Zwischenfalls tatsächlich an einer Rhinovirusmutation. Mir war es nicht möglich, viel herauszubekommen – eine Menge Leute in grauen Anzügen wandern durch die Korridore da drüben. Aber den Gerüchten nach fehlen alle seine Notizen über gewisse Projekte.

Glaubst du es? Ich meine – glaubst du die Theorie soweit, um mir zuzustimmen, daß die Unterredung über das Tagebuch hier enden sollte? Ich bin erschreckt und fühle mich töricht.

Dietrich an Kranz

Carl: Wir müssen die vollständige Auflistung der Symptome bekommen – außer Kopfschmerzen, Schweißhände, Rückenschmerzen und Schmerzen hinter den Augen.

Ja, ich glaube fest an die Theorie. Und wenn Goa das getan hat, was im Tagebuch steht ... du und ich können den Zustand bestimmen.

Jeder, der dies liest, kann den Zustand bestimmen.

Was, in Gottes Namen, werden wir tun?

Originaltitel: ›SCHRÖDINGERS' PLAGUE‹ • Copyright © 1982 by Greg Bear • Erstmals erschienen in ›ANALOG – SCIENCE FICTION/SCIENCE FACT‹ • Copyright © 1997 der deutschen Übersetzung by Wilhelm Heyne Verlag, München • Aus dem Amerikanischen übersetzt von Andreas Irle

DIE STRASSE INS NIRGENDWO

Der lange schwarze Mercedes rumpelte von Dijon aus nach Süden und kam aus dem Nebel hervor. Feuchtigkeit rann in kalten Tropfen über die Windschutzscheibe. Horst von Ranke studierte sorgfältig die Karten, die auf seinem Schoß ausgebreitet waren; seine Brille saß ihm tief auf der Nase. Albert Fischer, Oberleutnant der Waffen-SS, fuhr unterdessen. »Fünfunddreißig Kilometer«, sagte von Ranke vor sich hin. »Nicht mehr.«

»Wir haben uns verirrt« sagte Fischer. »Wir sind bereits sechsunddreißig gefahren.«

»Soviel noch nicht. Wir müßten nun jede Minute ankommen.«

Fischer nickte und schüttelte dann den Kopf. Seine hohen Wangenknochen und seine lange, scharfgeschnittene Nase akzentuierten nur die schwarze Uniform mit den silbernen Totenköpfen auf dem hohen, engen Kragen. Von Ranke trug einen breit gestreiften, grauen Anzug. Er war ein Untersekretär des Propagandaministeriums. Sie hätten Brüder sein können, obwohl der eine in der Tschechoslowakei, der andere im Ruhrgebiet aufgewachsen war. Einer war der Sohn eines Brauers, der andere der eines Kohlebergmanns. Sie waren sich zwei Jahre zuvor in Paris begegnet und hatten Freundschaft geschlossen. Nun fuhren sie mit einem Drei-Tage-Paß auf einer Sightseeing-Tour durch das Land.

»Warte«, sagte von Ranke und spähte durch die Tropfen auf dem Seitenfenster. »Halt an!«

Fischer bremste den Wagen ab und blickte in die Richtung, in die von Ranke deutete. Nahe am Straßenrand, jenseits eines Dickichts junger Bäume, stand ein niedriges, strohgedecktes Haus mit schmutzigen grauen Mauern, das beinahe vollständig vom Nebel verborgen wurde.

»Sieht leer aus«, sagte von Ranke.

»Es ist bewohnt. Siehst du den Rauch?«, sagte Fischer. »Vielleicht kann uns jemand sagen, wo wir sind.«

Sie fuhren den Wagen zur Seite und stiegen aus. Von Ranke ging den Weg über einen schlammigen Pfad, der mit nassem Stroh bestreut war, voraus. Aus der Nähe sah die Hütte sogar noch schmutziger aus. Rauch kräuselte sich in dunklen, braungrauen Schwaden aus einem Loch im First des Strohdaches. Fischer nickte seinem Freund zu, und sie näherten sich vorsichtig. Über der rohen, hölzernen Tür befanden sich unebene Buchstaben. Zusammen sprachen sie neun Sprachen, aber dieses Alphabet war ihnen beiden unbekannt. »Könnte das Roma sein?« fragte Fischer stirnrunzelnd. »Es sieht bekannt aus – wie slawisches Roma.«

»Zigeuner? Roma leben nicht in solchen Hütten, und nebenbei: ich dachte, die wären schon lange deportiert worden.«

»So sieht es jedenfalls aus«, wiederholte von Ranke. »Vielleicht sprechen wir ja trotzdem eine gemeinsame Sprache, wenn auch nur Französisch.«

Er klopfte an die Tür. Nach einer langen Pause klopfte er erneut und die Tür öffnete sich, bevor seine Knöchel den letzten Schlag ausführten. Eine Frau, zu alt um am Leben zu sein, steckte ihre lange, holzfarbene Nase durch den Spalt und spähte zu ihnen heraus. Sie hatte nur ein Auge; das andere war von einer eingesunkenen Fleischmasse umhüllt. Die Hand, die die Türkante umfaßte, war schmutzig, die Nägel lang und schwarz. Ihr zahnloser Mund war zu einem runzligen, rundlippigen Grinsen verzogen. »Guten Abend«, sagte sie in perfektem, sogar elegantem Deutsch. »Was kann ich für Sie tun?«

»Wir müssen wissen, ob wir auf der Straße nach Dôle sind«, sagte von Ranke und unterdrückte seine Abneigung.

»Da fragen Sie den falschen Führer«, sagte die alte Frau. Sie zog die Hand zurück, und die Tür begann sich zu schließen. Fischer stieß sie mit dem Fuß zurück. Die Tür schwang auf und knirschte in den Angeln.

»Sie erweisen uns nicht den angemessenen Respekt«, sagte er. »Was meinen Sie mit ›dem falschen Führer‹? Welche Art Führer sind Sie denn?«

»So *stark*«, sang die alte Frau, verschränkte die Hände vor ihrer ausgemergelten Brust und wich zurück in die Dunkelheit. Sie trug farblose, alterslose graue Lumpen. Verschlissene Strickärmel reichten bis zu ihren Handgelenken.

»Antworten Sie!« sagte Fischer, der trotz des strengen Geruchs nach Urin und Verfall in die Hütte eintrat.

»Die Karten, die ich kenne, sind nicht für dieses Land«, sang sie, vor einem kalten, leeren Herd schlotternd.

»Sie ist verrückt«, sagte von Ranke. »Die örtlichen Behörden sollen sich um sie kümmern. Laß uns gehen.« Aber es war ein wilder Blick in Fischers Augen. So viel Schmutz, so viel Unordnung und Frechheit obendrein; all das machte ihn ärgerlich.

»Welche Karten kennen Sie, verrückte Frau?« verlangte er zu wissen.

»Karten der Zeit«, sagte die alte Frau. Sie ließ die Hände an ihren Seiten herabfallen und neigte ihren Kopf, als wäre sie durch das Zugeständnis ihrer Besonderheit plötzlich demütig geworden.

»Dann sagen Sie uns, wo wir sind«, spottete Fischer.

»Komm«, sagte von Ranke, aber er wußte, daß es zu spät war. Es würde zu einem Ende gelangen, aber zu den Bedingungen seines Freundes, und es mochte nicht erfreulich sein.

»Auf der Durchgangsstraße zum Nirgendwo«, sagte die alte Frau.

»Was?« Fischer türmte sich vor ihr auf. Sie starrte zu ihm hinauf wie zu einem verlorenen Sohn, auf ihrem Zahnfleisch glänzte Speichel.

»Wenn Sie eine Auslegung wollen, setzen Sie sich«, sagte sie, deutete auf einen niedrigen Tisch und drei zerfetzte Rohr- und Lederstühle. Fischer blickte sie an, dann den Tisch.

»Also gut«, sagte er plötzlich mit falscher Unterwürfigkeit. Wieder ein Spiel, erkannte von Ranke. Katz und Maus.

Fischer rückte einen Stuhl für seinen Freund zurecht und setzte sich der alten Frau gegenüber. »Legen Sie Ihre Hände auf den Tisch, Handflächen nach innen, beide Hände, alle beide«, sagte sie. Sie taten es. Sie legte ihr Ohr auf den Tisch, so als lausche sie, ihre Augen wanderten zu den Lichtstrahlen, die durch das Strohdach drangen. »Arroganz«, sagte sie. Fischer reagierte nicht.

»Eine Straße zum Feuer und zum Tod«, sagte sie. »Ihre Städte in Flammen, Ihre Frauen und Kinder – zu schwarzen Puppen schrumpfend, in der Hitze ihrer brennenden Häuser. Die Lager sind gefunden, und Sie finden sich gräßlicher Verbrechen angeklagt. Viele sind abgeurteilt und gehängt worden. Ihre Nation ist in Ungnade gefallen, Ihre Sache abscheulich.« Nun kam ein seltsames Licht in ihre Augen. »Nur Psychoten glauben an Sie, die Niedrigsten der Niedrigen. Ihre Nation wird zwischen Ihren Feinden aufgeteilt werden. Alles wird verloren sein.«

Fischers Lächeln wankte nicht. Er nahm eine Münze aus seiner Tasche, warf sie vor die Frau, stieß dann den

Stuhl zurück und stand auf. »Deine Karten sind genauso krumm wie dein Kinn, du schmutzige alte Hexe«, sagte er. »Laß uns gehen.«

»Ich hatte dies bereits vorgeschlagen«, sagte von Ranke. Fischer machte keine Anstalten zu gehen. Von Ranke zog an seinem Arm, aber der SS-Oberleutnant befreite sich aus dem Griff seines Freundes.

»Es gibt nur noch wenige Zigeuner, Hexe«, sagte er. »Bald wird es noch eine weniger geben.« Von Ranke schaffte es gerade noch, ihn vor die Tür zu drängen. Die Frau folgte und beschattete ihre Augen gegen das dunstige Licht.

»Ich bin keine Zigeunerin«, sagte sie. »Sie haben nicht einmal die Worte erkannt?« Sie deutete auf die Buchstaben über der Tür.

Fischer blickte flüchtig hoch, und die Erleuchtung des Erkennens dämmerte in seinen Augen. »Ja«, sagte er. »Ja, jetzt weiß ich es. Eine tote Sprache.«

»Welche?« fragte von Ranke unbehaglich.

»Hebräisch, denke ich«, sagte Fischer. »Sie ist eine Jüdin.«

»Nein!« gackerte die Frau. »Ich bin keine Jüdin.«

Von Ranke dachte, daß die Frau nun jünger aussehe oder wenigstens stärker, und sein Unbehagen wuchs.

»Mir ist es egal, was du bist«, sagte Fischer ruhig. »Ich wünschte nur, wir wären in der Zeit meines Vaters.« Er tat einen Schritt auf sie zu. Sie zog sich nicht zurück. Ihr Gesicht wurde beinahe jugendlich mild, und ihr krankes Auge schien zu gesunden. »Dann gäbe es keine Bestimmungen, keine Regeln – ich könnte diese Pistole nehmen« – er klopfte auf sein Holster – »und sie auf deinen dreckigen Judenkopf richten und damit den vielleicht letzten Juden in Europa töten.« Er schnallte das Holster los. Die Frau richtete sich in der dunklen Hütte auf, als bezöge sie aus Fischers Beleidigungen Kraft. Von Ranke fürchtete um seinen Freund. Unbesonnenheit konnte sie in Schwierigkeiten bringen.

»Dies ist nicht die Zeit unserer Väter«, erinnerte er Fischer.

Fischer hielt inne, die Pistole in der Hand, sein Finger um den Abzug gelegt. »Schmutzige, stinkende alte Frau.« Sie sah nicht annähernd so alt aus wie beim ersten Betreten der Hütte, vielleicht überhaupt nicht einmal alt und sicherlich nicht gebeugt und gelähmt. »Da bist du heute nachmittag aber noch einmal knapp davongekommen.«

»Sie haben keine Ahnung, wer ich bin«. Die Frau sang es halb, halb stöhnte sie es.

»Scheiße«, fauchte Fischer. »Wir gehen jetzt und berichten von dir und deiner Hütte.«

»Ich bin die Geißel«, hauchte sie. Ihr Atem roch noch in drei Schritten Abstand nach brennendem Stein. Sie wich in die Hütte zurück, aber ihre Stimme verebbte nicht. »Ich bin die sichtbare Hand, die Wolkensäule bei Tag und die Feuersäule bei Nacht.«

Fischer lachte. »Du hast recht«, sagte er zu von Ranke, »sie ist die Schwierigkeiten nicht wert.« Er wandte sich um und stapfte durch die Tür. Von Ranke folgte ihm mit einem letzten Blick über die Schulter in die Dunkelheit, den Verfall. *Jahrelang hat niemand in dieser Hütte gewohnt*, dachte er. Ihr Schatten war grau und undeutlich vor dem alten Steinherd, hinter dem staubbedeckten Tisch auszumachen.

Im Auto seufzte von Ranke. »Du tendierst *wirklich* zur Arroganz, weißt du das?«

Fischer grinste und schüttelte seinen Kopf. »Du fährst, alter Freund. *Ich* schaue auf die Karten.« Von Ranke trat das Gaspedal des Mercedes durch, bis das Wimmern hoch und stetig war und die Abgase ein wirbelndes Loch in den zurückliegenden Nebel schnitten. »Kein Wunder, daß wir uns verirrt haben«, sagte Fischer. Er schüttelte die Karte Gesamtdeutschlands verdrießlich. »Die ist fünf Jahre alt – von 1979.«

»Wir werden unseren Weg schon finden«, sagte von Ranke.

Von der Tür der Hütte aus beobachtete die alte Frau sie kopfschüttelnd. »Ich bin keine Jüdin«, sagte sie, »aber ich liebte sie. Oh, ja. Ich liebte alle meine Kinder.« Sie hob die Hand, als der lange schwarze Wagen im Nebel aufheulte.

»Ich werde euch vor Gericht bringen, auf welcher Linie ihr auch leben mögt. Euch und eure Kinder und die Kinder eurer Kinder«, sagte sie. Sie tropfte einen Kringel Rauch von ihrem Ellbogen auf den Dreckboden und wackelte mit dem Finger. Der Rauch tanzte und malte schwarze Figuren in den Dreck. »In die Zeit eurer Väter.« Der Nebel wurde dünner. Sie stieß ihren Arm hinab und vierzig Jahre schmolzen mit dem Nebel dahin.

Von hoch droben drang ein tieferes Brummen über die Straße. Ein Schatten flog mit breiten Schwingen über die Hütte, Flügel blitzten wie Sterne, Invasionsbanner und Geschützfeuer.

»Hungriger Vogel«, sagte die formlose Gestalt. »Zeit zum Füttern.«

Originaltitel: ›TROUGH ROAD NO WHITHER‹ • Copyright © 1985 by Greg Bear • Erstmals erschienen in ›FAR FRONTIERS‹, hrsg. von Jerry Pournelle & Jim Bean • Copyright © 1997 der deutschen Übersetzung by Wilhelm Heyne Verlag, München • Aus dem Amerikanischen übersetzt von Andreas Irle

TANGENTEN

Der nußbraune Junge stand in einem kalifornischen Feld, sein asiatisches Gesicht war durch einen praktischen Hut beschattet. Sein kleiner, stämmiger Körper war mit einem T-Shirt und braunen Shorts bekleidet. Er blickte über das hüfthohe Gras auf das alte, zweigeschossige Ranchhaus und pfiff einige Takte einer Klaviersonate von Haydn.

Aus dem oberen Stock des Hauses drang die hohe, frustrierte Stimme eines Mannes: »Verdammter Mist!« und das Geräusch einer Faust, die auf eine feste Unterlage schlug. Für eine Minute herrschte Stille. Dann, leiser, die Frage einer Frau: »Klappt es nicht?«

»Nein. Ich schwimme darin, aber ich kann es nicht sehen.«

»Die Verschlüsselung?« fragte die Frau zaghaft.

»Der Tesserakt. Wenn er keine Gestalt annimmt, ist er kein Aspik.«

Der Junge kauerte sich ins Gras und lauschte.

»Und?« ermutigte die Frau.

»Ah, Lauren, es ist immer noch eine kalte Suppe.«

Der Junge legte sich im Gras zurück. Er war von dem neuen Wohnprojekt gegenüber der Straße aus über den hölzernen Geländerzaun und den Ziegelpfeilerzaun geklettert. Während des Sommers war keine Schule, und seine Mutter – Pflegemutter – mochte ihn nicht den ganzen Tag ums Haus haben. Oder überhaupt.

Hinter seinen geschlossenen Augen erschien eine gewaltige Klaviatur, und er tanzte auf den Tasten. Er liebte Musik.

Er öffnete die Augen und sah eine dünne, ergrauende Dame in einem Tweedkostüm, die sich über ihn lehnte und ihn anstarrte. »Du bist auf einem Privatgrundstück«, sagte sie mit zusammengezogenen Augenbrauen.

Er rappelte sich auf und wischte Gras von seiner Hose. »Es tut mir leid«

»Ich dachte, ich hätte jemanden hier draußen gesehen. Wie ist dein Name?«

»Pal«, antwortete er.

»Ist das ein Name?« fragte sie mißmutig.

»Pal Tremont. Das ist nicht mein richtiger Name. Ich bin Koreaner.«

»Na, und wie ist dein richtiger Name?«

»Meine Leute haben mir gesagt, ich soll ihn nicht mehr benutzen. Ich bin adoptiert. Wer sind Sie?«

Die graue Frau blickte ihn von oben bis unten an. »Mein Name ist Lauren Davies«, sagte sie. »Du wohnst in der Nähe?«

Er deutete über die Felder auf den dichtgedrängten Häuserstreifen.

»Ich habe das Land für diese Häuser vor zehn Jahren verkauft«, sagte sie. Sie schien über etwas nachzudenken. »Gewöhnlich bin ich nicht erfreut, wenn sich hier Kinder aufhalten.«

»Es tut mir leid«, sagte Pal.

»Hast du schon zu Mittag gegessen?«

»Nein.«

»Würde dir ein gegrilltes Käsesandwich schmecken?«

Er schielte sie an und nickte.

In der breiten Küche aus roten Backsteinen und Fliesen saß er an einem Eichentisch, seine Schultern kaum höher als die Tischplatte, und aß das leicht verkohlte Sandwich und beobachtete, wie Lauren Davies ihn beobachtete.

»Ich versuche, über ein Kind zu schreiben«, sagte sie. »Es ist schwierig. Ich bin eine alte Jungfer und verstehe Kinder nicht.«

»Sie sind Autorin?« fragte er und nahm einen Schluck Milch.

Sie schnaufte. »Nicht, daß es jemand wüßte.«

»Ist das dort oben ihr Bruder?«

»Nein«, sagte sie. »Das ist Peter. Wir leben seit zwanzig Jahren zusammen.«

»Aber sie sagten, sie wären eine alte Jungfer ... ist das nicht jemand, der nie geheiratet hat oder niemals verliebt war?« fragte Pal.

»Nie geheiratet. Und dir kann es egal sein. Peters Beziehung zu mir ist nicht deine Angelegenheit.« Sie stellte eine Schüssel Suppe und ein Thunfischsalat-Sandwich auf ein lackiertes Tablett. »Sein Mittagessen«, sagte sie. Ohne gefragt zu werden, folgte Pal ihr die Treppe hinauf.

»Hier arbeitet Peter«, erklärte Lauren. Pal stand mit geweiteten Augen in der Tür. Der Raum war angefüllt mit elektronischem Gerät, Computerterminals und Bücherregalen mit geometrischen Kartonfiguren, die sich die Regalbretter mit Büchern und Platinen teilten. Sie stellte das Tablett riskant auf einen Stapel Disketten ab, die sich auf einem Wagen türmten.

»Zeit für eine Pause«, sagte sie zu einem dünnen Mann, der mit dem Rücken zu ihnen saß.

Der Mann wandte sich auf seinem Drehstuhl um, blickte kurz Pal und das Tablett an und schüttelte den Kopf. Die Haare auf dem oberen Teil seines Kopfes waren prächtig und glänzend schwarz, an den kurz geschnittenen Seiten änderte sich die Farbe abrupt zu einem überraschenden Weiß. Er hatte eine kleine, dünne Nase und große grüne Augen. Auf dem Schreibtisch vor ihm stand ein hochauflösender Computer-Monitor. »Wir sind einander nicht vorgestellt worden«, sagte er und deutete auf Pal.

»Dies ist Pal Tremont, ein Besucher aus der Nachbarschaft. Pal, dies ist Peter Tuthy. Pal wird mir bei der Figur helfen, die wir heute morgen besprochen haben.«

Pal blickte neugierig auf den Monitor. Rote und grüne Linien überschatteten sich gegenseitig durch eine unverständliche Transformation auf dem Bildschirm, die sich ständig wiederholte.

»Was ist ein ›Tesserakt‹?« fragte Pal in der Erinnerung daran, was er gehört hatte, als er im Feld gestanden hatte.

»Es ist das vierdimensionale Analogon eines Würfels. Ich versuche mir selbst beizubringen, es vor meinem geistigen Auge zu sehen«, sagte Tuthy. »Hast du das schon mal versucht?«

»Nein«, gab Pal zu.

»Hier«, sagte Tuthy und reichte ihm seine Brille. »Wie in den Filmen.«

Pal setzte die Brille auf und starrte auf den Bildschirm. »So?« sagte er. »Es faltet und entfaltet sich. Es ist hübsch – es streckt sich einem entgegen und weicht dann wieder zurück.« Er schaute sich in der Werkstatt um. »Oh, klasse!« Der Junge rannte zu einem etwa einen Meter langen schwarzen Keyboard, das in einer Ecke lehnte. »Ein Tronklavier! Mit sämtlichen Schaltern! Meine Mutter hat mich Klavierstunden nehmen lassen, aber ich spiele lieber das hier. Können Sie es spielen?«

»Ich spiele damit«, sagte Tuthy gereizt. »Ich spiele mit allen Arten von elektronischen Dingen herum. Aber was hast du auf dem Schirm gesehen?« Er blickte Lauren blinzelnd an. »Ich werde schon essen. Ich esse es schon noch. Nun stör uns bitte nicht mehr.«

»Er sollte eigentlich *mir* helfen«, beschwerte sich Lauren.

Peter lächelte sie an. »Ja, natürlich. Ich schicke ihn nach einer kleinen Weile nach unten.«

Als Pal eine Stunde später nach unten kam, ging er in

die Küche, um Lauren für das Mittagessen zu danken. »Peter ist richtig dufte«, sagte er vertraulich. »Er versucht zu lernen, in seltsame Richtungen zu sehen.«

»Ich weiß«, sagte Lauren seufzend.

»Ich gehe jetzt nach Hause«, sagte Pal. »Ich komme zurück, sollte … wenn es Ihnen recht ist. Peter hat mich eingeladen.«

»Ich bin sicher, das geht in Ordnung«, sagte Lauren vage.

»Er wird mich lernen lassen, auf dem Tronklavier zu spielen.« Damit lächelte Pal strahlend und ging durch die Küchentür, gerade so, wie er hereingekommen war.

Als sie das Tablett holte, fand sie Peter, der sich mit geschlossenen Augen in seinem Stuhl zurückgelehnt hatte. Die Figuren auf dem Bildschirm falteten und entfalteten sich immer noch.

»Was ist mit Hockrums Arbeit?« fragte sie.

»Ich bin dabei«, erwiderte Peter mit geschlossenen Augen.

Am zweiten Tag rief Lauren Pals Pflegemutter an, um sie vom Aufenthalt ihrer Sohnes in Kenntnis zu setzen, und die Frau versicherte ihr, daß es in Ordnung sei. »Manchmal ist er eine kleine Nervensäge. Schicken Sie ihn nach Hause, wenn er lästig wird … aber nicht sofort! Lassen Sie mir eine Pause«, sagte sie, dann lachte sie nervös.

Lauren preßte die Lippen zusammen, dankte der Frau und legte auf.

Peter und der Junge waren nach unten gekommen, um sich in die Küche zu setzen und Papier mit Zeichnungen zu füllen. »Peter lehrt mich, wie man sein Programm benutzt«, sagte Pal.

»Wußtest du«, sagte Tuthy im höchsten Ton eines Cambridge-Professors, »daß ein Würfel, der eine ebene Fläche schneidet, eine Anzahl von geometrisch unterschiedlichen Querschnitten besitzt?«

Pal schielte auf die Skizze, die Tuthy gezeichnet hatte. »Sicher«, sagte er.

»Wenn er durch die Fläche geschoben wird, kann der Würfel für ein zweidimensionales Wesen, das auf der Fläche lebt – laß es uns als ›Flachländer‹ bezeichnen – entweder als Dreieck, Rechteck, Trapezoid, Rhombus oder Quadrat erscheinen. Wenn die zweidimensionale Lebensform beobachtet, wie der Würfel vollständig durchgeschoben wird, ist, was es sieht, folgendes: eines oder mehrere der Objekte werden größer, ändern unvermittelt ihre Gestalt, schrumpfen und verschwinden.

»Sicher«, sagte Pal und tappte mit den Zehen seiner Turnschuhe. »Das ist leicht. Wie in dem Buch, das Sie mir gezeigt haben.«

»Und eine Kugel, die durch eine Fläche gestoßen wird, würde für die glücklosen Flachländer zunächst aussehen wie ein ›unsichtbarer‹ Punkt – wenn die zweidimensionale Oberfläche die Kugel tangential berührt –, dann wie ein Kreis. Der Kreis würde in der Größe zunehmen, dann wieder zu einem Punkt zurückschrumpfen und wieder verschwinden.« Er skizzierte zweidimensionale Strichmännchen, die einem solchen Eindringen ehrfürchtig entgegenblickten.

»Verstanden«, sagte Pal. »Kann ich jetzt auf dem Tronklavier spielen?«

»Einen Moment noch. Hab Geduld. Also, wie würde ein Tesserakt aussehen, wenn er in unseren dreidimensionalen Raum käme? Erinnere dich jetzt an das Programm … die Bilder auf dem Monitor.«

Pal blickte an die Decke. »Ich weiß nicht«, sagte er, offensichtlich gelangweilt.

»Versuch nachzudenken«, drängte Tuthy ihn.

»Er würde …« Pal hielt die Hände auseinander, um ein kantiges Objekt anzudeuten. »Er würde aussehen wie eines dieser ägyptischen Dinger, aber mit drei Seiten … oder wie eine Schachtel. Er würde auch aussehen wie eine seltsam geformte Schachtel, nicht quadratisch. Und wenn *Sie* durch ein Flachland fallen würden ...«

»Ja, das würde komisch aussehen«, stimmte Peter mit einem Lächeln zu. »Querschnitte von Armen und Beinen und dem Körper, alles umgeben von Haut ...«

»Und ein Kopf!« schwärmte Pal. »Mit Augen und einer Nase.«

Die Türglocke läutete. Pal sprang von seinem Küchenstuhl auf. »Ist das meine Mom?« fragte er und sah besorgt aus.

»Ich denke nicht«, sagte Lauren. »Wahrscheinlich ist es Hockrum.« Sie ging zur Vordertür, um nachzuschauen. Einen Moment später kam sie mit einem kleinen, blassen Mann zurück. Tuthy stand auf und schüttelte die Hand des Mannes. »Pal Tremont, das ist Irving Hockrum«, stellte er vor und wedelte mit der Hand zwischen ihnen herum. Hockrum blickte Pal an und blinzelte ihm kühl zu.

»Wie geht es mit der Arbeit voran?« fragte er Tuthy.

»Sie ist erledigt«, sagte Tuthy. »Sie ist oben. Es sieht so aus, als bellten Ihre Gelehrten am falschen logischen Baum.« Er holten einen Ordner mit Papieren und Ausdrucken und händigte ihn Hockrum aus.

Hockrum blätterte durch die Ausdrucke. »Ich kann nicht behaupten, daß es mich glücklich macht. Dennoch, ich kann keinen Fehler entdecken. Es scheint, als wäre die Arbeit so brillant wie Ihr üblicher Standard. Hier ist Ihr Scheck.« Er händigte Tuthy einen Umschlag aus. »Ich wünschte nur, Sie hätten es uns schon früher gegeben. Es hätte mir einigen Kummer erspart – und der Gesellschaft einiges an Geld.«

»Das tut mir leid«, sagte Tuthy.

»Jetzt habe ich ein wichtiges Stück Arbeit für Sie ...« Und Hockrum umriß ein weiteres Problem. Tuthy durchdachte es einige Minuten lang und schüttelte dann den Kopf.

»Höchst schwierig, Irving. Pionierarbeit. Es braucht

wenigstens einen Monat, nur um zu sehen, ob es überhaupt machbar ist.«

»Das ist alles, was ich jetzt wissen muß – ob es machbar ist. Es hängt viel davon ab, Peter.« Hockrum verschränkte die Hände vor sich und sah sogar noch blasser und noch müder aus als bei seinem Eintreten in die Küche. »Sie lassen es mich bald wissen?«

»Ich werde mich gleich dransetzen«, sagte Tuthy.

»Protegé?« fragte er und deutete auf Pal. Es lag ein spekulativer Ausdruck in seinem Gesicht, beinahe ein anzügliches Grinsen.

»Nein, ein junger Freund. Er interessiert sich für Musik«, sagte Tuthy. »Tatsächlich ist er bei Mozart verdammt gut.«

»Ich helfe ihm bei seinen Tesserakten«, behauptete Pal.

»Ich hoffe, du störst Peters Arbeit nicht. Peters Arbeit ist sehr wichtig.«

Pal schüttelte würdevoll den Kopf. »Gut«, sagte Hockrum und verließ mit dem Ordner unter dem Arm das Haus.

Tuthy kehrte, gefolgt von Pal, in sein Büro zurück. Lauren versuchte in der Küche zu arbeiten. Sie saß mit einem Füllfederhalter und einem Block da, aber die Worte wollten nicht kommen. Hockrum bereitete ihr stets Sorgen. Sie stieg die Treppe hoch und stellte sich in die offene Tür des Büros. Das tat sie des öfteren; ihre Gegenwart störte Tuthy nicht, der unter allen möglichen widrigen Bedingungen arbeiten konnte.

»Wer war der Mann?« fragte Pal Tuthy.

»Ich arbeite für ihn«, sagte Tuthy. »Er ist bei einer großen Elektronikfirma beschäftigt. Er leiht mir den größten Teil der Ausrüstung, die ich benutze. Die Computer, die hochauflösenden Monitore. Er kommt mit Problemen zu mir und nimmt dann meine Lösungen mit zurück zu seinen Bossen und behauptet, er hätte die Arbeit gemacht.«

»Das hört sich blöd an«, sagte Pal. »Welche Art von Problemen?«

»Codes, Verschlüsselungen. Computersicherheit. Das war einmal mein Fachgebiet.«

»Sie meinen, wie Zäune aufbauen oder sowas?« fragte Pal mit munter werdendem Gesicht. »Wir haben in der Schule einiges darüber gelernt.«

»Viel komplizierter, fürchte ich«, sagte Tuthy grinsend. »Hast du je von dem deutschen ›Enigma‹ oder dem ›Ultra‹-Projekt gehört?«

Pal schüttelte den Kopf.

»Das habe ich auch nicht gedacht. Laß uns nun eine andere Figur probieren.« Er rief eine weitere Routine des Vierraum-Programms auf und setzte Pal vor den Bildschirm. »Also, wie würde zum Beispiel eine Hyperkugel aussehen, wenn sie in unseren Raum eindringen würde?«

Pal dachte einen Moment lang nach. »Ziemlich seltsam«, sagte er.

»Nicht wirklich. Du hast die Visualisierungen beobachtet.«

»Oh, in *unseren* Raum. Das ist leicht. Es sieht genau wie ein Ballon aus, der sich wie aus dem Nichts aufbläst und wieder zusammenschrumpft. Es ist schwerer zu erkennen, wie eine Hyperkugel aussieht, wenn sie real ist. Rinks von uns, meine ich.«

»Rinks?« fragte Tuthy.

»Sicher. Rinks und lechts. Uben und onten. Wie auch immer die Richtungen genannt werden.«

Tuthy starrte den Jungen an. Niemand von ihnen hatte Lauren in der Tür bemerkt. »Die richtigen Termini sind *ana* und *kata*«, sagte Tuthy. »Wie sieht sie aus?«

Pal gestikulierte, deutete zwei breite Flügel mit den Armen an. »Wie ein Ball und wie ein Hufeisen, was davon abhängt, von wo aus man sie betrachtet. Wie ein von Bienen gestochener Ballon, denke ich, aber überall glatt, nicht knotig.«

Tuthy starrte noch immer, dann fragte er ruhig: »Du siehst sie tatsächlich?«

»Sicher«, sagte Pal. »Ist das nicht, was Ihr Programm bewirken soll – solche Dinge sehen zu lassen?«

Tuthy nickte ungläubig.

»Kann ich jetzt das Tronklavier spielen?«

Lauren wich von der Tür zurück. Sie spürte, daß sie etwas Bedeutsames belauscht hatte, es aber nicht verstand. Eine Stunde später kam Tuthy herunter und ließ Pal eine Telemann-Melodie auf dem Synthesizer spielen. Er setzte sich mit ihr an den Küchentisch. »Das Programm funktioniert«, sagte er. »Es funktioniert nicht bei mir, aber bei ihm. Ich habe ihm nur seitenverkehrte Schattenbilder gezeigt. Er hat es auf Anhieb kapiert und dann ist er weggegangen und hat Haydn gespielt. Er ist durch alle meine Noten durch. Das Kind ist ein Genie.«

»Meinst du musikalisch?«

Er sah sie direkt an und runzelte die Stirn. »Ja, ich denke, darin ist er ebenfalls bemerkenswert. Aber räumliche Beziehungen – Koordinaten und Bewegung in höheren Dimensionen… Wußtest du, daß, wenn man ein dreidimensionales Objekt nimmt und es in der vierten Dimension rotieren läßt, es links-rechts seitenverkehrt zurückkommt? Also wenn ich meine Hand …« – er hielt seine rechte Hand hoch – »… nach *uben* nehmen würde …« – er artikulierte klar das Wort ›*uben*‹ – »… oder sie nach onten fallen ließe, würde sie so wieder zurückkommen?« Er hielt die linke Hand über seine rechte, ballte die rechte zur Faust und ließ sie hinter seinem Rücken verschwinden.

»Das wußte ich nicht«, sagte Lauren. »Was bedeutet *uben* und *onten*?«

»Das ist, was Pal Bewegung entlang der vierten Dimension nennt. *Ana* und *kata* für Puristen. Wie oben und unten für einen Flachländer, der lediglich links und rechts, vor und zurück begreifen kann.«

Sie dachte einen Moment über die Hände nach. »Ich kann es immer noch nicht sehen«, sagte sie.

»Ich habe es versucht, kann es aber auch nicht«, gab

Tuthy zu. »Unsere Schaltkreise sind eben zu fest verdrahtet, nehme ich an.«

Oben schaltete Pal das Tronklavier zu einer Kombination von Kirchenorgel und Hawaiigitarre zusammen und spielte Variationen zu Pergolesi.

»Willst du weiterhin für Hockrum arbeiten?« fragte Lauren. Tuthy schien es nicht zu hören.

»Es ist bemerkenswert«, murmelte er. »Der Junge ist einfach nur hereingekommen. Du hast ihn zufällig mitgebracht. Bemerkenswert.«

»Kannst du mir die Richtung zeigen, mich darauf hinweisen?« fragte Tuthy den Jungen drei Tage später.

»Keine meiner Muskeln bewegt sich derart«, antwortete der Junge. »Ich kann es in meinem Kopf sehen, aber …«

»Wie ist es, diese Richtung zu *sehen?*«

Pal schielte. »Es ist ein ganzes Stück größer. Wir sind irgendwie mit anderen Orten zusammen aufgestapelt. Ich fühle mich einsam dabei.«

»Warum?«

»Weil ich hier stecke. Niemand dort draußen schenkt uns auch nur die geringste Aufmerksamkeit.«

Tuthys Mund zuckte. »Ich dachte, du hättest diese Richtungen einfach instinktiv in deinem Kopf. Sagst du mir gerade … daß du tatsächlich nach draußen *siehst?*«

»Ja. Es gibt auch Leute dort draußen. Na ja, eigentlich keine Leute. Aber es sind nicht meine Augen, die sie sehen. Augen sind wie Muskeln – sie können sich nicht in diese Richtungen richten. Aber der Kopf – das Gehirn, nehme ich an, kann es.«

»Verdammt noch mal«, sagte Tuthy. Er blinzelte und fing sich wieder. »Entschuldige. Das ist ungehörig. Kannst du mir die Leute zeigen … auf dem Schirm?«

»Schatten wie die, über die wir geredet haben«, sagte Pal.

»Schön. Dann zeichne die Schatten für mich.«

Pal setzte sich vor das Terminal und hielt die Finger über die Tastatur. »Ich kann sie Ihnen zeigen, aber Sie müssen mir bei etwas helfen.«

»Wobei helfen?«

»Ich möchte Musik spielen für sie ... dort draußen. Dann werden sie uns bemerken.«

»Die Leute?«

»Ja. Sie sehen wirklich seltsam aus. Sie stehen irgendwie auf uns. Sie haben Haken in unserer Welt. Aber sie sind *groß* ... hoch uben. Sie bemerken uns nicht, weil wir verglichen mit ihnen, so klein sind.«

»Gott, Pal, ich habe nicht die leiseste Ahnung, wie wir Musik zu ihnen nach draußen senden können ... ich bin nicht mal sicher, ob ich glauben soll, daß sie existieren.«

»Ich lüge nicht«, sagte Pal, wobei sich seine Augen verengten. Er drehte seinen Stuhl, um eine Maus auf einem schwarz gemusterten Pad anzusehen und begann Formen auf dem Monitor zu zeichnen. »Denken Sie daran, dies sind nur Schatten davon, wie sie aussehen. Als nächstes zeichne ich die Linien von uben und onten, um sie mit den Schatten zu verbinden.«

Der Junge schattierte die Formen, die er gezeichnet hatte, um sie solide aussehen zu lassen, lächelte über seinen Trick, erklärte aber, es wäre notwendig, weil die Projektion eines vierdimensionalen Objekts im normalen Raum natürlich dreidimensional war.

»Sie sehen aus, als ob man Pflanzen aus dem Garten nähme, Blumen und sowas, und ihnen viele Arme und Beine geben würde ... und es ist, wie Dinge in einem Aquarium zu sehen«, erklärte Pal.

Nach einer Weile stellte Tuthy seinen Unglauben hintenan und starrte staunend und mit offenem Mund auf das, was der Junge auf dem Monitor geschaffen hatte.

»Ich denke, Sie verschwenden Ihre Zeit. Das ist es, was ich glaube«, sagte Hockrum. »Ich hätte dieses Machbarkeitsurteil heute gebraucht.« Er ging im Wohnzimmer herum, bis er sich so schwer in einen Stuhl fallen ließ, wie sein leichtes Gerippe es zuließ.

»Ich *bin* abgelenkt worden«, gab Tuthy zu.

»Von dem Jungen?«

»Eigentlich schon. Ein recht talentierter Bursche ...«

»Hören Sie zu, das hier bedeutet eine Menge Schwierigkeiten für mich. Ich habe garantiert, daß die Studie heute fertig ist. Wie stehe ich jetzt da.« Hockrum verzog frustriert das Gesicht. »Was, zur Hölle, tun sie mit diesem Jungen?«

»Tatsächlich unterrichte ich ihn. Oder besser gesagt, er unterrichtet mich. Gerade jetzt bauen wir einen vierdimensionalen Kegel, einen Teil eines Lautsprechersystems. Der materielle Teil des Kegels ist dreidimensional, aber das Magnetfeld bildet eine vierdimensionale Erweiterung ...«

»Haben Sie je daran gedacht, wie das aussieht, Peter?« fragte Hockrum.

»Es sieht auf dem Monitor sehr merkwürdig aus, das kann ich Ihnen garantieren ...«

»Ich rede von Ihnen und dem Jungen.«

Tuthys heiterer, interessierter Ausdruck zerfiel langsam in eine lange, tief gezeichnete Bestürzung. »Ich weiß nicht, was Sie meinen.«

»Ich weiß eine Menge über Sie, Peter. Woher Sie kommen, warum Sie gehen mußten ... Es sieht einfach nicht gut aus.«

Tuthys Gesicht lief purpurrot an.

»Halten Sie ihn von hier fern«, riet Hockrum.

Tuthy stand auf. »Ich will, daß Sie das Haus verlassen«, sagte er ruhig. »Unsere Verbindung ist hiermit zu Ende.«

»Ich schwöre«, sagte Hockrum mit tiefer und kühler Stimme und starrte Tuthy unter seinen Brauen hervor an, »ich werde es den Eltern des Jungen sagen. Denken Sie etwa, sie wollen, daß ihr Kind bei einem alten – entschuldigen Sie den Ausdruck – Schwulen herumhängt?

Ich werde es ihnen sagen, wenn Sie das Machbarkeitsurteil nicht erbringen. Ich denke, Sie können es bis zum Ende der Woche schaffen – zwei Tage. Oder nicht?«

»Nein. Ich denke nicht«, sagte Tuthy. »Bitte gehen Sie jetzt.«

»Ich weiß, Sie sind illegal. Es gibt keine Aufzeichnung über ihre Einreise ins Land. Mit den Problemen, die Sie in England hatten, sind Sie sicher kein erwünschter Ausländer. Ich werde es den Behörden melden. Sie werden abgeschoben werden.«

»Ich habe keine Zeit, die Arbeit zu erledigen«, sagte Tuthy.

»Nehmen Sie sich Zeit. Anstatt das Kind zu ›bilden‹.«

»Hinaus!«

»Zwei Tage, Peter.«

Während des Abendessens erklärte Tuthy Lauren den Wortwechsel, den er mit Hockrum gehabt hatte. »Er denkt, ich treibe es mit Pal. Unsäglicher Bastard. Ich werde nie mehr für ihn arbeiten.«

»Dann wenden wir uns am besten an einen Anwalt«, sagte Lauren. »Du bist sicher, du kannst ihn nicht ... zufriedenstellen, seine Schwierigkeiten beheben?«

»Ich könnte sein kleines Problem innerhalb von einigen Stunden für ihn lösen. Aber ich will ihn nicht mehr sehen oder noch einmal mit ihm sprechen.«

»Er wird dir deine Ausrüstung wegnehmen.«

Tuthy blinzelte und wedelte hilflos mit der Hand durch die Luft. »Dann müssen wir eben schnell arbeiten, nicht wahr? Ah, Lauren, du warst eine Närrin, mich hierher zu bringen. Du hättest mich verrotten lassen sollen.«

»Sie haben alles ignoriert, was du für sie getan hast«, sagte Lauren bitter. »Du hast während des Krieges ihre Haut gerettet und dann ... Sie hätten dich hinter Schloß und Riegel gebracht.« Sie starrte durch das Küchenfenster in den bewölkten Himmel und den Wald draußen.

Der Kegel lag, gebadet von der morgendlichen Sonne, auf dem Tisch neben dem Fenster und war an den Minicomputer und das Tronklavier angeschlossen. Pal ordnete die von ihm komponierten Noten auf einem Notenständer vor dem Synthesizer an. »Es ist wie Bach«, sagte er, »aber ich werde es für sie besser spielen. Es hat eine Art Über-Rhythmus, den ich auf dem uben gelegenen Teil der Lautsprecher spiele.«

»Warum tun wir das, Pal?« fragte Tuthy, als der Jungen sich an das Keyboard setzte.

»Sie gehören eigentlich nicht hierher, nicht wahr Peter?« fragte Pal zurück. Tuthy starrte ihn an.

»Ich meine, Miss Davies und Sie kommen gut zurecht – aber gehören Sie nun *hierher*?«

»Wie kommst du darauf, ich gehörte nicht hierher?«

»Ich habe einige Bücher in der Schulbibliothek gelesen. Über den Krieg und das alles. Ich habe ›Enigma‹ und ›Ultra‹ nachgeschlagen. Ich fand einen Typ namens Peter Thornton. Seine Fotos – er sieht aus wie Sie. Die Bücher machen ihn, wie es aussieht, zu einem Helden.«

Tuthy lächelte matt.

»Aber da war diese Bemerkung in einem Buch. Sie verschwanden 1965. Sie wurden wegen etwas belangt. Sie sagten nicht, weswegen Sie belangt wurden.«

»Ich bin homosexuell«, sagte Tuthy ruhig.

»Oh. Na und?«

»Lauren und ich trafen uns 1964 in England. Wir wurden gute Freunde. Sie wollten mich ins Gefängnis stecken, Pal. Sie schmuggelte mich durch Kanada in die Vereinigten Staaten.«

»Aber Sie haben gesagt, Sie wären homosexuell. Die mögen doch keine Frauen.«

»Das stimmt überhaupt nicht, Pal. Lauren und ich mögen uns sehr. Wir können miteinander reden. Sie erzählte mir von ihren Träumen, eine Schriftstellerin zu sein, und ich erzählte ihr über Mathematik und über den Krieg. Im Krieg wäre ich beinahe gestorben.«

»Warum? Sind Sie verletzt worden?«

»Nein. Ich habe zu hart gearbeitet. Ich habe mich ausgebrannt und hatte einen Nervenzusammenbruch. Mein Geliebter hat mich während der Vierziger am Leben gehalten. Nach dem Krieg standen die Dinge in England schlecht. Aber er starb 1963. Seine Eltern kamen, um die Verteilung des Nachlasses zu regeln. Und als ich vor Gericht um eine Regelung kämpfte, wurde ich in Haft genommen. Also nehme ich an, daß du recht hast, Pal. Ich gehöre eigentlich nicht hierher.«

»Ich auch nicht. Meine Leute kümmert das nicht. Ich habe nur wenige Freunde. Ich bin nicht einmal hier geboren und weiß überhaupt nichts über Korea.«

»Spiel«, sagte Tuthy mit ausdruckslosem Gesicht. »Mal sehen, ob sie zuhören.«

»Oh, sie werden hören«, sagte Pal. »Es ist die Art, wie sie miteinander reden.«

Der Junge ließ die Finger über die Tasten des Tronklaviers laufen. Der Kegel, durch den Minicomputer mit dem Keyboard verbunden, vibrierte blechern.

Für eine Stunde blätterte Pal seine Komposition vor und zurück, wiederholte und versuchte Variationen. Tuthy saß mit dem Kinn in der Hand in einer Ecke und lauschte den Mäusequiekern und dem Quietschen, die der Kegel erzeugte. *Wieviel schwerer mußte es sein, vierdimensionale Klänge zu interpretieren*, dachte er. *Nicht einmal visuelle Anhaltspunkte ...*

Schließlich hörte der Junge auf und rang die Hände, dann streckte er die Arme aus. »Sie müssen es gehört haben. Wir müssen nur warten und sehen, was passiert.« Er schaltete das Tronklavier auf automatische Wiederholung und stieß den Stuhl vom Keyboard weg.

Pal blieb bis zur Dämmerung, dann ging er zögerlich nach Hause. Tuthy saß bis Mitternacht im Büro und lauschte den blechernen Tönen, die aus den Lautsprecherkegel drangen.

Die ganze Nacht hindurch spielte das Tronklavier

seine vorprogrammierte Sammlung von Pals Kompositionen. Tuthy lag in seinem Zimmer im Bett, zwei Türen von Laurens Zimmer entfernt, und beobachtete einen Strahl Mondlicht, der an der Wand entlangglitt. *Wie weit müßte ein vierdimensionales Wesen reisen, um hierher zu kommen?*

Wie weit bin ich *gegangen, um hierher zu gelangen?*

Ohne zu realisieren, daß er schlief, träumte er, und in seinem Traum erschien ein flackerndes Bild von Pal, der mit beiden Armen gestikulierte, als ob er schwimme und große Augen machte. *Ich bin in Ordnung,* sagte der Junge ohne die Lippen zu bewegen. *Sorg dich nicht um mich ... Ich bin in Ordnung. Ich war zurück in Korea, um zu sehen, wie es ist. Es ist nicht schlecht, aber ich bin lieber hier ...*

Tuthy erwachte schwitzend. Der Mond war untergegangen und das Zimmer war pechschwarz. Im Büro setzte der Hyperkegel seine entfernte, mausquiekende Sendung fort.

Pal kam früh am Morgen wieder und pfiff, sich dauernd wiederholende Takte aus Mozarts Viertem Violinkonzert. Lauren ließ ihn ein, und er gesellte sich oben zu Tuthy. Tuthy saß vor dem Monitor und spielte Pals Skizzen der vierdimensionalen Wesen ab.

»Siehst du irgendwas?« fragte er den Jungen.

Pal nickte. »Sie sind näher gekommen. Sie sind interessiert. Vielleicht sollten wir Dinge vorbereiten, wissen Sie ... vorbereitet sein.« Er blinzelte. »Haben Sie je darüber nachgedacht, wie wohl ein vierdimensionaler Fußabdruck aussieht?«

Tuthy dachte einen Augenblick lang nach. »Das wäre höchst interessant«, sagte er. »Sie wären solide.«

Lauren schrie im Erdgeschoß.

Pal und Tuthy stolperten beinahe übereinander, um die Treppe hinunterzukommen. Lauren stand mit über der Brust verschränkten Armen im Wohnzimmer und preßte eine Hand auf den Mund. Das erste Eindringen

hatte einen Teil des Wohnzimmerbodens und die Ost-
wand entfernt.

»Wirklich schwerfällig«, sagte Pal. »Einer von ihnen
muß angestoßen sein.«

»Die Musik«, sagte Tuthy.

»Was, zur HÖLLE, geht hier vor?« verlangte Lauren
zu wissen. Ihre Stimme begann mit einem Kreischen und
endete als Gebrüll.

»Besser, du schaltest die Musik aus«, sagte Tuthy.

»Warum?« fragte Pal mit einem aufgeregten Lächeln.

»Vielleicht mögen sie sie nicht.«

Ein heller, zarter blauer Tropfen breitete sich im
Durchmesser schnell zu einem Meter neben Tuthy aus.
Der Tropfen wurde rot, zappelte, gefror und verschwand
genauso schnell, wie er gekommen war.

»Das war wie ein Ellbogen«, erklärte Pal. »Einer seiner
Arme. Ich denke, er hört. Versucht herauszufinden,
woher die Musik kommt. Ich gehe nach oben.«

»Mach sie aus!« forderte Tuthy.

»Ich spiele etwas anderes.« Der Junge rannte die
Treppe hoch. Aus der Küche kam ein scheußliches hoh-
les Krachen, dann das Geräusch, als würde ein Vakuum
gefüllt ein umgekehrtes Ploppen, das in einem Zischen
endete – gefolgt von einer Niedrigfrequenzvibration, die
ihnen durch und durch ging …

Die Vibration wurde durch ein vierdimensionales
Wesen, das über seinen ›Boden‹, ihren dreidimensiona-
len Raum kratzte, verursacht. Tuthys Hand zitterte vor
Aufregung.

»Peter …« schrie Lauren, aller Würde ledig. Sie
breitete die Arme aus und hielt geballte Fäuste vor sich,
als wollte sie boxen.

»Pal hat Besucher angelockt«, erklärte Tuthy.

Er wandte sich der Treppe zu. Nach den ersten vier
Stufen wirbelte ein Stück des Bodens herum und verschwand. Der Luftwirbel zog ihn beinahe in das Loch
hinunter. Er gewann seine Balance zurück und kniete

sich hin, um die genau abgeschnittene, konkave Kante zu betasten. Darunter lag das dunkle Kellergeschoß.

»Pal!« rief Tuthy.

»Ich spiele etwas Originales für sie«, rief Pal zurück. »Ich glaube, sie mögen es.«

Das Telefon klingelte. Tuthy war dem Anschluß am Fuß der Treppe am nächsten und langte instinktiv danach, um den Anruf entgegenzunehmen. Hockrum war am anderen Ende und schrie.

»Ich kann jetzt nicht sprechen...« sagte Tuthy. Hockrum schrie noch einmal, laut genug, daß Lauren es hören konnte. Tuthy legte abrupt auf. »Ich denke, er ist gefeuert worden«, sagte er. »Er schien verärgert.« Er stapfte drei Schritte zurück und wandte sich um, dann rannte er los und sprang über die Lücke zu der ersten intakten Stufe. »Kann nicht reden.« Er stolperte und schrammte über die Stufen, kam auf dem Treppenabsatz zu einem Halt. »Jesus«, sagte er, als wäre ihm plötzlich etwas eingefallen.

»Er wird die Regierung anrufen«, warnte Lauren.

Tuthy winkte ab. »Ich weiß, was passiert. Sie klopfen große Stücke des Dreiraums in den vierten. Die vierte Dimension. Wie Pal sagt: schwerfällige, brutale Kerle. Sie können uns umbringen!«

Vor dem Tronklavier sitzend spielte Pal glücklich eine neue Melodie. Tuthy näherte sich und wurde abrupt von einer dicken grünen Säule, so solide wie Fels und mit ähnlicher Beschaffenheit, gestoppt. Sie vibrierte und beschrieb einen Bogen in der Luft. Ein anderthalb Meter langes Stück der Decke wurde aus dem Dreiraum gestoßen. Tuthys Haar richtete sich im Luftzug auf. Die Säule schrumpfte zu einem Besenstiel zusammen, und Haare, die sich wie Schlangen wanden, sprossen daraus hervor.

Tuthy schob sich um den haarigen Besenstiel herum und zog den Stecker aus dem Tronklavier. Ein Käfig mit zeppelinförmigen braunen Würsten umkreiste den

Computer, drehte sich, streckte sich bis zur Decke, dem Boden und der Fläche des Monitortisches aus, schrumpfte dann und wurde zu dünnen Fäden, die auf einmal verschwanden.

»Sie können hier nicht allzu deutlich sehen«, sagte Pal, den es nicht störte, daß sein Konzert beendet war. Lauren hatte die Außentreppe erklommen und stand hinter Tuthy. »Mensch, die Zerstörung tut mir leid.«

In einer flüssigen, bogenförmigen Bewegung wurden das Tronklavier, der Kegel und die gesamte damit zusammenhängende Verkabelung abgezogen, als wären Aufkleber hastig von einer flachen Oberfläche entfernt worden.

»Mann«, sagte Pal, dessen Gesicht plötzlich Entsetzen ausdrückte.

Dann war der Junge an der Reihe. Er wurde langsamer entfernt, mit größerer Vorsicht. Das letzte, was von ihm verschwand, war sein Kopf, der für einige Sekunden in der Luft hing.

»Ich glaube, sie mochten die Musik«, sagte er grinsend.

Kopf, Grinsen und alles andere fiel in eine Richtung, der Tuthy oder Lauren unmöglich folgen konnten. Die Luft im Zimmer seufzte.

Lauren blieb für einige Minuten stehen, wo sie war, während Tuthy durch das hindurchging, was vom Büro übriggeblieben war, und sich mit der Hand durch sein in Unordnung geratenes Haar fuhr.

»Vielleicht kommt er zurück«, sagte Tuthy. »Ich weiß nicht einmal …« Aber er beendete den Satz nicht. Konnte ein dreidimensionaler Junge in einer vierdimensionalen Leere, oder was auch immer uben oder onten – lag, überleben?

Tuthy wandte nichts ein, als Lauren es auf sich nahm, die Pflegeeltern und die Polizei anzurufen. Als die Polizei ankam, ließ er die Befragungen und Beschuldigungen

stoisch und mit unbeweglichem Gesicht über sich erge-
hen und erzählte soviel, wie er wußte. Ihm wurde kein
Glauben geschenkt; niemand wußte recht, was er glauben sollte. Es wurden Fotos gemacht. Die Polizei zog ab.

Es war nur eine Frage der Zeit, sagte Lauren zu ihm,
bis einer von ihnen oder sie alle beide in Haft genommen würden. »Dann denken wir uns eine Geschichte
aus«, sagte er. »Du sagst ihnen, es war meine Schuld.«

»Das werde ich *nicht* tun«, sagte Lauren. »Aber wo *ist*
er?«

»Ich bin nicht sicher«, sagte Tuthy. »Ich glaube jedenfalls, daß es ihm gut geht.«

»Woher *weißt* du das?«

Er erzählte ihr von dem Traum.

»Aber das war vorher«, sagte sie.

»In der vierten Dimension absolut zulässig«, erklärte
er. Er deutete vage nach oben, dann hinunter und zuckte
die Achseln.

Am letzten Tag verbrachte Tuthy die frühen Morgenstunden in einen Mantel und einen Bademantel ge-
wickelt im zugigen Büro, spielte immer wieder sein Programm ab und versuchte, *ana* und *kata* zu visualisieren.
Er schloß die Augen, blinzelte und verdrehte den Kopf,
verschränkte die Finger und zeichnete seltsame kleine
Schaubilder auf den Monitoren, aber es hatte keinen
Zweck. Sein Gehirn war festgefahren.

Beim Frühstück wiederholte er Lauren gegenüber, daß
sie ihm alle Schuld geben müßte.

»Vielleicht legt sich das alles über kurz oder lang«,
sagte sie. »Sie haben kein Belastungsmaterial. Keinen Beweis ... nichts.«

»*Über* kurz oder lang«, sagte er sinnend, fuhr mit der
Hand über den Kopf und grinste ironisch. »Wie *über*,
werden sie wohl nie wissen.«

Die Türglocke läutete. Tuthy ging, um nachzuschauen,
und Lauren folgte einige Schritte hinter ihm.

Tuthy öffnete die Tür. Drei Männer in grauen Anzügen, einer mit einer Aktentasche, standen auf der Veranda. »Mr. Peter Thornton?« fragte der größte von ihnen.

»Ja«, gestand Tuthy.

Ein großes Stück des Türrahmens und der Mauer darüber verschwand mit einem Tosen und einem zischenden Plopp. Die drei Männer blickten zu der Lücke auf. Nicht beachtend, was ohnehin unmöglich war, wandte der Sprecher seine Aufmerksamkeit wieder Tuthy zu und fuhr fort: »Wir haben Informationen dahingehend, daß Sie sich illegal in diesem Land aufhalten.«

»Oh?« sagte Tuthy.

Neben ihm wuchs ein unregelmäßiger, zarter, blauer Zylinder zu einer Länge von anderthalb Metern an und blieb vibrierend in der Luft hängen. Die drei Männer wichen zurück. In der Mitte des Zylinders tauchte Pals Kopf auf und darunter sein ausgestreckter Arm und seine Hand.

»Es macht Spaß hier«, sagte Pal. »Sie sind freundlich.«

»Ich glaube dir«, sagte Tuthy.

»Mr. Thornton«, fuhr der Sprecher kühn fort.

»Wollen Sie nicht mit mir kommen?« fragte Pal.

Tuthy blickte sich nach Lauren um. Sie deutete ein Nicken an, kaum verstehend, wozu sie ihre Zustimmung gab und er nahm Pals Hand. »Sag ihnen, es war mein Fehler«, sagte er.

Von Kopf bis Fuß wurde Peter Tuthy aus dieser Welt geschält. Luft wirbelte herein. Die Hälfte der Messinglampe neben der Tür verschwand.

Die Behörden-Leute kehrten mit feuchten Hosen und verlegenen, tief besorgten Ausdrücken ohne weitere Fragen zu ihrem Wagen zurück. Sie fuhren fort, verließen Lauren, die die Stille betrachtete. Sie kamen nicht wieder.

Sie schlief die nächsten drei Nächte nicht, und als sie

schlief, besuchten Tuthy und Pal sie und stellten ihr die Frage.

Vielen Dank, aber ich ziehe es vor, hierzubleiben, antwortete sie.

Es ist ein Riesenspaß, beharrte der Junge. *Sie mögen Musik.*

Lauren schüttelte den Kopf und wachte auf. Nicht sehr weit entfernt war ein Pfeifen zu hören, ein blechernes Geräusch, gefolgt von einer tiefen Vibration.

Für sie klang es wie Applaus.

Sie holte tief Luft, schwang die Beine aus dem Bett und stand auf, um ihr Notizbuch zur Hand zu nehmen.

Originaltitel: ›TANGENTS‹ • Copyright © 1986 by Greg Bear • Erstmals erschienen in ›OMNI‹ • Copyright © 1997 der deutschen Übersetzung by Wilhelm Heyne Verlag, München • Aus dem Amerikanischen übersetzt von Andreas Irle

SCHWESTERN

Aber du bist die einzige, Letitia.« Reena Cathcart legte mit einem Blick äußerster Aufrichtigkeit eine leichte, schlanke Hand auf ihre Schulter. »Du weißt, keine der anderen kann es. Ich meine ...« Sie hielt inne. Schwach dämmerte ihr der Fauxpas, der ihr unterlaufen war. »Du bist einfach die einzige, die die alte – die ältere – Frau spielen kann.«

Letitia Blakely blickte auf den Flurboden. Ihr Gesicht wurde heiß. Sie wandte ihren Blick zur Decke und versuchte, keine neuen Tränen zu vergießen. Reena warf ihr langes schwarzes Haar zurück, perfekte Augen in der Farbe von Haselnüssen schauten flehend drein. Einige Nachzügler bummelten den reinlichen und mit Teppich ausgelegten Flur des neuen Schulflügels hinunter zu ihren Klassen. »Wir kommen zu spät zur ersten Stunde«, sagte Letitia. »Warum die alte Frau? Warum bist du nicht zu mir gekommen, als noch andere Rollen zu besetzen waren?«

Reena war zu gerissen, um nicht zu wissen, was sie tat. Gerissen, aber nicht übermäßig feinfühlig. »Du bist eben der Typ dafür.«

»Meinst du gruftig?«

Reena reagierte nicht. Sie war erpicht auf ein Ja, der perfekten Lösung ihrer Probleme.

»Oder nur untersetzt?«

»Du solltest dich wegen deines Aussehens nicht schämen.«

»Ich sehe gruftig und untersetzt aus! Ich bin perfekt für

die alte Frau in deinem verlogenen Stück geeignet, und du bist die einzige, die den Mut hat, mich zu fragen.«

»Wir wollen dir eine Chance geben. Du bist eine solche Einzelgängerin und wir wollten, daß dich fühlst wie ein Teil …«

»Bullshit!« Die Tränen begannen nun doch hervorzuquellen, und Reena wich zurück. »Laß mich in Ruhe. Laß mich nur in Ruhe.«

»Kein Grund zum Fluchen.« Verdrießlich, beleidigt.

Letitia hob die Hand, als wolle sie zuschlagen. Reena schwang herausfordernd ihr Haar und wandte sich ab, um zu gehen. Letitia lehnte sich gegen die gefliese Wand und wischte sich die Augen ab, wobei sie versuchte, ihr sorgfältig aufgetragenes Make-up nicht zu verschmieren. Der Schaden war allerdings bereits angerichtet. Sie spürte die Tränenspuren durch die Wimperntusche ihrer Mutter und den verschmierten Lidschatten. Mit einem Seufzen ging sie zum Waschraum, ohne darauf zu achten, wie spät sie dran war. Sie wollte nach Hause gehen.

Fünfzehn Minuten nach dem Schellen erreichte Letitia ihre Klasse und war überrascht, die Schüler in einer selbstgeregelten Diskussion vorzufinden, ohne eine Spur von Mr. Brant. Einige aus Reenas Drama-Gruppe warfen ihr frostige Blicke zu, als sie ihren Platz einnahm.

»AV«, sagte Edna Corman im Flüsterton von der anderen Seite des Gangs aus.

»RK dich«, erwiderte Letitia, nickte zur Seite und paßte ihren Ton dem Ednas genau an. Sie klopfte John Lockwood auf die Schulter. Lockwood kümmerte sich nicht besonders um Geselligkeit. Er bemerkte nur selten, wenn etwas um ihn herum vorging. »Wo ist Mr. Brant?«

»Georgia Fischer hat geblitzt, und er bringt sie zum Rat. Er hat gesagt, wir sollen hierbleiben und weitermachen.«

»Oh.« Georgia Fischer war vor zwei Monaten aus einer Begabten-Klasse in Oakland hierher versetzt worden. Sie war intelligenter als die meisten anderen, aber etwa alle zwei Wochen hatte sie einen Blitz. »Vielleicht bin ich fett und häßlich«, sagte Letitia in Lockwoods Ohr, »aber ich habe noch nie geblitzt.«

»Ich auch nicht«, sagte Lockwood. Er war ein VEK, genau wie Georgia, aber kein Begabter. Letitia mochte ihn, aber nicht genug, um sich durch ihn bedroht zu fühlen. »Besser weitermachen.«

Letitia lehnte sich auf ihrem Stuhl zurück und schloß die Augen, um sich besser konzentrieren zu können. Ihr Mod sprang an und Projektionen tanzten vor ihr und stabilisierten sich. Sie hatte sich nun seit einer Woche beharrlich mit Patienten-Psychologie vollgestopft und näherte sich nun der Schwelle. Die kleine Computergraphik-Schwester in Weiß mit Schwesternhäubchen begann die Erörterung der Patientenpflege. Für Letitia schien dies alles sehr AV zu sein. Wer starb jetzt überhaupt noch an Krankheiten? Sie traf eine Entscheidung und ließ sich von derselbsen CG-Schwester den RoR-Schock – Ersatz und Erholung – erklären. Was sie wirklich studieren wollte, war Kolonie-Medizin, aber wie könnte sie es je nach Dort Draußen schaffen?

Einige VEKs waren von ihren Eltern derart entworfen worden, daß sie sich physisch und mental für eine Weltraum-Karriere qualifizierten. Einige waren mit Biochemien ausgerüstet worden, deren eine in der Erdschwere aktiv wurde, die andere im Raum. Wie konnte ein NG damit konkurrieren?

Von den siebenhundert Jugendlichen in den Trainigsprogrammen ihrer Highschool war Letitia Blakely eine von zehn NGs – Besitzerin von natürlichen, unveränderten Genomen. Jeder andere war stolzer Besitzer frisierter Gene, VEKs oder Vorher-Entworfene Kinder. Sie alle waren reizend und ausgeglichen mit genau der angemessenen Anhäufung von Fettpolstern und genau der angemessenen Einflößung elterlicher Charakteristiken und ausgewählten Zügen, um hübsch und unterschiedlich zu sein – groß, gesund, zu bändigendes Haar, unbefleckte Haut, wohlangepaßt (außer dem gelegentlich auftretenden Blitzen), mit warmherzigen und heiteren Persönlichkeiten. Der alte, herabwürdigende Slangausdruck für VEKs war RK – Rekombiniert.

Letitia Brown – ein wenig übergewichtig, mit bleicher Haut, krausem Haar, einer Knollennase und schwachem Kinn, einer Brust größer als die andere und bereits so schlaff, um darunter einen Schreiber einzuklemmen, mit schmerzvollen Menstruationsperioden und einer absoluten Abneigung gegenüber Athletik – war das Spiel. So wurden sie genannt. NG Spiele. AVs – Atavismen. Neandertaler.

All die hübschen VEKs riskierten eine Menge, wenn sie Animositäten den NGs gegenüber zeigten. Ihre Eltern hatten das Recht, das System zu verklagen, wenn sie zum Nachteil ihrer Schulleistungen belästigt wurde. Dies war keine Privatschule, für die alle Eltern astronomisch hohe Unterrichtsgebühren zahlen mußten; dies war eine öffentliche Schule alten Stils, mit öffentlichem Schulprogramm und Regeln. Die Lehrer tendierten dazu, mit Störenfrieden nicht viel Federlesen zu machen. Und, so gestand sie sich mit einer schmerzvollen Selbstbeschuldigung ein, sie machte es ihnen nicht gerade leichter.

Sicher, sie konnte mitmachen und die alte Frau spielen – wieviel Realismus würde sie dem kleinen Drama mit ihrem ehrlichen TB-Körper geben! Sie könnte fröhlich und bescheiden sein, wie Helen Roberti, die ohnehin gar nicht so schlecht aussah. Oder sie könnte ruhig und unauffällig sein, wie Bernie Thibhault.

Die CG-Schwester schloß die Ersatz und Erholungs-Pflege ab. Letitia hatte kaum etwas davon aufgenommen. Echtzeit-Mod-Unterricht war langweilig, aber sie hatte sich bisher noch nicht für das Erlebnistraining qualifiziert. Sie hatte nun lediglich einen Kurs des Karriere-Studiums – keine Alternativen – und zwei ästhetische Programme, Individualorchester am Freitag nachmittag und LitVid-Edieren an alternierenden Wochenenden.

Als Vorstudentin der Medizin war sie ein Versager, aber das wollte sie nicht zugeben. Sie war NG. Ihr Gehirn brauchte länger, um zu reifen; es war nicht so fein verdrahtet.

Sie dachte, sie wäre unglaublich langsam. Sie bezweifelte, daß sie jemals eine erfolgreiche Ärztin werden würde; sie war empfindlich und niemand, nicht einmal ihre Mit-NGs, wollten von einer Ärztin behandelt werden, die bei dem Anblick von Blut bleich wurde.

Letitia wies die Schwester leise an, noch einmal zu beginnen und diese gehorchte.

Währenddessen war Reena Cathcart gewaltig in ihr Mod eingestiegen. Ihr glückseliger Ausdruck sagte alles. Die Echtzeit-Ausgabe glitt so glatt, so schnell in sie hinein – es war die pure Freude.

Keine Pickel im Verstand.

Zehn Minuten später kehrte Mr. Brant mit einer blassen und triefäugigen Georgia Fischer zurück. Sie saß einen Gang und zwei Reihen hinter Letitia. Sie stöpselte ihr Mod beflissen ein und Brant ging zu seiner Konsole, um sein Multimedia einzuschalten und die gesamte Klasse zu koordinieren. Edna Corman flüsterte ihr etwas zu.

»Alles in allem kein schlechter Blitz«, kommentierte Georgia leise.

»Wie geht es dir, Letitia?« fragte der Autoratgeber. Das CG-Gesicht projizierte sich vor ihr mit ein paar Störungen, denen Letitia keine Aufmerksamkeit schenkte. CG-ARs waren die Gestörten, und sie schätzte sie nicht einmal in ihrer ursprünglichen Perfektion.

»Dürftig«, sagte sie.

»Wirklich? Lust, darüber zu reden?«

»Ich möchte mit Dr. Rutger reden.«

»Vertraust deinem freundlichen AR nicht?«

»Ich möchte mit Dr. Rutger reden.«

»Dr. Rutger ist beschäftigt, Letitia. Anders wie dein freundlicher AR, können Menschen zu einer gewissen Zeit nur an einem Ort sein. Ich möchte helfen, wenn ich darf.«

»Dann möchte ich Programm sechzehn.«

»Steht bereit, Letitia.« Die Projektion flackerte, und das Gesicht wandelte sich zu einer Realperson-Simulation von Marian Tempesino, der einzigen CG-AR, bei der sich Letitia wohl fühlte.

Tempesino hatte keine Störungen, was nahelegte, daß sie ein nur selten genutztes Programm war. Das war Letitia nur recht. »Hier sechzehn. Letitia? Du siehst niedergeschlagen aus. Noch mehr Einstellungsstörungen?«

»Ich wollte mit Dr. Rutger reden, aber er ist beschäftigt. Also rede ich mit dir. Und ich möchte eine Aufzeichnung. Ich will raus aus der Schule. Ich möchte, daß mich meine Eltern herunternehmen und mich auf eine NG-Schule gehen lassen.«

Tempesinos Gesicht hatte keinen besonderen Ausdruck, was einer der Gründe war, weshalb Letitia das Programm 16 AR mochte. »Warum?«

»Weil ich ein Freak bin. Meine Eltern haben mich zu einem Freak gemacht, und ich möchte wissen, warum ich nicht bei all den anderen Freaks bin.«

»Du bist eine Natürliche, kein Freak.«

»Um wie irgendeine von den anderen auszusehen – selbst wie Reena Cathcart – müßte ich den Rest meines Lebens mit Bioplasty verbringen. Ich halte es nicht mehr aus. Sie haben mich gefragt, ob ich nicht die alte Lady in einem ihrer Dramen spielen will. Die einzige Rolle, die zu mir paßt. Eine alte Lady!«

»Sie versuchen, dich miteinzubeziehen.«

»Es *tut weh!*« sagte Letitia mit Tränen in den Augen.

Tempesinos Bild flackerte etwas, als die Gefühlsregung registriert wurde und eine höhere Autoritäts-AR hinter 16 trat.

»Ich will nur raus. Ich möchte allein sein.«

»Wohin würdest du denn gerne gehen, Letitia?«

Letitia dachte einen Augenblick lang darüber nach. »Ich will zurück dahin, als häßlich sein normal war.«

»Na gut. Laß es uns simulieren. Sechzig Jahre sollten ausreichen. Bereit?«

Sie nickte und verwischte mit ihrem Handrücken noch mehr Wimperntusche.

»Dann mal los.«

Es war wie ein Traum, etwas verschwommener als das Einstöpseln in ein Mod. CG-Bilder, zusammengestellt aus Tausenden von Kilometern an alten Filmen und Bändern und beschreibenden Aufzeichnungen gaben ihr das Gefühl, als fliege sie in der Zeit zurück zu einem Ort, den sie gerne ihr Zuhause genannt hätte. Gesichter erschienen ihr – Gesichter in häßlichen Variationen, die vorzeitig altern, Brillen trugen, auch einige hübsche Gesichter, die auch heute bestehen könnten – und die Gesichter wichen zurück, um mit Körpern verbunden zu werden. Körpern, die aus der Form geraten waren, sich in guter Verfassung befanden, übergewichtig, krank oder gesund waren, rotgesichtig, mit zu hohem Blutdruck: das gesamte Spektrum der veränderlichen und zum Desaster neigenden Bevölkerung der Menschheit vor sechzig Jahren. Das war es, wo Letitia sich zugehörig fühlte.

»Sie sind schön«, sagte sie.

»Sie denken nicht so. Sie stürzten sich auf die Chance sicherzustellen, daß ihre Kinder schön, adrett und gesund würden. Es war eine Zeit des Übergangs, Letitia. Genau wie auch jetzt.«

»Jeder schaut nun gleich aus.«

»Ich glaube nicht, daß das fair ist«, sagte die AR. »Es gibt eine beträchtliche Vielfalt in der Art, wie die Leute heute aussehen.«

»Nicht in meinem Alter.«

»Besonders in deinem Alter. Schau her.« Die AR zeigte ihr Dutzende von Gesichtern. Wenige sahen gleich aus, aber alle waren sie ansehnlich oder reizend. Einige bereiteten Letitia vom bloßen hinsehen Schmerzen; Gesichter, mit denen sie nie gut Freund sein konnte, nie würde lieben können, weil es stets jemand schöneres und wünschenswerteren gab als eine NG.

»Meine Eltern hätten damals leben müssen. Weshalb haben sie mich zu einem Freak gemacht?«

»Du bist entwicklungsmäßig normal. Du bist kein Freak.«

»Sicher. Ich bin eine SNG. Schäbig. So nennen sie mich.«

»Forderst du die Beschimpfung nicht manchmal heraus?«

»Nein!« Dies brachte sie nicht weiter.

»Letitia, wir alle müssen uns anpassen. Selbst die heutige Welt ist nicht fair. Bist du sicher, daß du alles tust, um dich anzupassen?«

Letitia wand sich auf ihrem Stuhl um und sagte, sie wolle weg. »Nur einen Moment«, sagte die AR. »Wir sind noch nicht fertig.« Sie kannte diesen Ton. Den ARs wurde zuweilen erlaubt, etwas grob zu werden. Sie konnten ungebärdigen Studenten Aufträge auf dem Gelände zuweisen oder sie stundenlang zurückhalten und ihnen Aufgaben stellen, die gewöhnlich Computern überlassen wurden. Sie haßte es, Strafpredigten hören zu müssen.

»Junge Frau, du trägst einen gigantischen Chip auf deiner Schulter.«

»Um so mehr Computerkapazität für mich.«

»Sei ruhig und hör zu. Uns allen ist es erlaubt, die Politik zu kritisieren, wer auch immer sie macht. Ämterwürden und Respekt vor Übergeordneten haben sich im einundzwanzigsten Jahrhundert nicht gut gehalten. Die Leute müssen sich ihren Respekt verdienen. Das gilt auch für Studenten. Der durchschnittliche Student hier hat vier wichtige Talente, von denen jedes in eine öffentliche Planungspolitik paßt, die ihnen einen Job, der zwei oder mehr dieser Talente miteinander verbindet, garantiert. Sie werden nicht gezwungen, diese Jobs anzunehmen, und wenn sie zaudern, bleiben sie vielleicht nicht in diesen Jobs. Aber die Öffentlichkeit hat versucht, einem jeden von uns eine qualitative Beschäftigungsmöglichkeit zu garantieren. Das gilt für dich genauso. Du bist SNG, aber du zeigst genausoviel Intelligenz und zumindest genausoviele entwicklungsfähige Talente wie die VEKs. Du bist jung, und dein Reifeplan ist ein natürlicher – aber du bist nicht geringer oder schwächer, Letitia. Das ist mehr, als man von den Abkömmlingen einiger Eltern behaupten kann, die noch zurückhaltender waren als deine. Dir wurde zumindest pränatale Pflege und Ernährungsmodifikation zuteil, und deine Eltern haben die Biotechniker deine Allergien korrigieren lassen.«

»Also?«

»Für dich ist es also eine Sache des Willens. Wenn dein Willen schwankt, wird dir nicht mehr Beachtung geschenkt, als einem VEK. Du mußt zwischen den sekundären und tertiären Beschäftigungen wählen oder sogar …« Die AR hielt inne. »Öffentliche Unterstützung. Willst du das?«

»Meine Noten sind gut. Ich komme gut zurecht.«

»Du wählst Karrieretraining, das nicht deinen entwicklungsfähigen Talenten entspricht.«

»Ich mag Medizin.«

»Du bist empfindlich.«

Letitia zuckte die Achseln.

»Und man kommt nicht leicht mit dir aus.«

»Dann sag ihnen, sie sollen aufhören. Ich werde umgänglich sein … aber ich will nicht, daß sie mich wie einen Freak behandeln. Edna Corman rief mich …« Sie hielt inne. Dies könnte Edna Corman in eine Menge Schwierigkeiten einbringen. Unter den Studenten war AV ein beiläufiges Attribut; angewandt auf einen NG, konnte es für die Schulbehörden der Grund für einen Eintrag in Cormans Akte sein. »Nichts. Nicht wichtig.«

Der AR schaltete auf niedrigere Autorität, und Tempesinos Gesicht nahm einen anderen Beratungsausdruck an. »Gut. Berichtigungen sind auf beiden Seiten notwendig. Danke, daß du vorbeigeschaut hast, Letitia.«

»Yeah. Ich möchte immer noch mit Rutger reden.«

»Die Anfrage wurde notiert. Bitte kehre nun zum Unterricht zurück.«

»Gib acht, wenn dein Bruder redet«, sagte Jane. Roald machte sich selbst zur Last, indem er von seinem Vor-Flug-Training schwätzte, das er in der Grundschule bekam. Letitia brachte ein oder zwei Kommentare an und fiel in die Betrachtung ihres Essens vor ihr zurück. Sie aß nicht. Jane beobachtete sie aus den Augenwinkeln und reichte eine Schüssel mit gezuckerten Beeren herum. »Was nagt an dir?«

»Ich nage selbst«, sagte Letitia schelmisch.

»Ha«, sagte Roald. »Volle Ladung von dieser Seite.« Er grinste sie an, seine beiden Vorderzähne fehlten. Er sah abscheulich aus, dachte sie. Jede andere Familie hätte ihm Ersatz beschafft, nicht jedoch ihre.

»Ein wenig mehr Respekt, ihr beiden«, sagte Donald. Ihr Vater nahm Roald die Schüssel weg und schaufelte eine bescheidene Portion in seine Tasse. Dann setzte er sich neben Letitia. »Ganze fünfzehn und ganze acht.« Dies war seine Predigt; sich erwachsen verhalten, ob nun mit acht oder mit fünfzehn.

»Autoratgeber heute?« fragte Jane. Sie kannte Letitia viel zu gut.

»AR«, bestätigte Letitia.

»Bist du reingegangen?«

»Ja.«

»Und?«

»Ich bin nicht eingestellt.«

»Das heißt?« fragte Donald.

»Das heißt, sie zischt und knattert«, sagte Roald mit dem Mund voller Beeren und über das Kinn laufenden Saft. Er wölbte die Hand darunter und schlürfte ihn lautstark auf. Jane langte vor und wischte mit einer Serviette nach. »Sie beschwert sich«, schloß Roald.

»Worüber?«

Letitia schüttelte ihren Kopf und antwortete nicht.

Das Dessert war beinahe beendet, als Letitia beide Handflächen auf den Tisch schlug. »Warum habt ihr das getan?«

»Warum haben wir *was* getan?« fragte ihr Vater verwundert.

»Warum sind Roald und ich normal? Warum habt ihr uns nicht designen lassen?«

Jane und Donald warfen einander einen schnellen Blick zu und wandten sich an Letitia. Roald betrachtete sie, selbst etwas betroffen, mit großen Augen.

»Jetzt weißt du es doch sicherlich selbst«, sagte Jane und blickte auf den Tisch. Sie war entweder verdutzt oder wurde ärgerlich. Nun, da sie diesen Weg eingeschlagen hatte, konnte Letitia nicht anders, als sich weiter vorzuarbeiten.

»Ich weiß es nicht. Nicht wirklich. Es ist nicht, weil ihr religiös seid.«

»Etwas in der Art«, sagte Donald.

»Nein«, sagte Jane und schüttelte entschieden den Kopf.

»Warum dann?«

»Deine Mutter und ich …«

»Ich bin *nicht* nur ihre Mutter«, sagte Jane.

»Jane und ich glauben, daß es in der Natur einen gewissen Plan gibt – einen Plan, den wir nicht stören sollten. Wenn wir es wie die meisten anderen gemacht und versucht hätten, VEKs zu bekommen – an den Jungen-Mädchen-Lotterien teilgenommen und für die vorgeburtlichen Beratungsmöglichkeiten unterschrieben hätten – nun, dann hätten wir sie gestört.«

»Seit ihr in die Klinik gegangen, als wir geboren wurden?«

»Ja«, sagte Jane, immer noch den direkten Blickkontakt meidend.

»Das ist nicht natürlich«, sagte Letitia. »Warum nicht die Natur entscheiden lassen, ob wir lebendig zur Welt kommen oder nicht?«

»Wir haben nie behauptet, konsequent zu sein«, sagte Donald.

»Donald«, sagte Jane stirnrunzelnd.

»Es gibt Grenzen«, führte Donald weiter aus und lächelte versöhnlich. »Wir glauben, diese Grenzen beginnen, wenn Leute versuchen, in die Geschlechtszellen einzugreifen. Ihr hattet das alles in der Schule. Ihr wißt von den Protesten, als die ersten VEKs geboren wurden. Eure Großmutter war eine der Protestierenden. Eure Mutter und ich sind beide NGs; unser Kurs, unsere Generation hat einen bei weitem höheren Prozentsatz an NGs.«

»Jetzt sind wir Freaks«, sagte Letitia.

»Wenn du damit meinst, daß es nicht viele Teenager-NGs gibt, nehme ich an, daß es stimmt«, sagte Donald und berührte den Arm seiner Frau. »Aber es kann ebenso bedeuten, daß du etwas Besonderes bist. Auserwählt.«

»Nein«, sagte Letitia. »Nicht auserwählt. Ihr habt bei uns beiden gewürfelt. Wir hätten BGs werden können. Blindgänger. Nicht nur Schäbige, sondern Spätzünder.«

Eine unbehagliche Stille breitete sich am Tisch aus. »Unwahrscheinlich«, sagte Donald mit einer Stimme, die kaum mehr als ein Flüstern war. »Eure Mutter und ich haben beide gute Genotypen. Eure Großmutter beharrte darauf, daß eure Mutter einen guten Genotyp heiratet. Es gibt keine entwicklungsmäßig unfähigen Leute in unseren Familien.«

Letitia fühlte sich in die Enge getrieben. Sie konnte keinen Ausweg erkennen, also stieß sie ihren Stuhl zurück und entschuldigte sich vom Tisch.

Als sie auf dem Weg hinauf in ihr Zimmer war, hörte sie von unten Erörterungen. Roald polterte hinter ihr die Stufen herauf und warf ihr einen verärgerten Blick zu. »Warum mußtest du das alles aufbringen?« fragte er. »Es ist schon in der Schule schlimm genug, wir müssen es nicht auch noch hier so haben.«

Sie dachte an die Geschichte, die ihr die AR gezeigt hatte. Damals wäre es einer Familie mit ihrem Einkommen nicht möglich gewesen, in einem Haus mit vier Schlafzimmern zu wohnen. Damals hatten halb so viele Leute in den Vereinigten Staaten und Kanada gelebt als heute. Es gab mehr Arbeitslose, eine viel größere wirtschaftliche Unsicherheit und bei weitem weniger automatisierte Jobs. Der Prozentsatz der Menschen, die für ihren Unterhalt körperliche Arbeit leisten mußten – Bauhandwerk, Landwirtschaft, Entsorgung und ähnliche harte Arbeiten – war zehn Mal größer gewesen als jetzt. Die meisten der Menschen, die solche Arbeiten auch heute noch leisteten, gehörten religiösen Sekten an oder einer der Wendell-Barry-Farmkommunen.

Damals wären Roald und Letitia als talentierte Kinder mit glänzender Zukunft betrachtet worden.

Sie dachte an die Bilder und die Gefühle beim Anblick der Vergangenheit und fragte sich, ob Reena nicht recht gehabt hatte.

Sie wäre eine perfekte alte Frau.

Ihre Mutter betrat das Zimmer, während Letitia ihr Haar hochsteckte. Sie stand im Türrahmen. Es war offensichtlich, daß sie geweint hatte. Letitia beobachtete ihr Bild im Spiegel des Ankleidetisches ihrer Großmutter, den sie vor vier Jahren bekommen hatte. »Ja?« fragte sie leise mit zeitlosen Haarklammern im Mund.

»Es war mehr meine Idee, als die deines Vaters«, sagte Jane und trat, die Hände vor sich gefaltet, näher. »Ich meine, ich *bin* deine Mutter. Wir haben bisher noch nie richtig darüber gesprochen.«

»Nein«, sagte Letitia.

»Also, warum gerade jetzt?«

»Vielleicht, weil ich erwachsen werde.«

»Ja.« Jane blickte auf die zarten, flimmernden Bilder, die an den Wänden hingen, Pastellszenen von unwahrscheinlichen Wäldern. »Als ich mit dir schwanger war, hatte ich große Angst. Ich hatte Sorge, wir hätten die falsche Entscheidung getroffen, indem wir dem entgegen handelten, was alle anderen dachten und rieten, oder was ihnen selbst geraten wurde. Aber ich trug dich in mir und spürte deine Bewegungen … und ich wußte, daß du unser bist und nur unser, und das wir für deinen Körper und deine Seele verantwortlich sind. Ich war deine Mutter, nicht die Ärzte.«

Letitia blickte mit gemischten Gefühlen auf: Ärger, Frustration – und Liebe.

»Und nun sehe ich *dich*. Ich denke zurück an das, was ich fühlen würde, wäre ich noch einmal in deinem Alter, an deiner Stelle. Ich wäre vielleicht auch wütend. Roald hatte noch keine Zeit, um etwas anderes zu fühlen; er ist noch zu jung. Ich bin nur heraufgekommen, um dir das zu sagen. Ich weiß, daß das, was ich tat, richtig war, nicht für uns, nicht für sie« – sie deutete auf die weite Welt, jenseits der Wände des Hauses – »aber richtig für dich. Es wird sich herausstellen. Das wird es tatsächlich.« Sie legte die Hände auf Letitias Schultern. »Sie haben auch keine leichte Zeit. Du weißt das.« Sie hielt für einen Moment inne und offenbarte dann hinter ihrem Rücken ein Buch mit einem flexiblen braunen Deckel. »Ich habe dir dies mitgebracht, um es dir noch einmal zu zeigen. Erinnerst du dich an Urgroßmutter? Ihre Großmutter kam zusammen mit Großvater den ganzen Weg von Irland herüber.« Jane gab ihr das Album. Zögernd öffnete Letitia es. Es waren echte Fotographien darin, auf Papier, uralte Schwarz-Weiß-Bilder und verblichene Farbbilder. Ihre Urgroßmutter ähnelte nicht sehr ihrer Großmutter, die grobknochig gewesen war, schwerfällig. Urgroßmutter sah aus, als wäre sie ihr ganzes Leben lang mager gewesen. »Behalte das«, sagte Jane. »Denk eine Weile darüber nach.«

Der Morgen kam mit geplantem Regen. Letitia nahm die halbleere Metro zur Schule. Sie betrachtete die terrassenförmige und begrünte und gelegentlich vernachlässigte

Landschaft der ausgedehnten Vororte durch die tropfen-besetzte Scheibe. Sie erreichte das Schulgelände und ging zu einem der älteren Gebäude der Schule, wo es einen wenig benutzten Waschraum in altem Stil gab. Dieser diente ihr manchmal als Heiligtum. Sie stand in einem weißen Verschlag und atmete für einige Minuten tief durch, dann ging sie zu einem Becken und wusch sich die Hände, als würde sie einem Ritual nachkom-men. Bedächtig, zaudernd betrachtete sie sich selbst in dem gesprungenen Spiegel. Ein Hausmeister ging seinen Aufgaben nach und hinterließ den frischen, dunstigen Geruch von sauberen Installationen.

Der frühe Teil des Tages war eine empfindungslose Zeit. Letitia begann die Distanz zu ihren eigenen Ge-fühlen, zu den Menschen um sie herum zu fürchten. Jede Minute mochte sie in einen alten Waschsaal eintre-ten und einfach aus der Gegenwart verschwinden, um sich sechzig Jahre in der Vergangenheit wiederzufin-den ...

Und was sollte sie nun wirklich davon halten?

In ihrer dritten Unterrichtsstunde erhielt sie eine Notiz mit der Bitte, sich, so bald es ginge, in Rutgers Bera-tungsbüro einzufinden. Das war die Kurzform für so-fort. Sie sammelte ihre Mods ein und erhaschte Reenas undeutbaren Blick, als sie an ihr vorüberging.

Rutger war ein ansehnlicher Mann von dreiundvierzig (die Jahreszahl war auf seiner Schreibtisch-Lebensuhr re-gistriert, eine Vorliebe einiger der älteren VEKs), mit einem breiten Lächeln und einem etwas zu grellen Ge-schmack, was Kleidung betraf. Er war der Kopf der Be-ratungsabteilung und an der Schule allgemein gut gelit-ten. Er schüttelte ihr die Hand, als sie das Beratungsbüro betrat, und bot ihr einen Stuhl an. »Nun. Du wolltest mit mir sprechen?«

»Das nehme ich an«, sagte Letitia.

»Probleme?« Seine Stimme war ein angenehmer Bari-ton. Er war wahrscheinlich ein ziemlich guter Sänger. In den frühen Tagen der VEKs war dies ein beliebter Zug gewesen.

»Die ARs sagen, es ist meine Haltung.«

»Und was ist damit?«

»Ich – bin häßlich. Ich bin das häßlichste Mädchen ... das einzige Mädchen an dieser Schule, das häßlich ist.«

Rutger nickte. »Ich glaube nicht, daß du häßlich bist. Aber was ist schlimmer, einzigartig zu sein, oder häßlich?« Letitia verzog in schnaubender Anerkennung des Spaßes den Mundwinkel.

»Heutzutage ist jeder einzigartig«, sagte sie.

»Das ist, was wir lehren. Glaubst du daran?«

»Nein«, sagte sie. »Alle sind gleich. Ich bin ...« Sie schüttelte den Kopf. Sie nahm es Rutger übel, daß er sie über ihre Gefühle aushorchen wollte. »Ich bin AV. Ich hätte nichts dagegen einzuwenden, ein VEK zu sein, aber das bin ich nicht.«

»Ich denke, das ist nur ein untergeordnetes Problem«, sagte Rutger schnell. Er hatte noch nicht einmal Platz genommen. Offensichtlich wollte er ihr nicht viel Zeit zugestehen.

»Es fühlt sich nicht untergeordnet an«, sagte sie. Seine Worte lösten Ärger in ihr aus.

»Oh, nein. Jung sein bedeutet, daß sich nebensächliche Probleme wie große anfühlen. Du spürst Neid und magst dich selbst nicht, wenigstens nicht so, wie du aussiehst. Nun, daß Aussehen kann mittels Diät verändert werden oder zumindest durch die Zeit. Wenn ich ein Gutachter sein sollte, würde ich sagen, du wirst gut aussehen, wenn du älter bist. Und ich *bin* so etwas wie ein Gutachter. Was das Verhältnis der anderen zu dir angeht ... Ich war einst ein Freak.«

Letitia blickte ihn an.

»Gewiß. Echt. Ich war ein größerer Freak als du. Es gibt nun auf dieser Schule zehn NGs wie du. Als ich in deinem Alter war, war ich der einzige VEK auf meiner Schule. Stets gab es Argwohn und sogar Aufruhr. Einige

VEKs wurden getötet, als Eltern das Gelände einer Schule stürmten.«

Letitia machte große Augen.

»Die anderen Kinder haßten mich. Ich sah nicht schlecht aus, aber sie wußten, warum. Sie hatten Eltern, die ihnen sagten, VEKs wären Frankensteins Monster. Erinnerst du dich an die Rifkin-Gesellschaft? Es gibt sie immer noch, aber sie ist jetzt eine extreme Randgruppe. Das tut jetzt nichts zur Sache. Sie dachten, ich wäre in einem Reagenzglas herangewachsen und von einem Inkubator ausgebrütet worden. Du hast bisher noch keinen richtigen Haß erlebt, vermute ich. Ich schon.«

»Sie sehen gut aus«, sagte Letitia. »Sie wußten, daß jemand Sie gern mögen, vielleicht sogar lieben würde. Aber was ist mit mir? Weil ich bin, was ich bin, so, wie ich aussehe, wer wird mich da schon haben wollen? Und wird sich je ein VEK mit einer Schäbigen abgeben wollen?«

Sie wußte, es waren schwere Fragen, und Rutger gab auch nicht vor, sie beantworten zu können. »Nehmen wir an, alles läuft schlecht«, sagte er. »Du endest als alte Jungfer und niemand wird dich jemals lieben. Du verbringst den Rest deiner Tage allein. Ist es das, worüber du dir Sorgen machst?«

Ihre Augen weiteten sich. Sie hatte diese Dinge noch nicht so recht durchdacht. Nun schmerzte es wirklich.

»Jedermann wählt Schönheit für seine Kinder. Sie wählen schlanke, athletische Körper und scharfe Geister. Du hast einen scharfen Verstand, aber du hast keinen athletischen Körper. Wenigstens scheinst du davon überzeugt zu sein; ich habe keine Aufzeichnungen darüber, ob du es je mit Athletik versucht hast. Wenn du aber in die Welt der Erwachsenen eintrittst, wirst du mit Sicherheit anders aussehen. Aber warum kann das kein Vorteil sein? Du magst überrascht sein, wie sehr wir VEKs versuchen, anders zu sein. Und wie schwer das ist, da sich der Geschmack unserer Eltern so wenig voneinander unterscheidet. In dir ist es schon eingebaut.«

Letitia hörte zu, aber die Worte überzeugten sie nicht. »Zuckerguß auf dem Kuchen«, sagte sie.

Rutger betrachtete sie mit seinen klugen blauen Augen und zuckte die Achseln. »Komm in einem Monat noch einmal vorbei. Dann reden wir noch mal darüber«, sagte er. »Bis dahin, denke ich, leisten die Autoratgeber gute Arbeit.«

Während des Essens wurde nur wenig gesprochen und noch weniger danach. Sie ging bereits früh hinauf ins Bett; sie fühlte sich beschissen.

Ihr Vater machte seinen üblichen Gute-Nacht-Gang, eine Stunde nachdem sie ihren Pyjama angezogen und sich hingelegt hatte. »Schön zugedeckt?« fragte er.

»Hmm«, erwiderte sie.

»Träum was Schönes«, sagte er. Rituale und Formeln. Ihr Leben war von Eltern gestaltet worden, denen die allabendlichen Rituale und Formeln am Herzen lagen.

Beinahe unmittelbar nach dem Einschlafen – wenigstens kam es ihr so vor – wachte sie abrupt auf. Sie setzte sich im Bett auf und erkannte, wo sie sich befand und wer sie war, und begann zu weinen. Sie hatte den seltsamsten und schönsten Traum gehabt, den besten überhaupt – und das ohne Traum-Mod. Sie konnte sich nun an keine Einzelheiten mehr erinnern, so oft sie es auch versuchte, aber das Erwachen daraus war mehr, als sie ertragen konnte.

In der ersten Unterrichtsstunde blitzte Georgia Fischer schon wieder und mußte ins Krankenhaus gebracht werden. Letitia beobachtete die anderen und sah allgemeine Ausdruckslosigkeit, die die Gefühle überspielen sollte. Edna Corman entschuldigte sich in der zweiten Stunde und kam mit roten, geschwollenen Augen und geröteten Wangen zurück. Die Spannung hielt für den Rest des Tages an, und sie fragte sich, wie sich überhaupt jemand konzentrieren konnte. Sie lernte ohne rechte Überzeugung; sie war noch immer von ihrem Traum gefangen und versuchte herauszufinden, was er bedeutete.

In der achten Stunde saß sie wieder hinter John Lockwood. Es war, als wäre sie in einen Kreis eingetreten, der am Morgen begonnen hatte und mit ihrer letzten Stunde enden würde. Sie blickte gespannt auf die Uhr. Wieder hatten sie bei Mr. Brant Unterricht. Er schien unaufmerksam zu sein, so, als hätte auch er einen Traum gehabt, der aber nicht so erfreulich gewesen war wie ihrer.

Brant hatte sie bis zur Stundenmitte Mods ansehen lassen, und begann nun ein Gespräch über das, was sie gelernt hatten. Dies waren die sogenannten integrativen Momente, wenn das Lernen mit Medien durch soziale Interaktion gefestigt wurde. Letitia empfand diese Stunden bestenfalls als Prüfung. Die anderen diskutierten die Volkswirtschaft, wobei Reena Cathcart in einer Klasse von dominanten Persönlichkeiten wie gewöhnlich herausragte.

John Lockwood hörte aufmerksam zu und hatte ein mildes Lächeln auf dem Gesicht, als er Letitia sein Profil zuwandte. Es sah so aus, als wolle er sich herumdrehen und mit ihr reden. Sie legte die Hand auf die Ecke ihrer Konsole und hob einen Finger, um seine Aufmerksamkeit zu erregen.

Er blickte auf ihre Hand, wandte sich ab und blickte erschaudernd noch einmal hin, starrte sie mit großen Augen regelrecht an. Sein Mund verzog sich, als wäre ihre Hand das Schrecklichste, was er je gesehen hätte. Sein Kinn zuckte, dann seine Schultern, und bevor Letitia reagieren konnte, stand er auf und stöhnte. Seine Knie gaben nach, und er fiel auf die Konsole. Die Arme hingen hinab, und er glitt zu Boden. John Lockwood – der in seinem Leben noch nie so etwas durchgemacht hatte – lag auf dem Boden, krümmte sich, ächzte und zitterte, gefangen in einem heftigen Blitz.

Brant drückte den Notschalter der Klasse und kam um seinen Schreibtisch herum. Bevor er Lockwood erreichte, wurde der Junge ruhig. Seine Augen waren geöffnet, und seine Hand löste ihren festen Griff um das Bein seines Stuhls. Letitia konnte sich nicht regen. Sie beobachtete seine leeren Augen; er schien so schrecklich schlaff zu sein.

Brant faßte den Jungen unter die Arme und zog ihn, ständig vor sich hinfluchend, aus dem Klassenzimmer. Letitia folgte ihnen in den Flur, um zu helfen. Edna Corman und Reena Cathcart standen mit verdutzten Gesichter neben ihr. Andere Schüler folgten, hielten sich aber von Brant und dem Jungen fern.

Brant legte John Lockwood auf den Beton und begann damit, auf seine Brust zu drücken und Mund-zu-Mund-Beatmung zu verabreichen. Er zog eine Spritze aus seiner Jackentasche, machte die Kappe ab und schoß die ganze Ladung unter das Brustbein in die Haut des Jungen. Letitia richtete ihren Blick verwundert auf die Spritze. Sie war in seiner Tasche gewesen, nicht im Erste-Hilfe-Kasten.

Die ganze Klasse stand schweigend und betroffen im Flur. Die medizinische Einheit traf ein, gefolgt von Rutger. Sie hob John Lockwood auf ihre Ladefläche und schwang mit funkelnden Lichtern herum. »Haben Sie KVN verabreicht?« fragte der Roboter Brant.

»Ja. Fünf cc's. Direkt ins Herz.«

Eine Klasse nach der andern kam in den Flur, um nachzusehen, was passiert war. Alle VEKs hefteten die Augen auf die beladene medizinische Einheit, die den Flur hinabrollte. Edna Corman weinte. Reena blickte Letitia an und wandte sich ab, als würde sie sich schämen.

»Das wären fünf«, sagte Rutger mit müder Stimme. Brant sah erst ihn an, dann die Klasse, und sagte ihnen, sie wären entlassen. Letitia blieb zurück. Brant verzog sein Gesicht in Kummer und Ärger. »Geh! Raus hier!«

Sie rannte. Das letzte, was sie Rutger sagen hörte, war: »Diese Woche mehr als letzte.«

Letitia saß in dem verlassenen weißen Waschraum, wischte sich die Augen und schämte sich ihrer Wehleidigkeit. Sie wollte wie eine Erwachsene reagieren – sie sah sich, wie sie ruhig und besonnen jenen in der Klasse Hilfe bot, die sie benötigten – aber die Tränen und das Zittern wollten nicht aufhören.

Mr. Brant schien verärgert zu sein, so als hätte die gesamte Klasse Schuld. Mr. Brant war nicht nur erwachsen, er war auch VEK.

Also erwartete sie von Erwachsenen, besonders von VEK-Erwachsenen, daß sie besonnener auftraten?

War es das nicht, worum es überhaupt ging?

Sie starrte sich im gesprungenen Spiegel an. »Ich sollte nach Hause gehen, oder zur Bibliothek zum Lernen«, sagte sie. Würde und Anstand. Zwei Mädchen kamen in den Waschraum, und ihr privater Augenblick war vorbei.

Letitia ging nicht zur Bibliothek. Statt dessen ging sie zur alten Festhalle aus Beton und Stahl, trat durch den geöffneten Bühneneingang und blieb in der Dunkelheit der Kulissen stehen. Drei Schülerinnen saßen etwa zehn Meter von Letitia entfernt in der ersten Reihe unterhalb der Bühnenebene. Reena erkannte sie, nicht jedoch die anderen beiden, sie hatten keine gemeinsamen Kurse.

»Kanntest du ihn?«

»Nein, nicht sehr gut«, sagte Reena. »Aber er war in meiner Klasse.«

»Keine Ausflüchte!« schnaubte die dritte.

»Trish, behalt es bitte für dich. Reena hatte es schwer.«

»Er hat nicht geblitzt. Er war kein Begabter. Niemand hat damit gerechnet.«

»Wann war seine Initiierung?«

»Ich weiß es nicht«, erwiderte Reena. »Wir sind alle im gleichen Alter, innerhalb von ein paar Monaten. Wir sind alle aus dem gleichen Modelljahr, mit der gleichen Ergänzung. Wenn es etwas mit dem Genotyp zu tun hat, in den Ergänzungen … Ich habe jemanden sagen hören, daß es bisher fünf sind.«

»Ich habe überhaupt nichts gehört«, sagte die dritte.

»Ich auch nicht«, sagte die zweite.

»Nicht in unserer Schule«, sagte Reena. »Außer bei den Begabten. Und von denen ist noch keiner gestorben.«

Letitia preßte die Hand auf den Mund und wich zurück in die Dunkelheit. War Lockwood tatsächlich gestorben?

Sie dachte in einen verrückten Augenblick lang daran, hinauszutreten zu den dreien und zu sagen, es täte ihr leid. Der Impuls schwand schnell. Es wäre sehr aufdringlich gewesen.

Sie waren nicht älter als sie und klangen nicht viel reifer. Sie klangen ängstlich.

Morgens, im Stationsraum für Sekundär-Vorstudenten der Medizin, erklärte Brant ihnen, daß John Lockwood am vorherigen Tag gestorben sei. »Er hatte einen Herzanfall«, sagte Brant. Letitia ahnte, daß dies nicht die vollständige Wahrheit war. Eine kurze Lobrede wurde verlesen, und es wurden besondere Stunden für psychologische Beratungen für die Schüler arrangiert, die meinten, daß sie Bedarf dafür hätten.

Das Wort ›blitzen‹ wurde den gesamten Tag weder von Brant noch von irgendeinem der VEKs erwähnt. Letitia versuchte, etwas über dieses Thema herauszufinden, fand aber äußerst wenig Material in den Bibliotheken, die für ihr Mod zugänglich waren. Sie vermutete, es lag daran, daß sie nicht wußte, wo sie suchen mußte. Es war kaum zu glauben, daß *niemand* wußte, was passiert war.

Der Traum kam wieder, noch stärker in der folgenden Nacht, und Letitia erwachte daraus vor Aufregung kalt und zitternd. Sie sah sich selbst, wie sie vor einer Menge stand. Kein einziges Gesicht war sichtbar, denn sie stand im Licht, und die anderen waren in der Dunkelheit. Im

Traum hatte sie eine beinahe unerträgliche Glückseligkeit, Kummer gemischt mit Freude, verspürt, mit nichts zu vergleichen, was sie vorher erlebt hatte. Sie *liebte* und wußte nicht, was sie liebte – nicht die Menge, keinen Mann, kein Familienmitglied, nicht einmal sich selbst.

Sie setzte sich in ihrem Bett auf, umklammerte die Knie und fragte sich, ob noch jemand anderes wach war. Es schien möglich, daß sie bis jetzt noch nie wach gewesen war; jeder Nerv war lebendig. Um in diesem Moment von niemandem gestört zu werden, stand sie leise auf und ging den Flur hinab zum Nähzimmer ihrer Mutter. Dort betrachtete sie sich in einem Ankleidespiegel, als besäße sie neue Augen.

»Wer bist du?« flüsterte sie. Sie zog ihr Baumwollnachthemd hoch und starrte auf ihre Beine. Kleine Waden, klumpige Knie, Schenkel nicht übel – auf jeden Fall nicht fett. Ihre Arme sahen weich aus, nicht muskulös, aber auch nicht besonders plump. Sie hatten einen rosigen Vanilleton mit Erdbeerflecken auf den Ellbogen, wo sie sich während ihrer Bettlektüre aufgestützt hatte. Sie hatte mütterlicherseits irische Vorfahren. Dies zeigte sich in ihrer Hautfarbe, ihren ausgeprägten Wangenknochen und ihrem breiten Gesicht. Väterlicherseits mexikanisch und deutsch. Es gab nicht viele Anzeichen des Mexikanischen. Ihr Bruder sah dunkelhäutiger aus. »Wir sind Mischlinge«, sagte sie. »Verglichen mit den reinrassigen VEKs sehe ich wie ein Mischling aus.« Aber VEKs waren nicht reinrassig, sie wurden *entworfen*.

Sie hob ihr Nachthemd noch etwas höher, zog es schließlich über den Kopf und stand nackt da. Vor Kälte und der Erinnerung an ihren Traum zitternd, zwang sie sich zur Konzentration auf ihre Charakteristiken. Immer wenn sie sich zuvor nackt in einem Spiegel betrachtet hatte, hatten ihre Augen sich auf eine Stelle gerichtet, die anderen ausgeblendet, und in eine akzeptablere Form gebracht. Nun war sie in der Stimmung, sich so zu sehen, wie sie war.

Breite Hüften, kräftiger Bauch – plump, aber kräftig. Von ihrem Vorstudium wußte sie, daß sie wahrscheinlich nur wenig Schwierigkeiten bei der Geburt eines Kindes hätte. »Zuchtstute«, sagte sie, aber es lag keine kritische Schärfe in ihren Worten. Um Kinder zu haben, mußte sie erst Männer anziehen und gerade jetzt schien es dafür nur wenig Chancen zu geben. Sie besaß die ›Attraktionspunkte‹ nicht, die so oft im Fernsehen genannt wurden oder die sie als fette Überschriften auf den LitVid-Mods gesehen hatte. Die ästhetisch vorgeschriebenen geometrischen Kurven wurden von der Natur nur sehr wenigen zugewiesen, waren nun aber so vielen durch Design zugänglich. *Hat Ihr Kind den besten Entwurf für den Erfolg?*

Solch eine schockierende Trivialität. Sie fühlte in sich einen rechtschaffenen Ärger wachsen – ein anderes Gefühl, das ihr bisher unbekannt war – und nahm ihn in ihre Aufregung mit auf, da sie die positive Stimmung nicht verlieren wollte. »Vielleicht schaue ich mich nie wieder auf diese Weise an«, flüsterte sie.

Ihre Brüste waren von nur mäßiger Größe, die linke war etwas fülliger als die rechte und hing ein wenig mehr herab. Unter ihrer linken Brust konnte sie tatsächlich einen Schreiber einklemmen, worum sich ein VEK-Mädchen auf Jahre hinaus nicht sorgen mußte, wenn überhaupt. Rippen und Muskeln waren nicht deutlich zu erkennen, sie waren abgerundet, weich. Ihr Gesicht verriet Neugierde, es war freundlich, hatte große Augen. Ihre Haut war fehlerhaft, aber nicht so schlimm, daß sie sich nicht selbst hätte erholen können. Sie hatte lange Füße und dicke Zehennägel, die nur schwer zu schneiden waren. Sie hatte noch nie an eingewachsenen Zehennägeln gelitten.

In ihrer Familiengeschichte deutete nur wenig auf eine Tendenz zum Krebs – der nun zwar heilbar, aber immer noch quälend war – oder Herzleiden hin. Auch alle anderen Leiden von Schmelztiegelkulturen, mobilen Populationen und wechselhaften Gewohnheiten gab es kaum.

Sie sah einen starken Körper im Spiegel, einen, der ihr gut diente.

Und sie sah ebenfalls, daß sie mit ein wenig Make-up leicht die Rolle einer älteren Frau spielen konnte. Etwas Schatten unter den Augen, Linien, um hervorzuheben, was in dreißig oder vierzig Jahren Tränensäcke sein würden, Lachfalten ...

Aber *jetzt* sah sie nicht alt aus.

Letitia kehrte, sacht auf den Teppich auftretend, um und ging wieder in ihr Zimmer. Dort angelangt, veranlaßte sie das Licht, sich einzuschalten, legte sich auf ihr Bett, nahm das Fotoalbum, das Jane ihr gegeben hatte, vom Nachttisch und blätterte behutsam die empfindlichen Seiten durch. Sie starrte auf das Gesicht ihrer Urgroßmutter und dann auf das Bild ihrer Großmutter als kleines Kind.

Individualorchester wurde von drei Lehrern in einem älteren Klassenzimmer hinter der Festhalle unterrichtet. Es war ein beliebter Kurs; die Schullautsprecher waren besser als die meisten heimischen und die Lehrer waren sehr beliebt. Sie waren alle VEKs.

Nach einer halben Stunde in der Gruppe konnte sich jeder Schüler in ein Keyboard-Abteil zurückziehen, eine geräuschdämmende Kapsel schließen, um Kakophonien zu vermeiden, und üben.

An diesem Tage übte sie weniger als eine halbe Stunde. Dann starrte sie, die Zunge zwischen den Zähnen, in die Leere über dem Keyboard. »Geräuschdämmung zurück, bitte«, wies sie an und erhob sich von ihrer schwarzen Bank. Mr. Teague, der älteste der Lehrer, fragte, ob sie für den Tag fertig wäre.

»Ich muß noch etwas erledigen«, sagte sie.

»Üb deine Polyrhythmen«, riet er ihr.

Sie verließ den Klassenraum und ging zum Bühneneingang der Festhalle. Sie wußte, daß sich Reenas Dramagruppe dort treffen würde.

Die Festhalle war dunkel, nur die Bühne war von einigen wenigen Spots beleuchtet. Die Dramagruppe saß in einem Stuhlkreis in einer erleuchteten Ecke der Bühne und las laut Text von alten Papierskripten ab. Mit gefalteten Händen ging sie auf die Gruppe zu. Rick Fayette, ein stiller Älterer mit kurzem schwarzen Haar, machte sie als erster aus, sagte aber nichts und blickte zu Reena. Reena hielt in ihrem Text inne, wandte sich um und starrte Letitia an. Edna Corman sah sie als letzte und schüttelte den Kopf, als wäre das der Gipfel der Unverfrorenheit.

»Hallo«, sagte Letitia.

»Was machst du denn hier?« Es lag mehr Verwunderung als Verachtung in Reenas Stimme.

»Ich dachte, vielleicht wollt ihr immer noch …« Sie schüttelte den Kopf. »Wahrscheinlich nicht. Aber ich dachte, vielleicht könnt ihr mich immer noch gebrauchen.«

»Also *wirklich*«, sagte Edna Corman.

Reena legte ihr Skript beiseite und stand auf. »Warum hast du deine Meinung geändert?«

»Ich dachte, ich würde es nicht mögen, eine alte Lady zu spielen«, sagte Letitia. »So schlimm ist es auch wieder nicht. Ich habe ein Bild meiner Urgroßmutter mitgebracht.« Sie holte eine Plastikkladde aus ihrer Tasche und öffnete sie, so daß eine von ihr gemachte Kopie des Fotos aus dem Album zu sehen war. »Ihr könnt mich so zurechtmachen. Wie meine Urgroßmutter.«

Reena nahm die Kladde. »Du siehst wie sie aus«, sagte sie.

»Yeah. Ungefähr.«

»Seht mal her«, sagte Reena und hielt das Bild den anderen entgegen. Sie scharten sich um sie, reichten die Kladde von Hand zu Hand weiter und blickten verwundert drein. Selbst Edna Corman schaute es kurz an. »Sie sieht tatsächlich wie ihre Urgroßmutter aus.«

Rick Fayette pfiff verwundert. »Du«, sagte er, »wirst eine wirklich großartige alte Lady abgeben.«

Rutger rief sie eine Woche später unvermittelt in sein Büro. Sie saß ruhig vor seinem Schreibtisch. »Letzten Endes hast du dich der Dramaklasse angeschlossen«, sagte er. Sie nickte.

»Aus welchem Grund?«

Es war nicht leicht, es zu erklären. »Wegen dem, was Sie mir gesagt haben«, sagte sie.

»Keine Reibungspunkte?«

»Es wird schon gehen.«

»Sehr gut. Haben sie dir eine andere Rolle gegeben?«

»Nein. Ich bin die alte Lady. Sie werden mich mit Make-up schminken.«

»Du hast keine Einwände?«

»Ich glaube nicht.«

Rutger schien etwas Falsches daran zu suchen, konnte aber nichts finden. Mit einem schwachen argwöhnischen Lächeln bedankte er sich für ihr Kommen. »Komm wieder, wann immer es dir recht ist«, sagte er. »Berichte mir, wie es läuft.«

Die Gruppe traf sich jeden Freitag, eine Stunde nach ihrem Individualorchester-Kurs. Letitia traf Vorbereitungen für heimische Keyboardübungen. Nach einer Lesung und einer halben Stunde der Befragung erhielt sie die Erlaubnis der Beraterin der Dramagruppe, Miss Darcy, einer ledigen Nicht-VEK, die nur selten in den Flurbereichen anzutreffen war. Miss Darcy schien altmodisch zu sein und redete jeden ihrer Schüler entweder mit ›Mister‹ oder mit ›Miss‹ an. Aber sie hatte Dramen- und Theatererfahrung. Sie war die älteste der sechs NG-Lehrer der Schule.

Reena blieb während des Vorsprechens bei Letitia und hatte ein starkes Argument für ihre späte Aufnahme, da die Besetzung mit Rick Fayette als ältere Frau nicht gut klappte. Fayette war genauso begierig darauf, die Rolle loszuwerden; er hatte noch einen Part, und der Gedanke, zwei Charaktere in diesem Stück zu spielen, bereitete ihm Sorge.

Fayette gestand seine Dankbarkeit an ihrem zweiten Freitagstreffen ein. Er stellte sie einem elfengleichen, ansehnlichen, großäugigen, schlanken Gruppenmitglied, Frank Leroux, vor. Leroux wäre viel zu schüchtern, um auf die Bühne zu treten, sagte Fayette, aber er wäre für das Make-up zuständig. »Er ist ganz schön verblüffend.«

Letitia stand nervös vor dem sie musternden Leroux. »Du hast ein wirkliches Gesicht«, sagte er leise. »Darf ich dich berühren, um deine Konturen zu erkunden?«

Letitia kicherte und wurde unvermittelt ernst, verlegen. »Okay«, sagte sie. »Du ziehst Linien und trägst Schatten auf?«

»Viel mehr als das«, sagte Leroux.

»Er wird ein Video von deinem Gesicht machen. In der Bewegung«, sagte Fayette. »Dann digitalisiert er es und fertigt eine Laserschaum-Form an – viel besser, als für einen Gesichtsabdruck sitzen zu müssen. Letztes Jahr hat er einen Gesichtsabdruck von *mir* gemacht, um mich in den Glöckner von Notre Dame zu verwandeln. Das war kein Spaß.«

»Diese Technik ist weitaus besser«, sagte Leroux, berührte sanft die Haut an ihrer Wange und unter ihrem Kinn, zog ihr Haar zurück, um ihre Schläfen zu ertasten. »Ich kann zwei oder drei Formen fertigen, die zeigen, wie dein Gesicht und dein Hals sind, wenn sie sich in verschiedenen Positionen befinden. Dann kann ich das Gießmittel der Flexibilität und Elastizität anpassen.«

»Wenn er mit dir fertig ist, erkennst du dich selbst nicht mehr«, sagte Fayette.

»Reena sagt, du hast ein Bild von deiner Urgroßmutter. Darf ich es sehen?« fragte Leroux. Sie gab ihm die Kladde, und er blickte sich das Bild mit solcher Intensität an, daß er ein wenig schielte. »Was für ein wundervolles Gesicht«, sagte er. »Ich habe meine Urgroßmutter

nie getroffen. Meine eigene Großmutter sieht fast so alt
aus wie meine Mutter. Sie könnten Schwestern sein.«

»Wenn er mit dir fertig ist«, sagte Fayette, dessen
Enthusiasmus langsam lästig wurde, »sehen du und
deine Urgroßmutter aus wie Schwestern!«

Als sie an diesem Abend mit einer späten Metro von der
Schule nach Hause fuhr, fragte sie sich, was sie da ei-
gentlich tat. Die ganzen Jahre in der Schule hatte sie sich
von ihren Mitschülern ferngehalten. Was einer Freund-
schaft noch am nächsten kam, waren ihre gelegentlichen
Neckereien mit John Lockwood, während sie an den
Mods saß und auf die Lehrer wartete. Nun mochte sie
tatsächlich Fayette und den sonderbaren Leroux, dessen
Hände dünn und blaß und stark und etwas kalt waren.
Leroux war ein VEK, aber offensichtlich besaßen seine
Eltern verschiedene Geschmäcker; war er ein Begabter?
Niemand hatte etwas davon gesagt. Vielleicht war es
eine Frage der Ehre unter den VEKs, daß sie vorgaben,
sich nicht um ihre Klassifikationen zu scheren.

Reena war freundlich und hilfreich, aber immer noch
distanziert.

Als Letitia die Stufen hinaufstieg, über die Veranda
durch die Tür ihres Zuhauses ging und ihr Keyboard
neben dem Abstellraum ablud, sah sie aus den Augenwinkeln eine Nachrichtensendung im Wohnzimmer
flimmern. Niemand sah zu; sie vermutete, daß alle in
der Küche waren.

Von diesem Winkel aus wirkte die Sprecherin durch-
scheinend und blau, wie ein Gespenst. Als Letitia wei-
terging, wurde der Winkel besser und die Sprecherin
solider. Es war eine förmliche Göttin von orientalisch-
negroiden Zügen mit hohen Wangenknochen, glatten
goldenen Haaren und kupferfarbenem Hautton. Letitia
kümmerte sich nicht um ihr Aussehen. Was sie sagte, erregte ihre Aufmerksamkeit.

»... heute offenbart worden, daß ein Viertel aller

VEKs, die vor sechzehn und siebzehn Jahren initiiert wurden, mit einer fehlerhaften Chromosomensequenz mit der Bezeichnung T56-WA 5659 ausgerüstet worden sind. Ursprünglich Teil einer Intelligenzsteigerungs-Makrobox, die für den Zuwachs kreativer und mathematischer Fähigkeiten verwendet wurde, wurde T56-WA 5659 verbessert und zur Standardoption für förmlich alle Vorher-Entworfenen Kinder. Die Folgen dieser fehlerhaften Sequenz sind bis jetzt noch nicht genau bekannt, aber mindestens zwanzig Kinder in unserer Stadt sind bereits gestorben. Sie alle hatten die Anfangssymptome, die auch bei Epilepsie auftreten. Nationenweite Fälle sind bisher nicht bekannt. Die Rifkin-Gesellschaft beschuldigt die Regulationdienststellen der Regierung einer großangelegten Vertuschungsaktion.

Die Elterliche-Vorgeburts-Entwurf-Administration rät den Eltern von VEK-Kindern mit der betreffenden Initiierung, unmittelbar Kontakt mit ihren Medizinern und Design-Spezialisten aufzunehmen, und diese um Rat und Behandlung zu bitten. Für jüngere Kinder kommt eventuell eine retrovirale Ganzkörpertherapie in Frage. Für weitergehende Informationen wenden Sie sich bitte direkt an unsere LitVid-Online und rufen ...«

Letitia wandte sich um und sah ihre Mutter, die das Ganze in einer Art grimmiger Zufriedenheit beobachtete. Als sie den betroffenen Ausdruck ihrer Tochter bemerkte, schien sie plötzlich bekümmert. »Wie bedauerlich«, sagte sie. »Ich frage mich, wie weit das wohl noch gehen wird.«

Letitia aß während des Dinners nicht viel. Auch schlief sie in dieser Nacht nicht mehr als ein paar Stunden. Das Wochenende schien sich bis in alle Ewigkeit auszudehnen.

Leroux verglich die Laserschaumform mit ihrem Gesicht, drehte ihr Kinn vor dem grünen Zimmerspiegel mit sanften Händen hierhin und dorthin. Während

Leroux vor sich hinsummte und die verschiedenen Guß-
materialien an Letitia testete, probte der Rest der Dramagruppe eine Szene, die ihre Anwesenheit nicht erfor-
derte. Als die Teilnehmer damit fertig waren, ging Reena
in das grüne Zimmer, stellte sich hinter sie und sah zu.
Letitia lächelte steif durch die eifrig aufgetragenen Lei-
nentücher und den Hügel hautähnlicher Plastik.

»Du wirst großartig aussehen«, sagte Reena.

»Ich werde *alt* aussehen«, sagte Letitia scherzend.

»Ich hoffe, du bist deswegen nicht beunruhigt«, sagte
Reena. »Niemand macht sich etwas daraus. Sie alle
mögen dich. Sogar Edna.«

»Mir macht es nichts aus«, versicherte Letitia.

Leroux zog die Teile ab und legte sie sorgfältig in
einen Kasten. »Hab es«, sagte er. »Ich werde langsam so
gut, ich könnte sogar *Reena* alt aussehen lassen, wenn sie
es zuließe.«

Letitia überlegte einen Moment lang. Die Folgerung
dessen war, mehr noch als die Bedeutung, unangemes-
sen deutlich. Reena errötete und starrte Leroux verärgert
an. Leroux bemerkte ihren Blick, schaute zwischen ihnen
hin und her und sagte: »Nun, ich könnte es.« Reena
konnte nichts vorbringen, ohne tiefer in die Sache hin-
einzugeraten. Letitia blinzelte und entschied dann, sie
von diesem Haken zu lassen. »Sie würde nicht wie eine
Großmutter aussehen. Ich werde eine viel bessere alte
Lady sein.«

»Selbstverständlich«, sagte Leroux, nahm seinen Kasten und die Formen. Er ging zur Tür wie ein verrückter
Scharfrichter. »Wie deine Urgroßmutter.«

Für einen langen Augenblick standen sich Reena und
Letitia allein im grünen Zimmer gegenüber. Die alten
weißglühenden Make-up-Lichter leuchteten grell um
den gesprungenen Spiegel herum und warfen einen per-
ligen Glanz auf die weißen Wände hinter ihnen. »Du bist
eine gute Schauspielerin«, sagte Reena. »Es kommt wirklich nicht darauf an, wie du aussiehst.«

»Danke.«

»Manchmal wünschte ich mir, ich sähe aus wie jemand in meiner Familie«, sagte Reena.

Ohne nachzudenken sagte Letitia: »Aber du bist doch schön.« Und sie meinte es auch so. Reena *war* schön. Mit ihrer levantinischen Dunkelheit, den langen schwarzen Haaren, ihrem kleinen scharfen Kinn, großen haselnußfarbenen Mandelaugen und der schmalen, ein wenig gebogenen Nase war sie einfach reizend. Sie hatte die Art von Gesicht und besaß die Intelligenz, die sie vor zwei oder drei Generationen in die Unterhaltungsbranche geführt oder sie in die gesellschaftlichen Kreise der Reichen und Berühmten gebracht hätten. Hinter ihrer körperlichen Schönheit befand sich ein Funken verborgenen Witzes und etwas Sanftes. VEKs waren gesünder, fühlten sich besser und ihr Verstand war, im Durchschnitt gesehen, scharfsinniger, ausgeglichener. Letitia fühlte sich nicht unterlegen, jedenfalls nicht diesmal.

Etwas Magisches überkam sie. Die vorherige Unannehmlichkeit und deren gewandte Auflösung führte sie zu einer bezaubernden Unterhaltung. Keine der beiden könnte sich der anderen gegenüber verteidigen, das war ohne Worte klar.

»Meine Eltern sind ebenfalls schön. Ich bin die zweite Generation«, sagte Reena.

»Warum willst du anders aussehen?«

»Will ich gar nicht, glaube ich. Ich bin glücklich, so, wie ich aussehe. Aber ich sehe meiner Mutter und meinem Vater nicht ähnlich. Oh, Farbe, Haare, Augen, das alles ... Trotzdem, meine Mutter war mit ihrem Gesicht nicht zufrieden. Sie ist mit meiner Großmutter nicht gut zurechtgekommen ... Sie hat ihr die Schuld daran gegeben, daß sie ihr Gesicht nicht ihrer Persönlichkeit angepaßt hat.« Reena lächelte. »Das Ganze ist reichlich töricht.«

»Manche Menschen sind niemals glücklich«, bemerkte Letitia.

Reena trat einen Schritt nach vorn und beugte sich etwas vor, um Letitias Spiegelbild anzusehen. »Wie fühlst du dich jetzt, wo du aussiehst wie deine Großmutter?«

Letitia biß sich auf die Lippe. »Bis du mich gefragt hast, ob ich mitmache, habe ich gedacht, ich würde es niemals wissen.« Sie erzählte ihr davon, wie ihre Mutter ihr das Album gegeben und sie sich im Spiegel betrachtet hatte – ohne dabei ihre Nacktheit zu erwähnen – und sich mit den alten Bildern verglichen hatte.

»Ich glaube, das nennt man eine Epiphanie«, sagte Reena. »Es muß schön gewesen sein. Ich bin froh, daß ich dich gefragt habe, auch wenn ich dumm gewesen bin.«

»Warst du …« Letitia hielt inne. Der Zauber der Unterhaltung schwand bedauerlicherweise. Sie wußte nicht, ob ihre Frage so aufgefaßt würde, wie sie gemeint war. »Hast du mich gefragt, um mir eine Chance zu geben, nicht so dumm und zurückhaltend zu sein?«

»Nein«, sagte Reena fest. »Ich habe dich gefragt, weil wir eine alte Lady brauchten.«

Als sich die beiden ansahen, mußten sie plötzlich lachen, und der magische Moment war vergangen und wurde durch etwas Beständigeres, Dauerhafteres ersetzt: Freundschaft. Letitia nahm Reenas Hand und drückte sie. »Dank dir«, sagte sie.

»Du bist willkommen.« Dann, mit kaum einer Pause dazwischen, sagte Reena: »Wenigstens mußt *du* dich nicht sorgen.«

Letitia starrte sie mit halb offenem Mund und fragenden Augen an.

»Muß jetzt nach Hause«, sagte Reena. Sie drückte Letitias Schulter mit mehr als nur freundlicher Kraft und offenbarte damit einen körperlichen Ärger oder eine Eifersucht, die entgegen allem stand, was sie bisher gesagt und getan hatten. Sie wandte sich um, ging durch die Tür des grünen Zimmers hinaus und ließ Letitia, die einige Latexstückchen und Klebstoff abriß, allein.

Das Desaster wuchs. Letitia hörte sich spät am Abend in ihrem Zimmer die Nachrichten an. Geflüster in ihren Ohren, projizierte Geister von Sprechern, Ärzten und Wissenschaftlern, die vor ihrem Gesicht tanzten und ihr Dinge sagten, die sie nicht wirklich verstand, aber spüren konnte. Ein Ungeheuer schritt durch ihre Generation, aber es würde sie nicht erreichen.

Als sie am Montag zur Schule ging, sah sie Studenten, die sich in düsterer Stimmung vor dem Läuten in den Fluren versammelten und mit leisen Stimmen miteinander sprachen und sie anblickten, als sie an ihnen vorbeikam. Während ihrer zweiten Stunde hörte sie aus den Unterhaltungen heraus, daß Leroux am Wochenende gestorben war. »Er war ein Begabter«, erzählte ein großes, athletisch gebautes Mädchen ihrer Nachbarin. »Gewöhnlich sterben sie nicht, sondern blitzen. Aber er ist gestorben.«

Letitia suchte zu Beginn der Mittagspause Zuflucht in dem alten Waschraum. Sie fand ihn verlassen vor, blickte jedoch nicht in den Spiegel. Sie wußte, wie sie aussah und akzeptierte es.

Was sie schwer zu akzeptieren fand, war das neue Gefühl in ihrem Innern. Die junge Letitia war verschwunden. Sie konnte nicht auf einem Schlachtfeld leben und ein Kind bleiben. Sie dachte an den schlanken, elfengleichen Leroux, der ihr Gesicht mit sanfter, professioneller Bewunderung berührt hatte. Starke, kühle Finger. Ihre Augen füllten sich mit Tränen, aber sie weinte nicht. Sie ging zum Essen und fühlte sich leer, furchtsam und verwirrt.

Sie wandte sich jedoch nicht an die Beratung. Dies war etwas, dem sie sich selbst stellen mußte.

An den nächsten paar Tagen ereignete sich viel. Sie hatte keine Schwierigkeiten, ihren Text zu lernen. Ihre Rolle besaß eine Schwermut, die gut zu ihrer Stimmung paßte. Am Mittwochabend nach der Probe begleitete sie Reena und Fayette zu einem Sandwichstand im Supermarkt in der Nähe der Schule. Letitia hatte ihren Eltern nicht gesagt, daß es spät werden würde; sie hatte das Bedürfnis, niemandem außer ihresgleichen verantwortlich zu sein. Sie wußte, Jane würde aufgebracht reagieren, aber nicht für lange. Dies war eine *Notwendigkeit*.

Weder Reena noch Fayette erwähnten die Ereignisse direkt. Sie waren feenhaft in ihrer Heiterkeit. Sie neckten Letitia damit, daß sie ihre Rolle nun ohne Make-up würde spielen müssen, und es erschien ihr, trotz ihres verborgenen Kummers, komisch. Sie aßen Sandwiches, tranken Fruchtsäfte und redeten darüber, was sie werden wollten, wenn sie erwachsen waren.

»Die Dinge sind für gewöhnlich nicht so einfach«, sagte Fayette. »Kinder haben nicht so viele Möglichkeiten. Die Schule ist kein sehr effizientes Training für die wirkliche Welt, sie ist zu akademisch.«

»Lernen war langsamer«, sagte Letitia.

»So sind die Kinder«, sagte Reena und zeigte ein verantwortungsloses Grinsen.

»Das gefällt mit nicht«, sagte Letitia. Dann sagten sie alle zusammen: »*Ich bestreite es nicht, es gefällt mir bloß nicht.*« Ihr Gelächter erregte die Aufmerksamkeit eines älteren Paars, das in einer Ecke saß. Selbst wenn sich der Mann und die Frau nicht ärgerten, wollte Letitia, daß sie es taten, und sie beugte den Kopf hinunter, kicherte in ihren Strohhalm, bekam Luftblasen in die Nase und erstickte fast. Reena machte ein mißbilligendes Gesicht und Fayette bedeckte, prustend vor Lachen, den Mund.

»Du kannst dir Gummi übers ganze Gesicht kleben«, schlug Fayette vor.

»Ich würde aussehen wie Frankensteins Monster, nicht wie eine alte Lady«, sagte Letitia.

»Und wo ist der Unterschied?« sagte Reena.

»Also wirklich, Leute«, sagte Letitia. »Ihr führt euch eurem Alter entsprechend auf.«

»Nicht aufführen«, sagte Fayette. »Wir *sind* es.«

»Ich wünschte, wir könnten uns unserem Alter entsprechend aufführen«, sagte Reena.

Nicht einmal erwähnten sie Leroux, aber es war, als säße er die ganze Zeit neben ihnen und nähme an ihren Leichtfertigkeit teil.

Von allem, was sie tun konnten, kam dies einer Totenwache am nächsten.

»Warst du bei deinem Designer, deinem Mediziner?« fragte Letitia Reena hinter dem Bühnenvorhang. Die Lichter waren aus. Bühnenarbeiter zogen Musselinwände auf Karren über die Bühne. Frischer Farbgeruch erfüllte die Luft.

»Nein«, sagte Reena. »Ich bin nicht besorgt. Ich habe eine andere Initiierung.«

»Wirklich?«

Sie nickte. »Ist okay. Wenn es irgendein Problem geben würde, wäre ich nicht hier. Keine Sorge.« Und mehr wurde nicht gesagt.

Der Abend der Generalprobe kam. Letitia trug ihr eigenes Make-up auf, zeichnete Bleistiftlinien und benutzte Farben und Schatten. Sie hatte geübt und fand sich leidlich geschickt im Ältermachen. Mit dem Bild ihrer Urgroßmutter vor sich imitierte sie die Tränensäcke, die sie später haben würde, malte Lachfalten um ihre Lippen und vervollständigte den Effekt mit einer übelriechenden grauen Perücke, die sie in einer Requisitenschachtel gefunden hatte.

Die Schauspieler versammelten sich für eine Inspektion durch Miss Darcy. In den Kostümen der Zeit schienen sie recht erwachsen, groß und ansehnlich. Letitia machte es nichts aus, sich hervorzuheben. Eine alte Frau zu sein, verlieh ihr einen besonderen Status.

»Entspannt euch diesmal, seid ganz ruhig«, sagte Miss Darcy. »Jeder erwartet von euch, daß ihr euren Text verpfuscht, also werdet ihr wahrscheinlich alles perfekt hinbekommen. Wir haben eine Audienz, aber sie sind hier, um uns unsere Fehler zu verzeihen, nicht, um über sie zu lachen. Das hier«, sagte Miss Darcy und hielt inne, »ist für Mr. Leroux.«

Sie alle nickten ernst.

»Morgen, wenn wir unsere erste Aufführung geben, ist es für *dich*.«

Sie nahmen ihre Plätze in den Kulissen ein. Letitia stand hinter Reena, die die erste auf der Bühne sein würde. Reena warf ihr ein flinkes, nervöses Lächeln zu.

»Wie geht's deinem Magen?« flüsterte sie.

»Wo ist die Tüte?« fragte Letitia und gab vor, sich den Finger in den Hals zu stecken.

»AV«, meinte Reena heiter.

»RK«, erwiderte Letitia. Sie schüttelten sich fest die Hände.

Der Vorhang ging hoch. Die Festhalle war mit Eltern, Freunden und Verwandten halb gefüllt. Letitias Eltern befanden sich auch darunter. Die Dunkelheit hinter der Bühnenbeleuchtung war so tief, daß sie eigentlich mit Sternen und Nebeln angefüllt hätte sein müssen. Würde ihre schwache Stimme so weit tragen?

Die aufgezeichnete Musik vor dem ersten Akt gelangte zu ihrem Ende. Reena machte Anstalten, um auf die Bühne zu treten – und hielt inne. Letitia stieß sie an. »Na los!«

Reena drehte sich herum, um sie anzusehen; ihr Gesicht war zur Seite geneigt, und Letitia sah eine große Träne, die aus ihrem linken Auge lief. Fasziniert beobachtete sie die Träne, die wie in Zeitlupe über ihre Wange kullerte und auf den Satin ihres Gewandes tropfte.

»Es tut mir leid«, wisperte Reena mit zuckenden Lippen. »Ich kann das jetzt nicht tun. Sag. Sag.«

Erschreckt langte Letitia vor und versuchte, ihren Fall zu verhindern, sie zu stützen und sie auf ihrem Platz zu halten. Aber Reena war zu schwer, und sie konnte den

Fall nicht verhindern, nur abbremsen. Reenas Füße traten wie die eines Pferdes aus, trafen schmerzhaft Letitias Beine. Alles schien in Stille erstarrt. Ihre Augen waren groß und leer und feucht, sie flatterten und zeigten schließlich das Weiße.

Letitia beugte sich mit erhobenen Händen über sie, fürchtete, sie zu berühren, fürchtete, es nicht zu tun. Dabei war sie sich nicht bewußt, daß sie schrie.

Fayette und Edna Corman standen, ebenfalls hilflos, hinter ihr.

Reena lag, leblos wie eine verdrehte Puppe, mit dem Gesicht nach oben da. Ihre Augen bewegten sich langsam auf Letitia zu, erzitterten, wurden starr.

»Nicht du!« schrie Letitia und bemerkte den Aufruhr unter den Zuschauern kaum. »Bitte, Gott, laß mich es sein, nicht sie!«

Fayette wich zurück, und Miss Darcy erschien im Licht, ergriff Letitias Schulter. Sie schüttelte sie ab.

»Nicht sie«, schluchzte Letitia. Die Mediziner erschienen und stellten sich im Kreis um Reena, blockierten sie vor den Augen der Umherstehenden. Miss Darcy stieß ihre Schüler entschlossen, beinahe brutal von der Bühne und trieb sie in das grüne Zimmer. Ihr Gesicht war reglos wie eine Maske, ihre Augen wirkten starr in ihrer Blässe.

»Wir müssen etwas *tun!*« sagte Letitia mit flehend erhobenen Händen.

»Fasse dich erst einmal«, sagte Miss Darcy scharf. »Es wird bereits alles getan, was getan werden kann.«

Fayette sagte: »Was ist mit der Aufführung?«

Alle starrten ihn an.

»Es tut mir leid«, sagte er mit zitternden Lippen. »Ich bin ein Idiot.«

Jane, Donald und Roald kamen in das grüne Zimmer. Letitia umarmte mit fest geschlossenen Augen wild ihre Mutter und vergrub ihr Gesicht an Janes Schulter. Sie begleiteten sie nach draußen, wo immer noch einige Schüler mit ihren Eltern umherliefen. »Wir sollten heimgehen«, sagte Jane.

»Wir müssen hierbleiben und herausfinden, ob es ihr gutgeht.« Letitia stieß sich von Janes Arm ab und blickte auf die Leute. »Sie sind so verängstigt. Ich weiß es. Sie hatte auch Angst. Ich habe sie gesehen. Sie sagte mir …« Ihre Stimme versagte. »Sie sagte mir …«

»Wir bleiben noch eine Weile«, sagte ihr Vater. Er verschwand, um mit einem anderen Mann zu sprechen. Sie unterhielten sich eine Zeit lang. Der Mann schüttelte den Kopf, und sie gingen auseinander. Roald stand mit den Händen in den Taschen abseits, erschreckt, jung, unbehaglich.

»In Ordnung«, sagte Donald einige Minuten später. »Heute abend finden wir nichts mehr heraus. Laßt uns nach Hause gehen.«

Diesmal protestierte sie nicht. Daheim schloß sie sich in ihr Zimmer ein. Sie mußte es nicht erfahren. Sie hatte gesehen, was passiert war; alles andere war Selbsttäuschung.

Eine Stunde später kam ihr Vater an die Tür und klopfte leise. Letitia fuhr aus einem unruhigen Dösen auf, erhob sich vom Bett und ließ ihn ein.

»Es tut uns so leid«, sagte er.

»Danke«, murmelte sie und kehrte zum Bett zurück. Er setzte sich neben sie. Sie mochte wieder acht oder neun Jahre alt sein; sie blickte durch den Raum zu den Spielsachen, den Büchern, den Kinkerlitzchen.

»Deine Lehrerin, Miss Darcy, hat angerufen. Sie sagte, wir sollen dir ausrichten, Reena Cathcart sei gestorben. Sie war bereits tot, als sie in der Klinik ankamen. Deine Mutter und ich haben die Vids gesehen. Fast alle Kinder sind jetzt krank. Viele sind gestorben.« Er berührte sie, tätschelte zärtlich ihren Kopf. »Ich denke, du weißt nun, warum wir ein natürliches Kind wollten. Es gab Risiken …«

»Es ist nicht fair«, sagte sie. »Ihr hattet uns nicht …« – sie schluckte – »… auf diese Weise, weil ihr an die Risiken gedacht habt. Ihr redet, als wäre etwas nicht in Ordnung mit diesen … Menschen.«

»Ist es nicht?« fragte Donald mit plötzlich hart gewordenen Augen. »Sie sind fehlerhaft.«

»Sie sind meine Freunde!« schrie Letitia.

»Bitte«, sagte Donald zurückweichend.

Sie kniete sich aufs Bett; wieder kamen die Tränen. »Es ist nichts Falsches an ihnen! Sie sind Menschen! Sie sind nur krank, daß ist alles.«

»Das macht keinen Sinn«, sagte Donald.

»Ich habe mit ihr geredet«, sagte Letitia. »Sie muß es gewußt haben. Du kannst nicht einfach sagen, etwas ist falsch mit ihnen. Das reicht nicht.«

»Ihre Eltern hätten es wissen müssen«, fuhr Donald mit erhobener Stimme fort. »Letitia …«

»Laß mich bitte in Ruhe«, verlangte sie. Er stand hastig auf, verwirrt, und ging hinaus, wobei er die Tür hinter sich schloß. Sie legte sich aufs Bett zurück und fragte sich, was Reena wollte, was sie sagte und zu wem.

»Ich werde es tun«, flüsterte sie.

Das Frühstück am Morgen verlief ruhig. Roald aß sein Müsli mit Vorsicht, blickte die anderen mit großen, betroffenen Augen an. Letitia aß wenig, stieß sich vom Tisch ab und sagte: »Ich gehe zur Beerdigung.«

»Wir wissen nicht …« sagte Jane.

»Ich gehe.«

Letitia ging lediglich zu Reenas Beerdigung. Mit einem verwirrten Ausdruck beobachtete sie Reenas Eltern über das Grab hinweg und verglich sie mit Jane und Donald. Sie weinte nicht. Sie kam nach Hause und schrieb die Dinge, die sie gedacht hatte, nieder.

Dieses Schuljahr war das schlimmste. Einhundertzwölf

Schüler von ihrer Schule starben. Weitere zweihundert wurden sehr krank.

John Fayette starb.

Die Drama-Klasse machte weiter, aber es wurden keine Aufführungen gegeben. In der Schule war es ruhig. Viele Schüler waren von der Schule genommen worden; Letitia sah zu, wie die Hysterie wuchs, hörte das Gerücht, daß es sich um eine Seuche handle, nicht um einen VEK-Fehler.

Es war keine Seuche.

Nationenweit erkrankten zwei Millionen Kinder. Eine Million starb.

Ohne die gesamte Tragweite zu verstehen, las Letitia, daß es sich um die größte Katastrophe in der Geschichte der Vereinigten Staaten handelte. Aufrührer zerstörten VEK-Zentren. Frauen, die mit VEK-Babys schwanger waren, forderten Abtreibungen. Die Rifkin-Gesellschaft wurde zu einer politischen Macht mit beträchtlichem Einfluß.

Jeden Tag nach der Schule hörte sie sich die Nachrichten an. Alles in ihrem Leben schien bedeutungslos. Ihre Familie war gesund. Sie wuchsen normal auf.

Am Ende eines Schultags, zwei Wochen vor dem Abschluß, kam Edna Corman auf sie zu. »Können wir reden?« fragte sie. »Irgendwo, wo es ruhig ist.«

»Sicher«, sagte Letitia. Sie waren keine engen Freunde geworden, aber sie fand Edna Corman erträglich. Letitia nahm sie mit in den alten Waschraum und dort standen sie, umgeben vom Widerhall der weißen Fliesen.

»Du weißt, alle, ich meine, jeder der älteren Leute, starren mich, starren uns an«, sagte Edna. »So, als wenn wir jede Minute umkippen würden. Es ist wirklich schlimm. Ich denke nicht, daß ich krank werde, aber … Es ist so, als … als fürchteten sich die Leute, mich anzufassen.«

»Ich weiß«, sagte Letitia.

»Warum?« sagte Edna mit zitternder Stimme.

»Ich weiß nicht«, sagte Letitia. Edna stand mit schlaff herunterhängenden Händen vor ihr.

»War es unsere Schuld?« fragte sie.

»Nein. Du weißt das.«

»Bitte sag es mir.«

»Was soll ich dir sagen?«

»Was wir tun können, um es in Ordnung zu bringen.«

Letitia blickte sie für einen Augenblick an, dann breitete sie die Arme aus, nahm sie an den Schultern und zog sie näher an sich heran, umarmte sie. »Erinnere dich«, sagte sie.

Fünf Tage vor dem Abschluß fragte Letitia Rutger, ob sie bei der Zeremonie eine Rede halten könne. Rutger saß hinter seinem Schreibtisch, verschränkte die Arme und sagte: »Weshalb?«

»Weil es einige Dinge gibt, die niemand sagt«, erklärte Letitia. »Und sie sollten gesagt werden. Wenn kein anderer darüber reden will, dann ...« – sie schluckte schwer. – »vielleicht kann ich es.«

Er betrachtete sie einen Moment lang zweifelnd. »Du denkst wirklich, du hast etwas Wichtiges zu sagen?«

Sie blickte ihn an. Nickte.

»Schreib die Rede auf«, sagte er. »Zeig sie mir.«

Sie zog ein Stück Papier aus der Tasche. Er las es sorgfältig, schüttelte seinen Kopf – aus Ablehnung, dachte sie zuerst – und gab es ihr zurück.

Letitia Blakely wartete in den Kulissen darauf, auf die Bühne zu gehen. Sie lauschte auf das gedämpfte Murmeln der jugendlichen Menge in der Festhalle. Sie mied den Spot neben dem Vorhang.

Rutger agierte als Conférencier. Die Festlichkeiten waren düster, kraftlos. Sie hatte plötzlich das Gefühl, als würde sie einen schrecklichen Fehler begehen. Sie war zu jung, um diese Dinge zu sagen; es würde sich schrecklich unbeholfen anhören, sogar kindisch.

Rutger machte seine Eröffnungsbemerkungen, stellte sie dann vor und forderte sie auf, zum Pult zu kommen. Letitia ging absichtlich durch das Licht des Scheinwerfers neben dem Vorhang, verweilte kurz, schloß ihre Augen und atmete tief ein, als wolle sie in sich aufnehmen, was immer von Reena noch da war. Sie ging an Miss Darcy vorbei, die sie anstarrte.

Ihre Kehle schnürte sich zu. Sie rieb sich unauffällig den Hals, blinzelte zu den grellen Lichtern auf dem Beleuchtungsgerüst und versuchte, die Gesichter jenseits der Lichter zu sehen. Sie waren lediglich Flecken in einer großen Dunkelheit. Aus den Augenwinkeln erblickte sie Miss Darcy, die ihr zunickte. *Geh weiter.*

»Es war für uns alle eine schlechte Zeit«, begann sie mit hoher und kratziger Stimme. Sie räusperte sich. »Ich habe viele Freunde verloren, genau wie Sie. Vielleicht haben Sie Söhne und Töchter verloren. Ich denke, selbst von dort aus, wo Sie sitzen und mich sehen, können Sie erkennen, daß ich nicht … entworfen bin. Ich bin natürlich. Ich muß mich nicht fragen, ob ich krank werde und sterbe, aber ich …« Sie räusperte sich erneut. Es wurde nicht leichter. »Ich dachte, jemand wie ich, könnte Ihnen etwas Wichtiges sagen.

Die Menschen haben Fehler begangen, schlimme Fehler. Aber Sie sind nicht diejenigen … Ich meine … Sie taten nichts Falsches. Ich kann nur davon träumen, Dinge zu tun, die Sie tun können. Einige von Ihnen sind dazu bestimmt, für lange Zeit im All zu leben, ich kann das nicht. Einige von Ihnen werden Dinge denken, die ich nicht denken kann, und an Orte gehen, wohin ich nicht gelangen kann … zu den Sternen reisen. Wir unterscheiden uns in vielen Dingen, aber ich dachte nur, es wäre wichtig, Ihnen zu sagen …«

Sie hielt sich nicht an ihre vorbereitete Rede. Sie konnte es nicht. »Ich liebe Sie. Ich kümmere mich nicht darum, was die anderen sagen. Wir lieben Sie. Sie sind sehr wichtig. Bitte vergessen Sie das nicht. Und vergessen Sie nicht, was es uns gekostet hat.«

Die Stille war vollkommen. Sie fühlte sich, als müsse sie sich verstecken. Statt dessen richtete sie sich auf, dankte ihnen, hörte nicht ein Wort, kein unruhiges Flüstern. Dann neigte sie den Kopf im grellen Schein der Beleuchtung vor der interstellaren Dunkelheit jenseits davon.

Miss Darcy streckte steif und formell den Arm aus, als Letitia vorüberging. Sie schüttelten sich fest die Hände und Letitia erkannte zum ersten Mal, daß Miss Darcy sie als Gleichgestellte betrachtete.

Letitia stand während des Fortgangs der Festlichkeit hinter der Bühne und musterte den alten Holzboden, den Vorhang, die Gegengewichte, die Bühnenmaschinerie, das Beleuchtungsgerüst.

Es schien so lange her zu sein, das sie geträumt hatte, was sie nun fühlte, diese nicht spezifizierte Liebe, nicht für ihre Familie, nicht für sich. Liebe für etwas, daß sie damals noch nicht wissen konnte; Liebe für Kinder, die nicht ihre eigenen waren, denen sie aber nun nichtsdestoweniger verbunden war.

Brüder.
Schwestern.
Familie.

Originaltitel: ›SISTERS‹ • Copyright © 1989 by Greg Bear • Erstausgabe • Copyright © 1997 der deutschen Übersetzung by Wilhelm Heyne Verlag, München • Aus dem Amerikanischen übersetzt von Andreas Irle

DIE UNTERHALTUNGS-
MASCHINERIE

EIN BERICHT AUS DEN TRICKSTUDIOS
ÜBER DIE MEDIEN DER ZUKUNFT

Während meiner gesamten Laufbahn als Autor habe ich gelegentlich populärwissenschaftliche Artikel für Zeitungen und Magazine geschrieben. Ich habe über die Vorbeiflüge von Voyager I und II berichtet und für die San Diego *Union* darüber geschrieben. Das Schreiben von Unterhaltungsliteratur nimmt nun den größten Raum meiner Tätigkeit ein, aber hin und wieder schreibe ich immer noch Sachtexte.

Im Oktober 1983 reiste ich von San Diego nach Los Angeles und San Francisco, um für einen mir vorgeschlagenen Artikel für das Magazin *Omni* zu recherchieren. Was ich sah, erstaunte mich … und beeinflußte mich stark beim Schreiben von ›Eon‹ (›Äon‹) und der Romanfassung von ›Blood Music‹ (›Musik des Blutes‹). Es war nicht der Beginn der Revolution der Computergraphik, die sich schon früher ereignet hatte, sondern der Beginn der Blüte dieser Revolution. Ich konnte meinen Enthusiasmus nur schwer zügeln. Ich nehme an, die letzten paar Seiten dieses Artikels geben meine Gemütsverfassung wieder. Und die Gemütsverfassung Dutzender anderer Schriftsteller ebenfalls; das Informationszeitalter hat die Science Fiction im Sturm genommen.

Omni hat diesen Artikel nie publiziert, obwohl es mich dafür bezahlt hat. Auch wurden Hunderte von Bildern nicht verwendet, die ich gesammelt hatte: eine Sammlung, die den Artikel begleitet hätte. Viele Menschen haben reichlich von ihrer Zeit aufgewendet, und nun sieht niemand seinen Namen oder seine Gedanken abgedruckt. Ich hoffe, diese Publikation stellt sie zumindest ein wenig zufrieden.

Die Umstände haben sich natürlich beträchtlich geändert. Digital Productions hat den Besitzer und das Management gewechselt; Robert Abel and Associates ist nicht mehr länger eine unabhängige Gesellschaft.

Die Revolution ist sogar noch stimulierender und noch vielversprechender geworden. Ihre Folgen sind überall zu erkennen.

Dieser Artikel wurde Anfang 1984 abgeschlossen.

»Dinosaurier!« Der Künstler breitet die Arme aus, als wolle er sie umarmen. »Ich benötige die exakten Spezifikationen – Gitternetz-Layouts der Knochen, Muskeln, Schuppenmuster.« Das Künstlerbüro ist bedeckt mit Zeichnungen von Raumschiffen und Aliens, fremden Landschaften und Diagrammen. »Wenn ich die habe, kann ich sie in den Computer eingeben. Wir können jeden Muskel programmieren und es so einrichten, daß sich die Haut über den Muskeln spannt. Sag dem Computer, wie sie einen Schritt taten, wie sie kämpften ...«

Und die Dinosaurier werden wieder umherstapfen und kämpfen. Der Künstler lebt in einem kindlichen Tagtraum: Er hat die Macht, tote Lebewesen zum Leben zu erwecken. Bemerkenswerter noch: Er hat die Macht – mit Hilfe einer Vielzahl von Technikern, Programmierern und Künstlerkollegen – Objekte zu filmen, die nie in materieller Form existiert haben und sie mit lebendigen Schauspielern interagieren zu lassen.

Aber Dinosaurier sind ein Zukunftsprojekt. Die Sache, um die es hier geht, ist eine Raumschlacht. Bei Nacht, innerhalb eines Raums mit völlig weißen Wänden, sitzen der Künstler, der Direktor und der Techniker vor einem

Videomonitor und untersuchen die fortschreitenden Stadien der Zerstörung eines nichtexistenten Raumschiffs. Hochdetaillierte Schiffe – komplett mit Crew – kämpfen bis zum Ende gegeneinander. Ein Raumschiff ist dazu bestimmt, zerstört zu werden: Seine Hülle ist auf der ersten der sechs Boxen demontiert. Die frühen Stadien einer sich ausbreitenden Explosion werden über die späteren Boxen gelegt.

Der Künstler beschreibt eine Explosion im Raum. »Ich möchte, daß die ganze Szene für eine Einzelaufnahme weiß aufblitzt. Danach sehen wir einen undurchsichtigen Feuerball – an den Rändern verschwommen –, der die Trümmer umgibt.«

Mit übertriebenen Gebärden demonstriert er eine sich ausbreitende Kugel. »Dann gehen wir nach und nach, genau wie der Feuerball wächst, zur Transparenz über. Wenn die Schockwelle vorüberzieht, fliegen alle Kleinteile – Gase und winzige Fragmente – vorbei und dann sehen wir die großen Brocken, die sich etwas langsamer bewegen.« Sein Grinsen ist jetzt fröhlich. Der Direktor nickt zustimmend; dies ist tatsächlich eine Explosion im Raum, nicht deine gewöhnliche Rauch-und-Feuerwerk-Vorstellung.

Die Stadien der Explosion werden in einen leistungsfähigen Computer gefüttert, der hinter Glaswänden isoliert auf der gegenüberliegenden Seite des Studios steht. Künstler, Direktor und Techniker spielen Gott in einem unwirklichen Universum.

Letztendlich handelt es sich bei allem nur um Zahlen, Punkte, die im dreidimensionalen Raum innerhalb des Computers abgebildet werden. Jede Zahl repräsentiert einen Teil der Position eines Pixels oder Bildelements. Millionen von ihnen formen zusammen eine Gestalt. Die Aufgabe des Computer ist es, den Zahlen und der Gestalt, die sie repräsentieren, auf der Spur zu bleiben. Perspektive, Farbe, Schatten, Bewegung – dies alles muß mit gewissenhafter Akkuratesse aufeinander abgestimmt werden oder die scheinbare Realität kollabiert.

Die Zahlen werden im Folgenden in Signale umgewandelt, die auf einem Monitor sichtbar gemacht werden können. Die Pixel fügen sich zusammen, und ein Raumschiff wird zerstört, Bild für Bild. Wenn das Ergebnis auf den Film übertragen wird, ist es nicht mehr von sehr hochgradigen Spezialeffekten, die in mühevoller Arbeit mit Modellen erstellt werden, zu unterscheiden.

Es wird genauso wirklich aussehen, wie alles andere im abgeschlossenen Spielfilm.

Der Künstler, der Direktor und der Techniker sind natürlich fiktional und das Szenario ist eine technische Phantasie, die auf Jahre – vielleicht sogar Dekaden – hinaus noch nicht zu realisieren ist ...

Und wenn Sie *das* glauben, haben Sie die neuesten Entwicklungen auf dem unglaublichen Gebiet der Computergraphik nicht verfolgt.

Es geschieht jetzt.

Der Künstler ist der erfahrene Produktionsdesigner Ron Cobb (*Alien*, *Conan the Barbarian*); der Direktor ist Nick Castle (*Tag*, *Skatetown U.S.A.*) und der Spielfilm ist *The Last Starfighter*, eine gemeinsame Universal-Lorimar-Produktion. Unter der Schirmherrschaft der in Los Angeles ansässigen Digital Productions, unter der Leitung von John Whitney Jr., wurden sämtliche Spezialeffekte für *The Last Starfighter* mittels digitaler Szenensimulation gefertigt – Computergraphiken, die entworfen wurden, um der Realität zu entsprechen. Indem sie zwei leistungsfähige Cray-Supercomputer benutzen und eine Reihe anderer Geräte, nimmt Digital Productions die Herausforderung – einige sagen, die große Herausforderung – an, sich rückhaltlos der Zukunft anzuvertrauen.

Die Zukunft der Computergraphiken wird außergewöhnlich sein. Die meisten Experten auf diesem Gebiet – die besten sind immer noch an zwei Händen abzuzählen – stimmen überein, daß wir uns am Rande einer Revolution befinden, die vielleicht grundlegender und einschneidender ist, als Gutenbergs bewegliche Lettern. Kommunikation und Ausbildung werden fundamental umgewandelt werden. Die Unterhaltungsindustrie wird einen drastischeren Umschwung erfahren, als den Übergang vom Stumm- zum Tonfilm und diesem zum Fernsehen.

Die Macht, die gegenwärtig in den Händen weniger ruht, wird bald allen zugänglich sein.

Aber zunächst zurück zu den Zahlen.

Die Welt des Computers ist eine sehr einfache. Alles ist in Bits zerlegt, ein Bit stellt die Information dar, die benötigt wird, um eine Frage mit Ja oder Nein zu beantworten; im Binärsystem bedeutet Ja 1 und Nein 0. Binärzahlen enthalten eine Kette aus Einsen und Nullen. (Im Binärsystem entspricht 01 Eins, aber 10 entspricht Zwei). Ausgetüfteltere Codes sind geschaffen worden, um Buchstaben und Symbole in Beziehung zu bestimmten Zahlen zu setzen – um es einem Computer zu ermöglichen, Zahlen und Text auf dem Bildschirm anzuzeigen. Andere Codes setzen die Positionen glimmender Lichter auf einem Videoschirm miteinander in Beziehung und gebrauchen dazu Koordinaten wie die auf einer Landkarte. Ein Bild kann ›digitalisiert‹ – in diese numerierten Positionen zerlegt – und in einen Computer eingespeist werden, der dann das Bild in vielfacher Weise manipulieren kann.

Ein Bild kann auch dadurch im Computer geformt werden, indem man Schlüsselelemente graphisch darstellt, den Computer mit Koordinaten füttert und ihn anweist, Linien oder Kurven zwischen den Punkten zu ziehen. Mathematische Gleichungen, die feste geometrische Figuren oder Kurven determinieren, können den Prozeß erleichtern; der Computer kann angewiesen werden, Kreise eines bestimmten Durchmessers um einen Punkt zu zeichnen oder eine Ellipse, oder er zeichnet ein Quadrat auf und erweitert es zu einem Würfel und so weiter. Tatsächlich ist ein ›Raum‹ mit drei oder mehr Dimensionen im Computer festgelegt und jedes Objekt kann innerhalb dieses Raums beschrieben werden, wenn ausreichend detaillierte Koordinaten gegeben sind. Ist das Objekt schlicht, wie zum Beispiel ein Kegel, kann ein ›Dreh‹-Programm ein Dreieck um seine Achse rotieren lassen, um einen Kegel zu formen. Oder ein Kreis kann um einen beliebigen Durchmesser gedreht werden, um eine Kugel zu bilden, genau wie auf einer Drehbank ein Holzklotz in eine bestimmte Form gedreht wird. Komplexere, unregelmäßige Formen setzen kompliziertere Instruktionen voraus und viel mehr Zeit.

Ist das Objekt einmal als einfache Linienzeichnung, oder ›Wireframe‹, vorhanden, können zusätzliche Programme eine Lichtquelle hinzufügen, die es hervorheben und einen Schatten werfen lassen. Farben und Strukturen können auf der Oberfläche eingezeichnet werden. Ein Standpunkt kann festgelegt werden. Was nicht von diesem Standpunkt aus zu sehen ist – die Rückseite des Objekts, beispielsweise – kann ausgeklammert werden, man läßt es undurchsichtig und solide erscheinen.

Der Prozeß hört sich simpel an, aber in Wirklichkeit ist die Erzeugung eines echt wirkenden Objekts auf heutigen Maschinen sehr umfangreich. Die kompliziertesten Methoden, Objekte in einem Computer zu erschaffen – wie zum Beispiel eine Technik mit der Bezeichnung ›ray tracing‹ – können Wochen an Computerzeit kosten. Einfachere Techniken können die Zeit auf Bruchteile von Sekunden reduzieren, aber damit geht ein Verlust von Farbe, Schatten und Detailgenauigkeit einher.

Sind die Zahlen des Objekts einmal in den Computer eingespeist worden, weiß dieser, wie das Objekt von allen Seiten, aus jeder Entfernung und Perspektive und in Relation zu jedem anderen gespeicherten Objekt aussieht. Ein nichtexistierendes Raumschiff kann so an einem simulierten Planeten vorbeifliegen, ein viel größeres Mutterschiff ansteuern und in einer hochdetaillierten Landebucht andocken – alles in perfekter Perspektive.

Der Computer kann die Objekte in zwei Dimensionen auf einem Bildschirm abspielen oder Signale an einen Drucker weitergeben, der die Bilder auf einen Film überträgt. Da das Objekt ursprünglich in mehr als zwei Dimensionen kartiert wurde, kann der Computer angewiesen werden, zwei Standpunkte zu projizieren, die eine Parallaxe ähnlich der unserer beiden Augen erzeugen. Die ein wenig separierten Bilder können stereoskopisch kombiniert werden, um ein wirklichkeitsnahes Gefühl von Tiefe zu schaffen.

Wenn die Filmbilder für eine anschließende Projektion auf einer großen Leinwand anamorphotisch auf 35-mm-Film ›gequetscht‹ werden müssen, kann dies der Computer ebenfalls übernehmem. Jede erforderliche Linse kann innerhalb des Gerätes simuliert werden.

In den 50er Jahren begannen Künstler und Programmierer den Techniken, die sie bis heute immer mehr ausarbeiteten, den Weg zu bahnen. John Whitney senior war unter den ersten; er begann schon in den späten 40ern. Später erhielt er das erste IBM-Stipendium, um detailliert Computergraphik zu studieren. Ihm wurde im Erdgeschoß des IBM-Gebäudes in New York eine Fensterecke eingerichtet, von wo aus er Passanten Bilder zeigen konnte.

Bill Fetter begann bei Boeing in den späten 50ern die Erforschung der Möglichkeiten von Wireframe-Animationen und setzte die ersten computererzeugten Werbespots in den späten 60ern ein.

In den frühen 70ern betraten Ken Knowlton und Michael Noll die Szene – Knowlton arbeitete für Bell Labs und Noll arrangierte die erste Galerie, die Computerkunst ausstellte. Nolls Spezialität war das Simulieren von ›Clay Paintings‹ unter Verwendung von Computerbildern. Viele Zuschauer konnten nicht sagen, welche der Bilder echte Clay Paintings waren und welche simuliert.

In den letzten zehn Jahren waren die Fortschritte erstaunlich. Rund um die Welt helfen Computer dabei, Bilder für wissenschaftliche Forschung, Konstruktion, Demonstration, die schönen Künste und die Unterhaltung zu erzeugen.

Manchmal sind die Unterschiede zwischen diesen Kategorien fließend. Die bezaubernde Schönheit eines sich bewegenden Computerbildes kann ein prosaisches Unternehmen – wie zum Beispiel eine Druckanalyse für Rohrverbindungen – in Kunst verwandeln.

Der ausgedehnteste Gebrauch von Computeranimationen hat in der Werbung stattgefunden. Fernsehzuschauern ist das Knallige der ›Neon‹-Werbungen für Banken, Fluglinien und Autoherstellern bereits bekannt.

Allgemein ist die Computeranimation aufgrund von Liniengraphiken als ›Vektoranimation‹ bekannt. Indem man – inner- und außerhalb des Computers – verschiedene Animationstechniken verwendet, können die Linien dieser ›Wireframe‹-Zeichnungen wie Neonröhren zum Leuchten gebracht werden. Dieser Anblick ist so weitverbreitet, daß es in der Industrie zu einem Klischee geworden ist, das man möglichst vermeidet.

Ein Wireframe-Objekt mit Farbe, Schatten und Struktur zu füllen nennt man Rastergraphik oder Rasteranimation. Dies erfordert einen noch leistungsfähigeren Computer, als den Evans and Sutherland oder die VAX-Geräte der Digital Equipment Corporation, die man gewöhnlich in Werbestudios finden kann.

Einige interessante Effekte können mittels Pfuschen (kein technischer Begriff) erreicht werden. Die Oberfläche eines Objekts, das vektoranimiert werden soll, kann mit ›Crossthatching‹ bedeckt werden, indem man mehr Linien statt vollständiger Rastergraphiken verwendet. Dies ist als Pseudorasteranimation bekannt und kann sehr bezaubernd sein, obwohl es in einen mittleren Bereich fällt, der wahrscheinlich weniger häufig angewendet wird als Ausrüstungs- und Programmverbesserung.

Rohe Rastergraphiken können mittels ›Aliasing‹ beurteilt werden – dem Erscheinen der ›Zacken‹ am Objektrand. Jedes Pixel hebt sich gegen eine kontrastierende Farbe ab und wenn sich das Objekt bewegt, hat es den Anschein als bewegten sich die Pixel entlang des Randes. Das kann verhindert werden, indem man alternierende Randpixel in Schattierungen einfärbt, die zwischen den kontrastierenden Farben liegen. Der Übergang wird etwas weicher und die Graphiken sind sozusagen ›Anti-Aliased‹.

Die leistungsfähigsten Computer, die den Animatoren zugänglich sind, sind die der Cray-Serie (der Cray 1, eine erweiterte Version namens Cray XMP und ein viel kleinerer, noch schnellerer Cray 2), die gewöhnlich in Verteidigungseinrichtungen und bedeutenden Forschungslaboratorien eingesetzt werden. Digital Productions ist das einzige private Effekte-Studio, das Crays besitzt. Die Cray Corporation zögert, die Standorte all ihrer Geräte zu offenbaren, aber es ist bekannt, daß die Sandia Labs und das Lawrence Livermore National Laboratory eine Anzahl ihr eigen nennt.

In Time-sharing – indem sie mit ihrer Arbeit an den Computern fortfuhren, wenn diese nicht anderweitig eingesetzt wurden – haben Forscher verschiedener solcher Einrichtungen wichtige Arbeit geleistet, indem sie Computer dahingehend programmierten zu ›verstehen‹ und transparente Objekte, Linsen und realistische Landschaften zu zeichnen.

Zwei der profiliertesten dieser Forscher sind James F. Blinn vom Jet Propulsion Laboratory in Pasadena und Nelson Max von den Lawrence Livermore National Laboratories. Blinns Gruppe am JPL animierte die eindrucksvollen Computersimulationen der Reise der Voyager-Sonden zu den äußeren Planeten, die weit und breit über Network und TV ausgestrahlt wurden. Nelson Max arbeitete weitgehend an graphischen Darstellungen biologischer Prozesse. Mit seinen graphischen Programmen war es ihm möglich vorauszusagen, wie Moleküle interagieren würden, bevor Labortests gemacht wurden. Max untersuchte auch die Effekte von Mutagenen auf der DNS und bildete die Struktur sehr kleiner Viren nach.

Nach Monaten oder Jahren mühevollster Arbeit zeigten Computerkünstler ihre Ergebnisse auf der jährlichen SIGGRAPH-Tagung. (SIGGRAPH steht für Special Interest Group, Graphics, eine Abteilung der Association of Computing Machinery oder ACM). Privatleute, Angestellte gigantischer Forschungseinrichtungen und kommerzielle Filmstudios versammeln sich, um Aufzeichnungen zu vergleichen und sich über die neuesten Entwicklungen zu informieren.

Eine solche Vielzahl an technischen Disziplinen wurde seit Leonardo da Vinci nicht mehr von arbeitenden Künstlern verlangt. Sie müssen nicht nur grundsätzliche Fähigkeiten im Zeichnen und Konzeptionieren besitzen, sondern wenigstens rudimentäres Wissen im Programmieren haben. Sie müssen verstehen, wie Licht reflektiert wird, sich bricht und gestreut wird – und fähig sein, ihr Wissen in Begriffe zu übertragen, die der Computer verarbeiten kann. Der Künstler steht nicht länger fernab der Wissenschaft und der Mathematik.

Neue Techniken können ihn an die Grenzen der Theorie bringen. Jüngere Arbeiten auf dem Gebiet der für die Füllung von Oberflächen benutzten Fraktale, mathematische Werte, die imstande sind, sehr komplexe Muster hervorzubringen. Das vielleicht bekannteste Beispiel von Computeranimation mit fraktalgenerierten Landschaften ist die ›Genesis‹-Sequenz aus *Star Trek II: The Wrath of Khan*, die von Sprockets, der Computerabteilung von Lukasfilms Industrial Light and Magic, für Paramount Pictures angefertigt wurde.

Einer der Marksteine für Computeranimateure war die Walt Disney-Produktion *Tron*. Information International, Inc. (bekannt als triple-I), Mathematical Application Group, Inc. (MAGI), Robert Abel and Associates und Digital Effects brachten ihre Sachkenntnisse ein. *Tron* enthält lediglich zehn bis fünfzehn Minuten völliger Computeranimation. Der Rest wurde mittels konventionellerer Spezialeffekte und Animationstechniken ausgeführt.

Die meisten Leute, die an *Tron* arbeiteten, haben mittlerweile ihre Position innerhalb der Gesellschaften oder im Land gewechselt. Einige wenige, wie Richard Taylor, sind immer noch mit unterhaltenden Filmen beschäftigt. Den Meldungen nach ist Taylor für Paramount bei der Arbeit an einem Film namens *Dreamer*.

Der Werbung haben sich zwei der größten Filmgesellschaften der Computergraphik verpflichtet. Robert Abel in Hollywood – längst bekannt wegen seiner wunderbaren Kombination von Live-Aktion und hintergründiger Animation in seinen Levi's und Seven-Up Reklamen – ähnelte, während sie beauftragt war, Spezialeffekte zu *Star Trek: The Motion Picture* zu machen, einer Computergraphik-Abteilung. Anders als Digital Productions behielt Abel alle anderen Spezialeffekte bei, betrachtet Computergraphik als ein weiteres Werkzeug, nicht aber als der Weisheit letzter Schluß. »Viel von dem, was wir machen, ist eine Kombination«, erklärt Abel, »wo wir Miniaturen und Live-Aktion mit Computerbildern kombinieren.« Reine Computeranimation ist gegenwärtig teurer als viele andere Techniken und nach Abels Meinung sind Flexibilität und Vielfalt für die Produktion von Werbefilmen notwendig.

Bo Gehring, Verantwortlicher von Bo Gehring Associates in Venedig, Kalifornien, kam ursprünglich zur Westküste, um Computeranimationstests für Steven Spielbergs *Close Encounters of the Third Kind* durchzuführen. Die Tests stellten sich als unbefriedigend heraus, aber Gehring blieb, um seine eigene Gesellschaft zu gründen – wieder mit dem kompletten Spektrum von Techniken, die ihm zur Verfügung standen. Anders als Abel, der als Dokumentarfilmemacher begann, hat Gehring seine

Wurzeln in der Computergraphik, aber er stimmt mit Abel überein, daß das Festhalten an einer Technik riskant ist. Was die Verwicklung in Spielfilme angeht: »Es werden in den Vereinigten Staaten *jeden Tag* neunzig Millionen Dollar in die Werbung gesteckt«, sagt Gehring. »Spielfilme können nicht annähernd diesen Stand der Finanzierung erreichen. Ich bin da sicher, wo ich bin.«

Gehring und Abel glauben beide, daß die Computergraphik noch in den Kinderschuhen steckt und wahrscheinlich einen großen Einfluß auf alle Formen der visuellen Kommunikation haben wird. Für den Augenblick jedenfalls ist keiner von ihnen bereit, den Mut aufzubringen, der benötigt wird, um eine Operation wie die von Digital Productions durchzuführen. Und Gehring gibt ehrlich zu, daß sein finanzieller Rückhalt nicht mit dem von Digital Productions, die von Ramtek, einer großen Computerfirma, unterstützt wird, zu vergleichen ist. »Ich bin etwas neidisch auf das, wohin John Whitney Jr. und Gary Demos mit Digital gekommen sind – all diese (computermäßige) Macht. Aber ich bin mit meiner Situation zufrieden und kann einfach nicht einsehen, daß ich diese Art von Risiko jetzt auf mich nehmen soll.«

Gehring erklärt ebenfalls ein Interesse für digitale *Sound*-Synthetisierung. »Ich gehöre zu jenen Leuten, die auf der Straße an den Rand fahren, wenn im Autoradio etwas wirklich Faszinierendes kommt. Ich glaube fest daran, daß der Sound wenigstens die gleiche Bandbreite besitzt wie das Sehen – die Komplexität der Informationen – und synthetischer Sound ist ein faszinierendes Gebiet, daß kaum erforscht worden ist.«

Eine weitere der Großen Drei Gesellschaften, R. Greenberg in New York, baut seine Computergraphik-Abteilung schnell auf.

Computer haben die Filmindustrie nicht nur auf dem Weg der Computergraphik revolutioniert. Förmlich alle kommerziellen Studios, ob sie nun Werbe- oder Spielfilme produzieren, benutzen Computer, um komplexe

Kamerabewegungen zu steuern oder verschiedene Elemente der Fotografie einzufügen.

Bei Robert Abel steht Slit-scan-Fotografie im Mittelpunkt. Der Prozeß wurde ursprünglich von John Whitney senior erfunden und von Con Pedersen und Douglas Trumball weiterentwickelt, während sie für Stanley Kubrick an *2001: A Space Odyssey* arbeiteten. Pedersen arbeitet nun für Abel, wo er andere Aspekte der Spezialeffektproduktion überwacht, einschließlich Computergraphik. (Interessanterweise scheint Trumbull die vollständige Computeranimation zu meiden. In seinem jüngsten Film *Brainstorm* sind selbst die Sequenzen, die computererzeugt scheinen, mittels anderer Techniken erstellt).

Beim Slit-scan wird eine Kamera am Ende einer langen Schiene montiert, an deren anderem Ende ein ebenes Kunstwerk so maskiert wird, daß nur ein schmaler horizontaler Schlitz offenbart wird. Wenn die Kamera sich sehr langsam vorwärts bewegt, koordiniert ein Computer die Bewegung des Schlitzes am Kunstwerk hinauf oder hinunter. Das Resultat ist ein auseinandergezogenes Bild des Kunstwerks, perspektivisch durch die Annäherung der Kamera gestreckt.

Computer sind ebenfalls für die vielen Formen der Bewegungssteuerung verantwortlich, die zum Fotografieren von Raumschlachten bei Lucasfilm oder anderswo benutzt werden. Signale einer montierten Kamera werden in einen Computer gefüttert, der die Kamerapositionen speichert und dann die Kamera für wiederholte Aufnahmen steuern kann. Verschiedene Modelle, Mats und andere Elemente der Spezialeffekte können mit größter Präzision hinzugefügt werden.

Computer sind ebenfalls an Stop-Motion-Puppen-Animationen bei Industrial Light and Magic beteiligt. Das ›Go-Motion‹-computerisierte System wurde in *Dragonslayer* benutzt, um die Bewegungen eines bewaffneten Miniaturdrachens zu speichern, der manuell seine Sequenzen ›durchging‹.

Alle diese Ausarbeitungen – von Slit-scan zu Go-Motion-Puppen-Animation – werden wahrscheinlich passé sein, bevor das Jahrhundert zu Ende ist. Was auch immer die Risiken sein mögen, Digital Productions ist offensichtlich dort, wohin das Fachgebiet sich bewegt.

Aber Computer müssen eine große Hürde nehmen, bevor sie dominieren. Figurenanimation – ob bei flüssigen Bewegungen eines Zelluloid-animierten Rehs von Disney oder die eines menschlichen Wesens – sind für Computer immer noch sehr schwierig.

Computer haben keine Probleme, wenn sie sich mit Formen befassen können, die von simpler Mathematik definiert werden – perspektivische Ansichten mathematischer Figuren, Kugeln, Kegel, Vielecke und Polyeder. Menschen (ganz zu schweigen von Bambi oder Drachen) sind nicht aus diesen Objekten zusammengesetzt, wenigstens nicht auf den ersten Blick. Lebende Figuren sind klumpig, uneben und in ständiger Bewegung – alle Teile von ihnen. Muskeln verschieben sich unter der Haut und die Winkel der Knochen ändern sich. Gesichtsausdrücke sind ein Alptraum von Komplexität mit Hunderten von Muskeln, die eine verblüffende Vielfalt von Formen liefern – alle sind sie dem Zuschauer bekannt und deshalb nur schwer überzeugend nachzuahmen.

Von einem Künstler werden Jahre des Studiums gefordert, um menschliche und tierische Formen überzeugend replizieren zu können. Der menschliche Verstand ist mit Millionen von ›Algorithmen‹, die alle reibungslos in unbewußten Prozessen ineinander übergehen, bedeutend komplizierter als jeder moderne Computer. Wie kann ein Computer hoffen, der Arbeit eines geschickten Cartoon-Animators gleichzukommen, geschweige denn der Realität eines menschlichen Wesens?

Tim Heidmann von R&B EFX in Glendale glaubt, Figurenanimation ist der Stolperstein der Computergraphik. »Wenn man an die ganze Sachkenntnis denkt, um eine disneyähnliche Figur auf Film zu bekommen – einschließlich der Realitätsverzerrungen, daß Dehnen der Figuren, um ihnen Leben zu geben, die Übertreibung von Ausdrücken – scheinen die Probleme unüberwindlich zu sein.« Heidmann beschäftigt sich für R&B EFX mit Computergraphik und benutzt dafür einen weitaus kleineren Hewlett-Packard-Geschäftscomputer. Der HP manipuliert Wireframe-Bilder, die dann fotografiert und von Hand im R&B-eigenen kleinen Animationsstudio verbessert werden. Das gesamte System kostet unter $ 25 000. »Was Computer am besten können«, erklärt er, »ist – was menschliche Animatoren nur unter größten Schwierigkeiten bewältigen – die Änderung der Perspektive, das Zeichnen geometrischer Formen. Und was Menschen am besten können, ist höchst schwierig für Computer – insbesondere für ein so kleines System wie unseres: Farbgebung, Schattierungen, Figuren.« R&B kombiniert beides mit Einfallsreichtum statt mit einem massiven Supercomputer.

Digital Productions ist schwer bei der Arbeit, indem sie beides, Einfallsreichtum und rohe Computerpower, benutzen, um die Schwierigkeiten bei der Animation von Figuren in einem Computer zu überwinden. Das meiste dieser Arbeit ist unter dem engen Mantel der Sicherheit verborgen, aber es scheint, daß sie menschliche und menschenähnliche Figuren bilden, indem sie ›intelligente Formen‹ schaffen, die Muskeln auf fixierten Skelettrahmen nachahmen. Diese ›intelligenten Formen‹ werden programmiert, um mit anderen Formen – anderen Muskeln – um ein Skelett herum innerhalb der Beschränkungen, die von der Haut vorgegeben werden, zu interagieren.

Bewegungsstudien von Tieren und Menschen werden in ihre Maschinen programmiert, um ihnen die Meßwerte zu liefern, innerhalb derer sie arbeiten können. Ron Cobb erklärt: »Ein Computer weiß nicht, wo er aufhören muß. Wenn man den Arm einer Figur schwingen lassen muß, ist der Arm in der Maschine nicht *real*. Er hat keinen Ellbogen oder eine Schulter, um die Bewegung zu stoppen. Er schwingt solange im Kreis, bis ihm gesagt wird, wo er aufhören muß. Dann hat er die Grenzen im Speicher, aber man muß sehr spezifisch sein, sehr sorgfältig.«

Der Computer kann nichts ahnen. Er ist dem Buchstaben treu. Alles muß bis ins Detail beschrieben sein. Als Folge davon muß die Computerkapazität und die Zeit, die gebraucht wird, um die Figuren zu kontrollieren, enorm sein – zunächst. Aber die Kosten der Arbeit und des Geldes in den Frühphasen können mit den Forschungs- und Entwicklungskosten in jedem Industriezweig verglichen werden. Die anfänglichen Kosten sind stets größer als die Kosten der späteren Arbeit.

Eine kleine Andeutung der kommenden Revolution wird von den Standorten zweier großer Gesellschaften, die sich auf Computergraphik stützen, geliefert. Cranston Csuri, gegründet von dem Computerkunst-Pionier Charles A. Csuri, befindet sich in Columbus, Ohio. Computer Creation ist stolz darauf, in South Band, Indiana, ansässig zu sein – weit entfernt von den Werbezentren New York und Los Angeles. Elektronik kann Nachrichten und Produkte rund um die Welt liefern; in Zukunft werden Standorte von immer weniger Bedeutung sein.

Die Größe wird ebenso eine weniger große Rolle spielen. Mit Computern kann ein kommerzielles Studio Vorhaben bereits mit einer Handvoll kreativer Leute durchführen. Pacific Data Images (PDI) in Sunnyvale, Kalifornien, hat nur vier Angestellte und hat bereits große Werbe- und Markteinführungsverträge bekommen. Mit anfänglichen Kosten von weniger als einer Million Dollar nutzen Unternehmer wie Carl Rosendahl von PDI bereits die eingebaute Flexibilität des Computers. Die Kosten fallen, und die Software verbessert sich, wenn auch langsamer als die Hardware. Innerhalb von zehn Jahren werden die großen Werbegesellschaften von kleinen, zäheren Firmen mit gleicher Kapazität umgeben sein. Das Entscheidende wird dann nicht das Geld, sondern die Kreativität sein.

An Kreativität fehlt es nicht. Die Computerbilder und die bewegten Bilder, die von Künstlern rund um die Welt produziert werden, sind in ihrer Vielfalt und Menge schwindelerregend. Kaliforniens David Em ist für seine architekturellen Phantasien und Abstraktionen wohlbekannt. Paul Allen Newell hat M. C. Escher animiert – geniale Mosaikmuster, die sich mit bezaubernder Flüssigkeit und Präzision umformen.

Nancy Burson aus New York (Porträt in *Omni*, ›The Arts‹, vom Juni 1983) benutzt Computer, um fotografierte Bilder von Menschen und Tieren digital zu kombinieren. Sie war verantwortlich für das Porträt von Big Brother im Auftrag von CBS als Beitrag zu Orwells *1984*. Durch das Digitalisieren und Verschmelzen der Porträts der schlimmsten Tyrannen des zwanzigsten Jahrhunderts, entwickelte sie eine quälend bekannte, irgendwie gütige, und doch beunruhigende Mischung. Weitaus bezaubernder ist ihre Kreuzung von Frau und Katze.

Em, Burso und Newell sind die Highlights der Erfolge und Probleme der Präsentation von Computergraphik auf der gedruckten Seite. Ems und Bursons Bilder sind statisch, passend für Magazinvervielfältigung, aber der Zauber von Newells Arbeit liegt in der Bewegung.

Noch schwieriger zu vermitteln ist das Wunder der Live-Computerkunst-Performance, wo der Ausführende und der Zuschauer eins sind. Ed Tannenbaum, von Raster Master in San Francisco, hat ein Performance-Kunst-Zentrum im öffentlich zugänglichen Wissenschaftszentrum seiner Stadt aufgebaut – das Exploratorium. Eine Videokamera fotografiert die sich umherbewegenden Leute in einem Raum und füttert ihre Bilder in einen Computer. Das Resultat wird in Echtzeit (das heißt live) auf eine große Leinwand projiziert und bietet eine unendliche Vielfalt von Mensch-Maschinen-Gestaltungen.

Kinder können tanzen und mit ihren Körpern malen und zu ihren eigenen Kaleidoskopen werden.

Pädagogen werden mit der Ausbreitung der Computer im Klassenzimmer unvermeidlich immer mehr mit der Computergraphik konfrontiert. Einfache Graphikprogramme können selbst schon kleinen Kindern beibringen, wie man mit Computern arbeitet (und spielt). Die heutige Jugend wird Computer und Computerkunst als Teil ihres Lebens vorfinden.

Dies ist der Punkt, an dem die Revolution wahrhaft Schwung bekommt.

Bei der gegenwärtigen Fortschrittsgeschwindigkeit werden in ein oder zwei Jahrzehnten Computer, die für den Hausgebrauch erschwinglich sind, in der Lage sein, höherentwickelte Graphiken zu produzieren, als die der großen Studios von heute. Graphikfans werden Programme kreieren, damit handeln und sie verkaufen, um verschiedene Arten von Bildern zu erschaffen – einschließlich Bilder von wirklichen Personen.

Schließlich wird es bald eine Art visuelle Schreibmaschine geben. Jede Szene, die sich der Programmierer/Künstler/Schriftsteller vorstellen kann, wird durch Computeranimation belebt werden. So, wie Software und Hardware voranschreiten und preiswerter werden und sich Informations- und Bildnetzwerke ausbreiten, so kann förmlich jeder zu einem Cecil B. DeMille werden. Die Haupterfordernisse sind Zeit und Talent – *nicht* Geld.

Das größte Handicap beim Kino ist im Moment die Dominanz der Buchhaltung über die Kreativität. Angesichts der Budgets von Zigmillionen Dollar sind Studioverantwortliche berechtigterweise daran interessiert, daß ihre Produkte einer großen Zahl von Leuten gefällt. Das Resultat ist häufig belanglos. Die Kreativität wird vorwiegend ignoriert oder ist zweitrangig

Kommerzielle Fernsehnetzwerke sind noch mehr gehandicapt; um Anzeigenkunden zufriedenzustellen, muß eine unglaubliche Anzahl von Leuten ihre Programme einschalten. Nur wenige Künstler oder Schriftsteller haben je etwas Nennenswertes geschaffen, indem sie sich nach dem kleinsten gemeinsamen Nenner richteten und dies ist der gegenwärtige Stand der meisten Fernsehnetzwerke.

Das gedruckte Wort läßt mehr Freiheit. Ein Bleistift und ein Stück Papier ist alles, was für eine Schöpfung in den Druckmedien benötigt wird. Die Produktion eines Buches mit einer durchschnittlichen Auflage wird in Zehntausenden von Dollar gemessen, nicht Millionen. Das Publizieren erlaubt – im Moment – immer noch einer großen Anzahl von Schriftsteller, persönliche Werke zu schaffen. Ein Schriftsteller kann sich mit lediglich Hunderten oder Tausenden von beständigen Lesern einen Ruf aufbauen.

Zur Zeit lesen nur zwischen zehn und zwanzig Prozent der Amerikaner regelmäßig Bücher. Zeitungen und Magazinen geht es besser – aber weniger als die Hälfte der Amerikaner beziehen ihre Informationen vom gedruckten Wort. Was wir haben, ist ein kolossales Versagen eines Kommunikationsmediums – Presse – darin, die Massen zu erreichen.

Vielen Menschen fällt es schwer, Gedrucktes aufzunehmen. Die Presse hat viele Zwecke und Vorteile, aber oft kann sie Informationen nicht so schnell und effizient übermitteln wie andere Medien.

Das Dilemma ist klar. Die Presse bietet Diversität und individuellen Ausdruck – genauso wie die aktive Anteilnahme des Lesers, indem er denkt und sich vorstellt, was die Worte übermitteln – kann aber nicht so viele Menschen erreichen wie Film oder Fernsehen.

Film und Fernsehen gefällt den Massen, füttert einen kaum bewußten Zuschauer allerdings eher mehr als weniger mit Belanglosigkeiten.

Durch die Kombination von Gedrucktem und bewegtem Bild werden Computer das Geldmonopol brechen und bei weitem mehr Menschen erlauben, mit ›Bilderzählungen‹ (›pictorial narratives‹) zu arbeiten, ein allumfassender Begriff für die Vielzahl von Kunstformen, die sich unweigerlich entwickeln werden.

Robert Abel sieht eine Zukunftsgesellschaft mit mehr und mehr körperlich voneinander isolierten Individuen, da die elektronische Revolution ihnen erlaubt, zu Hause zu arbeiten, voraus. Mit immer höher entwickelten Unterhaltungsformen wird der Bedarf, das Zuhause für die Entspannung zu verlassen, abnehmen. Mit mehr Freizeit verlangt die Öffentlichkeit mehr Unterhaltung. Und mit mehr Künstlern, die in der Lage sind komplizierte ›Bildererzählungen‹ zu produzieren, könnte das Verlangen mit einer Explosion der Kreativität einhergehen – wenn das Publikum nicht bereits von substanzlosem Blödsinn konditioniert worden ist. Wenn es nicht jetzt schon zu spät ist …

Atmen Sie tief durch.

Wir sind dabei eine mögliche Zukunft zu betreten, und es wird einige Mühe kosten, sich daran zu gewöhnen.

Sie sind auf einer Straße. Eine Frau nähert sich Ihnen. Es sieht so aus, als würde sie einen Dschungel tragen. Sie starren erstaunt hinterher, als sie vorübergeht; in einer Distanz von etwa einem halben Meter um sie herum können Sie knorrige Bäume, Ranken und Kletterpflanzen, exotische Vögel und sogar einen auf der Lauer liegenden Leoparden erkennen.

Sie geht an einer Mauer entlang und das Bauwerk lächelt sie unvermittelt an – die gesamte Mauer ist ein massives Paar Lippen in drei Dimensionen. »Guten Morgen, Miss Andrews«, sagt die Mauer. »Womit können wir Ihnen heute dienen? Kleidung einkaufen oder nur ein Bummel?« Anzeigenmauern sind formell und ein wenig schwerfällig im Design. Förmlich jeder ist den Anzeigengesellschaften, die Computer verwenden, um nicht nur auf Konsumentengruppen, sondern auf Individuen abzuzielen, vom Gesicht her bekannt.

Die Frau beachtet die Mauer nicht und geht weiter.

Als Sie sich nähern, zerfällt das Lächeln in einen Schwarm von grellbunten Schmetterlingen.

»Vornehmer Herr«, sagte die Anzeigenmauer. Schmetterlinge flattern um Sie herum. »Im Moment habe ich Ihren Namen nicht im Speicher. Womit kann Ihnen Freepic heute dienen?«

Sie murmeln etwas von dem Wunsch, ein Computergeschäft zu finden.

»Chips & Disks, das älteste Computergeschäft der Stadt, ist nur zwei Blocks entfernt.« Eine Karte erscheint vor Ihrem Gesicht und verwandelt sich dann in eine Geschwindigkeit aufnehmende visuelle Tour. Sie sehen sich selbst, wie Sie zwei Blöcke nach Süden gehen, sich nach links wenden und das Geschäft betreten. Das Bild endet mit einer Projektion der Geschäftsfront in großem Rahmen. Symbole übermitteln die Geschäftszeiten, daß verfügbare Sortiment und sogar die Gesichter der Angestellten sind auf der Kartenseite abgebildet.

Sie folgen dem gezeigten Weg und finden das Geschäft. Drinnen wundern Sie sich über die verfügbaren Systeme. Es gibt Computer zum Rechnen und für jeden anderen Zweck, den man sich nur vorstellen kann. Sie können Informationsnetzwerke mieten und für eine geringe monatliche Gebühr sogar Zugang zu einem weltweiten Bibliothekssystem erlangen. (»Weniger als ein Prozent des durchschnittlichen Haushaltseinkommens!« schwärmt ein Display. Es gibt zwei Milliarden Abonnenten.)

Ihr Wohnsitz kann in jede Umgebung, die Sie wünschen, umgewandelt werden, komplett mit Geräuschen und Gerüchen. Sie können sogar selbst Ihre Umgebung gestalten, indem Sie den Apple 89 Worldmaker benutzen.

»Tätigkeit?« fragt der Angestellte. Er grinst und verblaßt zur Transparenz, dann wird er wieder sichtbar, wie es das Gesetz für die ersten Minuten des Services vorschreibt. Ihnen wird bewußt, daß Sie von einem sehr realistischen Hologramm bedient werden.

»Schriftsteller«, sagen Sie.

»Oh, dann brauchen Sie ein Minezeye.« Sie brauchen einige Minuten, bevor Sie erkennen, daß der Angestellte ›Mind's Eye‹ (geistiges Auge) meint. Die Einheit ist ziemlich klein, nicht größer als eine Zigarettenschachtel, und ist komplett mit Steckern ausgerüstet, um sich direkt in den zerebralen Cortex einzuklinken.

»Das Mind's Eye ist eine Stecher-Einheit, die Informationen eher in Form von Geistesblitzen, gesprochener Sprache oder gar Touchcode eher als über die Tastatur Eingegebenes annimmt. Wenn Sie es wünschen, hat es einen Übersetzer, der einen Videotext in eine visuelle Erfahrung umwandeln kann. Stecken Sie das Mind's Eye in einen Seitenblätterer und Sie können interaktiv ihren bevorzugten Klassiker zum Spielfilm machen, und zwar so, wie *Sie* ihn persönlich visualisieren; Sie koordinieren die Aktion durch die Stecker im zerebralen Cortex. Dafür ist Training erforderlich«, informiert Sie der Angestellte heiter.

Videotext kombiniert visuelle und akustische Informationen mit High-density-Symbolen – Symbolen, die informieren und intellektuelle und emotionale Stichwörter im geübten Zuschauer auslösen. Einige Videotexte komprimieren Hunderte von blinkenden Signalen innerhalb von wenigen Sekunden. Die Symbole sind entfernte Verwandte der ägyptischen Hieroglyphen – und der modernen Hinweisschilder. Einige gründen sich auf den Logos berühmter Geschäfte. Einige sind stilvoll wie japanische Kalligraphie.

Bald werden Echtzeiteinheiten verfügbar sein. Wenn Sie der Ansicht sind, sich eine Szene vorzustellen, dauere zu lang, kann Echtzeit Ihre Geistesblitze unterstützen. Falls ein Dschungel gebraucht wird, hat Echtzeit siebzig verschiedene Dschungel gespeichert und wird bald eine Kabelverbindung mit wirklichen Dschungeln haben, die digitalisiert und wieder aufgebaut werden können, wie es genehm ist.

Alle Computer bei Chips & Disks sind natürlich kinderleicht. Tatsächlich ist die 1-bis-5-Einheit gestaltet worden, um von Kindern benutzt zu werden. Es ist ausgestattet mit einem sinnlichem Kinderbett und Zugang zum Sesam-Netz.

Wenn Sie Unterhaltungsschriftsteller sind, können Sie Ihr Werk auf dem Lügen-Draht (stehenlassen!) verbreiten. Wenn Sie Philosoph sind, kann Ihre Arbeit auf dem Irrsinnskabel ein Publikum finden (für eine Gebühr, selbstverständlich). Historiker verkaufen häufig an das Vergangene-Zeiten-Kabel.

Bei jedem dieser Netzwerke kann man auf der Niedrigen Sprosse starten und sich allmählich, durch Jury-Auswahl oder Benutzer-Akzeptanz (das heißt, die Zuschauerzahlen), Schritt für Schritt zu den höchsten Höhen des Erfolges bewegen. Ein einziges Werk mag genausoviele Menschen erreichen wie, sagen wir, Britannica Visual.

Die Peripherie schließt MovieLife ein, einen Chip, der in den Heimcomputer geschoben werden kann, um einen Film aus dem 20. Jahrhundert in eine lebendige Erfahrung für Sie und Ihre Familie zu verwandeln. Wenn Sie Humphrey Bogart statt Michael Caine als Star in *The Man Who Would Be King* vorziehen, kann das arrangiert werden.

Lebende Schauspieler sind immer noch gefragt. Sie lizensieren ihre Bilder häufig für die Computergenerierung und verdienen sich ein beträchtliches zweites Einkommen – aber beinahe jeder gibt zu, daß ein realer Schauspieler besser ist als eine Simulation. Einige Schauspieler haben ihre vielversprechenden Karrieren ruiniert, indem sie die Rechte an wenig seriöse Kleinhändler verkauft haben, die ihre Bilder in allen erdenklichen kompromittierenden Produkten plazieren.

Aber seien Sie gewarnt – wenn Sie *zu sehr* in all dies miteinbezogen werden und es Ihnen passiert, herauszufallen – dann verlassen Sie die reale Welt und zappen entlang des Untergrundnetzes, wo alle Arten von fragwürdigen Simulationen verfügbar sind – die Wanzenpolizei klopft den Draht täglich ab. Es gibt genügend legitime Erwachsenen-Dienste, wie FantaFem und Frau-Deiner-Träume, aber viele von ihnen balancieren gefährlich nahe am Rande der Gesetzlosigkeit oder sind jenseits davon.

»Buchhandlungen?« Der Angestellte reagiert mit einiger Überraschung auf Ihre Frage. »Wir haben von einigen Geschäften gehört, die den Sammlermarkt versorgen – und natürlich gibt es die Winston-Smith-Gesellschaft. Sie trifft sich einmal im Monat, um mit zerbröckelnden Taschenbüchern zu handeln.«

Sie blicken sich im Geschäft um und sehen die Überfülle der Systeme, die die Kreativität mehr unterstützen und ersetzen sollen, als sie zu fördern. »Haben Sie nicht irgend etwas für jemanden, der lediglich seine eigene Geschichte mit seinen eigenen Bildern erzählen will?« fragen Sie stirnrunzelnd.

»Mein Herr«, sagt der Angestellte indigniert, »das ist es, wo dies alles *beginnt*. Jedenfalls ist nicht jeder so privilegiert, wie Sie es offensichtlich sind.«

Sie werden an elektronische Musikinstrumente erinnert, wie es sie vor Jahrzehnten gab. Einige sind so ausgefeilt worden, daß man kaum eine Taste berühren muß, um einen Ton zu erzeugen. Geschmacklos für den Konzertpianisten, aber ein großer Spaß für den Amateur.

»Folgen Sie mir«, sagt der Angestellte und nimmt Sie an seine geisterhafte Hand. »Lassen Sie mich Ihnen einige Grundmodelle zeigen. Für jemanden, die kreieren möchte, statt zu konsumieren.«

Sie werden in einen einfachen und geschmackvollen Raum geführt. Ein Junge und ein Mädchen, nicht älter als zehn Jahre, sitzen vor einer umfangreichen Tastatur. Farben und vage Gestalten flimmern auf einer freigeräumten Fläche hinter der Maschine. »Haben wir diesmal alle Zahlen richtig hinbekommen?« fragte das Mädchen. »Wir möchten, daß es so genau wie möglich ist.«

»Sie sind in Ordnung«, versichert ihr der Junge.

»Dann laß es sehen.«

Der Junge drückt eine Display-Taste.

Auf der freigeräumten Fläche erscheint ein Tyrannosaurus Rex in schrecklichen, faszinierenden Details. Sein Schwanz fegt vor und zurück, das Ungeheuer geht auf sechs klauenbewehrten Zehen. Er öffnet sein Maul und stößt einen kuriosen, vogel-ähnlich krächzenden Schrei aus.

»Oh, so haben sie sich nicht angehört«, sagt das Mädchen und schüttelt energisch den Kopf.

»Woher willst du das wissen?« fragt der Junge.

»Mach es zu einem Brüllen.«

Mit einigen flinken Berührungen der Tastatur bewirkt er, daß die Bestie ihren Schrei ändert und brüllt.

»Ich liebe Dinosaurier!« sagt das Mädchen und klatscht in die Hände.

Ihre Finger zucken. Wo gab es solche Maschinen, als Sie ein Kind waren? Sie treten vor und fragen höflich: »Darf ich mitspielen? Auch mir haben Monster schon immer Spaß gemacht …«

(Der Autor, nebenbei bemerkt, ist sehr angetan von Büchern und anderen Druckmedien. Alle Protestbriefe sollten an jene adressiert werden, die noch nicht geboren sind.)

Originaltitel: ›THE MACHINERIES OF JOY‹ • Copyright © 1987 by Greg Bear • Erstmals erschienen in ›EARLY HARVEST‹ by The Nesfa Press • Copyright © 1997 der deutschen Übersetzung by Wilhelm Heyne Verlag, München • Aus dem Amerikanischen übersetzt von Andreas Irle

Schwarzes Loch
Zukunft
Science Fiction Tage
im ORF Dornbirn
Was? Schlaglichter auf eine schlecht verstandene Literatur: Lesungen, Vorträge, Diskussionen, Hörspiele…
Wo? ORF Radio Vorarlberg, Dornbirn, Österreich
Wann? 9. bis 11. Mai 1997

HEYNE BÜCHER

Michael McCollum

schreibt Hardcore SF-Romane, die jeden Militärstrategen unter den SF-Fans und Battletech-Spieler begeistern.

Die Lebenssonde
06/5381

Antares erlischt
06/5382

Die Wolken des Saturn
06/5383

06/5383

06/5382

Heyne-Taschenbücher